ELKE MARION WEISS

Triangel

MÉNAGE À TROIS Emily, eine Malerin Ende dreißig, lebt zusammen mit ihrer gleichaltrigen, gerade verwitweten elsässischen Freundin Josette in einem südbadischen Dorf. Die beiden gegensätzlichen Frauen sind arm wie Kirchenmäuse. Also muss Geld her, und der skrupellosen Emily ist, im Gegensatz zu der hochmoralischen Josette, jedes Mittel recht.

Durch einen Zufall lernen die beiden einen gewissen Felix Fraunfelder kennen, Vorstandsvorsitzender eines Öl-Multis, der durch eine ergaunerte Millionenprovision in die Schlagzeilen geraten war: für Emily eine willkommene Geldquelle. Als herauskommt, dass Fraunfelder flüchtig ist und per Haftbefehl gesucht wird, kommt Emily auf die Idee, ihm Unterschlupf zu gewähren – natürlich gegen angemessene Entlohnung. Doch das Vorhaben gestaltet sich schwierig und als alles aufzufliegen droht, geschieht Unglaubliches …

Elke Marion Weiß stammt aus Bad Wildbad im Schwarzwald und lebt seit über 30 Jahren in Bremen. Sie ist promovierte Literaturwissenschaftlerin und arbeitete lange als Dozentin an der dortigen Universität. Ihre Monographie »John Irving und die Kunst des Fabulierens« erschien 2002 im Peter Lang Verlag. Seit 2001 ist sie schriftstellerisch tätig, schreibt Prosa und Lyrik und veröffentlicht in Zeitschriften und Anthologien. Sie ist Mitglied des Bremer Literaturkontors sowie des virtuellen Literaturhauses Bremen.

ELKE MARION WEISS

Triangel

Kriminalroman

GMEINER Original

Personen und Handlung sind frei erfunden.
Ähnlichkeiten mit lebenden oder toten Personen
sind rein zufällig und nicht beabsichtigt.

Besuchen Sie uns im Internet:
www.gmeiner-verlag.de

Im Ehnried 5, 88605 Meßkirch
Telefon 07575/2095-0
info@gmeiner-verlag.de

1. Auflage 2012

Lektorat: Claudia Senghaas, Kirchardt
Herstellung: Julia Franze
Umschlaggestaltung: U.O.R.G. Lutz Eberle, Stuttgart
unter Verwendung eines Fotos von: © Eric Isselée – Fotolia.com
Druck: Bercker Graphischer Betrieb GmbH & Co. KG, Kevelaer
Printed in Germany
ISBN 978-3-8392-1246-2

Für Walter
wo immer Du auch bist

KAPITEL 1: RUHE IN FRIEDEN

Ich hab Josette auf dem Friedhof kennengelernt, vor gut anderthalb Jahren. Vor einem Jahr und acht Monaten, um genau zu sein. Brütend heiß ist es gewesen, viel zu heiß für September, so heiß, dass man es nur im Schatten aushalten konnte. Unter den riesigen Kastanienbäumen neben der Friedhofskapelle, zum Beispiel.

Ich war mal wieder im Elsass unterwegs, um zu malen. Dabei ging's mir nicht um die Postkartenörtchen hier an der ›route du vin‹, in denen sich die Touristen auf den Füßen stehen. ›Sind die süüüß! Diese Häuschen! Diese Giebelchen! Dieses Fachwerk! Und die Störche. Siehst du die Störche? Ist das nicht malerisch?‹ Natürlich ist das malerisch, aber wie gesagt, darum ging's mir diesmal nicht. Das war in meiner naiven Periode dran gewesen. ›Spielzeugbunter Blick auf Riquewihr‹. ›Pfifferdai in Ribeauvillé‹. ›Weinlese in Éguisheim‹. ›Kaysersberg: Tanz um den Maienbaum‹, das Ganze als Serie, nummeriert. Aber das war schon ewig her. Klar. Welcher Idiot malt heute schon noch naiv? Jetzt ging's mir um was anderes, jetzt ging's mir um Friedhofsansichten. Die Idee war mir bei Papas Beerdigung gekommen. Na und? Warum nicht?

Tja, Friedhöfe. Ich hab's schon immer mit Friedhöfen gehabt, schon als Kind. Mein erster Friedhof war der hinter der Volksschule gewesen, der mit den vielen Schnecken. Stundenlang konnte ich zusehen, wie sie über die Gräber krochen und ihren Schleim hinter sich herzogen, bis er in der Sonne verklebte. Aber irgendwann wurde das natürlich langweilig, nur gucken. Sammeln war besser, auf jeden Fall. Nicht etwa, weil wir zu Hause Schnecken gegessen hätten, so französisch war unser Küchenzettel damals noch nicht. Nein, ich wollte sie einfach nur, na ja, sammeln. Weil sie so witzig aussahen mit ihren geschulterten Häuschen. Also packte ich sie in Mamas Kosmetikkoffer, den ich mir extra ausgeborgt hatte, und nahm sie mit nach Haus. Und dann? Dann wurde es schon schwieriger. Schließlich konnte ich sie ja nicht pressen, wie die Blumen, die wir für die Wiedehopf sammeln mussten, fürs Herbarium. (Eigentlich hieß sie Wiedemann, Erna Wiedemann, aber wir nannten sie nie so.) Ich konnte meine Schnecken aber auch nicht aufspießen und in Glaskästchen hängen, wie die Schmetterlinge von Klaras Großvater. Also stellte ich die Tasche erst mal wieder in Mamas Kleiderschrank zurück. Erst mal.

›Iiiiii, pfui! Iiiii, pfui!‹ Mamas Ekel gellte durch die Wohnung. ›Komm *du* mal her. Komm *du* mal her, aber sofort.‹ Oh je. Der Gestank, der aus dem Kleiderschrank rollte, der wie eine Lawine über uns rollte, der war schlimmer, als wenn Frankie und Fritz, meine unsäglichen Vettern, ihr Wettfurzen im Fahrstuhl veranstalteten. Viel schlimmer. Er war bestialisch, der Gestank, richtig bestialisch. Und Bestien waren's ja auch, die Mama dann fand, als sie endlich den Kosmetikkoffer aufmachte. Bestien, kleine klebrige Bestien. Kleine klebrige tote Bestien. Ich stand mit Riesenaugen daneben. Oh je, oh je, oh jemine.

Frag bloß keiner, wie mir zumute war. Die Strafe war nämlich echt fies. Ich musste die Leichen entsorgen. Und das war wirklich kein Pappenstiel für ein Kind von gerade mal sieben Jahren. Mit angehaltenem Atem und spitzen Fingern machte ich mich mit meinen Schnecken auf den langen Marsch zur Mülltonne hinter dem Haus und bestattete sie mitsamt der stinkenden Tasche zwischen Wurstpellen, Konservenbüchsen und Kartoffelschalen. (Damals sortierten wir unseren Müll noch nicht. Keiner tat das, damals.) Auf dem Rückweg war mir schlecht, richtig schlecht, grasgrün übel, und das war ja auch kein Wunder. Ich kann bis heute keine Schnecken essen. Auch nicht mit Knoblauch. Auch nicht in der ›Auberge de l'Ill‹.

Also, ich saß auf der einzigen schattigen Bank und zupfte an meinem T-Shirt herum, das wie Leukoplast an der Haut klebte. Am liebsten hätt ich mir's ja vom Leib gerissen, aber das ging natürlich nicht, so halb nackt auf dem Friedhof, mein Gott. Das wäre ja Grabschändung gewesen, beinahe jedenfalls. Ich schaute über die Gräber mit ihren hitzewelken Blumen. Ganz schön morbide. Hm. Ob das was hergab? Zögernd angelte ich in meiner Kollegmappe nach dem Skizzenblock. Aber weiter kam ich nicht, denn da tauchte neben mir eine junge Frau auf, auch in Schweiß gebadet und ganz offensichtlich in Trauer. Was heißt jung, *mir* kam sie jung vor, zumindest jünger als ich. (Später sollte sich herausstellen, dass wir gleichaltrig waren.)

»Permettez-vous?«

Sie plumpste neben mich auf die Bank. Ihr sei ein bisschen schwindelig, sagte sie. Sie sprach Französisch mit diesem leichten Singsang, der hier im Elsass typisch ist. Und den ich so mag. (Dass sie auch fließend Deutsch sprach, sollte sich ebenfalls später herausstellen.)

Das sei ja auch kein Wunder, bei der Hitze, meinte ich. Auch auf Französisch. Danke, Mama. Danke, dass du mich so getriezt hast. Dabei hätten wir's um einiges leichter, wir Grenzgänger hüben und drüben, wenn wir unseren Dialekt mehr pflegen würden. Wenn meine Omama im Dorf herumpalaverte, dann hörte sich das nämlich nicht viel anders an als bei den alten Marktweibern in Colmar mit ihrem Elsässerdütsch.

Sie gefiel mir gleich, die hübsche Blonde in ihrer schweißnassen Trauer. Sie sah so mollig weich aus, so richtig zum In-den-Arm-Nehmen. So richtig zum Mögen. Aber sie wirkte mitgenommen, ziemlich mitgenommen sogar, und viel zu blass. Sie sollte kein Schwarz tragen, das stand ihr nicht. Steht ihr immer noch nicht, und das hab ich ihr dann später auch mal gesagt. Ob sie einen Schluck Wasser wolle, fragte ich. Ich hatte immer eine Wasserflasche dabei. So Dünne wie ich müssen aufpassen, dass sie nicht ausmergeln.

»Oh, merci. Merci beaucoup.« Sie trank die Flasche fast halb leer. »Aaah.« Langsam atmete sie sich wieder Farbe ins Gesicht. »Dieu merci.« Das sei heute einfach zu viel gewesen, bei der Hitze. Viel zu viel.

Vorsichtig forschte ich nach. Ich wollte ja nicht aufdringlich sein, aber auf einem Friedhof kann man schon mal fragen. Ja, manche sind sogar richtig froh, wenn sie reden können, das hab ich schon öfter erlebt. Zuerst zögerte sie, und ich dachte schon, ich hätte sie falsch eingeschätzt, aber dann fing sie doch zu erzählen an. Dass es ihr Mann war, um den sie trauerte. Keine vierzig war er gewesen, der arme Kerl. Ein Autounfall. Das sei ja schrecklich, sagte ich, das tue mir aber leid. Es tat mir wirklich leid. So jung und schon Witwe. Die Ärmste. Sie schaute mich an. Ob ich denn auch in Trauer sei? Nein, um Gottes willen, nein. Wie peinlich. Das hatte ich jetzt davon. Schwarz ist nämlich meine Lieblingsfarbe, das ist so ein Spleen von mir. Nicht nur wegen meiner roten Haare. Nein, so ganz in Schwarz, das ist einfach Bohème für mich. Juliette Greco, die Künstlerkneipen von Paris, die verqualmten Existentialistenkeller der 50er-Jahre. (Nicht, dass das meine Zeit gewesen wäre. Das war entschieden vor meiner Zeit. Und nicht, dass ich besonders viel über den Existentialismus wüsste.)

Natürlich erzählte ich ihr dann, warum ich mich hier herumtrieb. Von meiner komischen Vorliebe für Friedhöfe. Von meinem Hang zum ›pompe funèbre‹. Von meiner Malerei. Das alles schien sie zu interessieren. Und offensichtlich fand sie mich auch sympathisch. So sympathisch, dass wir schließlich Friedhof Friedhof sein ließen und noch miteinander einen ›Café au lait‹ im Ort tranken. Schwatzten. Lachten. Telefonnummern austauschten. Uns verabredeten.

Um's kurz zu machen, es war der Beginn einer wunderbaren Freundschaft. Wir trafen uns in den folgenden Wochen häufiger, mal in Colmar, mal in Breisach, dann immer öfter in den Kaiserstühler Straußenwirtschaften. Wir mögen nämlich beide den neuen Wein, den Suser, mit frischem Bauernbrot und frischen Walnüssen oder mit Zwiwweleskuchen. Und noch lieber einen schönen Silvaner oder Grauburgunder und dazu bergeweise Wurstsalat, oder einen deftigen Vesperteller mit Leberwurst, Schwarzwurst und Speck. Ja, das mögen wir alle beide, wir sind uns da sehr ähnlich. Logisch, dass wir manchmal einen über den Durst tranken. Logisch, dass Josette immer öfter bei mir übernachtete.

Es war Anfang November, als uns die Idee kam, zusammenzuziehen. Zwei Gründe gab's, zwei gute Gründe. Einmal natürlich, weil die Chemie zwischen uns stimmte, und das tut es immer noch, dann aber auch, weil es billiger war. Wir mussten nämlich beide ziemlich sparen. Das heißt, auch jetzt noch. Und Josette hatte nach der grandiosen Pleite sowieso nur noch ein möbliertes Zimmer, denn die Villa in Kaysersberg war in die Insolvenzmasse gekommen. Stéphane hatte nämlich alles verspekuliert, bevor er mit seinem schnittigen Ferrari gegen die Mauer gedonnert war. Die Versicherung hat bis heute keinen Cent bezahlt, weil sie von Selbstmord ausgeht. Nur gut, dass Josette keine Kinder bekommen konnte, sonst wäre sie jetzt noch viel schlimmer dran. Und ich, ich hab zwar das ererbte väterliche Haus und das ererbte väterliche Konto, aber das war damals schon bedenklich geschrumpft. Also zog Josette mit Sack und Pack bei mir ein. Die WG war perfekt.

Für uns perfekt. Aber nicht für die im Dorf. So ist es halt in einem Dorf. Die Leute tratschen. Sie tratschen über alles und jeden. Also auch über uns. Tja. Sie zerrissen sich's Maul, wieso die Tochter vom Kurator Liebengast eine wildfremde Elsässerin bei sich einquartierte, von der man nichts, aber auch gar nichts wusste. Wir waren suspekt, wir zwei. Ich sowieso schon lange, weil ich immer noch ledig bin, obwohl mein dreißigster schon ewig her ist, und weil ich immer noch keine ordentliche Arbeit habe. Malerin, meine Güte, noi, des isch doch net recht gschafft. Und jetzt war ich auf einmal mit einer Frau zusammen. Mit einer Frau! Noch dazu mit einer Französischen, einer Elsässischen, wahrscheinlich auch so ein faules Luder. Das stank doch zum Himmel.

Natürlich versuchten sie, hinter unser ›Geheimnis‹ zu kommen, natürlich versuchten sie es mit scheinheiliger Aushorcherei. Bei mir stießen sie da auf Granit, also probierten sie's bei Josette. Aber Josette beantwortete die Fragen der taktlos-neugierigen Bäckersfrau genauso wenig wie die der sich vertraulich über die Theke beugenden Metzgersgehilfin. ›Wohned Sie net bei der Emily? Bleibed Sie für länger? Was sait denn Ihr Mann dazu? Oder hend Sie womöglich gar koin Mann?‹ Zu all dem lächelte Josette nur freundlich und verlangte ein Holzofenbrot oder 200 Gramm Schinkenwurst. Zum Glück ist sie keine Klatschbase, sie spricht weder über sich noch über mich. Ja, Gott sei Dank, ich bin nämlich genauso wenig drauf erpicht, zwischen gefrorenem Fisch und Seife im kleinen Supermarkt durchgehechelt zu werden. Aber natürlich hechelten sie uns trotzdem durch. Von vorn bis hinten. Frauen-WG. Emanzen. Lesben. ›Hend mr's net glei gsait?‹

Den ganzen November über war es hässlich, richtig hässlich, und der Dezember fing genauso übel an. Es regnete in einer Tour. Da jagt man keinen Hund vors Haus. Und freiwillig setzt man sich da auch nicht ins Auto, bloß, um Ausflüge zu machen. Also, ich kapierte wirklich nicht, warum Josette bei diesem Sauwetter jede Woche rüberfahren musste zu Stéphanes Grab. Sicher, er war ein Bild von einem Mann gewesen, das musste ich zugeben, als ich die Fotos sah. So ein George-Clooney-Typ, wirklich toll. Umwerfend sogar. Aber trotzdem, alles was recht ist, jetzt war er tot. Schluss, aus, Ende, das war nun mal so.

»Herrje, Josette, muss das sein? Womöglich noch bei Eis und Schnee? Wie lange willst du dir das noch antun?« Eigentlich meinte ich ›mir antun‹, denn schließlich war ich es, die jedes Mal fahren musste. Josette traute sich nämlich nicht ans Steuer, nicht mit meinem klapprigen Renault.

»Was heißt, wie lange? Das ganze Trauerjahr natürlich. Das … das schickt sich doch so.«

Das schickt sich doch so. Wenn ich das schon höre. Also nein. Ich bin jetzt noch entsetzt, wenn ich dran denke. Außerdem machte das den guten Stéphane auch nicht mehr lebendig. Überhaupt, dieses ganze Brimborium mit der Bestattung heutzutage, zum Kotzen ist das, einfach zum Kotzen.

»Wenn man doch bloß die Urne noch mit heimnehmen dürfte«, sagte ich. »Das wär jetzt wirklich bequem. Früher durfte man das bei uns. Wie war das bei euch?«

»Keine Ahnung.«

»Omama hat mir erzählt, ihre Freundin, die Rosel, die hatte ihren Eugen im Wohnzimmer auf dem Büfett stehen.« Eugen Triumphator. »Stell dir vor, die hat jeden Abend ihren Schlüpfer und ihren Büstenhalter über ihn gehängt und mit ihm geredet.«

»Oh non.«

»Na und, was ist schon dabei? So waren die beiden wenigstens noch zusammen. Das war doch viel praktischer. Außerdem ist das Ganze nur Geldmacherei. Erst verkaufen sie dir einen teuren Eichensarg und dann wird er in den Ofen gesteckt. Das ist doch Nepp. Und dann weißt du noch nicht mal, ob du wirklich die richtige Asche kriegst. Ich hab Sachen gehört, da stehen dir die Haare zu Berge.«

Ich hab wirklich schon schlimme Sachen gehört, skandalöse Sachen sogar. Zum Beispiel, dass sie Särge zweimal verkaufen, und was das heißt, das kann man sich leicht vorstellen. Oder dass sie die Asche zusammenkippen, weil's rationeller ist. So wie sie es mit dem Müll machen, den wir vorher so sorgfältig trennen. Beziehungsweise trennen sollen. Das weiß ich aus verlässlicher Quelle, von einem aus der Branche. Und der ist jetzt Millionär, vielfacher Millionär, mit Motorboot und Privatflugzeug. Seitdem bin ich lascher mit dem Trennen.

»Wir sollten die Urne einfach wieder ausbuddeln und mitnehmen, dann könnten wir uns die Fahrten sparen.«

»Emily! Das ist doch nicht dein Ernst, oder?«

Nein, natürlich nicht, nicht wirklich. Es war mir einfach so rausgerutscht. Aber je länger ich drüber nachdachte, desto besser gefiel mir die Idee. Plötzlich fand ich sie sogar richtig gut. »Andererseits, wenn wir …«

»Dieu du ciel, Emily. Non. Das ist doch, wie sagt man, Grab… Grabschande?«

»Grabschändung, meinst du? So ein Quatsch. Du tust doch nichts Unrechtes. Du schändest doch keine fremden Gräber. Du holst doch nur deinen Stéphane heim. Das sind doch bloß blöde Vorschriften, die sich irgend so ein Heini irgendwann mal ausgedacht hat.« Ich tätschelte Josettes Arm. »Nein, nein, das ist ganz okay. Da ist absolut nichts dabei.«

Aber Josette war einfach nicht zu begeistern, das merkte ich. So was Dämliches. Der nächste Mittwoch kam bestimmt, und das Wetter wurde immer schlechter, und dann mussten wir wieder rüber. Und die Woche drauf wieder. Woche um Woche. Oh nein. Nein, nicht mit mir. Also bohrte ich weiter. Ich musste Josette rumkriegen. Wie war das noch? Steter Tropfen und so? Am Montagabend, beim dritten Viertele, da hatte ich sie dann endlich so weit.

»Und wenn sie uns erwischen?«

»Ach was. Bei dem Sauwetter geht doch keiner auf den Friedhof. Auf jeden Fall nicht spät nachmittags, denn da ist's ja schon fast dunkel. Wir müssen nur den großen Rucksack mitnehmen, für die Urne. Und eine Taschenlampe. Schaufeln stehen dort genügend rum, das hab ich gesehen. Und Pflanzen sind ja zum Glück keine drauf, bloß Zweige, und die legen wir wieder drüber.«

Also, wir taten's. Wir taten's wirklich. Wir hatten uns den Montag ausgesucht, meistens der ruhigste Tag auf dem Friedhof. Im Moment starben zwar viele, der Dezember ist immer ein schlimmer Monat, aber Beerdigungen sind normalerweise nicht montags. Und schon gar nicht am Spätnachmittag. Also Montag, der Montag nach dem zweiten Advent.

Regenschauer waren angesagt, die in der Nacht in Schnee übergehen sollten. Das war günstig, von wegen Spuren und so.

Die Sache war mühsamer und dauerte länger, als ich gedacht hatte. Wir mussten uns wahnsinnig anstrengen, um den schweren Boden aufzuschaufeln. War das Loch auch so tief gewesen, das sie für Papa gegraben hatten? Ich konnte mich beim besten Willen nicht mehr erinnern. Auf jeden Fall war das wesentlich fixer gegangen, damals. Aber das waren ja auch Profis gewesen.

Mein Gott, wir schwitzten und schwitzten, wir schwitzten trotz strömenden Regens. Doch wir arbeiteten stur und zielstrebig, in der Abenddämmerung, in dunklen Jeans und dunklen Anoraks. Mit dem Auffüllen waren wir schneller fertig, auch wenn das wegen der nassen Erde ziemlich in die Arme ging. Und ins Kreuz. Aber die ganze Zeit über kein Mensch weit und breit, wie ich mir's gedacht hatte. (Im Frühjahr sollten wir dann unser schändliches Tun mit dem Mantel der Liebe zudecken. Mit Immergrün. Immergrün wächst von selbst und braucht so gut wie keine Pflege. Niemand würde was merken, allenfalls würden ein paar Friedhofstratschen darüber lästern, wie lieblos doch die Witwe Fleurion mit ihrem ach so früh Verblichenen umging. Keine Besuche, keine frischen Blumen, keine Grabkultur. Ja, ja, die jungen Frauen von heute, so sind sie eben.)

Als wir endlich klatschnass und dreckig und total erschöpft im Auto saßen, konnten wir es kaum glauben. Wir hatten's geschafft, wir hatten's wirklich geschafft. Aber dann ließen die Nerven nach und wir zitterten um die Wette. Auch der Rucksack auf Josettes Schoß zitterte mit, mitsamt dem Heiligen Gral. Können wir froh sein, dass es keine Grenzkontrollen mehr gibt, sagte ich zu Josette, das wäre sonst ganz schön kitzelig gewesen. Trotzdem machten wir den Umweg über Sasbach, den kleinsten und unbelebtesten Grenzübergang. Vorsichtshalber. Man konnte ja nie wissen.

Später, zu Hause, in trockenen Klamotten und mit einem doppelten Schnaps in der Hand, da zitterten wir nicht mehr. Es hatte angefangen zu schneien, dichte Flocken rieselten aus dunkelgrauer Watte. Sie rieselten unentwegt, Stunde für Stunde, und um Mitternacht waren wir völlig eingeschneit. Noch nie hab ich mich so über Schnee gefreut.

Der Schnaps hatte müde gemacht, aber es war eine wohlige Müdigkeit. Auf dem Weg ins Bett schaute ich noch einmal stolz zu der Urne hin, die Josette mindestens eine Stunde lang gesäubert und poliert hatte, bevor sie ins Bad verschwunden war. Das Gefäß stand jetzt trophäengleich auf der alten Kommode, die Mama vor Jahrzehnten in England erstanden hatte.

»Ruhe in Frieden«, murmelte ich und streichelte über Stéphanes blitzende Hülle. »Ruhe in Frieden.« Verdient hatte er es allerdings wirklich nicht, wenn man bedachte, in welche Situation er Josette gebracht hatte.

KAPITEL 2: MONA LISA

Stéphane thront jetzt schon fast anderthalb Jahre auf der englischen Kommode, und ich denke, er hätte es zu schätzen gewusst. Wir behängen ihn zwar nicht mit Unterwäsche, aber wir unterhalten ihn bestimmt prächtig. Eine Frauen-WG, Mensch, das muss doch spannend sein für so einen Macho. Und ein Macho war er gewesen, nach allem, was Josette erzählt. Allerdings sieht Josette das anders, total anders. Trotz des ganzen Desasters ist er für sie immer noch der strahlende Held auf dem Podest. Beziehungsweise auf der Kommode. Ich an ihrer Stelle wäre stinksauer auf ihn. Ich kapier's nicht.

»Auch einen Kaffee?«

Vier Quadratmeter Küchentisch wieder mal zugemüllt mit dem ›Badischen Kurier‹. In schwarzen Lettern springt mir ›Deutschlands korrupte Elite‹ entgegen.

»Hm.« Wütend wackeln die blonden Locken hin und her. »Mon Dieu, das sind doch Gangster, richtige Gangster. Dass die den Hals nicht voll kriegen können. Es ist nicht zu fassen.«

Schon wieder ein Korruptionsskandal. Die ›Aguti‹-Affäre. Erst die Waffengeschäfte mit Nahost, dann die ›Omotoc‹-Geschichte, und jetzt das. Aber die Redakteure werden sich natürlich die Hände reiben. Du kannst kein Radio anstellen, ohne dass einer seinen Senf dazugibt. Und die ewigen ARD-Brennpunkte und ZDF-Spezial vermiesen dir dein schönes Abendprogramm. Und dazu noch Josettes Kommentare. Das kann einem gewaltig auf den Geist gehen. Aber wahrscheinlich hat das immer noch mit Stéphanes Pleite zu tun. Armer Jungunternehmer mit popeliger Büromaschinenfirma nur noch in Schutt und Asche, und die Großkopfeten verschieben ihre Millionen weiß Gott wohin. Aber das darfst du nicht sagen, bloß nicht, sonst ist sie eingeschnappt. Ihr geht's um die Moral, ja, um die soziale Gerechtigkeit, darum geht's ihr. Wenn sie da nur an den Spendenskandal letzte Woche denkt, bei ›Kinder reichen sich die Hände‹, oder an die Lustreisen der Manager von Interstrom oder eben an diese ›Omotoc‹-Geschichte, das ist doch alles haarsträubend, wirklich haarsträubend.

Die ›Omotoc‹-Geschichte, ja. Die besonders. Wie könnte ich die vergessen. Josette reitet ja schon lange genug drauf rum. Es ging um die Fusion zweier Ölkonzerne, bei der einer der Bosse eine märchenhafte Provision eingestrichen hatte. Ungerechtfertigt natürlich. Die genaue Summe weiß ich nicht mehr, ich hab's nicht so mit Zahlen. So 15 oder 20 Millionen Euro. Empörend natürlich, ganz empörend. Na ja. Ich bin da eher neidisch, wenn ich so was lese. Irgendwie find ich's sogar genial, wie sich manche bereichern, das muss ich zugeben. Wie dieser Öl-Baron zum Beispiel. Mit welcher Bravour der's geschafft hatte, denen die Millionen aus dem Kreuz zu leiern, ja, das finde ich schon toll. Ein toller Hecht. Ein fieser Kerl, natürlich. Aber Josette hat gut reden. Sie kann gut einen auf moralisch machen, schließlich hat sie ja nichts zum Auf-die-Seite-Schaffen.

»Hast du eigentlich mitgekriegt, wie in den letzten Tagen die ›Omotoc‹-Aktien gefallen sind?«

Nein, hab ich nicht. Aktien und so, das interessiert mich nicht. Ich versteh ja auch nichts davon. Mich interessiert nur Bares in meinem Portemonnaie. Das heißt natürlich, in *unserem* Portemonnaie.

»Hab ich's nicht gleich gesagt? Die hätten nie fusionieren dürfen.«

»Hm. Wenn du schon so schlau bist, dann tu doch mal was für uns.«

»Ohne Kapital? Wie denn? Verkauf doch endlich mal wieder ein Bild.«

Ach, halt die Klappe. Nerv mich bloß nicht. Ich kenne den Kontostand. Und wenn ich jetzt noch die Klempnerrechnung bezahle, dann wird's wirklich eng. Dann muss das letzte Sparbuch von Papa dran glauben, denn der Dispokredit ist auch ›perdu‹. Seit letztem Monat. Wenn ich nur an diesen Sparkassenfritzen denke, wie der sich aufgespielt hatte, da kommt mir jetzt noch die Galle hoch. ›Wenn Sie keine regelmäßigen Einkünfte mehr haben, sind Sie nicht mehr kreditwürdig, aber das sollten Sie doch wissen, nicht wahr?‹ Und wie peinlich das war, als ich im Baumarkt mit Karte bezahlen wollte und die

Kassiererin sagte: ›Nein, geht nicht, der Automat nimmt die Karte nicht, die ist, scheint's, gesperrt.‹ Und ich mit hochrotem Kopf, mein Gott.

Dass auf dem Boden noch etliche Bilder sind, richtig gute Bilder, die richtig gutes Geld bringen würden, das weiß Josette nicht. Wenn sie's wüsste, würde sie toben. Nein, natürlich nicht richtig toben, das kann sie gar nicht, aber sie würde sich schon aufregen. Verständlicherweise. Aber die Sache von damals geht mir immer noch nach. Dass ich mein erstes wirklich gutes Bild an so einen Idioten verkaufen musste. ›Fuchsauge‹. Das erste Bild, an dem ich wirklich hing. Was heißt hing, auf das ich richtiggehend stolz war. Und dann musste dieser Kerl daherkommen, der rein gar nichts davon verstand. ›Die Farben passen so gut in mein Jagdzimmer. So schön blutig. Am besten hänge ich's zwischen den Zwölfender und den Keiler.‹ Du liebe Güte, wenn ich bloß dran denke, da wird mir jetzt noch schlecht. Aber die dicke Brieftasche hatte es dann gebracht. So was wird mir nie mehr passieren, das hab ich mir damals geschworen. Nie mehr. Es war schon ziemlich haarig gewesen, bis ich's endlich wiederhatte.

»Du kannst mir ja mal Modell sitzen. So … à la Mona Lisa.«

»Mona Lisa. Fang du jetzt auch noch damit an.«

Mona Lisa ist nämlich Josettes Spitzname im Dorf. Den hatte ihr der Apotheker verpasst, gleich zu Anfang, weil sie immer so lächelt. So rätselhaft. So unergründlich. Unsere kleine Mona Lisa. Und das war dann natürlich durch den ganzen Ort gegangen. Einen Moment lang hab ich mir überlegt, das Ganze noch zu toppen und unser Haus so zu nennen, ja, jetzt erst recht!, aber dann war mir's doch zu blöd gewesen. Obwohl viele Maler so was machen. Aber, wie gesagt, das hätte sich nicht gelohnt.

»Ich will nicht gemalt werden, das weißt du ganz genau. Auch nicht von dir.«

»Warum denn nicht? Das wär doch eine tolle Reklame. Das ganze Dorf würde Schlange stehen.«

»Lass deine Witze. Das mag ich wirklich nicht.«

»Ich denke, ich soll Bilder verkaufen?«

»Ja, aber keine von mir. Außerdem hab ich dir schon oft genug gesagt, wie du Kunden kriegen kannst.«

»Ach ja? Die Bürgermeisterin als Venus, vielleicht? Ihr Männe als Herkules? Pudel Poco als Fasanenjäger? So was? Ja? Und dann womöglich die Bilder in der Rathaushalle ausstellen?«

»Du weißt ganz genau, was ich meine.«

»Lieber Himmel, Josette, ich hab dir schon x-mal gesagt, das ist das Letzte, wirklich das Allerletzte.«

»Schade. Ich dachte schon, du kämst so langsam zur Vernunft. Uns zuliebe.«

»Wie oft muss ich dir's noch erklären? Wie oft soll ich dir noch sagen, dass ich das nicht kann?«

»Dass du das nicht willst, meinst du.«

»Menschenskind, Josette, sieh's doch endlich ein. Es ist bescheuert, einfach bescheuert. Wenn die schreien, weil sie sich nicht wiedererkennen. Wenn die dir sagen, wie du malen sollst. Du verhunzt dir deinen Stil.«

»Sofern man einen hat.«

Oh, oh. So giftig? Na warte. Dabei verstehst du überhaupt nichts davon, rein gar nichts. Aber wie solltest du auch. Nur weil ich verschiedene Sachen ausprobiere, ab und zu. Nur weil ich experimentiere. *Herumexperimentiere*. Herrgott noch mal. Na ja. Wenn ich bloß dran denke, was aus Hermes geworden ist, aus Hermes, unserem Überflieger. Hermann Josef Windisch-Klein, Auftragsmaler, Salzgasse 4. Der die aufgeblasenen Freiburger Honoratioren porträtiert. Ausgerechnet Hermes, der Beste von uns allen.

»Jetzt halt bloß den Mund. Du hast doch keine Ahnung.«

»Irgendwann musst du von deinem hohen Ross runter, Emily. Spätestens, wenn wir keinen Cent mehr in der Tasche haben.«

»Dann kannst du dich ja mal im Supermarkt bewerben. Die suchen dauernd Kassiererinnen.«

Das ist natürlich auch unter der Gürtellinie. Und gleich wird's mir leidtun. Genauso leid wie ihr. Aber warum sollte es in einer Frauen-WG anders zugehen als in einer stinknormalen Ehe? So von wegen in guten wie in schlechten Zeiten? Knappe Kassen sind schließlich *der* Liebestöter, das kennt man doch aus zig Fernseh-Filmen. Und aus zig Krimis.

Ich wische das Wasser weg, das aus der Kaffeemaschine gelaufen war, und gieße uns zwei Becher ›Brazil‹ ein. Die vorletzte Packung, dann müssen wir auf die Aldi-Sorte umsteigen. Und das ist erst der Anfang.

»Josette. Das war jetzt nicht so gemeint …«

»Und ich sage doch nur, das wäre der letzte Notnagel.«

»Klar.« Natürlich hat sie nicht ganz unrecht. Es wäre wirklich der letzte Notnagel. Und schließlich male ich ja auch für Geld. Oder etwa nicht?

»Irgendwas wird uns schon noch einfallen.« Ich setze mich zu ihr an den Küchentisch und nehme einen Schluck Kaffee. »Au, ist der heiß. Sei bloß vorsichtig.« Jetzt tropfe ich sogar auf die korrupte Elite. ›Unsere korrupte Elite. Wo sind Deutschlands Saubermänner?‹ Ja, wo sind sie bloß? Da kommt man schon ins Grübeln. Aber nur kurz. »Ich hab's«, sage ich. »Wir könnten ja einen von diesen Kerlen kidnappen. Von diesen Steinreichen. Und so richtig schön viel Lösegeld erpressen. Das wär's doch.«

»Oh non, Emily!«

»Ach, Josette.« Ich verdrehe die Augen. »Das war doch bloß ein Spaß.«

»Wirklich? Bei dir weiß man nie …«

Klar, natürlich. Bei mir weiß man nie. Originalton Mama. Originalton Papa.

»Aber jetzt mal im Ernst, Josette. Warum sträubst du dich eigentlich so, dass ich dich male? Es ist doch wirklich nichts dabei, so hübsch, wie du bist. Und außerdem, ich bin doch nicht jeder.«

»Nein, das will ich nicht. Auf gar keinen Fall. Jamais. Nachher stellst du das Bild aus und jeder gafft mich an.«

»Und verknallt sich in dich.«

»Du meinst, und jeder lacht über mich.«

»Quatsch. Keiner lacht über dich. Du bist das geborene Modell.«

»Nein, kommt nicht infrage.«

Schade. Dabei ist sie wirklich das geborene Modell. Jean Rebaudets berühmte ›Badende im Spiegel‹, mit ihrem Rokoko-Popo und ihrem Dreimonatsbäuchlein. Franco Villaparettis honigsüßer Putten-Lockenkopf, der so kinderkitschig ist, dass er in jede Kirche passt. Alles auf einmal.

Dass ich schon ein paar Studien von ihr gemacht habe, muss sie ja nicht wissen. Ein paar Akte, aus dem Gedächtnis. Nie würde sie sich ausziehen für so was, nie und nimmer. Nackt Modell stehen, nein, das würde Josette nie tun, nicht für alles Geld der Welt. Ich würde für alles Geld der Welt so manches tun. Und nackt Modell stehen, das hatten wir doch alle gemacht, damals, auf der Kunsthochschule. Wir konnten uns fremde Modelle gar nicht leisten. In dem kalten Winter damals, da hatten wir uns fast den Arsch abgefroren. Nur Inka, die hatte sich den Arsch verbrannt. Als sie sich nämlich unbedingt auf die Heizung setzen musste, vor lauter Frieren. Fernheizung, auf allerhöchsten Touren. Wir mussten sogar die Rettung rufen, so schlimm war es gewesen.

»Überleg dir's noch mal, Josette. Bitte. Ich meine es ernst.«

KAPITEL 3: BILDER EINER AUSSTELLUNG

Ich hab mich breitschlagen lassen. Nein, kein Auftrag, um Himmels willen, nein. Nur eine kleine Ausstellung, so acht bis zehn Bilder. Vielleicht kurbelt das ja das Geschäft an. Meint Josette. Meint auch Frau Rossner, die Wirtin von der ›Rebhalde‹. Ja, ganz bestimmt, das sei eine prima Idee. Das komme sicher gut an bei den Gästen. Okay, okay. Wenigstens ist jetzt die andere Kuh vom Eis, zumindest für den Augenblick.

Ich geh hinauf ins Atelier, um meine Bestände durchzusehen. Das Atelier, das ist der ausgebaute

Teil vom Dachboden, ein super Raum, mit bestem Lichteinfall, voll klimatisiert. Nicht gerade billig, Papa hatte eine schöne Stange Geld dafür hingeblättert. Aber er war ja so stolz gewesen. ›Bei der Begabung meiner Tochter‹, das hatte ich mir dauernd mit hochrotem Kopf anhören müssen. Zuerst auf dem Schulhof, beim Disput mit Zeichenlehrer Bechtle, dann sonntags vor der Kirche, wenn Papa sich mit den Doctores med. und phil. und iur. und rer. nat. unterhielt (er legte großen Wert auf akademischen Umgang), und später bei den Museumsführungen. ›Bei der Begabung meiner Tochter‹, schepperte es durchs Dorf, stadtauf, stadtab, treppauf, treppab, überall, zu jeder Zeit. Umso peinlicher natürlich, dass ich jetzt so rumkrebse. Aber für das Atelier bin ich Papa ewig dankbar.

›Rossners Rebhalde‹ ist ein kleines Hotel in bester Lage, wie es so schön im Prospekt heißt, und das stimmt auch. Ein echter Geheimtipp, mitten in den Weinbergen. Mit Blick auf die Burkheimer Schlossruine und das Breisacher Oberstädtchen mit dem berühmten Münster, und auf Colmar und die Vogesen. Alles in Cinemascope, sozusagen. Wer auf der Rossner'schen Sonnenterrasse sitzt, der hat genug Süden. Der muss nicht weiter zum Lago Maggiore oder zum Gardasee. Der hat todsicher seine italienischen Momente, zwischen Hibiskus und Oleander und Olivenbäumchen und den beiden raffiniert platzierten Palmen. Nicht umsonst heißt das hier die deutsche Toscana. Und dass außerdem auch noch fantastisch gekocht wird, und das zu normaleren Preisen als im Elsass drüben, das macht die Sache perfekt.

Die Bilder könne ich im Foyer ausstellen, meint Frau Rossner. Was heißt Foyer, es ist der Eingangsbereich vor der Rezeption. Aber der ist schon geräumig, das muss ich zugeben. Ja, ja, groß genug, wirklich, Frau Rossner, das reicht völlig. Ich zögere bei den Weinberganansichten. Die sind fast ein bisschen, na, zu gefällig. Oder kitschig? Aber wahrscheinlich genau das, was die Hotelgäste in ihrer Weinseligkeit gerne mitnehmen würden, so als Erinnerung. Und schließlich brauchen wir das Geld. Die Aquarelle von den Rheinauen nehme ich auch gleich mit, die passen dazu. Also fünf Weinberge und drei Rheinauen. Vielleicht noch das Breisacher Münster vom letzten Herbst, aus meiner geometrischen Periode. Das ist zwar völlig anders, so streng und kühl graublau, aber warum nicht?

»Emily!« Ein spitzer Schrei und Josette steht in der Tür. »Wir haben Schnecken im Garten. Zwei Salatköpfe sind schon abgefressen.«

Ich bin schockiert. Ich sehe sie schon an meinem graublauen Münster entlangkriechen. Das kommt davon. Ich war von Anfang an dagegen gewesen. Aber Josette muss ja unbedingt ihre bäuerlichen Gene ausleben, mit Lollo Rosso und Eichblattsalat und Tomaten und Bohnen. Und das tut sie jetzt schon in der zweiten Saison, mit teutonischer Gründlichkeit. Elsässisch-teutonisch.

»Was macht man gegen Schnecken?«

»Was habt ihr denn auf der ›Ferme‹ gemacht?«

»Wir hatten keine.«

»Also eins sag ich dir, ich will nichts mit den Schnecken zu tun haben. Absolut gar nichts. Sieh zu, wie du klarkommst.«

Nicht nur wegen der kleinen Leichen im Kosmetikkoffer. Es hatte nämlich noch mal eine Schneckenepisode in meinem Leben gegeben. Im Jahr eins nach Mamas Tod, als ich für Papa und mich Salat geputzt hatte. Einen Kopfsalat mit Nacktschnecke. Als ich merkte, dass das Häuschen fehlte, da war's schon zu spät. Da waren meine Finger schon total eingeschleimt. Und der kleine Blattsalat an Schleim musste in den Müll wandern. Wieder mal.

»Haben wir kein Gartenbuch?«

Natürlich waren mal Gartenratgeber im Haus gewesen. Reichlich sogar. ›Der Garten im Wandel der Jahreszeiten‹. ›Leben mit Blüten und Pflanzen‹. ›Die schönsten Kübelpflanzen‹. ›Mein Kräuter- und Gemüsegarten‹. Etcetera, etcetera. Papa war schließlich ein passionierter Gärtner gewesen. Ich nicht. Ich hab nämlich nicht nur was gegen Schnecken, sondern auch gegen Erde. Ich kann einfach nicht mit bloßen Händen im Boden wühlen. Widerlich, wenn sich das Zeug so unter die Fingernägel schiebt. (Wie gut, dass wir im Elsass Schaufeln hatten.) Aber wo die Bücher abgeblieben sind, das wissen die Götter. Allerdings hatte ich nach Papas Tod mit vielen Sachen kurzen Prozess gemacht. Vielleicht waren die Gartenbücher auch dabei gewesen.

»Schau halt mal nach. Aber mach nicht zu lange damit rum. Ich bräuchte dich nämlich. Die Bilder müssen rüber zur ›Rebhalde‹. Am besten noch vor dem Mittagessen, sonst stören wir womöglich.«

Das Ganze dauert ewig. Bis Josette endlich so weit ist. Bis wir die Bilder endlich in Leintücher eingeschlagen haben. Bis wir sie endlich in dem Anhänger vom Küfer Erwin verstaut haben. Ein Geschiebe und Geruckel ist das und verdammt anstrengend, denn es wird langsam heiß. Eigentlich viel zu heiß für Ende Mai. Als ich schließlich den Motor anlasse, laufen mir kleine Bäche über die Stirn und in die Augen, und zwischen meinen Brüsten wird es widerlich nass.

Der Parkplatz vor der ›Rebhalde‹ ist schon ziemlich voll, als wir ankommen. Ich ignoriere das Schild ›Anlieferung‹ und stelle den Wagen direkt vor dem Haupteingang ab. Ich hab absolut keine Lust, die Bilder noch kilometerweit zu schleppen. Außerdem, wir liefern weder Fisch noch Fleisch noch Obst oder Gemüse. Was wir liefern, ist ja schließlich Kunst.

Während wir uns Bild für Bild ins Foyer quälen, lehnt am Tresen ein Herr mit verschränkten Armen und sieht uns zu. Ein richtiger Herr, zumindest äußerlich. Nadelstreifen, Weste, Seidenkrawatte. Graublau, gelassen. Nach dem Motto: Sollen doch die Emanzen sehen, wie sie zurechtkommen. Tja, der höflich zuvorkommende Mann ist wohl inzwischen aus der Mode.

Jetzt kommt Frau Rossner aus dem Büro und schaut meine Bilder an.

»Die sind aber hübsch, Frau Liebengast.«

Strahlend wie immer. Eine nette Person. Aber ihr ›hübsch‹, das ist natürlich ein rotes Tuch für mich. Gleich danach kommt ›interessant‹. Doch ich lass mir nichts anmerken.

»Darf ich die Fotos dort abhängen? Der Platz reicht sonst nicht.«

Die linke Wand ist nämlich mit Prominenten vollgepflastert, die hier mal gegessen oder übernachtet haben. Ein ehemaliger Landeschef, ein Ex-Verteidigungsminister, ein Showstar der 80er-Jahre, eine verflossene Schönheitskönigin – verflossen im wahrsten Sinne des Wortes. Hochglanzpolierte Vergangenheit. Daneben auch was Zeitgenössischeres. Maradonna in kumpelhafter Umarmung mit dem Souschef vor der ›Rebhalde‹. (Der Souschef ist ein passionierter Fußballer. Das hat er mit Maradonna gemein. Die Gewichtsprobleme auch.)

Frau Rossner nickt. »Natürlich. Wir hängen sie im Restaurant auf.«

Also mach ich mich mit Josette an die Arbeit. Ich spitze den Bleistift und markiere die Stellen für die Haken, radiere weg, markiere neu. Zücke Nägel und Hammer, hänge auf, hänge um, überleg's mir noch mal anders.

»Ist das jetzt okay so?«, frage ich nach langem Hin und Her über die Schulter weg.

»Es ist perfekt, absolument accompli.«

Nanu. Ein Bariton. Ein französischer Bariton. Ich dreh mich um. Es ist der Nadelstreifen, der uns die ganze Zeit so angestarrt hatte.

»Wer von Ihnen ist denn die Künstlerin?« Sein Blick bleibt an Josette hängen. Logisch.

»Ich.« Tja, tut mir leid.

»Madame, ich bin begeistert.«

Jetzt kommt doch noch männlich-gallischer Charme zum Vorschein. Und dann natürlich das ganze Programm, so von wegen Kunstliebhaber, mit großer Sammlung, nur das Beste, mit Arrondet befreundet und mit Fouqué und mit weiß Gott wem. Geschulter Blick natürlich. Mit wem habe ich eigentlich das Vergnügen?

»Darf ich mich vorstellen. Clairet, Jean-Marie Clairet.«

»Emily Liebengast.«

»Enchanté.«

Natürlich. Muss ich Josette auch vorstellen? Er schaut so notwendig. »Und das, das ist Madame Fleurion.«

Monsieur Clairet fackelt nicht lange. Er ist tatsächlich begeistert, ganz begeistert sogar. Von meinen Bildern natürlich. Von den Weinbergen, den Rheinauen, dem Münster, von der Strichführung, von den Farben. Besonders aber von dem kühlen Graublau. Na ja, wenigstens das spricht für ihn. Passt ja auch zum Anzug.

Ich merke, dass ich die Preisschilder vergessen habe. Die liegen noch im Handschuhfach, die muss ich noch holen. Als ich wiederkomme, es ist nicht zu glauben, da ist das Breisacher Münster so gut wie verkauft. Schnell stecke ich die Preisschilder weg. Tausend Euro, ja, eintausend. Eintausend Euro, eine richtige Okkasion, normalerweise würd ich's nicht so billig machen, aber weil er sich so schnell entschieden hat und so …

Er greift zur Brieftasche, ohne mit der Wimper zu zucken. Blättert mir die Scheine bar auf die Hand. Und dann lädt er uns auch noch zum Essen ein.

Ich nicke. Ich nicke Josettes bedenklichen Blick einfach weg. Wann haben wir schon mal Gelegenheit, hier zu essen? Es ist tatsächlich eine Ewigkeit her, dass wir das letzte Mal hier waren. Ich glaube, es war im vergangenen Sommer gewesen, als ich das Schwendi-Bild an den exzentrischen Engländer verkauft hatte. Ich weiß noch, ich hatte Kalbsnierchen in Senfsauce, ganz exzellente Kalbsnierchen, von handgefüttertem Elztälervieh, garantiert BSE-frei. Sie waren auf der Zunge zergangen.

Kaum sitzen wir (Monsieur Clairet hat sich für einen Tisch am Fenster entschieden), da stürzt auch schon ein überaus beflissener Herr Rossner aus der Küche und begrüßt uns überschwänglich. Was heißt uns – Monsieur Clairet ist's, den er überschwänglich begrüßt. Was drauf hinweist, dass Monsieur Clairet prominent sein muss. Oder ein Restaurantkritiker.

Als uns Herr Rossner dann endlich seiner Speisekarte überlässt, klärt uns unser Gastgeber auf. Ja, er ist Kollege – oder Konkurrent, je nachdem.

Geschäftsführer eines renommierten Pariser Restaurants. Momentan hilft er aber in der ›Hostellerie Schoepfflin‹ aus. Doch, ja. Als langjähriger Freund von Schoepfflin fils. Deshalb darf er in dieser Saison kompetent assistieren, eine unschätzbare Ehre, denn eigentlich benötigt dieser illustre Familien-Clan doch gar keine Assistenz, aber da ist ein kleiner Personalengpass, n'est-ce pas.

Bei zart angebratenem Filet vom Barsch mit Spargel und frischen Morcheln erzählt er uns dann von dem legendären Gourmet-Tempel, der seit sage und schreibe 35 Jahren drei Sterne besitzt. Es gebe nur noch drei andere Restaurants, die da mithalten könnten, ›Bocuse‹ in Lyon, ›Taillevent‹ in Paris und ›Troisgros‹ in Roanne.

Ja, und dann der Krieg der Schoepfflins gegen die ›Nouvelle Cuisine‹, damals. Sagenhaft, wie sie angefeindet worden waren, weil es bei ihnen nicht diese allzu übersichtliche Magerkost gab. Weil sie weiter Lachssoufflé und Froschmousseline und getrüffelte Gänseleber und Hummer ›Prinz Wladimir‹ auf der Karte hatten. Ja, ja, tempi passati. (Heute sind's wohl eher die Tierschützer, die den Schoepfflins zu schaffen machen.)

Jetzt haben es die Morcheln aber wirklich schwer. Wenn sie mit Hummer Wladimir konkurrieren sollen. Doch das ist ungerecht, Herrn Rossner gegenüber, denn ich mag Morcheln sowieso nicht. Hätt ich nie bestellt. Aber da war vorhin keine Chance zum Protestieren gewesen, keinen Moment lang.

Bei Rossners unschlagbaren badischen Apfelküchle mit Vanilleeis versiegen die Anekdötchen allmählich. Eigentlich möchte ich jetzt gehen, jetzt, wo ich satt bin und mein Geld habe, aber Monsieur Clairet bestellt noch Kaffee und Cognac. Französischer Abschluss, ganz stilvoll. Na ja, warum auch nicht.

»Ich hoffe doch sehr, dass ich Sie einmal bei uns in der ›Hostellerie‹ begrüßen darf.«

Aha. Da kommt's. Annäherung der anderen Art.

»Oh, das glaub ich kaum. Das können wir zwei uns nicht leisten, nicht wahr, Josette?«

Josette schüttelt den Kopf, nein, können wir nicht.

»Hm, schade. Wirklich schade.« Tiefsinnig rührt er in seiner Tasse, tiefsinnig schaut er in den kaffeebraunen Sud und dann in Josettes kaffeebraune Augen. Mich lässt er aus, zumindest im Moment. Schließlich greift er zum Cognac. »Santé. Auf eine erfolgreiche Ausstellung.«

Ja, auf die Ausstellung. Angefangen hat's ja gut, mit den 1.000 Euro. Mein lieber Schwan, wie viel Bargeld manche Leute so mit sich rumtragen. Ich hab nie mehr als 50 Euro im Geldbeutel. Allerhöchstens.

Aber Monsieur Clairet scheint die Sache noch nicht abgehakt zu haben. Er dreht sein leeres Cognacglas hin und her und her und hin und dann das Ganze noch mal. Cognacschwenker, daher der Name. Schließlich schaut er mich an.

»Könnten Sie sich vorstellen, für die ›Hostellerie‹ eine Speisekarte zu illustrieren?«

Du lieber Himmel. Der ist ja richtig raffiniert. Ich bin baff. Der schluckt ja so manche Kröte.

»Es würde sich für Sie lohnen, ganz bestimmt. Wir würden Ihren Namen auch gut platzieren. Es wäre eine fantastische Werbung für Sie.« Jetzt wirft er sich in die Brust. »Was meinen Sie, wer bei uns so alles ein- und ausgeht.«

Klar doch, klar.

»Das wäre doch *die* Chance für Sie.«

»Ja, aber …« Ja, aber was werden denn die Schoepfflins dazu sagen? »Was werden denn die Schoepfflins dazu sagen? Wenn Sie da eine kleine Malerin anschleppen, die keiner kennt?« Die werden todsicher nicht begeistert sein. »Die werden todsicher nicht begeistert sein. Die wollen doch bestimmt was Prominenteres dafür haben.« Überhaupt, sind die Schoepfflins nicht mit dem Tomi Ungerer befreundet? Ich glaube, ja. Da war doch mal was im ›Stern‹.

»Lassen Sie das nur meine Sorge sein. Ich weiß genau, dass die Schoepfflins gerne junge Talente fördern.«

Na ja. Von wegen jung. Aber Talent, ja doch. Talent hab ich schon. Doch.

»Also, Sie machen das.« Monsieur Clairet dreht wieder an seinem Cognacschwenker. »Sie machen das. Mais oui.« Jetzt setzt er das Glas in bester Basta!-Manier auf den Tisch.

Ich ziere mich und zögere und zaudere, bis mir

Josette vors Schienbein tritt. Was mich wundert, denn sie ist ja schließlich auch mit von der Partie, bei dem Deal. Aber das hat sie wohl noch nicht kapiert. Und jetzt tritt sie auch noch nach. Aua.

Tja, und so kommt's, dass ich mich breitschlagen lasse. Wir werden in der ›Hostellerie Schoepfflin‹ verkehren, ganz unstandesgemäß, zwischen der ›haute volée‹. Und wir werden es mit tollen Leuten zu tun bekommen, mit ganz tollen Leuten.

KAPITEL 4: BEGEGNUNG DER ANDEREN ART

Am Abend hängen wir ziemlich erledigt in unseren Sesseln herum. Kein Wunder, bei der Hitze. Aber dass wir so fertig sind, hat natürlich auch mit der Ausstellung und Monsieur Clairet und den 1.000 Euro und dem Auftrag zu tun. Eigentlich könnten wir jetzt feiern.

»Weißt du was, Josette, ich hol uns einen Wein. Zur Feier des Tages.«

Gerade mal sechs Flaschen liegen noch im Regal. Mein Gott. Früher war Papas Weinkeller immer randvoll gewesen. Und jetzt nur noch mickrige sechs Flaschen. Drei Bischoffinger Spätburgunder, zwei trockene Gewürztraminer und ein Pinot Noir aus dem Elsass, mit Goldmedaille. Der sollte eigentlich für ganz besondere Gelegenheiten aufgespart werden. Aber genau den nehme ich jetzt, schließlich hab ich heute 1.000 Euro verdient, und den Auftrag hab ich auch so gut wie in der Tasche. Die Frage ist natürlich nur, was er einbringt. Aber wenn der Monsieur schon 1.000 Euro für ein einziges Bild springen lässt, einfach so, dann kann ich für die Illustrationen mindestens das Gleiche verlangen, vielleicht sogar noch mehr. Schließlich haben's die Schoepfflins ja.

»Ich hab noch was Schönes gefunden. Einen Pinot Noir vom François Houtter«, verkünde ich, doch Josette hört nicht hin. Sie starrt auf den Fernseher.

»Vois donc. Da ist der Fraunfelder.«

Über den Bildschirm flimmert ein ausgesprochen attraktiver Typ, so Ende vierzig, Anfang fünfzig. Groß, schlank, silbergrau, blauäugig. Fraunfelder? Ach ja, Fraunfelder, der ›Omotoc‹-Boss. Der clevere Bursche. Dunkel habe ich ein Zeitungsfoto im Gedächtnis, aber das war ihm offensichtlich nicht gerecht geworden. Er erinnert mich an irgendeinen Schauspieler, an einen, den ich mag. Ja, klar, an den witzigen Anwalt aus der Dienstagsserie. Leo Lord.

»Der sieht aber mal gut aus.«

Josette wirft mir einen vernichtenden Blick zu.

»Na ja, auch Halunken können gut aussehen. Gerade die. Das macht's ihnen doch so leicht.« Ich suche nach einem passenden Beispiel, aber mir fällt nur der Heiratsschwindler von Echternach ein, im letzten Jahr, der hatte auch so super ausgesehen, aber das ist nun wirklich kein Vergleich.

Fraunfelder bewegt sich mit lässiger Eleganz über den Bildschirm und verschwindet. Der Kommentator, ein biederer, rundgesichtiger Brillenträger mit Doppelkinn und zu engem Hemdkragen, verkündet, dass einige Aktionäre Klage eingereicht hätten. ›Ich schalte jetzt zu meinem Kollegen Meyer-Tusch vor Ort.‹ Meyer-Tusch schneit ins Bild, jung, dynamisch, unscharf. Er wendet sich einem blassen Schütteren zu und fragt: ›Sie wollen also wirklich gegen Felix Fraunfelder klagen? Glauben Sie, dass Sie eine Chance haben?‹ Die Antwort des nervös wirkenden Aktionärs kommt leise und stockschnupfenartig und ist kaum zu verstehen. Dann knackt es. Es knackt noch mal, dann folgt ein Knattern, als ob eine ganze Batterie von Knallerbsen geworfen würde und die Verbindung reißt ab. ›Tonstörung‹ flimmert unten am Bildrand. Meyer-Tusch klammert sich energisch an sein Mikrofon und scheint heftige Bedenken zu äußern, doch die Bedenken verhallen ungehört. Dann federt wieder Fraunfelder ins Bild, mit ein paar geschmeidigen Sprüngen ist er am Rednerpult, doch auch ihm fehlen die Worte. Allerdings wirkt er sogar noch tonlos gut.

»Also trotz allem, Josette, ich finde den cool. Da kannst du sagen, was du willst.«

Josette schnaubt nur.

Jetzt fällt auch noch der letzte Rest des schönen Felix in sich zusammen. Bild- und Tonstörung also. Na, zum Glück liegt's diesmal am Sender und nicht an unserem Apparat.

Josette steht auf und streckt sich, dann stellt sie den Fernseher ab. »Gut so, Dieu merci.«

»Ach ja?«

»Mais oui. Ich kann's wirklich nicht mehr hören. Ich muss mich ja doch bloß aufregen.«

»Sag ich doch schon lange. Lass uns lieber noch ein bisschen draußen sitzen. Es ist so schön heute Abend.«

Ich klemme die Flasche unter den Arm und schnappe zwei Gläser. Im Garten dampft hitziger Abenddunst, sodass der Vogesenkamm am Horizont nicht mehr zu sehen ist. Eine Mischung aus Schwüle und Blütenduft hängt in der Luft, durch die ein Hauch von leicht Verbranntem zieht. Offenbar grillen sie unten im Dorf wieder auf Teufel komm raus. Es ist jedes Mal dasselbe. Sobald das Wetter schön wird, rennen sie zum Metzger Pröhl und kaufen kiloweise Würstchen und Nackensteaks und Bauchspeck und das ganze Zeug. Nur gut, dass wir hier oben keine direkten Nachbarn haben. Trotz des kokeligen Geruchs atme ich tief durch. So langsam könnte es wirklich ein bisschen abkühlen. Ich mache die Weinflasche auf und gieße uns ein.

»Der Clairet ist ja ganz schön auf dich abgefahren. Pass nur auf, dass der dir nicht an die Wäsche geht.«

»Was du immer denkst.«

»Ach komm, du hast es doch auch bemerkt.«

»Quel bêtise. Sieh du nur zu, dass *du* mit ihm klarkommst. Das können wir jetzt wirklich gebrauchen.«

»Das wird schon, keine Angst. Santé.« Ich nehme einen großen Schluck. Ich bin durstig. »Der Wein ist wirklich prima. Schade, dass wir nicht noch mehr davon haben.« Ich gieße noch mal nach. »Wir könnten doch morgen ins Elsass rüber und noch ein paar Kistchen holen. Jetzt, wo wir 1.000 Euro cash haben.«

»Werd bloß nicht leichtsinnig. Vielleicht sollten wir erst mal ein bisschen sparen.«

»Ach, sei doch nicht so spießig. Man muss die Feste feiern, wie sie fallen.«

»Also, mal im Ernst, Emily, es wäre bestimmt besser, wenn wir …«

»Ach, Quatsch, sei still. Ich will heute nichts hören. Komm, wir bedudeln uns ein bisschen.« Ich nehme mein Glas und schütte den Pinot hinunter, als ob es Wasser wäre. Tapfer greift Josette jetzt auch zum Glas, wahrscheinlich, weil sie mein Besäufnis verhindern will. Sie hat einen ebenso guten Zug wie ich, und ruckzuck ist die Flasche leer. Schade. Der schöne Pinot. Ich steige noch mal in den Keller, um den Gewürztraminer zu holen. Vorsichtshalber bringe ich gleich beide Flaschen mit.

Dass das ein Fehler war, merke ich schon in der Nacht. Am klebrigen Pyjama und den verschwitzten Haaren und dem rasenden Puls und den kribbelnden Gliedern. Ja, ich hätt's wissen müssen. Auch die Flasche Mineralwasser, die ich immer neben dem Bett stehen habe, kann das nicht so schnell kurieren. Am nächsten Morgen brummt mein Kopf, als ob sich darin Elefanten gepaart hätten. Also viel Kaffee und Aspirin und noch mehr frische Luft, das hilft eigentlich immer. Schließlich war's ja kein Fusel gewesen. Aber schon um acht Uhr sind es 24 Grad draußen und die Luft ist alles andere als frisch. Daher flüchte ich ins Atelier, da ist es wenigstens schön kühl.

Eigentlich könnte ich mich schon mal an die Entwürfe für die Speisekarte machen. Mir ist zwar noch ein bisschen mulmig, aber das wird sich geben. Arbeit lenkt ab.

Natürlich muss es was Schickes sein, was Originelles, was Drei-Sterne-Mäßiges. Aber das ist gar nicht so einfach. Mir fällt das wollüstige Brueghel-Bild ein, wie die alle mit vollgefressenen Bäuchen herumliegen. Aber dabei vergeht den Leuten womöglich der Appetit. Oder sie bekommen Angst vorm Zunehmen. Nein. Ich probier einfach mal ein paar Formarrangements aus.

Als Josette gegen elf in ziemlich ramponiertem Zustand auftaucht, mit verquollenen Augen und wirrem Haar, da habe ich doch schon ein gutes Dutzend Skizzen geschafft.

»Mon Dieu, Emily, wie machst du das nur, nach so einer Nacht?« Gähnend beugt sie sich über meine Entwürfe und trielt drauf.

»Mensch, kannst du nicht aufpassen?«

Erschrocken wischt sie sich das Kinn ab. »Das wollte ich nicht. Wirklich nicht.« Sie reibt sich die Augen, bis sie flammend rot sind. »Aber das ist doch schon ganz toll. Das kannst du direkt so abliefern.«

»Na, ich weiß nicht.«

»Also *ich* finde es perfekt.«

»Übertreib mal nicht. Ich denke, da muss noch viel dran getan werden.«

Wie immer, wenn ich angefangen habe, packt mich der Ehrgeiz. Dann muss ich weitermachen. Ich überlege einen Moment. »Ich glaube, ich fahr nachher gleich mal rüber. Ich will mir die ›Hostellerie‹ von innen angucken. Dann weiß ich eher, in welche Richtung das Ganze gehen muss. Du kommst doch mit?«

»Ach, nein. Nicht, wie ich aussehe.«

»Ach, Josette, jetzt komm schon. Ich will wirklich nicht alleine hin.«

Eine Stunde später fahren wir los. Die hatte Josette auch gebraucht, mit Eiswasser und Augentrost und allem möglichen Pipapo. Und natürlich literweise Contrex und pechschwarzem Kaffee.

Jetzt sieht sie wieder aus wie das blühende Leben, man sollte es kaum glauben.

Ich gebe Gas. Ich fahre wie jeder echte Kaiserstühler, das heißt flott, sehr flott. Und um die Mittagszeit kann man's sowieso immer laufen lassen, meistens wenigstens, denn da sitzen alle beim Essen. Heute auch. Die Straßen sind beinahe leer, nur vereinzelt begegnen uns Autos. Hinter Sasbach überholen wir ein paar Radfahrer, die bestimmt auf dem Weg zu den Gartenwirtschaften am Rhein sind. Und tatsächlich, bei der Limburg kommen wir an einem Riesenpulk von Rädern vorbei, deren Besitzer sich wohl gerade über rote Würste und Wecken und Bier hermachen. Wir überqueren den Rhein, brausen durch Marckolsheim, Richtung Ill, dann links ab und die kleine Fecht entlang.

Der alte Fachwerkbau der ›Hostellerie‹ ist schon von Weitem zu sehen, am Wasser, zwischen zartgrünen Trauerweiden. Die Schoepfflins hatten damals wirklich einen guten Blick gehabt. Richtig malerisch, das Ganze. Etwas weniger malerisch der gigantische Parkplatz – man sollte meinen, um Nummern zu groß. Aber er ist proppenvoll, selbst am heiterhellen Werktag. Ich biege mit Schwung von der Straße ab und genauso schwungvoll in die Zufahrt hinein.

»Vois, les cigognes! Da sind zwei Störche auf dem Dach.« Josette klatscht begeistert in die Hände.

»Wo?« Ich schaue hoch, kann aber nichts sehen. »Wo denn?« Ich verrenke mir fast den Hals. Plötzlich registriere ich aus dem Augenwinkel heraus eine abrupte Bewegung. Keine drei Meter vor mir schießt ein riesiger Ami-Schlitten aus der Parklücke heraus und quer in meine Fahrspur hinein. Ich hupe, was das Zeug hält, aber der Wagen rollt unbeeindruckt weiter.

Es ist wie im Film. Ein Slapstick. Der Wagen rollt und rollt und rollt, ich bremse und bremse und bremse – bremse, dass die Reifen nur so quietschen. Umsonst. Unaufhaltsam nimmt das Unheil seinen Lauf. Mein kleiner Renault donnert in den Ami hinein.

Es ist kein Ami, es ist ein Schweizer. Ein älteres Schweizer Ehepaar. Was heißt älter, sie ziemlich alt, er steinalt. Sie die Beifahrerin, er der Fahrer. Sie jetzt blütenblass, er totenbleich.

»Warum haben Sie denn nicht gebremst? Ich hab doch wie irre gehupt.« Ich bin aufgeregt.

Er schweigt, der steinalte totenbleiche Schweizer. Die Frau ist's, die zuerst die Sprache wiederfindet. »Mi Mann isch taub, Maidli, der künnt nimmer höre.«

»Taub?« Entsetzt blicke ich von ihr zu ihm. »Und da fahren Sie noch Auto?«

Keine Antwort. Logisch. Er ist ja taub. Riesige Eulenaugen schwimmen ängstlich hinter Brillengläsern hin und her, die bestimmt acht Dioptrien haben. Wenn der noch sehen kann, bin ich Madonna.

Die Ehefrau kann offenbar Gedanken lesen. Beschwörend hebt sie die Hände. »Mer wisset, dass mer schuld sind. Bloß nüt d' Polizei rufe, des koscht ihn sine Fahrerlaubig.«

Resigniert schaue ich auf meine eingedrückte Kühlerhaube und die herunterbaumelnde Stoßstange. Auch die Scheinwerfer sind hin, wie Schielaugen quellen sie aus dem Auto heraus. Mein Gott, gleich fällt meine Rostlaube in sich zusammen.

Was soll ich bloß machen? Die beiden Alten tun mir fast leid, wie sie so zerknittert und verstört dastehen. Aber nur fast, der Mann ist gemeingefährlich, keine Frage. Der darf wirklich nicht mehr fahren, dem gehört der Führerschein abgenommen. Also doch Polizei. Außerdem, so eine Schadenssache mit einem Ausländer, einem Schweizer, einem Nicht-EU-Staatler, das gibt womöglich Komplikationen.

»Mer kommet au für de ganze Schade uff, Sie müsset künne Angscht habe. Wirklich nüt.«

Sie sagt das so überzeugend, dass meine Angscht schwindet. Und eigentlich will ich ja auch keine Polizei, denn wenn die mein klappriges Auto genauer anschauen, dann finden die womöglich auch noch was. Und vielleicht war ich ja doch ein bisschen zu schnell gewesen, in der Parkzone. Also okay, keine Polizei. Aber ich bestehe drauf, dass mir der halb blinde stocktaube Alte ein Schuldeingeständnis unterschreibt, kurz und knapp und eidgenössisch präzis. Und die Ehefrau muss versprechen, ihren Mann in Zukunft nicht mehr ans Steuer zu lassen, nein, nie mehr, wirklich nüt, sie verspricht es hoch und heilig. Ja, das tue sie, und nein, das werde sie nie mehr zulassen, Ehrenwort.

Nachdem die Schweizer nach langem Heck und Meck ihren Wagen wieder in der Parklücke haben, die letzte Fahrt hoffentlich, verschwinden sie schnell in der ›Hostellerie‹ und überlassen uns das Feld. Das Trümmerfeld. Wir lesen die Scherben zusammen, was bleibt uns anderes übrig, schließlich sind wir die Jüngeren. Und dann setze ich mich ans Steuer. Ich drehe den Zündschlüssel. Ich warte. Krrrhk, krrrhk, pfffh, pfffh, krächzt und pfeift es. Brrrrrrrrh, ffffffffh, schttttt. Die Geräusche sind grauenvoll, richtig grauenvoll. Aber immerhin noch Geräusche. Zumindest vorläufig. Dann wird's auf einmal still, sehr still. Mucksmäuschenstill. Um Himmels willen. Ich steh hier mitten in der Zufahrt und keiner kann mehr raus. So ein Mist. So ein verdammter Mist.

»Wir gehen jetzt erst mal rein und rufen den Abschleppdienst. Monsieur Clairet wird uns sicher dabei helfen.« Josette ist die Ruhe selbst. Das kenne ich sonst gar nicht von ihr. »Und dann nehmen wir einen Mietwagen, bis das Auto repariert ist.«

»Du bist gut. Wer soll denn das bezahlen?« Mich packt so langsam die blanke Wut.

»Na, die Schweizer natürlich.«

»Mensch, Josette, wir müssen in Vorleistung gehen.«

»Du hast doch die 1.000 Euro.«

»Aber nicht für so was.« Es ist alles ganz bescheuert. »Und was, wenn sich der Renault nicht mehr reparieren lässt?«

»Jetzt sieh doch nicht so schwarz. Das kriegen wir schon wieder hin. Wir haben doch bisher alles hingekriegt.«

Die ist gut. Wir haben doch bisher alles hingekriegt. Ja, klar. Haben wir. Aber jetzt haben wir's wirklich hin gekriegt. Kaputt gekriegt. Mir treibt es Zornestränen in die Augen, Zornestränen über unsere Lage. Ja, so ist das. Da stehe ich nun mitten auf dem beschissenen Parkplatz vor der beschissenen ›Hostellerie‹ und heule unter blitzblauem Himmel Rotz und Wasser.

KAPITEL 5: DER FATALE STOLPERER

Ich war nicht immer so arm gewesen. Nein, ich war sogar mal richtig reich. Und wenn ich das sage, dann meine ich nicht meine Kindheit und auch nicht die Jahre mit Papa. Obwohl wir gutsituiert waren, wie das so schön heißt. Nein, das meine ich nicht. Ich meine dieses eine verrückte Jahr mit Hendrik, das Jahr, in dem ich dreißig wurde. Da schwamm ich nämlich im Geld. Es war mein Jahr in Norddeutschland gewesen. Mein Bremer Jahr. Mein Bremer Liebhaber.

Um genau zu sein, Hendrik war nicht einfach mein Liebhaber, nein, er war die Liebe meines Lebens. Dachte ich zumindest, damals jedenfalls. Und was für ein Glück – Hendrik war außerdem vielfacher Millionär. Wievielfach, das sag ich besser nicht. Das würde mir sowieso keiner glauben.

Hendrik: 15 Jahre älter als ich, getrennt lebend, drei Kinder. Zwei Jungen und ein Mädchen, prachtvolle Kinder, Kinder wie aus dem Bilderbuch natürlich, Kinder, zu denen er die tollste Beziehung hatte, die man sich nur vorstellen kann. Der perfekte Vater. Vom Getrenntsein mal abgesehen.

Wir hatten uns auf einer Vernissage in Worpswede kennengelernt. Nicht, dass wir uns sofort begeistert in die Arme gefallen wären, nein, nein. Wir waren uns zwar in die Arme gefallen, aber keineswegs begeistert. Ganz und gar nicht. Ich hatte nämlich ein proppenvolles Glas Orangensaft durch die proppenvolle Galerie jongliert und die eine Stufe nicht gesehen, die den Raum in zwei Ebenen gliederte. Wahrscheinlich ganz genau kalkuliert, so vom künstlerischen Standpunkt aus.

Ich stolperte, mit Blick auf ein hageres, wettergegerbtes Gesicht mit lichtblauen Augen, zu dem ein lichtblaues Seidenhemd und eine schreiend schöne, blumige Krawatte gehörte – ›truest flower power‹. Schickimicki, dachte ich noch, bevor sich mein Glas schwungvoll entleerte. Später musste ich mir anhören, dass es sich nicht um eine simple Armani-Krawatte handelte, oh nein, sondern um ein Unikat, von Paloma Picasso eigens für den Träger entworfen. Bevorzugt auf Vernissagen zu tragen.

»Herrje, können Sie denn nicht aufpassen?«

Es war nicht gerade vielversprechend, wie wir ins Gespräch kamen. Kein Wunder. Die ganze Männerbrust war gelb getränkt, sowohl das lichte Hemd als auch die schrille Krawatte. Kaum zu glauben, wie viel in so einem Glas drin sein kann. Ganz ehrlich, ich konnte seinen Ärger verstehen, ja, doch. Und ich versuchte auch sofort, das Malheur auszubügeln, mit mehr Charme, als ich normalerweise bei so einem braun gebrannt Blauäugigen, kühl-nordisch Blonden investiert hätte. Normalerweise steh ich nämlich eher auf den etwas bulligen Typ, mit dunklen Haaren und dunklen Augen.

Für den restlichen Nachmittag war ich der Charme in Person. Und die Kompetenz in Person, so vom Künstlerischen her, so als Malerin auf einer Vernissage. Auf gut Deutsch, ich gab ziemlich an. Und der gute Hendrik Hendriksen, der die Vernissage gesponsert hatte, fiel der Länge nach drauf rein.

So fing's also an. Ein Anfang mit einem Stolperer. Aber das war nicht der fatale Stolperer gewesen, nein, nein, der nicht. Das war nämlich so. Unsere Beziehung begann mit einem Stolperer und sie endete mit einem Stolperer. Aber dazwischen lag glücklicherweise weniger Holpriges, denn wir waren total vernarrt ineinander. Wir waren richtig ›gaga‹.

›Unser‹ Jahr war Abenteuer pur, dank Hendriks Weltläufigkeit und natürlich dank Hendriks Millionen. Wir jetteten um die Welt. Wir feierten den Karneval in Rio und zum ›Mardi Gras‹ waren wir in New Orleans. Wir beklatschten die große Artisten-Gala in Monte Carlo und applaudierten bei der Oscar-Verleihung. Alle Kunstausstellungen des Jahres sahen wir uns an, in Amsterdam, in Paris, in Madrid, in Wien, in der Tate Gallery, in der Eremitage. Wir düsten nach Sydney, um ja nicht Sir Simon Silverbergs ›Carmen‹-Inszenierung zu verpassen, und an die Met, um zu sehen, ob ihm Danielo Donatello mit seiner ›Zauberflöte‹ das Wasser reichen konnte. Wir wetteten in Ascot, in Cut und Zylinder und einem Dior-Fummel am Leib und einem Wagenrad auf dem Kopf. Indianapolis und Silverstone, Monza und Hockenheim-Ring, wir waren dabei. Ebenso natürlich in Wimbledon und Flushing Meadows und Rothenbaum. Paul McCartney on tour, Harry Belafonte in concert, Phil Collins live. Immer mittenmang. Wo waren wir nicht gewesen? Ich weiß es nicht.

Als ich nach zehn Monaten schwanger wurde, war Hendrik überglücklich. Wie ich schon sagte, er war wahnsinnig vernarrt in Kinder. Wie oft hatte er in all den Monaten seinen beiden ach so begabten Söhnen und der ach so süßen kleinen Marlene nachgeweint, die natürlich bei der Mutter waren und die er nur noch selten zu sehen bekam.

Hendrik wollte mich absichern. Für alle Fälle. Falls sich das mit der Scheidung noch länger hinzog. Hab ich's noch nicht gesagt? Seine Noch-Ehefrau, Sylvie, die machte nämlich ziemliche Zicken. Das war ja auch kein Wunder, denn sie musste nach einer Scheidung auf Etliches verzichten. Nicht, dass Hendrik knauserig gewesen wäre, nein, nein, ganz und gar nicht. Obwohl sie in Gütertrennung lebten (da war er vorsichtig gewesen, damals), war er Manns und Vater genug, eine stattliche Unterhaltssumme zu löhnen. Keiner sollte Not leiden. Sogar das Haus am Rhododendronpark sollte Sylvie behalten. Das fand ich echt nobel, denn das Haus war mindestens zwei Millionen wert. Aber wirklich jucken tat mich das nicht, denn wir wohnten zu der Zeit in einer todschicken Penthousewohnung über der Weser. Außerdem wollten wir sowieso raus aufs Land, sobald das Kind da war. Ich finde, wenn schon Kinder, dann sollten sie auf dem Land groß werden. Das ist viel schöner, das weiß ich aus eigener Erfahrung. Also musste Hendrik schon mal die Fühler ausstrecken. Hendrik machte sowieso alles, was ich wollte.

Ums Geld ging's also nicht. Nein, es war der Status, auf den Sylvie verzichten musste. Nicht mehr als Frau des berühmten Import-Export-Königs von Ball zu Ball tanzen, von Party zu Party schweben, von Einweihung zu Einweihung schreiten, von Senatoren, Spitzenmanagern, Bankern, Künstlern und anderen Prominenten hofiert werden – das war schon bitter. Also wehrte sie sich mit Händen und Füßen. Der Rosenkrieg war in vollem Gange.

Es war meine Schwangerschaft, die das Ganze beschleunigte. Sie beflügelte den verantwortungsbewussten Hendrik.

»Wir müssen jetzt unbedingt was tun, um dich und das Kind abzusichern. Für alle Fälle.« Hendrik streichelte mir über meinen kleinen Bauch, der ganz zaghaft zu wachsen begann. Bei einer so dünnen Person, wie ich es bin, konnte man natürlich im dritten Monat noch nicht viel sehen, geschweige denn fühlen. »Lass uns am Wochenende Enno einladen und alles mit ihm besprechen.«

Enno war Hendriks Freund und Anwalt, der ihn seit mehr als 16 Jahren in allen juristischen Dingen vorteilhaft beriet (nicht nur vorteilhaft für Hendrik, sondern auch vorteilhaft für Enno).

»Hallo, Enno, kannst du am Wochenende zu uns kommen? Sonntag, zum Brunch? Ich muss was Wichtiges mit dir bereden. Es geht um Emily.«

Selbstverständlich konnte Enno. Enno konnte immer, wenn's was zu essen gab. Als Junggeselle war er ständig hungrig und ließ natürlich keine Gelegenheit aus. Und weil ich zugegebenermaßen recht gut koche, kam Enno immer gern zu uns. Liebend gern sogar. So auch diesmal.

»Hm, schmeckt das wieder gut.« Er schmatzte laut und deutlich und griff beherzt zu. »Gott sei Dank gibt's bei dir auch immer genug«, sagte er nach dem sechsten Schweinsmedaillon und einem Kännchen Sauce béarnaise und einer halben Stange Baguette mit Kräuterbutter. Den Rohkostteller hatte er wohlweislich stehen lassen, denn Fleisch war sein liebstes Gemüse. »Hoffentlich hast du auch noch ein schönes Dessert.« Dabei lachte er vollbäuchig.

»Crêpes Suzette, wenn's recht ist.« Ich wusste schließlich, was ich Enno schuldig war. »Das musst du aber gleich wieder abarbeiten, mein Lieber. Umsonst gibt's hier nichts.«

Während ich abräumte und den Kaffee aufsetzte, erklärte Hendrik Enno, um was es ging. Ich nahm meine Tasse und verzog mich in den Wintergarten. Schließlich wollte ich mich nicht wie eine gierige Erbschleicherin aufführen, das wär ja noch schöner gewesen. Außerdem wusste ich sowieso ganz genau, was Hendrik vorhatte. Schließlich hatten wir alles lang und breit durchgesprochen.

Fast eine Stunde redeten die beiden, und gegen drei zog Enno dann mit seinen Notizen und vollem Magen ab.

Ennos Entwurf kam schon am übernächsten Tag.

Hendrik studierte ihn gründlich, aber Enno hatte mal wieder gute Arbeit geleistet. Bis auf ein paar Kleinigkeiten. Hendrik griff zum Telefon.

»Da sind noch zwei Dinge, Enno. Die Zahl der japanischen Aktienpakete, die ist nicht in Ordnung. Da musst du dich verhört haben. 33 statt 30. Eine Lappalie. Aber dann geht es noch um das Haus auf Sylt, das soll auf Emily überschrieben werden. Das hab ich wohl vergessen zu sagen. Ist es dir recht, wenn wir morgen zu dir in die Kanzlei kommen?«

Es war recht. Also machten wir uns am nächsten Tag auf den Weg. Es war ein Mittwoch, ich werd's nie vergessen. Wir sollten viertel vor zwölf bei Enno sein, in seiner noblen Kanzlei am Markt. Von Hendrik wusste ich, dass Enno die Kanzlei vor 20 Jahren mit seinem Studienkollegen Jan Meyerdierks gegründet hatte. Damals war's noch eine ganz kleine Klitsche gewesen, sie hatten sich kaum die Miete leisten können, und die Schreibkraft gab's auch nur stundenweise. Inzwischen war die Sozietät beträchtlich angewachsen. Es waren vier weitere Anwälte dazugekommen, natürlich alle ganz renommiert, und massig Sekretärinnen und Hilfskräfte, sodass Enno nun das ganze vierstöckige Haus hatte pachten müssen. Er selbst saß in der obersten Etage, sozusagen über dem Ganzen schwebend.

Natürlich waren es die schönsten Räume im Haus, Räume mit einem herrlichen Blick auf Rathaus und Dom. Ich wusste von Enno, wie sehr seine Mandanten dieses ganze Drumherum genossen, und dass sie eher zu lange blieben. Alles war gediegen und behaglich, schlichte dunkle Massivholzmöbel, ein antiker Schreibtisch, bequeme Ledergarnituren, erlesene Bilder an der Wand. Ich glaube, es war sogar ein echter Modersohn dabei – Otto, nicht Paula. Alles vom Feinsten, aber trotzdem ganz und gar nicht protzig. Typisch hanseatisch eben. Der einzige Wermutstropfen war, dass der Aufzug nur bis zum dritten Stock ging. Also mussten wir zur letzten Etage zu Fuß raufsteigen. Aber das machte uns nichts aus, wir waren schließlich fit, und mein Bauch war ja erst im Werden.

Enno begrüßte uns überschwänglich und mit einer Flasche in der Hand. Wie immer hatte er den ganzen Schrank voll mit tollen Sachen. Diesmal war es ein 18 Jahre alter Single Malt, den ihm ein überaus zufriedener Mandant geschenkt hatte. (Eine Ehescheidung, die den Mandanten so unerwartet billig gekommen war, dass er Enno gleich zwei Kistchen davon gebracht hatte.)

Eigentlich sollte ich als werdende Mutter ja gar nichts trinken, aber einmal nippen, da war doch nichts dabei, oder? Aber das Zeug war stark, 45 Prozent. Schon beim ersten Schluck merkte ich, dass es besser war, die Finger davon zu lassen. Außerdem bekam ich sofort dieses schreckliche Sodbrennen, das mir die Schwangerschaft von Anfang an ziemlich vergällte. Also schob ich Hendrik mein Glas hin. »Nimm du den bitte, ich glaub, das ist vernünftiger.«

Also stießen die beiden ohne mich an, Hendrik erst mit meinem und dann mit seinem. Dann griff Enno nach dem Vertragsentwurf und schlug ihn auf. »Da haben wir's ja. Paragraf vier und Paragraf neun. Das ist schnell erledigt.« Enno beugte sich über das Schriftstück und kritzelte mit seiner gestochenen Anwaltsschrift die 33 Aktienpakete und das Sylter Haus hinein, so popelig klein, dass es für jeden Grafologen ein gefundenes Fressen gewesen wäre. »Jetzt muss ich es nur noch rasch ins Reine tippen lassen.«

Enno rief über die Gegensprechanlage nach seiner Sekretärin, doch die schien nichts zu hören. Er stand auf und ging ins Nebenzimmer, um nachzuschauen. Kopfschüttelnd drehte er sich wieder zu uns um. »Nicht da.«

Er machte die Tür zum Flur auf. »Weiß jemand, wo Frau Pietsch ist?«

Die beiden Azubis, die dort die Köpfe zusammengesteckt hatten, fuhren auseinander. »Die ist zum Essen gegangen.«

»Die hat gesagt, sie sei um halb zwei wieder da.«

»Ohne sich abzumelden?«

»Hat sie doch«, meinte der eine.

»Bei uns«, ergänzte der andere.

Einen Moment lang schien Enno verärgert, aber das gab sich schnell. Jovial legte er die Arme um unsere Schultern. »Egal. Lasst uns auch was essen gehen. Wie wär's mit dem Mexikaner um die Ecke? Oder lieber italienisch, die Osteria unten an der Schlachte?«

»Ach, wenn schon, dann bitte italienisch«, sagte ich. Ich wollte keine Steaks mit Chilisoße. Seit ich schwanger war, war mir gar nicht mehr nach Fleisch.

»Also dann zu Sergio.«

Wir standen auf und gingen zur Tür. Höflich, wie er war, ließ Enno Hendrik und mir den Vortritt. Doch ich blieb plötzlich stehen, weil ich ein Bild entdeckt hatte, das mir bisher entgangen war.

»Das hab ich noch nie gesehen. Hing das schon immer hier?«

»Nein, das ist neu. Brandneu.«

Ich schaute genauer hin. »Sag mal, ist das nicht ein früher Vogeler?«

»Was, das siehst du? Das ist ein ganz unbekanntes Werk, und gar nicht mal typisch.« Er sah mich anerkennend an. »Na ja, schließlich bist du ja vom Fach.«

»Der muss aber 'ne ganze Stange Geld gekostet haben.« Ich erstarrte fast in Ehrfurcht.

Enno grinste. »Du wirst es nicht glauben, der hat mich keinen Cent gekostet. Ein klammer Mandant hat mich in Naturalien bezahlt.« Er grinste noch mehr. »Übrigens nicht zum ersten Mal. Einmal musste ich einen türkischen Lebensmittelhändler vertreten, der glaubte, mich mit seinem ganzen Warenlager abspeisen zu können. Im wahrsten Sinne des Wortes. Der brachte Lammfleisch, bis es mir aus den Ohren rauskam. Und als er schließlich …«

Enno brachte seinen Satz nicht zu Ende, denn ein markerschütternder Schrei gellte plötzlich durchs Treppenhaus. Zu Tode erschreckt stürzten wir beide hinaus. Oh Gott, oh Gott. Unten am Treppenabsatz lag Hendrik in eigenartig verbogener Stellung. Irgendwie schien der Kopf völlig verdreht, als ob er nichts mit dem restlichen Körper zu tun hätte. Irgendwie komisch. Hendrik musste kopfüber hinuntergestürzt sein.

»Hendrik, Hendrik, was ist? Was ist los?«

Hendrik blieb stumm. Natürlich blieb er stumm, denn er war tot. »Genickbruch«, sagte der Notarzt zehn Minuten später lakonisch. Das musste er uns nicht erst sagen, das war uns auch so klar. Zumindest mir. Schließlich hatte ich genau hingesehen. Ich schluchzte in Ennos Armen. Und der gute Enno, aschfahl, zitternd, mit klappernden Zähnen, der gute Enno erwies sich wahrhaftig nicht als tolle Stütze. Fast musste ich ihn stützen. Ich hatte schon immer den Verdacht, dass Enno eine Memme war.

Das Ganze war furchtbar, furchtbar in jeder Beziehung. Hendrik tot, ich schwanger und mein Erbe futsch. Der Erbvertrag hinfällig, ohne Unterschrift. Wenn Hendrik doch bloß nicht gestolpert wäre. Wenn er bloß nicht diesen zweiten Whisky getrunken hätte. Und wenn die blöde Sekretärin bloß nicht zum Essen gegangen wäre. Die dumme Kuh. Hätte sie nicht noch warten können? Es war noch nicht mal eins gewesen – da hätte sie sich doch noch zusammenreißen können.

Die nächsten Tage vergingen wie in Trance, und wie in Trance brachten wir Hendrik unter die Erde. In die pompöse Familiengruft auf dem Riensberger Friedhof, dem bremischsten aller Bremer Friedhöfe. ›Pompe funèbre‹, wer sagt's denn. Ich auf der einen Seite, zaghaft von Enno gestützt, Witwe Sylvie mit der kleinen Marlene und den beiden Söhnen auf der anderen. Und hinter uns Heerscharen von Trauernden. Senatoren, Geschäftspartner, Banker, Künstler und andere Prominente, ich sprach ja schon davon. Wir weinten alle, es war todtraurig.

Als ich mit Enno hinterher in der Kanzlei saß (er musste noch auf einen Beurkundungstermin warten und ich hatte beim Leichenschmaus der Familie Hendriksen ja wirklich nichts verloren), da kam mir plötzlich die rettende Idee.

»Sag mal, Enno, der Erbvertrag ist doch fix und fertig und total in Hendriks Sinn. Es fehlt nur noch die Unterschrift drunter.«

»Tja, so ist's.«

»Also, also eigentlich … eigentlich wär das wirklich kein Problem.«

»*Was* wäre kein Problem?«

»Ich kann Hendriks Unterschrift kopieren.« Ich atmete kurz durch. »Ich kann jede Schrift kopieren.

Als Malerin, also, als Malerin hab ich ein Auge für die Feinheiten …«

»Waaas?« Enno schnappte nach Luft. »Bist du denn von allen guten Geistern verlassen?«

»Ja, hör mal, das ist doch die einzige Chance für mich. Wie soll ich denn sonst an das Geld kommen?«

»Mein Gott. Ich kann's nicht fassen.« Enno schnaufte plötzlich recht heftig, in seinen Augen blitzte es. »Ist das alles, an was du denken kannst? Jetzt, in diesem Augenblick? In diesem tieftraurigen Augenblick?«

Sein Kopf schwoll an wie ein roter Luftballon, der von Kindermund aufgeblasen wird.

»Ich glaub es nicht.« Mühsam rappelte er sich aus seinem Schnitzstuhl hoch und stützte sich schwer auf den Schreibtischrand. Meine Güte, der Ballon konnte jeden Moment platzen. Enno keuchte jetzt. »Du warst also nur hinter seinem Geld her. Du hast ihn gar nicht geliebt.«

»So ein Quatsch – du spinnst ja. Ich hab ihn geliebt, ich hab ihn wahnsinnig geliebt.« Ich hatte ihn wirklich geliebt, ja wirklich, ganz bestimmt. »Ich denke nur praktisch … Außerdem wollte er es doch so …«

»Du verschwindest jetzt auf der Stelle«, zischte Enno. »Ich will dich hier nicht mehr sehen. Nie mehr.« Er atmete noch heftiger. Fast hätte man Angst um ihn bekommen können. »Raus jetzt, raus. Aber ganz schnell.«

Ich ging. Ich verließ Ennos Büro, ich verließ das schön restaurierte Haus am Markt, ich verließ Bremen. Ich hatte genug von alldem, endgültig genug. Außerdem, das Wetter hier war mir sowieso gegen den Strich gegangen, die ganze Zeit über. Der norddeutsche Betonhimmel, die Temperatur fast immer zehn Grad niedriger als am Kaiserstuhl. Und keine Berge. Der blöde Weyerberg, nur 48 oder 49 Meter hoch. Lachhaft.

Das Kind hab ich vier Wochen später verloren. Das war auch gut so, denn die hätten sich ja doch nur das Maul zerrissen, bei uns im Dorf.

KAPITEL 6: FEINSCHMECKER

Der gute Monsieur Clairet enttäuscht uns nicht. Er lässt meine Rostlaube von zwei baumstarken Küchenhelfern aus dem Weg schaffen und bugsiert uns in den Salon.

»Mon Dieu, wie ist denn das passiert?«

Ich erzähl es ihm. Ich suhle mich im Hergang des Malheurs, verkneife mir aber, die Taubheit des fast blinden Fahrers zu erwähnen. Das bin ich dem alten Schweizer schuldig. Glaub ich zumindest. Wie schnell doch Komplizenschaft entsteht, zwischen Täter und Opfer. Das hört man ja immer wieder, besonders bei Entführungen. Allerdings mache ich mir schon noch Sorgen, wegen der Schadensregulierung. Das sag ich auch.

»Da brauchen Sie keine Angst zu haben. Das sind ganz respektable Leute, diese Schweizer. Die Hürlimanns gehören zur Stammkundschaft. Die kommen alle 14 Tage zum Essen und lassen jedes Mal eine schöne Stange Geld liegen.«

Na, das ist doch beruhigend. Da können wir ja einen Mietwagen nehmen, ohne Muffensausen zu kriegen.

»Was verschafft mir denn überhaupt die Ehre Ihres Besuchs? So schnell hatte ich nicht mit Ihnen gerechnet.«

»Ach, wissen Sie, ich war schon ewig nicht mehr hier. Ich kann mich nicht mehr so richtig erinnern, wie's innen drin aussieht. Tja, und wenn ich die Entwürfe für die Speisekarte machen soll, müsste ich mich doch erst mal ein bisschen umschauen …«

»Leider habe ich im Moment keine Zeit, Ihnen alles zu zeigen. Wir haben nämlich gerade zwei größere Gesellschaften hier. Außerdem ist da noch ein Feinschmeckertest im Gange. Deshalb war ich auch gestern in der ›Rebhalde‹, weil ich Herrn Rossner dabeihaben wollte.« Er runzelt die Stirn. »Aber wie wär's denn, wenn Sie zum Essen blieben? Selbstverständlich sind Sie eingeladen.«

Na, wer sagt's denn? Ich werfe Josette einen triumphierenden Blick zu. Die zuckt die Schultern, aber Monsieur Clairet komplimentiert uns im Handumdrehen in den hinteren Teil des Raumes, nicht weit von einem voll besetzten Achter-Tisch.

Edel, edel, das Ganze. Mahagonimöbel, schwere Vorhänge, das Parkett mit Kaschmirteppichen belegt. Die Tische sind natürlich blütenweiß eingedeckt, ich seh alte Spitzenbordüren, wie sie meine Omama hatte. Darauf glänzt blitzblank poliertes Silber. Und Blumen, überall Blumen. Üppige Wiesensträuße auf kleinen Kommoden, Maiglöckchen auf den Tischen. Echte, versteht sich. An den Wänden hängen elsässische Landschaftsimpressionen in Pastell, die mich an meine Weinberg-Serie erinnern.

Weitaus besser gefällt mir die Wand an der Stirnseite des Raums, die mit rotzfrechen Zeichnungen von Tomi Ungerer gepflastert ist. Im Mittelpunkt groß und aufreizend sein berüchtigtes Bild ›En Strossburi sen kä Jungfer mehr‹. Also hatte ich doch recht, von wegen Freund des Hauses.

Monsieur Clairet rückt uns die Stühle zurecht und reicht uns die Speisekarte, die natürlich vom Feinsten ist. Nicht in ordinärem Schweinsleder, nein, in Kalbsleder gebunden. Kid. Aber nicht nur das, es ist auch eine Speisekarte ohne Preise. Dass es so was noch gibt. Damit die Dame auch ja nicht an die Finanzen denkt.

Neben uns schwillt der Geräuschpegel beträchtlich an.

»Ich bedaure unendlich, Mesdames. Hoffentlich stören Sie die Juroren nicht allzu sehr. Aber es ist leider kein anderer Tisch mehr frei.«

Er redet ja ziemlich gestelzt daher, der Gute, aber wahrscheinlich ist das der Stil des Hauses. Allerdings, Freunde von Tomi Ungerer und gestelzt daherreden? Das passt irgendwie nicht. Na ja, Clairet ist schließlich kein Schoepfflin. Kein Elsässer, sondern einer aus Paris. Aber er entschuldigt sich zu Recht, die Geräuschkulisse ist schon heftig.

Neugierig schaue ich zu dem lauten Nebentisch hinüber. Der Feinschmeckertest, sieh mal einer an. Fünf Herren und drei Damen. Und tatsächlich, da sind doch einige Gesichter, die mir bekannt vorkommen. Natürlich der Herr Rossner. Hallo, Herr Rossner. Dann der links von ihm, den kenn ich doch auch. Klar, das ist Fernsehkoch Gernot Grünling, der immer samstagnachmittags im ZDF mit Prominenten Rezepte ausprobiert. (Was manchmal schiefgeht.) Und rechts von ihm die ARD-Konkurrenz, Arnie Adel, der dem Schlosshotel Hohensteig zu einem Stern verholfen hat. Eitel, aufgeblasen, besserwisserisch. (Bei dem nie was schiefgeht.) Der neben Adel war auch schon öfter im Fernsehen. Ja, jetzt erinnere ich mich. Aber der ist gar kein Koch, der ist Schauspieler. Ich hab ihn schon öfter als Kommissar gesehen, doch sein Name fällt mir partout nicht ein. Genauso wenig wie der des älteren Herrn mit der geckigen Weste. Hach, ja, ist das nicht das Fallbeil? Das Fallbeil der Esskritik? Der gefürchtete – Mensch, wie heißt er bloß?

»Sag mal, Josette, der mit der Weste, wie heißt der noch mal?«

Doch Josette schaut nicht auf die geckige Weste. Sie schaut in die andere Richtung.

»Das ist doch kaum zu glauben«, stößt sie hervor. »C'est incroyable, ça.«

»Was ist denn?«

»Mais, vois, da ist der Fraunfelder. Da drüben, an dem kleinen Tisch.«

»Ach, Quatsch. Wieso sollte der hier sein? Das bildest du dir doch bloß ein. Du hast ja schon Verfolgungswahn.«

»Nein, das bilde ich mir nicht ein. Das ist er. Schau doch mal.«

Ja, jetzt, wo ich genauer hinsehe, denke ich, ja, doch, vielleicht ist er das. Vielleicht hat Josette recht. Aber der war doch gestern noch im Fernsehen, in Frankfurt, bei dieser Aktionärsversammlung. Aber von Frankfurt hierher, das sind, na ja, vielleicht drei Stunden mit dem Auto, wenn überhaupt, je nachdem, was für einen Wagen man fährt. Und wenn's wirklich der Fraunfelder ist, dann fährt der einen schnellen Wagen. Jetzt bin auch ich wie elektrisiert. Der Fraunfelder. So was. Und ganz allein, an einem

Katzentischchen. Der Fraunfelder, der attraktive Gauner. Leo Lords Doppelgänger. Josettes Lieblingsfeind.

So ein Zufall.

Jäh unterbricht Monsieur Clairet meine Überlegungen, um sich nach unseren Wünschen zu erkundigen. Vor lauter Gaffen habe ich mich noch nicht entschieden. Josette auch nicht. Clairet lächelt nachsichtig.

»Wissen Sie was, ich stelle Ihnen ein schönes Menü zusammen. Dann haben Sie nicht die Qual der Wahl.«

Ich bin nicht so begeistert, denn ich muss noch an die Morcheln von gestern denken. Aber was hilft's? Schließlich sind wir eingeladen. Wieder mal. Also nicke ich, ich nicke auch gleich für Josette mit, denn die ist offenbar immer noch in den Fall Fraunfelder vertieft.

»Was testen die denn eigentlich? Ihr Restaurant hat doch schon drei Michelin-Sterne.«

»Gault Millau, Madame, Gault Millau«, korrigiert mich Clairet. Mit Nachdruck. Anscheinend ist Stern nicht gleich Stern. »Das ist nur ein kleiner Probelauf für zwei Jungköche. Nichts Ernstes, sonst wären auch keine Amateure dabei. Aber für uns natürlich PR, denn es wird ein Bildbericht darüber erscheinen, in ›Speisen wie Gott in Frankreich‹. Frau Dr. Anselm, die Dame in Grün, ist die Verlegerin. Mit ihr haben wir schon öfter zu tun gehabt, und jedes Mal zu unserer Zufriedenheit.« Er zwinkert uns zu. »Aber jetzt muss ich mich um Ihr Essen kümmern, sonst verhungern Sie mir noch.«

Frau Dr. Anselm ist mir kein Begriff, auch die beiden anderen Damen kenne ich nicht. Die eine, die recht reife, die muss Fallbeils Ehefrau sein, zumindest den vertraulichen Gesten nach, und die andere, die junge Aufgetakelte, ob die wohl zum Kommissar gehört? Wahrscheinlich, die sieht mir doch sehr nach Filmsternchen oder Fotomodell aus.

Als ›amuse gueule‹ bekommen wir zwei in Cognac marinierte Thunfischscheibchen auf Couscous mit frischem Koriander. Donnerwetter, das fängt ja gut an. Dann kommt das berühmte samtweiche Krebssüppchen, von dem ich schon öfter gelesen hatte. Jawohl, samtweich, so hieß es immer. Ich lass es mir schmecken, und auch Josette tut das, obwohl der Fraunfelder ihr Vergnügen zu trüben scheint.

Aber es gibt noch ein anderes Haar in der Suppe. Am Nebentisch macht sich nämlich Fallbeil lauthals über das Wachtel-Confit her, das ein bleicher, schmalbrüstiger Jungkoch aufgetragen hat, ja, er macht es richtig runter, als zu sauer, zu salzig, zu pfeffrig und weiß Gott was, und fängt dann sofort an, über die Froschschenkel des etwas kräftigeren, hochrotgesichtigen Kollegen zu meckern.

»Die sind ja absolut fade. Da fehlt ja jede Würze. Waren die nicht mit Knoblauchpüree angekündigt? Ich schmecke nur Petersilie. Jede Hausfrau macht das besser.«

Er kräuselt angewidert die Lippen und wischt sich einen Soßenrest vom Mund. Affektiert verzieht nun auch seine Frau das Gesicht, sie sieht aus, als ob sie Galle gegessen hätte. Josette und ich schauen uns vielsagend an.

Während wir genüsslich die ›Tripes Provençales‹ vertilgen, die uns Clairet ausgesucht hat, ja, Kutteln, das, was sonst der Hund kriegt, aber sie sind wirklich phänomenal, also, während wir die essen, hören wir, wie Fallbeil nun Spott und Häme über seinen Zwischengang gießt.

»Beachtet bitte die Ankündigung: ›Zart gebratene Langustinen, mit dunkelgrün angemachter bretonischer Zitronenbutter‹. Was heißt hier zart gebraten. Die sind zäh wie der Tintenfisch beim Griechen.«

Wozu Frau Fallbeil eifrig nickt. Sie scheint wohl immer der Meinung ihres Mannes zu sein. Auch die anderen murmeln Zustimmung. Nur der Kommissar wagt zu sagen, dass er sie prima findet, diese Langustinen. Die anderen gucken borniert, sagen aber nichts dazu, na ja, in seinen Filmen steht er ja auch immer an einer Bratwurstbude rum, mit seinem Ermittlerkumpel.

Unser Hauptgang ist der Gleiche, den die Feinschmecker testen. Bressegeflügel mit knuspriger Haut, in einem Marc de Gewürztraminer geschmort, an reduzierter Sauce, mit Baby-Artischocken und Butterkartöffelchen. Klingt ja ziemlich elitär, aber warum nicht? Auf jeden Fall schmeckt es köstlich.

Daran gibt's nun wirklich nichts auszusetzen. Sollte man meinen.

»Na ja«, tönt es am Nebentisch, »das geht so einigermaßen. Aber wenn ich an die Kalbshaxe in Orangensauce auf Sepianüdelchen denke, die ich neulich im ›Bébris‹ gegessen habe, dann fällt das doch deutlich ab.« Das ist nun Arnie Adel, der sich offenbar auch mal hervortun will.

»Geht gerade so«, echot Herr Rossner, von dem man sonst glücklicherweise nichts weiter hört.

»Der beste Hauptgang, den *ich* in letzter Zeit gegessen habe, war Jacques Totolais' Wildschweinrücken an Schokoladensauce.«

Oh nein, Herr Grünling. Bei dieser Vorstellung wird mir fast schlecht. Ich mag Schokolade, aber bitte schön, ganz stinknormale, so richtig zum Glücklichmachen. So wie in dem Dessert, das uns jetzt aufgetischt wird – uns und diesen aufgeplusterten Testern. Es hört auf den exotischen Namen ›Saotoubo‹, und ich muss an Arabien denken, warum, weiß ich nicht. Aber dahinter verbirgt sich nichts Orientalisches, sondern köstliche warme Teigtäschchen, die mit ›Grand-Cru‹-Schokolade gefüllt sind. Dazu Vanillesauce und Milchkaffee-Eis. Josette und ich essen ganz andächtig, sie schlotzt es sogar, ich merke das an den verdächtigen Geräuschen, die ich so gut kenne. Das macht sie immer, wenn es ihr schmeckt. Anfangs dachte ich, da sei ein Tier unterm Tisch.

Also, über dieses Dessert kann nun wirklich

keiner meckern, wirklich nicht. Das ist über jeden Zweifel erhaben. Aber denkste. Auch jetzt hagelt es Kritik. Gnadenlos macht sich Fallbeil über die Küchlein und den Jungkoch her, den er eigens zu diesem Zweck aus der Küche rufen lässt.

»Sagen Sie mal, junger Mann, das soll ›Grand-Cru‹-Schokolade sein? Die haben Sie doch bestimmt geklaut. Die haben Sie doch bestimmt Ihrer Freundin gebracht und dafür im Supermarkt billigen Ramsch gekauft.«

Der inzwischen wächserne Schmalbrüstige protestiert vehement. Er bebt vor Entrüstung. Doch was hilft's? Fallbeils süffisantes Lächeln spricht Bände. ›Ich bin der Küchengott. Ich bin der Gott der Töpfe und Pfannen. Ich bin der Gott mit dem Schneebesen.‹ Gesenkten Hauptes eilt der junge Mann in die Küche zurück. Ende einer Karriere.

Fallbeil blickt Beifall heischend in die Runde. »Na, dem hab ich's aber gegeben.« Und reibt sich die Hände. Wurstfinger, nebenbei bemerkt, rote Wurstfinger, in die sich die Ringe einschneiden. Stattliche fünf zähle ich, drei an der rechten Hand, zwei an der linken.

»Lass uns hier weg, Emily, lass uns sofort weg«, raunt mir Josette zu. »Ich habe genug. C'est dégoutant, ça.«

Ich nicke. Auch ich hab jetzt die Nase voll. Gestrichen voll sogar. Also packen wir unsere Sachen zusammen und stehen auf und gehen Richtung Ausgang. Den Kaffee können wir auch noch draußen trinken, bei dem schönen Wetter. Plötzlich bleibt Josette stehen.

»Was ist denn, Josette? Hast du was vergessen?«

Wortlos dreht sie sich um und marschiert geradewegs zurück zu dem Feinschmeckertisch.

»Mes compliments, Monsieur. Das haben Sie fein gemacht. Ich bin beeindruckt.« Ihr Blick bohrt sich in Fallbeil, der zunächst zu denken scheint, sie meine es ernst. Er wirft sich in Positur, er drückt den Brustkorb so raus, dass die geckige Weste plötzlich spannt. Aber Josette holt ihn ganz schnell von seinem Podest runter. »Wissen Sie eigentlich, wie widerlich das ist, was Sie da tun? Détestable.« Sie holt tief Luft. »Wissen Sie, dass sich wegen Leuten wie Ihnen schon Köche erschossen haben? Was würden Sie denn tun, wenn sich der junge Mann nun umbringen würde?« Sie sprüht jetzt vor Wut. »Davon abgesehen, haben Sie schon mal gehungert? Wissen Sie, was Hunger ist? Wissen Sie nicht, dass Sie sich versündigen, mit Ihrer Kritik?«

Mein Gott, Josette. Meine lammfromme, zurückhaltende Josette. Sie ist beeindruckend in ihrem feurig-hübschen Zorn. Das scheint auch Felix Fraunfelder zu denken, wenn er es wirklich ist, denn er springt plötzlich auf und fängt laut zu klatschen an.

»Bravo, junge Frau, bravo. Sie haben völlig recht. Geben Sie's ihm nur, diesem Miesmacher.«

Er schaut sie mit unverhohlener Bewunderung an. Die Frage ist natürlich, was er mehr bewundert – Josettes Courage oder das süße Persönchen.

Wer hätte das gedacht. Der Blick, den mir Josette jetzt zuwirft, spricht Bände. Dass sie mit *diesem* Beifall nicht gerechnet hat. Dass ihr *dieser* Beifall überhaupt nicht passt. Nicht von Felix Fraunfelder. Nicht von dem. Abrupt dreht sie sich um.

»Schnell, lass uns hier raus, ganz schnell bitte.« Sie spurtet an Fraunfelder vorbei und stolpert und wäre ihm fast noch in die Arme gefallen, wenn ich sie nicht festgehalten hätte.

KAPITEL 7: JEANNE D'ARC & FRAU FEDERLE

Es ist nicht zum ersten Mal, dass ich Josette so erlebe, so mutig und so streitbar. Meine kleine Jeanne d'Arc. Nein, das hab ich schon mal erlebt. Auf der Neujahrsfeier von Claire Federle. Meiner früheren Mitschülerin Klara Metzger, jetzt verheirateten Federle, die im vergangenen Herbst mit knapper Mehrheit zur Bürgermeisterin gewählt worden war. Die Klara mit dem Großvater mit der tollen Schmetterlingssammlung. Ich hab sie allerdings nicht gewählt. Nicht nur, weil sie vom anderen politischen Ufer ist, darum geht's bei einer Bürgermeisterwahl ja auch kaum. Nein, ich hab's einfach nicht so mit Klara-Claire. Ich kann sie einfach nicht leiden.

Also, die Neujahrsfeier. Dass wir überhaupt eingeladen waren, war ein Wunder. Wahrscheinlich sogar ein Versehen, denn Klara mag mich auch nicht besonders. Ich kann mir die Einladung eigentlich nur damit erklären, dass Papa als Kunsthistoriker und Kurator der Sponeck-Stiftung immer auf den Einladungslisten des Bürgermeisters gestanden hatte. Sie müssen vergessen haben, ihn nach seinem Tod zu streichen, wahrscheinlich im Trubel des Amtsenthebungsverfahrens um Ex-Bürgermeister Drilling. Drilling hatte sich nämlich etliche Grundstücke unter den Nagel gerissen. Es war sogar von Konten in der Schweiz und Liechtenstein die Rede gewesen. Wie auch immer, irgendwie muss der Name Liebengast auf der Liste geblieben sein und Klara hat's nicht bemerkt, sie war ja noch nie die Hellste, oder aber sie hat's einfach delegiert.

Nicht, dass ich große Lust gehabt hätte, hinzugehen. Besonders bei dem Neuschnee, der in der Nacht gefallen war. Verengte Fahrbahnen, schneeglatter Boden, da sollte man das Auto besser stehen lassen. Besonders bei dem Kaiserstühler Fahrstil und der Kaiserstühler Weinseligkeit. Aber wir gingen trotzdem hin, aus Neugier. Und auch ein bisschen aus Daffke, um Klara zu ärgern.

»Ach, Emily, nett, Sie zu sehen. Wie geht's denn so?« Herr Federle, 20 Jahre älter als seine Frau, hatte es nie über sich gebracht, mich richtig zu duzen. Oder aber mich ganz normal Frau Liebengast zu nennen. ›Du Emily‹ war ihm wohl zu vertraulich, denn er wusste schon, dass ich nicht zu den intimsten Freundinnen seiner Frau gehöre, und Frau Liebengast, das war für ihn eben nur meine Mutter gewesen.

Wir fühlten uns von Anfang an nicht besonders wohl, Josette und ich. Irgendwie waren wir fehl am Platz, zwischen diesen gutsituierten, gutbürgerlichen Ehepaaren. Nicht nur, weil wir ohne Männer kamen. Es war eher das Gutsituierte und das Gutbürgerliche, das uns beiden abging.

Da hatten wir zuallererst den servilen Notar Fitz-List mit seiner Frau Tilde, die bei unserer Ankunft gerade mal wieder drüber spekulierte, wer wem was vermachen würde. (Die Debatte ging um die Familie Enderlein, die am Heiligen Abend einen heiligen Schrecken bekommen hatte, als plötzlich ein uneheliches Zwillingspärchen aufgetaucht war.) Tilde Fitz-List ließ sich lang und breit über alle denkbaren Möglichkeiten aus, obwohl das ja ein Thema ist, das für den Herrn Notar tabu sein müsste. Aber wer weiß, was da im Ehebett so alles kopu… Entschuldigung, kolportiert wird.

Dann war da der joviale Apotheker Quack mit Frau, einer echten Blondine, die bereits zum sechsten oder siebten Mal neunundvierzig geworden war. Heiner Quack, der Sohn vom alten Pharmazierat, der sich ins gemachte Nest gesetzt hat. ›Wie geht es uns denn heute? Haben wir wieder etwas Appetit?‹ Tja, wie der Vater, so der Sohn. Immer gönnerhaft im medizinischen Plural. Aber leider wird's nicht weitergehen mit der Apothekerdynastie, denn beim Junior, der eher auf die blonde Mutter kommt, war kein Pharmaziestudium drin. Beim Junior hat es nur zu einem medizinischen Hilfsberuf gereicht, allerdings einem sehr lukrativen – der Orthopädietechnik.

Dann der Herr Doktor Runzig und Frau Doktor Runzig, die seit Jahren eine Gemeinschaftspraxis in der Hauptstraße haben, er als Urologe, sie als Frauenärztin. Es soll schon mal vorgekommen sein, dass ein einschlägig erkranktes Pärchen die Türen verwechselt hat. Ein Mordsaufruhr muss das gewesen sein, besonders in der gynäkologischen Abteilung. Aber die patente Frau Doktor hatte das mit einem flotten Witzchen wieder hingekriegt. So wurde jedenfalls erzählt.

Tierarzt Rudel war noch der angenehmste aus dem medizinisch-pharmazeutischen Kreis. Handfest war er, richtig handfest, wie es sich für einen gehört, der nicht nur mit Kleintieren, sondern auch mit Kühen und Ochsen und Pferden zu tun hat. Das größte Tier, das ihm je untergekommen war, war ein Elefant gewesen, der an Verstopfung gelitten hatte. Das war letztes Jahr im Herbst gewesen, als der Zirkus Sarabanditti in Breisach gastiert hatte. Bis zur Schulter hatte er in das verstopfte Teil hineinfahren müssen. Und dann hatte es plötzlich geklappt, ja, urplötzlich. Wie eine Fontäne war die streng riechende Chose rausgeschossen, und er hatte noch den Arm drin gehabt, hahaha. Sein Gelächter dröhnte durch den ganzen Raum, und alle lachten mit. Nur seine Frau Regine nicht. Regine, die mit Klara-Claire und mir zur Schule gegangen war, der schien das Ganze ein bisschen peinlich zu sein. Aber wahrscheinlich hatte sie die Geschichte auch schon tausendmal gehört.

Dann waren noch sehr wichtige Lokalgrößen da, wie der Hiss von der Winzergenossenschaft und der Kübeler von der Sparkasse, ja, der Herr Filialleiter höchstpersönlich. Der Blödmann, der mir den Dispokredit gestrichen hatte. Außerdem drei Stadträte, vom Baugeschäft ›Lämmle‹, vom Autohaus ›Endinger‹ und vom Gasthof ›Traube‹. Nur der Hiss und der ›Trauben‹-Wirt waren ohne Frauen gekommen, der eine, weil er keine hat, der andere, weil er seine ›schaffe‹ lässt. Also, wie gesagt, alles Honoratioren und solche, die sich dafür halten.

Claire Federle hatte sich das Ganze echt was kosten lassen. Sie hatte den teuersten Party-Service aus der Gegend angeheuert, die ›Kochmützen‹

aus Umkirch. Die sind so was wie die Schoepfflins des Catering, so richtig drei-Sterne-mäßig. An ihrer Stelle hätte ich das nach der Sache mit Drilling nicht gemacht. Aber bitte, was geht's mich an.

Wenn ich richtig gerechnet habe, waren wir 20 Personen gewesen – zwei Sechsertische und ein Achtertisch. Josette und ich wurden mit dem Tierarztehepaar und den beiden einzelnen Herren zusammengesetzt, wahrscheinlich von wegen Männlein – Weiblein und so. Aber irgendwie hatte ich das Gefühl, am Katzentisch zu sitzen. Klara-Claire traue ich alles zu.

Das Essen war ausgezeichnet, und solange wir damit beschäftigt waren, lief die Sache auch ganz gut. Solange sich das Gespräch um den Saibling und den Lammrücken und den Apfelstrudel drehte, war alles noch im grünen Bereich. Aber als sich das totgelaufen hatte, da wurd's schon kritischer. Mit Regine Rudel verbindet mich genauso wenig wie mit Klara-Claire. Wir sehen uns nur ab und zu beim Einkaufen und wechseln dann ein paar belanglose Sätze, wie man das eben so macht, in einem kleinen Ort. Und mit ihrem Ehemann, na ja, da verbindet mich allenfalls meine Tierliebe. Wenn er sich aber in seine animalischen Anekdötchen verbeißt, kann das auf die Dauer eintönig werden.

So war's auch jetzt, und spätestens nach der Herr Hirsch-und-Frau-Reh-Geschichte und der Sache mit dem Zoo-Jaguar hatten alle genug. Aber als der ›Trauben‹-Wirt bei dem Stichwort Jaguar mit seinen sexistischen Witzen anfing und dabei jedes Mal anzüglich zu Josette schaute, da wünschte ich mir, Rudel hätte doch noch weitergemacht. Die Witze störten sogar den sonst so schweigsamen Herrn Hiss, sodass der anfing, über den Wein zu reden. Das war natürlich sein Leib-und-Magen-Thema, schon von Berufs wegen, und wohl das Einzige, das er aus dem Effeff beherrscht. Damit leierte er leider eine endlose Diskussion um Rebsorten und Lagen und Jahrgänge und Öchsle an, die im Kaiserstuhl seit Menschengedenken geführt worden war und bis ans Ende aller Tage geführt werden wird.

»Na, hat's denn allen geschmeckt?« Claire Federle zog einen Stuhl her und klemmte sich zwischen die Rudels. Klar hatte es geschmeckt, ganz fantastisch sogar, und der Wein war auch vorzüglich, ganz vorzüglich. Überhaupt, alles war hervorragend gelungen, das hatte die Gastgeberin ganz ausgezeichnet gemacht. Ja, auf die Gastgeberin, auf ihr ganz spezielles Wohl. Auf unsere prima Bürgermeisterin, die das heute so prima hinbekommen hatte, ja, und die heute so prima aussah. Der ›Trauben‹-Wirt überschlug sich fast mit seinen prima Komplimenten. Wahrscheinlich wollte er wieder eine Sonderkonzession.

Klara-Claire sonnte sich im Lob. Lehnte sich zurück und lachte perlend mit ihren Perlenzähnen. (Jacket-Kronen natürlich, alles Jacket-Kronen.) Zwinkerte vertraulich dem ›Trauben‹-Wirt zu, prostete vielsagend zu Herrn Hiss hinüber, danke für das Kistchen Eiswein, drückte Regine Rudel ein Küsschen aufs Rouge und klopfte dem Tierarzt-Gatten herzhaft auf die breite Schulter. Worauf sie sich einen ebenso herzhaften Schluck Rotwein gönnte. Dann waren Josette und ich dran.

»Sagen Sie, Frau Fleurion, was machen Sie jetzt eigentlich so, beruflich?«

Dieses Aas. Die wusste doch ganz genau, dass Josette keine Arbeit hatte. Noch ehe Josette antworten konnte, sagte ich: »Josette hilft mir bei der Vermarktung meiner Bilder. Sie ist jetzt meine Agentin.«

»Ach, du brauchst schon eine Agentin? Und ich dachte … ich dachte, das mit deinen Bildern läuft nicht so gut. Aber … wie schön für dich.« Sie lächelte bürgermeisterlich. »Ich wollte dich übrigens fragen, ob du für die 500-Jahr-Feier im April ein paar Landschaftsbilder aus der Region hast? Wir planen nämlich eine Ausstellung in der Rathaushalle. Und du machst doch so was, Landschaftsbilder, wenn ich mich recht erinnere.« Sie lächelte noch bürgermeisterlicher. »Ich dachte, ich frage *dich*, bevor ich mir die Hacken ablaufe und für teures Geld was in Auftrag gebe.«

Also war's doch kein Versehen gewesen, das mit der Einladung. Dieses Biest. Alles so bequem wie möglich, alles so billig wie möglich. Aber beim Catering in die Vollen gehen. Am liebsten hätte ich gleich Nein gesagt. Aber ich wich aus, ich hätte im

Moment überhaupt nichts Passendes da, nein, wirklich nicht, Klara. Ich weiß, dass sie es nicht ausstehen kann, wenn man sie Klara nennt.

Sie griff zum Glas. »Wenn du nichts Passendes hast, kannst du ja bis dahin was malen. Das ist ja noch lange hin. Das schaffst du doch, oder nicht?«

Als ob ich das nicht schaffen würde. Das konnte ich natürlich nicht auf mir sitzen lassen. Also sagte ich, ja, klar kann ich bis dahin was Passendes malen. Kein Problem.

»Na, umso besser. Du darfst auch was dazu sagen, so als Einführung. Nach mir und dem Minister. Aber mir wäre schon lieb, wenn man erkennen könnte, was du gemalt hast. Nicht so ein abstraktes Zeug.« Klara-Claire schenkte sich beherzt nach.

So langsam ging mir jetzt aber doch der Hut hoch. »Also, alles, was recht ist. Das musst du schon mir überlassen. Wenn ich was malen soll, dann entscheide immer noch ich.« Ich machte eine Pause. »Außerdem, umsonst mach ich's nicht. So geht's schließlich auch nicht.«

»Meine Güte, jetzt sei nicht gleich so pikiert. Natürlich kriegst du was. Aber du weißt ja selbst, dass unsere Kassen leer sind. Außerdem bist du kein Hundertwasser.«

»Oh, du kennst Hundertwasser?«

Klara-Claire starrte mich an. Ihre Augen wurden dunkel. Sie kam jetzt bestimmt gleich auf Touren, das sah man. Außerdem hatte sie schon einiges intus.

»Ach, und noch was, Emily. Lass mal dein ewiges Schwarz weg, das wird nämlich keine Trauerfeier. Und geh vorher besser zum Friseur. Mit so einer Mähne kannst du da nicht aufkreuzen. Noch dazu dieses grauenhafte Rot. Wir sind doch keine Hippies. Was soll denn der Minister denken. Schließlich soll das ja eine seriöse Veranstaltung werden.«

Klara, du kannst mich mal. Kreuzweise. »Also, das ist doch die Höhe«, setzte ich an, »du kannst …« Und während ich eine Sekunde zögerte, bevor ich mich in solche Niederungen begab, kam mir Josette zuvor. Laut und glockenklar.

»Das geht Sie gar nichts an, Madame.« Ihre Augen funkelten. »Emily kann sich herrichten, wie sie will. Emily braucht von *Ihnen* keine Ratschläge.« Josette sprach so deutlich, dass es durch den ganzen Raum hallte. »Sie braucht keine Ratschläge. Nicht zu ihren Haaren, nicht zu ihren Kleidern, und schon gar nicht zu ihrer Malerei.« Sie schnaubte jetzt ein bisschen. Manchmal hat sie schon tolle Töne drauf. »Und Ihr Geld braucht Emily auch nicht. Das hat sie nicht nötig. Die Geschäfte gehen nämlich bestens.« Sie reckte sich. »Et à propos sérieuse. Wenn wir so unseriös sind, warum haben Sie uns dann eingeladen? Doch nur aus Berechnung. Doch nur, weil Sie was von Emily wollen.« Alle starrten sie jetzt an. »Wissen Sie was, suchen Sie sich einen anderen Dummen. Einen seriösen Dummen. Einen, der so seriös ist wie Sie.« Sie nahm ihr Glas und prostete in die Runde. »A votre santé.« Alle schwiegen. Josette stand auf. »Komm, lass uns gehen, Emily. Wir passen hier wirklich nicht her.«

»Hab ich dir doch gleich gesagt.«

Abgang nach links, durch die Flügeltür. Es war richtig bühnenreif. Zurück blieben Salzsäulen, blass bis puterrot. Wir waren zwar um eine Einnahmequelle ärmer, meine Agentin und ich, aber auch um Zentimeter gewachsen. Die Ausstellung zur 500-Jahr-Feier fand natürlich trotzdem statt. Allerdings mit Fotografien, und nicht mit Gemälden.

KAPITEL 8: DER HECHT AN DER ANGEL

Kaum sind wir aus dem Restaurant raus, da merken wir, dass das Ganze zu überstürzt gewesen war. Wir können uns doch nicht so einfach aus dem Staub machen, ohne uns bei Monsieur Clairet zu bedanken. Wenigstens das müssen wir tun, bevor wir verschwinden. Aber davon abgesehen haben wir ja auch keinen fahrbaren Untersatz mehr. Mein Auto steht immer noch hinten auf dem Parkplatz. Und kein Pannendienst weit und breit.

»Wo bleiben die eigentlich? Die müssten längst hier sein.« Ich bin unruhig. »Das ist jetzt schon ewig her, dass ich angerufen habe. Fast zwei Stunden.«

Ich drücke auf Wahlwiederholung. Kaum zu glauben, dass die so lange auf sich warten lassen. Der ADAC, dein Freund und Helfer. Aber eigentlich hatte es mit denen immer geklappt. Deshalb hab ich ja auch nicht gekündigt, Gott sei Dank. Nicht wie meine Visa-Karte und das ›Essen & Trinken‹-Abonnement und das Fitness-Studio.

»ADAC Pannendienst … Ja, ja, wir sind schon auf dem Weg … knack … aber wir haben selbst ein Problem … knack knack … ja, leider, mit dem Keilriemen …« Das darf doch nicht wahr sein. Das ist ja grotesk. »Tut uns leid, wirklich. Ja, noch eine Stunde … knackknack … eine gute Stunde.« Das gibt's doch nicht. So ein Mist. Aber klar warten wir, was denn sonst. Als ob wir eine Wahl hätten.

»Was ist denn?«, fragt Josette.

»Stell dir vor, die haben eine Panne. Denen ist der Keilriemen gerissen.« Ich schnaube. »Stell dir das vor. Der Pannendienst hat eine Panne.« Trotz des Ärgers muss ich jetzt lachen. Das ist schon komisch. Sehr komisch sogar. »Wir wollten doch sowieso noch einen Kaffee trinken. Schau, die servieren auch hier draußen.« Es ist zwar kein Mensch da, aber alles ist blütenweiß eingedeckt. Ich steuere auf einen Tisch im Schatten zu. »Wir erholen uns jetzt einfach von dem ganzen Kladderadatsch. Und nachdem ich nicht mehr fahren muss, kann ich mir auch einen kleinen Cognac gönnen. Und du sowieso.«

»Bloß nicht. Ich habe noch von gestern Abend genug.«

Dem Ober sage ich gleich, dass wir Gäste von Monsieur Clairet sind. Und dass er uns Bescheid geben soll, wenn der ADAC kommt. Bis dahin lassen wir's uns gut gehen, im Schoepfflin'schen Garten und auf Kosten des Hauses. Schön ist es hier, traumhaft schön. Und traumhaft ruhig. Kein affektiertes Getue um uns rum, nur wir zwei, ganz ungestört.

Aber ich hab mich zu früh gefreut. Offenbar ist nicht nur uns nach frischer Luft zumute, sondern auch dem Fraunfelder. Wenn er es wirklich ist. Dem sind die Feinschmecker wohl auch auf den Magen geschlagen. Aber als er uns sieht, hellt sich sein Gesicht schlagartig auf. Zielsicher steuert er auf uns zu und setzt sich zu uns, mit einem ›Ich darf doch‹, das keinen Widerspruch duldet.

Cool, denke ich, wie der das macht. Ganz unverfroren, einfach so. Na, von mir aus, ich hab nichts dagegen. Er sieht nämlich wirklich blendend aus, blendend gut und blendend reich. Aber Josette ist sauer, das merke ich. Das merkt ein Blinder. Doch er tut so, als ob nichts wäre, und baggert sie an.

Nuschelt einen unverständlichen Namen, anscheinend will er inkognito bleiben, und fängt gleich wieder mit seinem Hohelied auf Josette an.

»Ich weiß, wer Sie sind«, unterbricht sie ihn und stürzt sich in ihre gerechte Empörung. Sie zieht eine richtige Tirade ab, ja, sie lässt kein gutes Haar an ihm, dem großen ›Omotoc‹-Boss. Zuerst ist er verdutzt, aber er fängt sich schnell. Und ist offensichtlich immer noch begeistert. Oder jetzt erst recht. Er tituliert sie auch gleich als ›kleine streitbare Frau‹ und legt seine Hand auf ihren Arm. Den sie abrupt wegzieht.

»Madame Liebengast?«

Der Kellner steht plötzlich da und erklärt mir, der ADAC habe angerufen. Ja, es dauere noch ein Weilchen, sie wüssten noch nicht, wie lange, aber sie kämen bestimmt. Und sie würden das Auto dann auch gleich in die Werkstatt nach Breisach bringen.

»Was ist denn?«, fragt Fraunfelder.

Tja, und trotz der flammenden Signale, die Josette aussendet, bin ich nicht zu bremsen. Ich breite alles vor ihm aus, was auf dem Parkplatz passiert war. Das ganze Schlamassel, in das wir geraten waren.

»Wissen Sie was, ich fahre Sie nach Hause, sobald Sie mit dem Pannendienst alles geklärt haben. Wo wohnen Sie denn?«

Ich sag es ihm, trotz Josettes Kopfschütteln. Er kennt den Ort natürlich nicht, wie sollte er auch.

Ja, Richtung Freiburg, sag ich, so 25 Kilometer vor Freiburg, also gar nicht weit. Und er sagt, das sei doch gar kein Problem, er müsse sowieso auf die Autobahn nach Basel. Also wirklich, gar kein Problem, er helfe doch gern. Josette versucht vehement, das Ganze zu stoppen, aber damit kommt sie natürlich nicht durch, denn ich bin auch dafür. Ich finde das prima. Eine wirklich prima Idee.

Und je länger ich drüber nachdenke, desto besser finde ich sie.

Ja, und so kommt's, dass am Abend dieses denkwürdigen Tages Felix Fraunfelder, der berüchtigte, bezichtigte, beneidete Felix Fraunfelder auf unserer Terrasse sitzt und sich ein Glas Wein nach dem anderen aufdrängen lässt, aus unserem geschrumpften Bestand. Und natürlich nicht mehr auf die Autobahn nach Basel kann. Josette muss sich ins Unvermeidliche schicken, was bleibt ihr anderes übrig, bei zwei gegen einen.

Nach einer Weile wird sie auch ruhiger, damit hab ich gerechnet, denn das ist immer so, wenn sie was trinkt. Mich macht Alkohol eher lebhaft. Lebhaft und hungrig. Ja, ich kriege jetzt einen Mordshunger, ich brauch unbedingt was zu essen. Als ich das sage, ist Fraunfelder Feuer und Flamme. Also marschiere ich in die Küche und inspiziere den Kühlschrank. Dacht ich mir's doch. Ärmlich, ganz ärmlich. Da ist nämlich nur noch eine riesige Lyoner, ein Stück Emmentaler und ein Glas Gurken. Und ein paar Cherrytomaten liegen auch noch rum. Also

Schweizer Wurstsalat mit Bauernbrot. Das muss reichen.

»Das schmeckt doch viel besser als der ganze Drei-Sterne-Fraß.«

Ich bin überrascht über die deftige Wortwahl. Anscheinend ist die Vorstandsetage vergessen, bei all dem Rotwein. Und wie es aussieht, muss ich die letzte Flasche auch noch opfern. Aber das ist mir die Sache wert. Also mache ich mich auf den Weg in den Keller. Dabei schaue ich gleich ins Gästezimmer. Sieht gut aus. Alles frisch bezogen nach Jean-Pauls Besuch vor vier Wochen. Zwar ein bisschen eng, aber das geht schon für eine Weile. Nur die Luft steht im Raum, es ist heiß und stickig. Ich kippe die beiden Luken und lasse die Tür zur Dusche und die zum Flur weit offen. Das bringt wenigstens ein bisschen Durchzug. Mehr ist nicht drin, hier im Souterrain.

Mein letzter Griff ins Weinregal ist kein glücklicher. Irgendwie halte ich den Flaschenhals nicht fest genug, die Oberfläche ist wohl zu glatt und ich rutsche ab. Auf jeden Fall, die Flasche fällt klirrend zu Boden und zerbirst. Das knappe, edle Nass breitet sich dunkel-schmutzig auf den Steinplatten aus und versickert in den Rillen. Ade, Bischoffinger Spätburgunder Kabinett. Ade, Goldmedaille, ade.

Meine Stimmung ist ziemlich dahin, als ich oben ankomme. Ich bin mit einem Mal stocknüchtern. »Tut mir leid, Leute, mir ist der Wein runtergefallen. Die letzte Flasche.«

»Oh wie schade …«

»Dann trinken wir eben Wasser. Ich habe sowieso schon genug.« Josette macht mal wieder einen auf vernünftig. Das passt mir gar nicht ins Konzept.

»Ich könnte ja rasch rüber in die ›Traube‹ …«

»Oh nein, auf keinen Fall.« FF, wie ich ihn jetzt insgeheim nenne, will mich nicht inkommodieren. Inkommodieren. So ein gestelztes Wort. Passt gar nicht zu dem Drei-Sterne-Fraß. »Ich habe im Auto noch eine Flasche Gin. Den können wir doch trinken. Ihr habt doch sicher Orangensaft im Haus, oder?«

Jetzt ist er schon per Ihr mit uns. Bald kommt das Du, wahrscheinlich nach dem Gin. Aber gar nicht schlecht. Ich nicke, ja, er soll sie ruhig holen, die Flasche. Ich werde uns schon was mixen.

»Wie viel Orangensaft?«, frage ich, als ich ihm die Ginflasche abnehme.

»Ein Drittel Gin, zwei Drittel Saft. Ohne Eis, bitte.«

»Josette, du auch?«

»Ja. Aber für mich mehr Saft. Und Eis.«

Ich gehe in die Küche und nehme drei Longdrinkgläser aus dem Schrank. Dann gehe ich ins Bad und mache das Medikamentenschränkchen auf. Ja, da sind sie noch, die Schlaftabletten, die mir Dr. Hirschsprung nach Papas Tod verschrieben hatte. Ganz schweres Kaliber, man schläft darauf wie ein Stein. Ich nehme sie deshalb nur ganz selten.

Vier Stück zähle ich mir jetzt auf die Hand. Was

wiegt der wohl? So um die 80, 85 Kilo, schätze ich mal. Wenn ich mit meinen knapp 50 Kilo schon bei einer Tablette hinüber bin, dann müsste das doch längst reichen. Oder sind vier womöglich zu viel? Besser, ich tue eine zurück ins Röhrchen. Bloß kein Risiko, sonst geht der Schuss nach hinten los. Dann kotzt der womöglich.

Ich gehe in die Küche zurück. In aller Ruhe zerkleinere ich die Tabletten mit dem Mörser, den ich sonst für meine indischen Gewürze nehme. Das Pulver auf dem Brettchen ist jetzt ganz fein. Das klappt ja prima. Jetzt ab ins Glas, Gin und Orangensaft drauf und kräftig umrühren. So, fertig.

»Ah, da kommt ja unser ›nightcap‹.«

›Nightcap‹. Wenn du wüsstest, wie recht du hast. Ich lächle und drücke ihm sein Glas in die Hand. »Einmal ohne Eis, wie bestellt.« Josette und mir bleiben die beiden eisklirrenden Gläser. »Na, dann mal Prost.«

Und dann geht's los, mit Felix hier und Emily da und Felix hier und Josette da. Josette macht ein Gesicht wie Regenwetter, aber sie kann's nicht verhindern.

Jetzt muss ich nur noch abwarten. Aber er scheint ziemlich resistent, der gute Felix, obwohl er den Drink regelrecht hinunterschüttet. Und dann noch einen zweiten will. Lässig lümmelt er sich in meinem alten Korbsessel herum, dass es nur so knarrt und quietscht, und schäkert mit uns. Wir sind jetzt alle nicht mehr ganz nüchtern. Erst als es vom Kirchturm zwölf schlägt, ist er endlich hinüber. Er fängt an zu schnarchen.

»Mon Dieu, der … der ist ja schon b… b… blau.« Josette hat auf einmal einen leichten Zungenschlag. »Wir müssen ihn … wir müssen ihn wecken … und ins Gästezimmer bringen.«

Ich merke jetzt, dass mein Plan schlecht war. Felix lässt sich nämlich nicht wecken. Ich hätte ihn früher ins Bett bugsieren sollen. Und Felix lässt sich nicht so einfach hochheben, selbst wenn wir ihn beide unterhaken. Der wiegt jetzt nämlich nicht mehr 80 Kilo oder so, sondern das Doppelte. Was wir jetzt bräuchten, wären zwei gestandene Rettungssanitäter. Aber die haben wir nun mal nicht.

»Lass ihn doch hier … hier schlafen. Es ist ja nicht kalt. Und wir können ihn ja zu… zudecken.«

»Nein«, wehre ich ab, »auf gar keinen Fall.« Das passt mir nun ganz und gar nicht in den Kram.

»Warum denn nicht? Das wäre … wäre doch wirklich das beste.«

Ich zögere einen Moment. Tja. Es geht wohl nicht anders, ich muss ihr reinen Wein einschenken. Eigentlich hatte ich bis morgen damit warten wollen, aber … ach, sei's drum. »Josette, ich muss dir was sagen …«

»Was denn?«

»Ich hab ihm Schlaftabletten gegeben.«

»*Was* hast du?« Schlagartig ist sie wieder nüchtern, so wie ich vorhin bei der kaputten Weinflasche. »Du hast ihm Schlaftabletten gegeben? Pourquoi?« Verständnislos starrt sie mich an.

»Na ja …«, druckse ich herum, »ich hab doch neulich schon mal überlegt, ob …«

Sie starrt und starrt. Dann stößt sie plötzlich einen Schrei aus. »Oh, non. Das darf doch nicht wahr sein. Du willst doch nicht etwa … Mon Dieu, du willst ihn als Geisel haben, n'est-ce pas? Du willst ihn erpressen.«

»Josette, das ist eine einmalige Gelegenheit … So was kommt nicht so schnell wieder.«

»Du bist verrückt, total verrückt.«

Na klar. Das weiß ich, dass das verrückt ist. Und dass es ein bisschen riskant ist. Aber, wie gesagt, eine einmalige Gelegenheit. So was kann man sich doch nicht entgehen lassen.

Wir streiten. Wir streiten so heftig, wie wir schon ewig nicht mehr gestritten haben. So heftig, dass der gute Felix im Schlaf protestiert. Aber ich gebe nicht nach. Das Ding ist angeleiert, das Ding wird durchgezogen. Auf Biegen und Brechen. Basta.

Aber den Felix kriegen wir nicht hoch, beim besten Willen nicht. Felix muss auf der Terrasse schlafen, da hilft alles nichts. Also, von mir aus. Sehen wir morgen weiter. Mir fällt da schon noch was ein.

KAPITEL 9: ABGETAUCHT

Ich bringe Josette doch noch dazu, mit anzupacken und Felix ins Souterrain zu verfrachten. Und irgendwie wachsen uns Flügel und wir schaffen es, ihn aus dem Korbsessel hochzuhieven und von der Terrasse durchs Wohnzimmer und den Flur bis zur Treppe zu schleppen. Zuerst überlege ich, ob ich ihn hinunterfallen lassen soll, aber das wär natürlich blöd. Womöglich stößt er sich oder prellt sich eine Rippe oder bricht sich gar das Genick. Und noch ein Genickbruch, das muss wirklich nicht sein. Einer im Leben reicht. Also setzen wir ihn auf die Treppe, Josette stellt sich vor ihn, ich hinter ihn. Sie zieht an seinen Füßen und ich halte ihn unter den Achseln fest. So hoppelt der gute Felix wie ein schlecht beladener Schlitten abwärts. Aber plötzlich sitz ich *auf dem Schlitten, es schüttelt und ruckelt wie nichts Gutes, und ich komme mir vor wie Günther Jauch damals, als er mit Susi Erdmann durch den Eiskanal sauste.*

Aber nicht der Schlitten ist's, der mich schüttelt. Josette schüttelt mich, aus Leibeskräften.

»Verdammt noch mal, was ist denn los?«

»Emily, komm, wach auf, wir müssen was tun.«

»Wieso? Was tun?«

»Felix. Mit dem stimmt was nicht.«

»Was stimmt mit dem nicht?«

»Der gibt keinen Ton von sich.«

»Der wird schlafen, mein Gott. Der war ja auch richtig zugedröhnt.«

»Kann es sein, dass du ihm zu viel Schlaftabletten gegeben hast?«

»Zu viel? Quatsch. Drei Stück hab ich ihm gegeben. Mit dem Alkohol wirken die natürlich besser.«

Josette schaut verstört drein. »Oh, Emily, das ist doch viel zu viel. Ich habe erst neulich gelesen, dass manchmal auch eine kleinere Menge genügt, wenn man dazu trinkt. Und wer weiß, vielleicht nimmt er noch andere Tabletten, vielleicht ist er herzkrank oder so.«

Der und herzkrank. So ein Quatsch. Herzkrank sieht der wirklich nicht aus, so sonnengebräunt und sportgestählt, wie der ist. Das ist lachhaft, absolut lachhaft.

»Warst du etwa bei ihm drin?« Das hätte ich Josette nicht zugetraut, zu einem Mann ins Schlafzimmer zu gehen, einfach so.

»Wieso drin? Felix liegt doch draußen auf der Terrasse. Ich habe den Sonnenschirm aufgespannt, damit er nicht verbrennt.«

»Warum ist er denn nicht im Keller?«

»Im Keller? Wieso im Keller?« Sie starrt mich an.

»Ja, weißt du nicht mehr, dass wir ihn …?«

So langsam dämmert mir, was es mit der Rodelbahn auf sich hatte. »Wie spät ist es denn?«

»Kurz nach zwölf.«

Du liebes bisschen, da haben wir ja ziemlich verpennt. Da muss der ja ganz schön lange in der Sonne gelegen haben. Vielleicht ist es doch besser, mal nach ihm zu schauen. Ich zieh mir rasch die Klamotten von gestern an, die noch auf dem Boden liegen.

Brütende Hitze schlägt mir entgegen, als ich die Terrassentür aufmache. Felix liegt regungslos unterm Sonnenschirm. Macht keinen Mucks. Keine Ader klopft an der Schläfe, kein Finger zuckt. Er sieht ziemlich rotbraun aus. Mir wird ein bisschen mulmig. Was, wenn Josette recht hat? Ich gehe näher ran und beuge mich über ihn. Nichts. Kein Pieps. Oh je. Ich beuge mich noch weiter runter, bis ich mit dem Ohr an seinem Mund bin. Ja, jetzt höre ich was, ganz leise, und jetzt spür ich's auch. Ein warmes Windchen. Ein schales warmes Windchen. Er atmet, Gott sei Dank, er atmet. Er atmet regelmäßig. Ich zeige Josette den erhobenen rechten Daumen. Um ehrlich zu sein, mir fällt ein Stein vom Herzen. Einen Moment lang hab ich geglaubt, es sei was schiefgegangen.

»Wir müssen ihn wecken, er muss aus der Hitze raus.« Ich versuche, Felix wachzurütteln. Das ist schwierig und dauert und dauert, aber dann haben wir ihn wieder. Und dann ist ihm auf einmal schlecht, wahnsinnig schlecht. Kein Wunder, womöglich hat er einen Sonnenstich.

Josette ist gleich wie angefasst. »Wir sollten einen Arzt holen, unbedingt.«

»Spinnst du? Das kommt überhaupt nicht infrage.«

Er stöhnt. »Doch, ja, einen Arzt, bitte.«

Von wegen. Nein, Felix, das muss wirklich nicht sein, ich kenn mich da aus, ja, ganz bestimmt. Ich rede auf ihn ein wie auf einen lahmen Gaul. Sage ihm, dass das ganz harmlos ist, dass er sich nur ausruhen muss, und dass er das am besten unten im Gästezimmer tut. Dass wir uns um ihn kümmern. Dass er bei uns in besten Händen ist.

Wir schaffen ihn runter ins Souterrain. Jetzt, wo er wach ist, geht das auch, allerdings ist er ziemlich wackelig auf den Beinen. Er stöhnt immer wieder und ich hab Angst, dass er mir den Teppich vollkotzt. Während Josette ihn aufs Bett legt, hole ich vorsichtshalber das Gesundheitslexikon und schau mal unter Sonnenstich nach. Sonnenstich gleich ›Insolation‹: Schädigung durch zu lange Sonneneinwirkung, na ja, das wissen wir ja, Kopfschmerzen, Schwindel, Übelkeit bis zum Erbrechen, Temperaturanstieg, dann Krämpfe, Bewusstseinsstörungen, in schweren Fällen tödlicher Ausgang.

Oh je, das fehlte noch. Erste Hilfe: Verbringen in den Schatten, aber da ist er ja schon, dann Kühlen mit kalt-nassen Tüchern und Bettruhe. Schnell ziehe ich die Vorhänge zu und spurte in die Küche und hole einen Stapel Küchentücher und renne ins Souterrain zurück. Fast falle ich noch die Treppe runter. Im kleinen Gäste-Bad mache ich die Tücher triefend nass.

»Da, leg ihm die mal auf den Kopf.« Ich sage Josette besser nicht, was ich gelesen habe. Die dreht mir sonst noch durch.

»Hast du Kopfschmerzen?«, frage ich. Felix nickt. Ich hole Aspirin aus dem Bad. Davon steht zwar nichts im Lexikon, aber das kann auf keinen Fall schaden. Ich schwöre nämlich auf Aspirin, das hilft immer. Außerdem ist Felix ein kräftiger Mann, der wird das schon schaffen. Schließlich kümmern wir uns ja um ihn.

»Wir lassen dich jetzt schlafen. Keine Sorge, wir schauen immer wieder nach dir. Bald geht's dir besser.«

Hoffentlich. Um mich abzulenken, rufe ich gleich mal die Werkstatt an. Ja, sie können ihn reparieren, den Renault, auch wenn sich das eigentlich kaum mehr lohnt. Allerdings erst bis Ende nächster Woche. ›Sie wissen doch, das bevorstehende Wochenende, und vor Montag können wir die Ersatzteile sowieso nicht bestellen, und da stehen noch so viele Wagen rum, die gerichtet werden müssen, und momentan sind wir nur zu dritt …‹ Egal. Hauptsache, er kann repariert werden, alles andere ist mir im Augenblick ziemlich egal. Schließlich haben wir ja noch das Auto von Felix. Einen schönen roten BMW. Einen Dreier.

Josette läuft dauernd hin und her. Sie kann einen wirklich fuchsig machen. »Sollen wir nicht doch lieber Dr. Hirschsprung rufen?«

»Jetzt hör doch endlich damit auf, Josette. Der wird schon wieder.«

»Und wenn nicht?«

»Ach was. Mach dir bloß keinen Kopf.«

Aber *ich* mach mir dann doch einen Kopf, denn ich weiß nicht so recht, wie's jetzt weitergehen soll. Bilder aus Fernsehkrimis flimmern an mir vorbei und die branchenüblichen Texte tönen in meinen Ohren. ›Wir haben Felix Fraunfelder in unserer Gewalt. Wir fordern eine Million Lösegeld. In kleinen Scheinen. Unregistrierte Scheine. Übergabe Sonnabend, 22 Uhr. An einem Ort, den wir noch nennen werden. Keine Polizei, sonst werden Sie ihn nicht mehr lebend wiedersehen.‹ Aber mit Josette wird das natürlich nie was. Außerdem, an wen sollten wir denn den Erpresserbrief schicken? Verheiratet ist er nicht, das hat Josette mal erwähnt, und ob er sonst noch Familie hat, wissen wir nicht. An die ›Omotoc‹ vielleicht? Womöglich wollen die ihn gar nicht mehr, nach dem Debakel in den letzten Wochen. Womöglich sind die sogar froh. Wenn ich's mir recht überlege, ist das Ganze ziemlich blöd. Ich ärgere mich.

Ich ärgere mich und Josette sorgt sich. Obwohl es doch um ihren Lieblingsfeind geht. Nach anderthalb Stunden will sie wieder nach ihm schauen. Ich gehe vorsichtshalber mit, sonst redet sie womöglich Stuss.

Der gute Felix liegt matt im Bett. »Ich glaube, ich bin krank«, murmelt er.

Er hat sich übergeben, das rieche ich, als ich ins Bad gehe und die Tücher wieder nass mache.

Ich nehme das Thermometer aus dem Schränkchen, denn er kommt mir fiebrig vor. Und tatsächlich, er hat 39,1. Also noch ein Aspirin, das kann nicht schaden. Und er muss jetzt den Schlafanzug anziehen, den ich für Jean-Paul besorgt hatte. Seine Sachen wasche ich besser. Josette kommt mit einem Kamillentee an, den er widerwillig schlürft, dann sinkt er in die Kissen zurück und schläft sofort ein.

»Lassen wir ihn in Ruhe. Der schläft sich schon gesund, du wirst sehen.«

Am Nachmittag schicke ich Josette einkaufen. Haferflocken, Grieß, Zwieback, ein paar Tütensüppchen, was man so für einen Kranken braucht. Für uns natürlich was Richtiges, gekochte Rippchen, Maultaschen, ein Hühnchen, zwei Forellen. Außerdem brauchen wir Brot und Butter, Wurst und Käse, Obst, Gemüse, Salat. Und ein paar Flaschen Wein aus der Winzergenossenschaft. Wir haben ja nichts mehr im Haus. Ich stecke ihr einen Hundert-Euro-Schein zu, den ich aus FFs Brieftasche genommen habe, schließlich kriegt er ja bei uns Kost und Logis.

Der Hundert-Euro-Schein reicht natürlich nicht, denn Felix braucht das ganze Wochenende, um wieder auf die Beine zu kommen. Was heißt auf die Beine kommen, am Montagabend ist er gerade mal so weit, dass er von dem Hühnchen essen kann. Er ist immer noch ganz benommen und muss sich gleich wieder hinlegen. Ich bringe das Tablett in die

Küche und mache uns einen Wein auf. Dann setze ich mich zu Josette vor den Fernseher.

»Schalt doch mal die Nachrichten an, mal sehen, was es Neues gibt.«

Wir kommen gerade recht zur Tagesschau. Thema Nummer Eins wie immer: Krieg im Irak. Grauenvolle Bilder von Gewalt und Verwüstung, von Toten und Verletzten. Zoom auf Präsident Bush in einer überstürzt anberaumten Pressekonferenz. Gut, wenn der endlich weg ist. Hoffentlich kommt was Besseres nach. Aber eigentlich kann's nur besser werden, oder? Ob Hillary Clinton in die Startlöcher geht? Wer weiß. Weiter. Wieder ein Selbstmordattentat in Jerusalem, wieder 23 Tote. Auch so eine unendliche Geschichte, dieser ewige Kampf zwischen Palästinensern und Israelis. Traurig, traurig. Dann Inlandsnachrichten. Kriseln in der schwarz-roten Koalition, nicht zum ersten Mal. Eine sich energisch rechtfertigende Kanzlerin am Mikrofon, deren Jacke etwas spannt. Sie sollte die Dinger eine Nummer größer nehmen. Schwenk zu ihrem genervten Stellvertreter, der müde abwinkt, und einem süffisant lächelnden Linken-Chef, dessen Nadelstreifen auch nicht perfekt sitzt. Dann wieder der Sprecher mit dunkelblauem Jackett und gemäßigt poppiger Krawatte.

»Wie soeben bekannt wurde, haben die zuständigen Ermittlungsbehörden heute eine Hausdurchsuchung bei Felix Fraunfelder, dem Aufsichtsratsvorsitzenden der ›Omotoc‹ Deutschland, durchgeführt. Der Hausherr war jedoch nicht anwesend. Die Ermittler gehen davon aus, dass Fraunfelder einen Wink bekommen und sich abgesetzt hat, möglicherweise in die Schweiz. Fraunfelder war in den letzten Wochen in die Kritik geraten, weil er sich bei der Fusion mit dem englischen Ölkonzern ›Barnes Oil‹ eine Provision von angeblich 25 Millionen Euro genehmigt hat. Es ist damit zu rechnen, dass in Kürze Anklage wegen schwerer Untreue und Verstoß gegen das Aktiengesetz erhoben wird. Und nun zum Wetter …«

Ich nehme Josette die Fernbedienung aus der Hand und schalte ab. Das Wetter, das interessiert jetzt wirklich nicht mehr. Ich stehe auf. Das ist ja kaum zu glauben. Mir bleibt fast der Atem weg.

»Menschenskind, Josette, haben wir ein Glück.«

»Wieso?«

»Ja, kapierst du denn nicht?«

»Was?«

»Die suchen ihn. Die suchen den Fraunfelder. Die sind hinter ihm her.« Ich nehme Josette begeistert in die Arme. »Und wir, wir haben ihn. Wir verstecken ihn und lassen ihn dafür blechen.«

Josette ist nicht so begeistert wie ich. Sie ist eher still. Zuerst. Und dann sagt sie, nein, das geht doch nicht, wir müssen ihn melden, wir müssen zur Polizei. Schwachköpfchen, bügele ich sie runter, das tun wir nicht. Du wirst dich unterstehen. Das ist doch *die* Chance für uns. Aber sie stellt sich bockig.

Emily nein, um Gottes willen, nein, das ist doch nicht richtig. Aber ich krieg sie schon noch rum, das wäre ja gelacht. Josette wird auch noch merken, dass das ein Super-Deal ist. Und viel besser als Kidnapping und die ganze Lösegeldgeschichte.

Wir müssen Felix nur schnell wieder auf die Beine bringen. Das lohnt sich jetzt nämlich wirklich.

Später im Bett kommt mir plötzlich eine Idee. Der muss doch jede Menge Kohle im Auto haben. Der ist doch nicht so einfach auf und davon, ohne alles. Der BMW muss der reinste Geldschrank sein. Wie gut, dass ich ihn am Freitag gleich in die Garage gefahren habe. Ich stehe auf und gehe leise raus, damit Josette nicht wach wird. Ich knipse das Garagenlicht an und mache den Kofferraum auf. Oh, was haben wir denn da. Ein Koffer und eine Reisetasche und daneben zwei Aktenkoffer. Ich nehme alles nacheinander raus und trage das Zeug ins Wohnzimmer. Ich muss zweimal gehen. Ich lege die beiden Aktenkoffer auf den Tisch und sehe gleich, dass sie Zahlenschlösser haben. Na ja, das war ja zu erwarten. Da kann ich lange fummeln. Ich durchwühle den Koffer und die Reisetasche, aber da sind nur Klamotten und Waschzeug und so was drin und nirgends ein Anhaltspunkt für die Zahlenkombination. Also verstaue ich die beiden Aktenkoffer erst mal bei mir im Kleiderschrank.

Als ich am nächsten Morgen nach Felix sehe, ist

er schon wach und gar nicht so schlecht drauf. Er sagt, dass er Hunger hat, das ist schon mal ein gutes Zeichen. Auch das Fieber scheint weg zu sein. Ich schicke ihn ins Bad, denn er stinkt wie ein Otter, so nach festgebackenem Männerschweiß, wie ich ihn aus der gemischten Sauna kenne.

»Da sind deine Sachen. Ich hab sie dir aus dem Auto geholt. Bis du fertig bist, sind wir auch mit dem Frühstück so weit.«

Ich schlage Eier in die Pfanne und brate Speck an, während Josette auf der Terrasse deckt. Es ist schön heute Morgen, nicht so drückend wie in den letzten Tagen.

»Oh Mann, was war denn bloß mit mir los? Ich fühle mich wie durch den Fleischwolf gedreht.«

Ziemlich hohläugig, aber wenigstens frisch geduscht und in sauberen Klamotten steht Felix in der Küchentür.

»Sonnenstich.«

»Wieso Sonnenstich?«

»Du warst neulich abends auf der Terrasse eingeschlafen, als wir so gebechert hatten. Und dann bist du am Morgen zu lange in der Sonne gelegen. Wir hatten nämlich alle verpennt.«

»Was heißt, neulich abends? Wie lange ist das her?«

»Neulich war Donnerstag. Jetzt ist es Dienstagmorgen, kurz nach halb zwölf, wenn du's genau wissen willst.«

»Dienstag, um Himmels willen. Ich hätte doch

spätestens am Freitagabend in Basel sein sollen. Und am Samstag in Olten.« Er ist jetzt erregt. Streicht sich übers glatt rasierte Kinn. »Mein Gott, was mache ich jetzt bloß?«

»Jetzt frühstückst du erst mal in aller Ruhe mit uns. Du hast es bitter nötig, so verhungert, wie du aussiehst. Komm mit. Josette ist schon auf der Terrasse.« Ich schieb ihn zur Tür raus.

»Guten Morgen, Josette.« Bonjour und Gemurmel. Felix strahlt. Ach ja, die Sonne geht auf. Aber Josette entzieht sich. Sie muss noch was aus der Küche holen. »Ein schöner Tag heute. Und ein schöner Blick, wirklich. Man sieht ja sogar bis zu den Vogesen.« Dann schaut er sich um. »Wo ist denn mein Auto?«

»Das hab ich in die Garage gefahren.«

»Und mein Gepäck?«

»Na, ich hab dir doch die Sachen ins Gästezimmer gebracht.«

»Ja, aber ...« Er zögert. Er scheint beunruhigt. »Wo sind denn die beiden Aktenkoffer?«

»Die hab ich vorsichtshalber eingeschlossen.«

»Wieso, vorsichtshalber?« Er kraust die Stirn und schaut mich eigenartig an. Nicht der offen-blauäugige Felix-Fraunfelder-Blick. Nicht der Blick, mit dem er seine Kleinaktionärinnen ködert.

»Komm, setz dich, wir frühstücken erst. Und dann besprechen wir alles Weitere.«

»Da gibt's nicht viel zu besprechen. Ich muss auf dem schnellsten Weg in die Schweiz.«

Das denkst nur du. Ich drücke ihn auf den Stuhl, gieße Kaffee ein und verteile die Eier und den Speck. Josette bringt frische Brötchen.

»Jetzt iss erst mal. Du kannst es brauchen.« Ich auch. Ich muss mich stärken für das, was jetzt kommt.

Und dann sage ich es ihm. Dass wir alles wissen. Dass es gestern Abend im Fernsehen kam. Das von der Hausdurchsuchung. Das von den Ermittlungen. Und dass jetzt die Fahndung läuft.

Er ist schockiert. Zumindest tut er so. Natürlich tut er nur so, denn überraschen kann ihn das wirklich nicht.

»Von wem hast du eigentlich den Tipp bekommen?« Ich seh ihn so harmlos wie möglich an. »Du hast doch einen Tipp bekommen, oder?«

Ruhe im Karton. Er schaut von mir zu Josette und dann wieder zu mir. Er misstraut uns, das spüre ich. Zumindest mir.

»Was wollt ihr eigentlich? Wollt ihr mich jetzt verpfeifen?«

Josette steht auf und geht in die Küche. Typisch. Ich heiße Hase und weiß von nichts. Ich schüttle den Kopf, nein, nein, wollen wir nicht, was denkt er nur. Dann beuge ich mich zu ihm. Erkläre ihm, wie ich mir die Sache vorstelle. Dass er bei uns untertauchen könne. Ja, hier bei uns. Dass wir alles für ihn tun würden. Warum? Tja, warum wohl? Wir seien ziemlich abgebrannt, wir bräuchten Geld. Zwei alleinstehende Frauen, zwei arme Kirchenmäuse.

Und er, er habe ja genug. Wenn ich da nur an die beiden Aktenkoffer dächte, na ja. Eigentlich könne er von Glück sagen, dass er bei uns gelandet sei.

Er runzelt die Stirn. Starrt mich an, der Blick ist jetzt ziemlich kühl. So ein Manager-Blick, so richtig aufsichtsratsmäßig. »Weißt du eigentlich, dass das fast Erpressung ist, was du da machst?« *Du* natürlich, nicht Josette.

»Aber nur fast, Felix, nur fast.«

Wir wollen ja nur ein Geschäft machen. Ganz einfach. Er braucht Hilfe und wir können ihm helfen. Wir brauchen Geld und er hat Geld. Viel Geld sogar. Und außerdem, wer im Glashaus sitzt …

Er mustert mich eine ganze Weile. Dann scheint er sich entschieden zu haben. »Also gut, einverstanden. Ich bleibe hier.« Suchend schaut er sich um. Ach ja, Josette. Josette, mein bestes Pferd im Stall. Sein bester Grund. »Also, ich bleibe. Und wegen des Geldes werden wir uns schon einig werden.« Dann grinst er plötzlich ziemlich unverschämt. »Die Aktenkoffer musst du mir aber schon geben. Sonst kann ich euch nicht bezahlen.«

Jetzt muss auch ich grinsen.

KAPITEL 10: JONATHAN

»Leute, beeilt euch doch, mir fällt gleich die Tür zu. Und es fängt an zu schneien.«

Ich quäle mich da mit der schweren Eichentür ab und keiner hilft mir. Und mein Arm tut wieder scheußlich weh. Epicondylitis, hatte Dr. Hirschsprung triumphierend festgestellt. Epicondylitis. Ein schreckliches Wort. Eine schreckliche Sache. Tennisarm *und* Golferarm, beides zusammen, und dabei spiel ich doch gar kein Tennis, und schon gar kein Golf.

Ich plage mich jetzt schon seit September damit rum. Es hatte bei Marktschluss in Breisach umsonst Zwetschgen gegeben, und wenn's was umsonst gibt, bin ich dabei. Immer noch. Also hatte ich gleich eine ganze Steige mitgenommen, mindestens zehn Kilo, und sie ziemlich verkrampft zum hintersten Parkplatz am Rhein geschleppt. Weil die blöden Touristen wieder mal alles mit ihren Autos zugestellt hatten. Aber das sei nur das i-Tüpfelchen gewesen, meint Dr. Hirschsprung. Da müsse vorher schon was gewesen sein.

Klar. Ich hatte zu viel gemalt. Ich hatte wie eine Verrückte gemalt. Unter anderem auch Felix. Obwohl ich sonst kaum Porträts male. Porträts malen, das find ich irgendwie … na ja, irgendwie altmodisch. Ganz früher war das anders, da gab's noch keine Fotografie, da war das okay. Wenn ich nur an das ›Mädchen mit dem Perlenohrring‹ denke. Da war das wirklich noch in Ordnung. Aber jetzt? Nein, das muss nicht sein. Normalerweise nicht.

Aber Felix hatte sich derart verändert, dass ich einfach nicht anders konnte. Vorher – nachher, das hatte mich einfach gereizt. Wenn ich dran denke, wie der aussah, im Mai, und wenn ich jetzt den bärtigen, braun gelockten Naturburschen anschaue, der da gerade den Christbaum durch die Tür hievt, mein Gott. Man würde ihn nie und nimmer für den aalglatten Aufsichtsratsvorsitzenden der ›Omotoc‹ halten, der es trotz des Skandals auf die Liste der zehn begehrtesten Junggesellen Deutschlands geschafft hatte. Aber jetzt ist's endgültig vorbei mit dem Aufsichtsratsgetue und mit Armani-Fräckchen und Krawattenfimmel und von wegen glatt rasiert und silbergrau und schön gescheitelt. Aber das Funkeln in den Augen, das ist noch da. Wahrscheinlich war's genau *das* gewesen, was ihn unter die Top Ten gebracht hatte. Dieses meerblaue Funkeln. Wobei bestimmt keine seiner Kleinaktionärinnen unter den Wählerinnen gewesen war.

Das mit dem Bart war natürlich das Einfachste gewesen, obwohl es dauerte und dauerte, bis er ihn endlich so hatte, wie er ihn mochte. Eitel, sag ich nur, eitel. Ja, und was schließlich herauskam, war eine klasse Kombination von Kinn- und Oberlippenbart, die Felix jetzt allerdings ganz sorgfältig pflegen muss. Was die Haare angeht, da war ich in meinem Element gewesen. Die Farbe hatte ich schnell, ein schmeichelhaftes Rehbraun ohne jeden Schnickschnack. Aber ich brauchte mehrere Packungen, bis alles Silber weg war und das Farbversprechen auf der Packung auch wirklich zum Vorschein kam. Natürlich musste auch der Bart gefärbt werden, aber das war nicht so schwer, weil der nicht silbrig, sondern dunkelblond gewesen war. Schließlich peppte ich noch das glatte Haar mit einer männerkopfgerechten Dauerwelle auf.

Als Felix in den Spiegel schaute, war er genauso verblüfft wie wir. Niemand im Dorf konnte jetzt auf die Idee kommen, dass er der flüchtige Felix Fraunfelder ist. Aber sie kamen natürlich auf andere Ideen, so von wegen ›ménage à trois‹. ›Send des verdorbene Luader. Des isch beschtimmt net dr Vetter aus Lyon. Ach was. Hend Sie des glaubt, die Gschicht mit dem Cousin von dere Elsässische? Nia ond nemmer. Gruppesex isch des. Künschtler! Und sowieso, des Franzesische – hend mr's net glei gsait?‹ Wir scheren uns natürlich nicht um das Geschwätz. Nicht die Bohne. Und irgendwann hören die auch wieder damit auf.

Seit Felix bei uns wohnt, ist er auch irgendwie anders geworden. Klar, wir haben Felix vorher nicht gekannt, nur aus der Zeitung und vom Fernsehen, aber trotzdem, er ist viel lockerer geworden als im Mai, irgendwie spontaner. Nicht mehr so … so managermäßig, nein, viel unkomplizierter und jünger. Er wirkt jetzt sogar richtig jung.

Ja, und noch was. Noch was hat sich geändert. Felix heißt jetzt nicht mehr Felix, sondern Jonathan. Wir mussten uns doch eine neue Identität für ihn ausdenken. Das mit dem Vornamen war leicht, denn Jonathan ist sein zweiter Name, und den kennt sonst keiner. Außer seinen Eltern natürlich, aber die sind bei einem Unfall ums Leben gekommen, als er gerade mal sechs war. Ein Freund der Familie hatte ihn adoptiert, der Bankier Fraunfelder, dessen Frau unter ihrer Kinderlosigkeit so gelitten hatte, dass sie schwer depressiv geworden war. Beinahe wäre die Ehe dran kaputtgegangen. Zum Glück leben die beiden schon lange nicht mehr, sodass sie sich jetzt nicht über die Schlagzeilen aufregen müssen, die ihr Adoptivsohn macht. Natürlich musste sich Felix auch einen anderen Nachnamen zulegen. Er nennt sich jetzt Brix. Das sei der Name eines Schulkameraden gewesen, den er allerdings aus den Augen verloren habe. Jonathan Brix also, und nicht mehr Felix Fraunfelder. Vielleicht hat seine Veränderung ja auch was mit dem neuen Namen zu tun.

Was wohl aus mir geworden wäre, wenn sie mich Desdemona genannt hätten? Oder Kleopatra? Bestimmt was ganz anderes. Vielleicht was Männermordendes, wer weiß. Na, und Jonathan, das hat so was Frisches, so was Verwegenes, das verführt einen richtig zum Pfeifen. Ja, gut, Felix war auch nicht schlecht gewesen, als Omen und so. Aber Jonathan passt jetzt wirklich besser.

»Mon Dieu, il fait froid.« Josette schüttelt sich

den Schnee aus dem Haar und stolpert in die Diele, wo Jonathan immer noch mit dem sperrigen Baum kämpft.

»Ich möchte *einmal* erleben, dass der Christbaum schon am Dreiundzwanzigsten steht. Dass nicht wieder alles auf den letzten Drücker gemacht werden muss.« Ich bin grantig, was natürlich auch an meinen Schmerzen liegt. Da ist jetzt endlich ein Mann im Haus, und trotzdem geschieht nichts. Zumindest nicht rechtzeitig. »Muss denn immer bis Heiligabend gewartet werden?« Drei Tage lang war die Tanne draußen im Freien herumgelegen. Wenigstens hat's bis jetzt nicht geschneit, sonst hätten wir uns auch noch mit den nassen Zweigen herumärgern müssen, wie damals, bei Papa. Damals musste ich sie sogar trocken föhnen.

Ich schau auf die Rolex, die ich Jonathan im Herbst nach unserem furchtbaren Streit abgeschwatzt hatte. Schon vier Uhr. Wie sollen wir das bloß schaffen? Wir wollen doch um sechs bescheren und vor dem Abendessen noch das Weihnachtskonzert hören und die Weihnachtsgeschichte lesen. Und das Schäufele muss auch in den Ofen.

»Ich fahre rasch noch mal weg«, sagt Jonathan. Mit Müh und Not hat er's endlich fertig gebracht, die Tanne ins Wohnzimmer zu bugsieren und mit Josettes Hilfe in den Christbaumständer zu pressen. Dabei hat sie ziemlich Nadeln gelassen, der ganze Boden ist voll. Natürlich hatte sie keiner gegossen.

»Und wer macht jetzt diese Sauerei weg?«

»Das könnt ihr doch sowieso viel besser.«

»Du bist ein Drückeberger. Überhaupt, wieso musst du noch mal weg? Was musst du denn jetzt noch erledigen? Die Läden sind doch schon alle zu.« Aber bevor ich meinen Satz zu Ende habe, ist Jonathan verschwunden.

»Der ist gut. Lässt uns hier mit dem Baum sitzen.« Ich ärgere mich. »Das ist gemein. Ich kann mich doch kaum rühren mit meinem Arm.«

»Schon gut, ich mach das«, beruhigt mich Josette. »Wo sind denn die Strohsterne?«

»Dort drüben, in den beiden kleinen Schachteln. Kugeln und Kerzen sind in dem großen Karton.«

Stroh und Blassgold soll's dieses Mal werden, so richtig edel. Obwohl der Spielzeugbaum letztes Jahr ganz toll ausgesehen hatte. Josette ist einfach genial im Baumschmücken, viel besser als ich. Na ja, kein Wunder, wo doch der Weihnachtsbaum aus dem Elsass kommt. Dabei bin ich auch nicht schlecht, höchstens ein bisschen ungeduldig. Wenn ich nur dran denke, wie ich damals Hendriks dürren Christbaum aufgemotzt hatte. Trist war der gewesen, mit seinen paar blauen Kugeln und den abgezählten Lamettafäden, richtig ärmlich. Asketisch. Der hätte gut ins Kloster gepasst, zu den Bettelmönchen.

»Die Kugeln reichen nicht. Hast du noch welche?«

Ich druckse rum. Letztes Jahr waren beim Einpacken ein paar Kugeln kaputtgegangen, und die fehlen jetzt natürlich. Und der Nachschub, tja, den möchte ich eigentlich noch nicht rausrücken, denn der ist mein Weihnachtsgeschenk für Josette.

»Also, so können wir das nicht lassen, da fehlen mindestens vier, fünf Stück. Oder sollen wir doch die roten nehmen?«

»Nein, nein, auf keinen Fall.« Ich kämpfe noch mit mir, aber nur kurz. »Wart mal, ich hab noch was.« Rasch hole ich das Päckchen. »Das ist für dich. Eigentlich wollte ich's dir erst nachher geben, aber ... na ja ... Vorsicht, es ist zerbrechlich.«

»Das ist ja ... Soll ich das wirklich schon aufmachen?« Vorsichtig pult sie das Weihnachtspapier ab und öffnet das Schächtelchen. »Oh, non. Sind die schön.« Sie klatscht in die Hände. »Mon Dieu, die sind ja fantastisch. Mais ... Du bist verrückt. Die sind doch viel zu teuer.«

Ja, sie waren teuer gewesen, die vier Glaskugeln. Sündhaft teuer sogar. Noch vor einem Jahr hätte ich sie nicht bezahlen können.

»Oh Emily. Die habe ich mir schon so lange gewünscht. Woher wusstest du das?«

Na, woher schon. Von unserem letzten Weihnachtsbummel natürlich. Als wir mit leerem Portemonnaie durch Freiburg gestiefelt waren, vorbei an den Antiquitätenläden und Schmuckgeschäften und Modeboutiquen und Parfümerien. Vorbei am ›English Shop‹ mit all seinen hübschen Sächelchen, wie dem Hundenapf aus Steingut mit der Inschrift ›All gone‹ – herzzerreißend, für satte 58 Euro. Und vorbei am Rosenthal Studio, wo sich Josette die Nase platt gedrückt hatte wegen der Christbaumkugeln. Es waren genau diese Kugeln gewesen, die skandinavischen Glaskugeln mit dem Schaukelpferdchen, der Eisprinzessin, dem Nussknacker und dem Tannenbaum.

»Mon Dieu, Emily, je ne sais quoi dire …«

»Dann sei ruhig und häng sie einfach auf.«

Logisch, dass der Baum fantastisch wird. Ganz fantastisch. Immer wieder bleiben wir vor ihm stehen und bewundern ihn. Was wohl Jonathan dazu sagen wird?

Aber Jonathan sieht ihn überhaupt nicht, als er wiederkommt. Jonathan hat nämlich nur Augen für seine eigene Weihnachtsüberraschung. Die er uns jetzt voller Stolz vorführt. Die Überraschung ist zehn Wochen alt, hat ein grauweißes Babyfell und eisblaue Augen. Es ist ein sibirischer Husky-Welpe, der auf den Namen ›Wölfchen‹ hört.

Seit Ewigkeiten hatte es keinen Hund mehr in meinem Leben gegeben. Genauer gesagt, seit ich fünf war. Leider. Dabei bin ich doch so tierlieb. Ich hätte nur allzu gerne wieder einen gehabt, nachdem Bobo aus dem Haus war. Der gute Bobo. Aber Mama und Papa waren damals unerbittlich gewesen. ›Nein, nein, nein, nie und nimmer. Nicht nachdem, was passiert ist.‹ Und später, nach Papas Tod, hatte ich so viel anderes im Kopf, dass ich gar nicht mehr dran dachte, einen anzuschaffen.

Bobo war eine Seele von Hund gewesen. Ein

Berner Sennenhund wie aus dem Bilderbuch, mit langem weichem Fell, das ich immer bürsten durfte. Bobo war schwarz mit weißer Blesse, weißer Brust und weißer Schwanzspitze. Er hatte lohfarbene Abzeichen an den Läufen und über den Augen, ›Black and Tan‹, oder wie das heißt. Papa hatte ihn von einem Züchter aus Neuchâtel, der mit seinen Tieren auf den Ausstellungen dauernd die Preise abräumte. Bobo wäre bestimmt auch preisverdächtig gewesen, mit seinen fast 60 Kilo. Lauter Muskeln, wirklich, lauter Muskeln, und kein Gramm Fett zu viel. Ich wiege jetzt 49 Kilo, da kann man sich vorstellen, was für ein Kaliber Bobo war.

Aber wir brauchten keinen Hund für Ausstellungen oder zum Züchten, nein, nein, Papa wollte einen kinderlieben, familienfreundlichen Hund. Und das war Bobo nun wirklich, gutmütig, friedlich, anhänglich, treu. Ich liebte Bobo abgöttisch, fast genau so sehr wie Mama und Papa. Und auf jeden Fall mehr als Charlotte.

Charlotte. Wahrscheinlich hab ich noch gar nicht von Charlotte erzählt. Charlotte war meine Zwillingsschwester gewesen. Emily und Charlotte, nach den berühmten Brontë-Schwestern. Mama war ein Brontë-Fan gewesen, sie hatte alle Romane verschlungen, von ›Jane Eyre‹ bis zu ›Sturmhöhen‹. Mama war überhaupt sehr belesen gewesen. Also Emily und Charlotte Liebengast, eineiige Zwillinge, ich ein paar Minuten jünger und wohl etwas kleiner, aber schon bei der Geburt viel lebhafter. Mehr sturmhöhenmäßig. Ansonsten glichen wir uns wie – tja, wie ein Ei dem anderen eben.

Eine Zwillingsschwester zu haben, ist eine Strafe Gottes. Besonders so eine wie Charlotte. Charlotte war von Anfang an ein Vorzeigekind, ein liebenswertes kleines Mädchen, ich dagegen völlig unberechenbar. Charlotte immer eitel Sonnenschein, ich launisch und oft sogar ein recht zorniger Zwerg. Charlotte machte nie etwas falsch und ich alles. Einmal hörte ich Mama zu Papa sagen, ich sei eigenartig, sehr eigenartig sogar. So gar nicht wie Charlotte. Dabei sah ich immer mich selbst, wenn ich Charlotte anguckte. Es war schon komisch.

Ich habe damals wirklich nicht verstanden, warum Bobo aus dem Haus musste. Er konnte doch nichts dafür, er hatte es doch nur gut gemeint. Und mir hatte er sogar einen Gefallen getan. Aber meine Eltern sahen das anders. Bei Charlottes Beerdigung heulte ich Rotz und Wasser, aber nicht wegen Charlotte, sondern weil sie Bobo weggegeben hatten.

Irgendwie schienen sie es auch mir übel zu nehmen. Als ob ich schuld gewesen wäre. Eine Zeit lang dachte ich, es war ein Wunder, dass sie nicht mich weggegeben hatten.

Später habe ich Bobo noch öfter besucht. Die Apothekerin aus dem Nachbarort hatte ihn zu sich genommen. Sie hatte zwar schon einen Rauhaardackel, doch sie wollte noch einen zweiten, größeren Hund. Bobo war zwar kein Wachhund, aber immerhin ein Hütehund, der schon durch seine

Größe Eindruck machte. Auf jeden Fall, sie hatte sich sofort in Bobo verliebt. Und so lag Bobo dann jahrelang mit dem Rauhaardackel friedlich unter der Ladentheke.

So friedlich, wie er auch auf der fünfjährigen hochfiebrigen Charlotte gelegen hatte, die in ihrem Bettchen mit Husten und Schnupfen und ihrem Asthma kämpfte. Das Asthma hatte sie von Mama, ich hab's zum Glück nicht geerbt. Also, ich hatte ja nur mal nach Charlotte schauen wollen, ich und Bobo. Und Bobo war natürlich begeistert gewesen, denn Bobo liebte Betten. Er war mit einem Riesensatz auf Charlotte gesprungen und hatte sie geleckt und gedrückt, bis sie zu atmen aufhörte. Dass ich ihn nicht runtergezogen hatte, kann man mir doch wirklich nicht vorwerfen. Wie hätt ich's denn machen sollen? Wie hätte ich denn den Riesenhund von ihr runter kriegen sollen? Ich, die ich doch noch kleiner und schwächer war? Außerdem – wahrscheinlich wäre Charlotte sowieso gestorben.

Aber jetzt bin ich von Wölfchen begeistert. Ich knie mich hin, um ihn zu knuddeln. Zuerst zittert er ein bisschen, doch bald hört das Zittern auf. Nach einer Weile wird er mutiger und versucht, mich in den Finger zu beißen. Ah ja, diese spitzen, scharfen, kleinen Zähnchen. Die hatte Bobo am Anfang auch. Jonathan setzt sich jetzt auch auf den Boden und packt das Fellbündel mit allen zehn Fingern. Nun wird der Kleine wilder. Er scheint uns als seinesgleichen zu betrachten und fängt an, so richtig von

Hund zu Hund mit uns zu spielen. Dann schnappt er sich die Plüschgiraffe, die Jonathan plötzlich hervorzieht, und fegt damit um den Baum, dass die Zweige nur so wackeln. Ich find's großartig. Sogar der See, der sich plötzlich unter unserem Tannenbaum ausbreitet, stört mich nicht. Ich bin einfach begeistert.

Erst als eine der kostbaren schwedischen Glaskugeln herunterfällt und zerbricht, ist's mit dem Spaß vorbei. Josette, die bisher krampfhaft versucht hatte, sich herauszuhalten, schreit auf. Sie fängt an, so schrecklich zu jammern, dass Jonathan nicht mehr umhin kann, unser Bäumchen zu betrachten. Unser schönes, edles Bäumchen, das nun allerdings ein bisschen angeschlagen ist.

Aber der Kleine darf jetzt nicht gestraft werden, am ersten Tag, allein in der fremden Umgebung, weg von Muttern und den Geschwistern – da sind Jonathan und ich uns einig. Josette schüttelt nur den Kopf, natürlich ist sie sauer wegen der schönen Glaskugel. Eigentlich sollte ich mich ja freuen, dass ihr mein Geschenk mehr bedeutet als das von Jonathan. Aber was ist schon eine Glaskugel gegen diesen süßen Kugelblitz? Jonathan und ich sind uns einig, wir müssen pädagogisch vorgehen.

Aber wie? Wie erzieht man einen Welpen? Bei Bobo war ich noch zu klein, da hatten das meine Eltern getan. Doch Jonathan hat vorgesorgt. Wenn er was macht, dann macht er's richtig. Da kommt dann eben doch noch der Top-Manager zum Vorschein. Er zieht zwei Bücher aus der Tasche und schiebt sie mir hin. (Er scheint kapiert zu haben, dass er mit Josette nicht rechnen kann.) ›Wie erziehe ich meinen Hund?‹ und ›Kleine Hundeschule für Anfänger‹.

Ich greife zur ›Kleinen Hundeschule‹ und stelle erstaunt fest, dass sie von einem Dr. Hugo Rudel ist. Moment, ist das etwa *unser* Doktor Rudel? Heißt der Hugo? Ich kann mich nicht erinnern. Hatte Regine ihn nicht immer Bonzo genannt? Bonzo, nicht Hugo. Ja, doch. Aber Bonzo ist doch ein Hundefutter, vielleicht hatten sie ja über Hundefutter gesprochen. Aber sie sagte Bonzo zu ihm, da bin ich mir sicher. Klar, Bonzo wird sein Spitzname sein. Egal, wir werden die ›Kleine Hundeschule‹ lesen, ob das nun seine ist oder die von einem anderen Rudel. Wir müssen sie lesen, so schnell wie möglich. Aber eins ist schon jetzt klar. Wir dürfen Wölfchen keinen Moment aus den Augen lassen. Also kein Weihnachtskonzert und keine Weihnachtsgeschichte. Wölfchen ist Konzert und Geschichte genug. Wir müssen jetzt nur die Bescherung über die Bühne bringen und das Essen auf den Tisch.

Mit der Bescherung hat uns Jonathan natürlich die Schau gestohlen. Neben Wölfchen fällt alles andere ab, Josettes teure Ölfarben für mich, das Jazz-Album für Jonathan, meine Glaskugeln, die dezimiert am Bäumchen baumeln. Aber ich hab noch was in petto, was ganz Tolles. Fast so toll wie Wölfchen. Es sind zwei recht große Pakete, ein rotes für Josette und ein grünes für Jonathan. Mit der Verpackung habe ich mir echt Mühe gegeben.

»Ihr packt jetzt um die Wette aus. Auf die Plätze, fertig, los!«

Natürlich muss ich Wölfchen ablenken, denn der denkt, das sei ein Spiel und will mitmachen. Das ist schwierig, denn es raschelt ja so verführerisch. Und es dauert und dauert, weil eine Schachtel in der anderen steckt, wie bei den russischen Babuschkas. Was zum Schluss herauskommt, ist nur noch postkartengroß.

Josette ist als Erste fertig, und während Jonathan noch mit der letzten Schachtel kämpft, hat sie das Geschenk schon in der Hand. Sie stößt einen Schrei aus.

Jonathan schaut auf. »Was ist es denn?«

»Du glaubst es nicht. Eine Kreuzfahrt. Mon Dieu, sie hat eine Kreuzfahrt für uns gebucht. Eine Mittelmeer-Kreuzfahrt.« Stolz hält sie ihm die drei Tickets unter die Nase.

Gott sei Dank. Gott sei Dank, sie freut sich. Sie freut sich wirklich. Ich war mir nicht ganz sicher gewesen. Aber ich hatte gehofft, dass die beiden auch mal raus wollen. Raus aus unserer Quarantäne.

»Na, jetzt bin ich aber gespannt, was bei mir drin ist.« Jonathan zerrt und reißt, bis das Papier in Fetzen herunterfällt.

»Was um Himmels willen ist denn das?«

»Schau halt mal genauer hin.«

»Dass das ein Reisepass ist, das sehe ich. Aber was soll das?«

»Du musst ihn schon aufmachen.«

Er öffnet den Pass. »Meine Güte, das ist ja … da steht ja … Jonathan Brix. Mensch, Emily, was soll das heißen?«

»Na, das ist ja wohl klar.«

»Das ist doch … Sag mal, spinnst du denn jetzt ganz?«

»Ja, was glaubst du denn? Wie sollen wir sonst eine Kreuzfahrt machen? Wir müssen doch beim Einschiffen unsere Pässe abgeben. Das hat der Veranstalter ausdrücklich geschrieben.« Ich fuchtle jetzt mit den Unterlagen herum. »Lies doch mal das Faltblatt. Wie sollen wir denn sonst in Libyen an Land kommen? Oder in Ägypten?«

»Ja, aber … Jonathan Brix gibt's doch gar nicht.« Er schaut mich entgeistert an. »Das ist doch eine Fälschung. Bist du denn total übergeschnappt?«

»Na, sei doch froh.« Ich lass mir die Freude jetzt nicht verderben, auf gar keinen Fall. »Ist der nicht prima geworden? Erstklassig gemacht. Richtige Profiarbeit. Und nicht mal so teuer, wirklich.«

KAPITEL 11: QUARANTÄNE

Die Idee mit der Kreuzfahrt war mir im Oktober gekommen, als wir wieder mal in Freiburg im TUI-Büro herumstanden und Kataloge durchblätterten und uns ärgerten, dass wir nicht verreisen konnten. Nicht richtig verreisen konnten, so mit Flieger und allem Pipapo, in den Süden, nach Marokko zum Beispiel, zu den Königsstädten, da wollt ich schon immer mal hin, oder in die Staaten oder nach Südafrika. Jonathan war da schon ein Klotz am Bein. Zwar hätten wir das ohne ihn auch nicht gekonnt, denn ohne ihn hätten wir ja kein Geld gehabt, aber dieses Rumgegurke im Schwarzwald und am Bodensee machte auf die Dauer keinen Spaß.

Jonathan wollte natürlich kein Risiko eingehen, und da hatte er im Prinzip auch recht, aber manchmal dachte ich, dass er doch eine Flasche ist, so von wegen Courage und so. Der hatte sich doch nicht mal mit uns über den Kreuzlinger Zoll getraut, dabei ist das eine der leichtesten Übungen.

War es zumindest. Winter für Winter hatten wir Kaffee, Zigaretten und Schokolade geschmuggelt, kiloweise, stangenweise, immer wenn wir vom Skilaufen vom Säntis zurückkamen. Hermann Josef war da ganz cool gewesen, und Horst und Manni auch. Die hatten sich ganz auf uns Mädels verlassen, auf Inka, Rose und mich, und das konnten sie auch, denn wir taten natürlich alles, um die Zöllner abzulenken. Zu viel durfte man allerdings auch nicht machen, das fiel auf, aber wir hatten den Bogen raus. Wir wurden nie erwischt.

Dass wir mal wegwollten, hatte natürlich auch damit zu tun, dass die letzten Monate nicht so einfach gewesen waren. Zu Anfang war die Sache natürlich noch richtig spannend, denn da gab's erst mal wahnsinnig viel zu organisieren. Bis wir Jonathan in Papas Arbeitszimmer einquartiert hatten. Bis das nach seinem Geschmack war. Bis er es endlich gemütlich hatte. Und er sollte es ja schließlich gemütlich haben. Da mussten Möbel gerückt werden, Papas altes Sofa musste raus und dafür eine Ausziehcouch rein, da musste die Musikanlage repariert werden, da mussten andere Bilder an die Wand. Das war alles schön und gut. Nur als er die Wände anders gestrichen haben wollte, da war Schluss. Da hab ich nicht mitgemacht, schließlich ist das ja mein Haus.

Das war der Moment, in dem mir ganz kurz der Gedanke kam, wie schrecklich das wäre, wenn Jonathan für immer bliebe. Der Moment, in dem ich ganz kurz in Panik kam.

Zu dieser Zeit hatte ich sowieso alle Hände voll zu tun, denn ich musste ja auch die Illustrationen für Monsieur Clairets Speisekarte fertig kriegen. Da war ich richtig unter Druck. Ich arbeitete meistens am frühen Morgen, solange mich noch keiner störte. Josette ist da ja kein Problem, das war sie noch nie, sie schläft immer lange, aber Felix, was sage ich, Jonathan, der ist Frühaufsteher. Top-Manager scheinen schon morgens um sechs die Zeitung zu lesen. Ich hab ihm aber schnell klargemacht, dass er mir nicht ins Gehege kommen darf. Und dass er sich seinen Kaffee besser selber kocht. Als die Illustrationen dann fertig waren und ich mein Geld hatte (Clairet hat mir doch tatsächlich 2.000 dafür bezahlt, das war wirklich anständig), da haben wir das beibehalten. Nur sonntags frühstücken wir zusammen. Oder wenn es abends mal richtig spät wird und feuchtfröhlich. Oder wenn ich einfach mal verschlafen habe.

Ach ja, zu unseren Schwierigkeiten. Da war natürlich von Anfang an die Sache mit Jonathan und Josette. Jonathan ist in Josette verliebt, da beißt keine Maus einen Faden ab, und Josette, ja, die liest immer noch ›Omotoc‹ auf seiner Stirn. Vielleicht übertreibe ich jetzt ein bisschen, ganz so schlimm ist es nicht mehr, denn so langsam fängt auch sie an, den Jonathan in Felix zu sehen. Und Jonathan ist eigentlich ganz okay. Aber, wie gesagt, er will und sie will nicht. Und das, na ja, das macht's nicht gerade einfach.

Und dann war da die Sache mit Jean-Paul. Als sich Jean-Paul im August anmeldete. Jean-Paul ist Josettes kleiner Bruder, was heißt klein, Jean-Paul ist gut 1,90, also ziemlich aus der Art geschlagen, wenn man Josette so anguckt. Oder Josette ist aus der Art geschlagen, wer weiß. Auf jeden Fall, er ist ihr jüngerer Bruder, das Nesthäkchen, mit seinen gerade mal 28 Jahren, und ›everybody's darling‹. Ganz besonders Josettes. Im Unterschied zu Bernard hatte er nämlich zu Josette gehalten, damals, als sie Stéphane geheiratet hatte. Jean-Paul mit seinem großen Herzen. Ich mag Jean-Paul, ich mag ihn sehr.

Also, Jonathan hatte sich ziemlich, als er mitbekam, dass Jean-Paul uns besuchen kommt. Aber meine Güte, nur weil wir jetzt Jonathan im Haus haben, heißt das noch lange nicht, dass wir in Quarantäne leben müssen. Dass wir auf jeden Spaß verzichten müssen. Wo kommen wir denn da hin. Aber Jonathan war sauer, stinksauer, besonders, als er auch noch erfuhr, dass Jean-Paul Journalist ist. Sportreporter, genauer gesagt. Na ja, für Jonathan ist Journalist gleich Journalist, und allesamt sind sie Aasgeier. Da hat er im Prinzip zwar nicht unrecht, aber bei Jean-Paul ist das anders. Er ist wirklich anders als normale Reporter, er ist ein ganz anständiger Kerl, und der würde nie was tun, das uns schadet. Davon abgesehen, wie könnte er uns schaden, wo doch Jonathans Tarnung astrein ist.

Jean-Pauls Besuche sind immer ein Wahnsinnsspaß. Er verdient zwar nicht großartig, aber er schafft es jedes Mal, uns was zu bieten. Er ist immer für Überraschungen gut. Mal schleift er einen Riesen-Picknickkorb an und fährt mit uns ins Liliental und macht dort mitten im Grünen einen auf Britisch, mit Bordürentischtuch und Damastservietten, mit Silberbesteck und Wedgwood-Tellern, mit Kristallgläsern und Weinkühler und allem Drum und Dran. Natürlich alles vom Flohmarkt. Oder er geht mit uns in Straßburg in die Kellerkneipe, in der Roger Siffer immer aufgetreten ist, und siehe da, da drüben sitzt der Barde ja und lässt sich nicht lange bitten und rotzt die Freiheit raus, mit seinem legendären 1780er-Lied. Die Gedanken sind frei, wer kann sie erraten. Oder wir fahren einfach so in der Gegend rum und landen dann plötzlich bei einer Vernissage, wo uns lauthals Tomi Ungerers Spott entgegendröhnt, mal kurz auf Stippvisite aus Irland zurück, oder wir geraten in die halsbrecherische ›Tour des Crêtes‹ hinein, zu den Kumpels vom Radrennstall ›Crédit Agricole‹. Jean-Paul weiß immer, wo, wann, was. Und er kennt Leute, mein Gott, Leute … Aber das allein ist's nicht. Jean-Paul ist einfach immer gut drauf, und er lacht so herrlich. So mundvoll, dass man einfach mitlachen muss. Auch wenn vorher alles katzengrau war.

Als Jean-Paul im August bei uns aufkreuzte, da benahm sich Jonathan gleich ziemlich blöd ihm gegenüber. Misstrauisch von A bis Z. Dabei hatte ich mir fast einen abgebrochen, um Jean-Paul zu erklären, wer er war, warum er da war und warum er so komisch war. Bei der Gelegenheit ging mir auf, wie dilettantisch wir bisher gewesen waren. Wir hatten zwar aus Felix Jonathan gemacht, aber eine richtige Legende oder wie das beim Geheimdienst heißt, die hatten wir nicht gestrickt. Für die im Dorf hatte Verwandtschaft gereicht, einfach Verwandtschaft, Punktum.

Aber für Jean-Paul musste ich mir was Besseres ausdenken. Etwas, das hieb- und stichfest war, etwas, das wir auch weiter benutzen konnten. Also, zunächst mal Verwandtschaft, dabei musste es bleiben. *Mein* Vetter natürlich, nicht der Cousin aus Lyon, da hatten die Dörfler sowieso was falsch verstanden. Also, mein Vetter Jonathan Brix aus Bremen, in Scheidung lebend. Ja, ja, der gute Hendrik, jetzt war er doch noch zu was nütze. Jonathan sagte ich allerdings nicht, wo ich die Figuren der Geschichte herhatte. Ehefrau Sylvie hatte ihm ganz übel mitgespielt, sie hatte ihn mit seinem besten Freund betrogen. Mit Enno. Und jetzt wollte sie natürlich ihm, Jonathan, den schwarzen Peter zuschieben. Sie hatte schon öfter Detektive auf ihn angesetzt, kein Wunder, dass er so misstrauisch war. Schließlich ging's um viel Geld. Bis dahin war's einfach gewesen.

Mit dem Beruf tat ich mich schwerer. Zum einen musste es etwas sein, wovon Jonathan was verstand, zum anderen musste er dabei verdammt gut verdienen, und er musste sich seinen Urlaub selbst genehmigen können. Womöglich sogar ein ›Sabbatical‹. Falls nämlich Jean-Paul wieder mal erschien und Jonathan immer noch da war. Da wäre natürlich ein Universitätsprofessor nicht schlecht gewesen, vielleicht ein Volkswirtschaftler, aber der hätte nicht genug verdient. Außerdem hätte man ihn leicht googeln können. Das hätte man auch mit einem Kaffeekönig machen können, einem Schokoladenkönig oder einem Gewürzkönig oder einem Bierkönig, schließlich haben sie ja Beck's und Ubena und Hachez und Jacobs in Bremen. Also entschied ich mich dann doch für was ziemlich Unspezifisches, für Import-Export, und stülpte Jonathan damit doch noch die ganze Hendrik-Geschichte über. Was er importierte und exportierte, tja, das musste er sich schon selbst aus den Fingern saugen. Aber als Top-Manager würde er das mit Links machen, da war ich mir sicher.

Fatal waren allerdings die Schnitzer gewesen, die er sich am zweiten Abend leistete, als wir alle auf der Terrasse saßen und becherten. Und die hatten nichts mit Import-Export zu tun, sondern mit Sport, und da war natürlich Jean-Paul in seinem Element. Dass Jonathan nicht wusste, dass beim Bremen-Marathon immer der frühere Bildungssenator mit Startnummer Eins mitlief, nun, das war verzeihlich. Und dass dieser Senator mal Werder-Manager gewesen war und jetzt für Höheres gehandelt wurde, na ja, das konnte man vielleicht auch noch hinnehmen. Aber dass er nichts vom Meistertitel und Vizemeistertitel von Werder Bremen gehört hatte und auch nichts vom Bremer Sechs-Tage-Rennen, von den berühmten ›Six Days‹, das war kaum zu glauben. Es blieb ihm also nichts anderes übrig, als sich zum Sportmuffel zu erklären. Was natürlich ziemlich blöd war, mit einem Sportreporter am Tisch, denn nun musste

Jonathan auch den Mund halten, wenn wir über die Tour de France und andere sportliche Highlights redeten. Das ärgerte ihn ziemlich, das konnte man sehen, er war richtig in seiner Eitelkeit gekränkt. Aber Jean-Paul tat, als ob er nichts merkte, und das rechnete ich ihm hoch an. Er ist einfach nicht der Typ für Platzhirsch-Gerangel. Und schon gar nicht misstrauisch.

Anders Jonathan. Der durchwühlte am nächsten Morgen sofort das Gästezimmer, als nämlich Jean-Paul mit Josette spazieren war. Eng umschlungen waren die beiden losmarschiert, Brüderlein und Schwesterlein, und das musste Jonathan natürlich ein Dorn im Auge gewesen sein. Also, er durchwühlte das Gästezimmer und machte sich auch noch an Jean-Pauls Laptop zu schaffen. Gott sei Dank kam ich gerade noch rechtzeitig dazu, als er das Passwort knacken wollte. Was er denn da für einen Bockmist mache und dass er das gefälligst lassen solle, sonst würde womöglich was Wichtiges gelöscht und dann wäre Jean-Paul ganz bestimmt misstrauisch, wenn er es überhaupt nicht schon lange war nach dem dummen Geschwätz, und dann säßen wir wirklich in der Tinte. Ja, das alles ließ ich über ihm ab.

Und er teilte im Gegenzug genauso aus, dass ich blöde Kuh ja einen Journalisten hätte ins Haus bringen müssen, ausgerechnet einen Journalisten, einen sensationsgierigen Schnüffler, wo man ihn doch so elegant hätte ausladen können, und dass es schließlich *ich* gewesen wäre, die ihm diese ganze beschissene Bremen-Story eingebrockt hätte. Ja, ›beschissen‹ sagte er, er wurde auf einmal ziemlich unfein. Es war unser erster handfester Krach, der erste von vielen.

Die Atmosphäre war vergiftet, und selbst als Jean-Paul am nächsten Tag wieder wegfuhr, der liebe harmlose Kerl, da hingen immer noch Jonathans Zorn und Misstrauen und seine Wahnsinnseifersucht wie ein Schwelbrand in der Luft. Wir sollten bloß nicht auf die Idee kommen, Jean-Paul wieder einzuladen, wir hätten ja gesehen, wie leicht so was ins Auge gehen könne.

Klar hatten wir das gesehen. Aber wer war denn da so dämlich gewesen? Wer, wer, wer? Und Jean-Paul würde wiederkommen, da konnte er Gift drauf nehmen.

Das alles war ziemlich übel, und seitdem fühlte ich mich fast wie in Geiselhaft. Kein Wunder, dass ich mal richtig raus wollte, aus unserer ›ménage à trois‹. Und ich denke, auch Josette wollte raus. Nicht nur wegen der Sache mit Jean-Paul und auch nicht, weil sie von Anfang an dagegen gewesen war. Nein, ganz besonders natürlich wegen der Geschichte im September, die dem Ganzen dann die Krone aufsetzte. Die hat sie Jonathan bis heute nicht verziehen. Sie hatte sogar erwartet, dass ich ihn rausschmeiße.

Aber meine Güte, wir können doch nicht einfach auf das schöne Geld verzichten, oder?

KAPITEL 12: PROSIT NEUJAHR

Seit Heiligabend schläft Wölfchen bei mir. Das kommt natürlich daher, weil *ich* diejenige bin, die sich um ihn gekümmert hatte. Als er nämlich die Reste vom Schäufele mitsamt Knochen gefressen und gekotzt hatte. Sein Blick war zum Steinerweichen gewesen. Aber die beiden anderen konnten den rosa Brei nicht aufwischen, nein, wie widerlich, und wie das riecht. Und auch nicht das Schnäuzchen sauber machen, nein, um Himmels willen, nein. Jonathan musste sogar rausrennen, Richtung Klo. Na ja, typisch Mann eben. Aber Josette. Bei Josette hatte ich mich schon gewundert. Wo sie doch auf dem Bauernhof aufgewachsen ist. Dass Wölfchen mich seitdem für den Rudelführer hält, ist klar. Und, um ehrlich zu sein, ich lass mir's gern gefallen. Ja, ich bin sogar richtig stolz drauf.

Dass es überhaupt zu dem Malheur gekommen war, war natürlich unsere Schuld gewesen. Wir hatten Wölfchen einfach vergessen. Während des Essens hatten Jonathan und Josette nämlich immer wieder von dem Pass angefangen. Zwischen jedem Bissen bohrten sie nach. Aber sie waren nicht nur neugierig, nein, sie waren auch hell entsetzt und empört. Wie ich denn, um alles in der Welt, zu dem Pass gekommen sei? In was ich da verwickelt sei? Mit wem ich mich da eingelassen hätte?

Ich sagte nichts, nein, kein Wort, ich erzählte ihnen keinen Pieps. Und als sie trotzdem weitermachten wie die Maus am Faden, da sagte ich nur eins, nämlich, dass es besser für sie sei, wenn sie nichts wüssten. Da bekamen sie auf einmal Schiss und waren ruhig.

Natürlich erzählte ich nichts von Carlos. Nicht, dass ich ihn decken will, nein, wahrhaftig nicht. Aber Carlos ist jemand, mit dem ich nicht so gern angebe. Er ist eines der dunkleren Kapitel in meinem Leben. Carlos, eigentlich Karl Feselmeier, hat sich seinen Namen von dem berüchtigten Terroristen-As geborgt. Er selbst ist eine ganz winzige Nummer, ein popeliger Kleinkrimineller, ein Vorstadt-Ganove in Handtaschenformat. Aber einer mit Verbindungen.

Ich kenne Carlos aus meiner Zeit an der Kunsthochschule, wo er sich auch herumgedrückt hatte, allerdings ohne großen Ehrgeiz. Irgendwie war ich in seine Clique reingeraten, ich weiß beim besten Willen nicht mehr, wie. Er sah damals unverschämt gut aus, ein südländischer Typ, obwohl er ein waschechter Freiburger ist. Kein Wunder, dass ihm die Mädchen scharenweise nachliefen. Ich auch. Carlos war sensationell im Bett, mit der Intelligenz und dem Charakter haperte es allerdings. Hapert es immer noch.

Seine kriminellen Aktivitäten beschränkten sich zuerst auf Ladendiebstahl. ›Mit Prozenten einkaufen‹ nannte er das und nahm's als Sport. Drei- oder viermal machte ich dabei mit, da ging's meistens um Delikatessen. Ich kann mich an ein paar Döschen Beluga-Kaviar erinnern. Aber ich war dem Stress damals nicht gewachsen. Ich glaubte, dass man mir's ansehen müsste, und einmal fixierte mich die Kassiererin auch dermaßen, dass ich schon die Handschellen rasseln hörte.

Vor den Stufenprüfungen, die recht happig waren, besorgte er uns Aufputschmittel. Rezeptpflichtige natürlich. Er kannte sich prima mit den Dingern aus, von Captagon angefangen bis hin zu Amphetaminen. Das war alles ein Kinderspiel für ihn, denn er konnte hervorragend Unterschriften fälschen. Ich hab in dieser Hinsicht viel von ihm gelernt. Die Rezeptblöcke muss er geklaut haben, frag bloß keiner, wann und wo. Später versorgte er uns dann mit Hasch und Härterem. Schließlich brauchten wir als angehende Künstler ja unseren Kick. Bewusstseinserweiterung und so, das gehörte damals einfach dazu. Bei mir blieb's glücklicherweise beim Hasch, wenigstens in *der* Beziehung hatte ich noch einen Funken Verstand.

Weil ich weiß, wie unberechenbar Carlos ist, bin ich vorsichtig gewesen. Ich hab mir zwar von ihm den Pass besorgen lassen, Jonathans Foto aber selbst einmontiert. (Eines der Automatenbilder, die wir mal aus Jux und Tollerei im Supermarkt in Breisach gemacht hatten.) Ich hab Carlos einen anständigen Preis bezahlt, aber vorher ziemlich herumgefeilscht. Damit er bloß nicht glaubt, ich sei plötzlich reich.

Womöglich käme er dann noch auf die Idee, mich zu erpressen. Ich trau ihm nämlich alles zu.

Aber das brauchen Josette und Jonathan wahrhaftig nicht zu wissen. Wie gesagt, je weniger sie wissen, desto besser. Überhaupt, die zwei sollen sich nicht so haben. Ich versteh wirklich nicht, warum sie einen solchen Aufstand machen. Schließlich können sie doch nur froh sein, dass ich alles so gut geregelt habe, für unsere Kreuzfahrt.

Aber zurück zu Wölfchen. Wölfchen ist jetzt total auf mich fixiert. Das ist natürlich nicht im Sinne des Erfinders, denn Jonathan wollte mit seinem Geschenk vor allem Josette beeindrucken. Na ja, das war dann wohl ein Schuss in den Ofen. Josette scheint sogar ein bisschen Angst vor dem lebhaften Welpen zu haben. Nie würde sie mit uns spazieren gehen. Dafür will Jonathan dauernd mit. Um ehrlich zu sein, ich geh viel lieber allein mit dem Hund. Doch ich kann Jonathan natürlich nicht immer abwimmeln, schließlich ist Wölfchen ja sein Geschenk. Aber er nervt mich.

Schon am Heiligen Abend hatte er mich genervt, mit seinem ständigen ›Ich komm mit‹. Obwohl ich ihm sagte, er solle bei Josette bleiben, denn die war wirklich nicht gut drauf. Aber nein, er wollte mit, um jeden Preis. Aber da hatte er auch noch einen anderen Grund, da wollte er mich nämlich doch noch ausquetschen, von wegen Pass. Und als das nicht klappte, kam was anderes aufs Tapet. Dann kamen echt blöde Sprüche, wie, jetzt könne er ja eigentlich abhauen, jetzt, wo er den Pass habe. Jetzt könne er uns ja sitzen lassen, ohne einen einzigen Cent.

Als ob der Josette sitzen lassen würde, da lachen doch die Hühner. Allerdings war ich im ersten Moment schon perplex. Was heißt perplex, ich bekam Angst, ganz kurz zumindest.

Ja, und das war's natürlich, was er wollte. Er wollte mir Angst machen, der Idiot. Aber von wegen uns sitzen lassen. Ich würde ihn verpfeifen, noch bevor er an der Grenze wäre. Noch bevor er bis zehn gezählt hätte. Das wäre doch die leichteste Übung. Ruckzuck würde das gehen. Und das sagte ich ihm auch. Damit das klar war. Und das ist jetzt auch klar, glasklar.

»Was ist denn heute mit Wölfchen los? Der bellt ja gar nicht.« Jonathan steht mit zwei Flaschen in der Tür. Mit dem Champagner für Mitternacht. »Wo ist er überhaupt?«

»Hinterm Sofa. Der hat Angst, der arme Kerl. Wegen der Knallerei draußen. Die ballern schon seit heute Mittag rum.«

Eigentlich hätt ich's wissen müssen. Bobo war auch so schreckhaft gewesen. Die meisten Hunde sind an Silvester schreckhaft. Nur Jagdhunde nicht, die sind schussfest. Aber Wölfchen ist eben kein Jagdhund. Schon ein paarmal war er in den hintersten Winkel gekrochen, ein Bild des Jammers, eingezwängt zwischen Couch und Wand. Und schon ein paarmal hatte ich ihn wieder vorgezerrt, um ihn auf meinen Schoß zu nehmen, aber immer wieder war er mir entwischt und in sein Versteck zurückgerast.

»Nächstes Jahr besorge ich von Hugo Rudel ein Beruhigungsmittel. Aber jetzt ist's zu spät. Der hat heute keine Sprechstunde.«

Jonathan schaut zu, wie ich den kleinen See aufwische, den unser Angsthase hinterlassen hat.

»Was machen wir denn jetzt?«

»Nichts.«

»Nichts?«

»Nein. Wir müssen da durch.«

Jonathan guckt betreten, mir tut es ja auch leid, aber wir können wirklich nichts tun. Wir können uns ja nicht zu ihm hinters Sofa hocken. Außerdem muss das Silvesteressen vorbereitet werden. Josette wurstelt schon seit einiger Zeit in der Küche herum. Lautstark, damit ich auch bestimmt höre, dass sie Hilfe braucht.

»Du kannst es ja noch mal versuchen. Vielleicht hast du mehr Glück. Vielleicht kommt er ja zu dir.« Ich nehme Jonathan den Champagner ab. »Gib her. Ich stell den besser mal kühl.«

Dass Wölfchen unser geringstes Silvesterproblem bleiben soll, das weiß ich in diesem Moment natürlich noch nicht. Im Gegenteil, heute läuft mal alles ganz harmonisch. Kein Streit bisher, kein Gezerfe wegen des Passes, kein Gezerfe wegen der Kreuzfahrt.

Das Essen ist vom Feinsten, Josette hat sich selbst übertroffen mit ihrer Entenpastete, und der Pinot

Noir ist natürlich auch Spitze. Und kein bettelnder Hund am Tisch. Wir machen einen auf Friede Freude Eierkuchen. Dann kommt das Übliche, was man eben an Silvester so tut. Ein paar harmlose Spiele, ein bisschen Fernsehen, aber das Programm ist öde, Wiener Schmäh mit Walzer im Ersten, im ZDF Volksmusik und bei den Privaten ›Terminator III‹ und ›Stirb langsam IV‹. Also gießen wir Blei, wir lesen ein vierblättriges Kleeblatt heraus, einen Goldbatzen oder einen Sack Geld, ein Schiff natürlich, ja, und sogar ein Herz. Ein Herz? Ja doch, ganz sicher ein Herz. Jonathan nickt zustimmend und schaut Josette tief in die Augen.

Punkt zwölf prosten wir uns nicht mehr ganz nüchtern mit dem schönen Champagner zu. Auf ein gesundes Neues. Auf uns. Auf unsere Freundschaft. Auf die Kreuzfahrt. Ja, sogar auf die Kreuzfahrt.

Kurz nach Mitternacht stelle ich einen großen Topf Linsensuppe auf den Tisch, die hatte ich schon heute früh gekocht. Linsen an Silvester, das war ein alter Brauch bei uns zu Haus, den hatte Papa seinerzeit aus den Abruzzen mitgebracht. Dort glaubt man nämlich, dass Linsen in der Silvesternacht fürs kommende Jahr massig Geld bringen. Und das kann doch nie schaden, oder?

Unser anderer Silvesterbrauch (der spanische, den meine Eltern von ihrer Hochzeitsreise mitgebracht hatten) war leider abgeschafft worden, als ich elf war. Dabei war es ein ganz toller Brauch gewesen. Alle bekommen kurz vor Mitternacht zwölf Weintrauben, die mit jedem Glockenschlag nacheinander gegessen werden müssen. Der Witz dabei ist, dass man sich beim Essen zwölf Wünsche fürs neue Jahr ausdenken soll. Das heißt, man muss sie sich richtig ausmalen. Je plastischer, desto besser, denn nur dann gehen sie in Erfüllung. Und das ist richtig schwierig, denn man muss zwölfmal Kopfkino hinkriegen und dabei auch noch kauen und schlucken.

Das Schöne daran war, dass ich mich den ganzen Tag damit beschäftigen konnte. Stundenlang dachte ich mir Wünsche aus, einer toller als der andere. Meine Kinderfantasie war natürlich grenzenlos.

Es war ein herrliches Spiel gewesen. Aber nach Mamas Tod hatte Papa es nicht mehr erlaubt, da konnte ich quengeln, soviel ich wollte. Der Grund für Papas Sturheit war, dass meine Mutter am letzten ›spanischen‹ Silvesterabend an einer Traube erstickt ist. Ja, richtig erstickt. Mama würgte und krächzte und röchelte, sie wurde erst puterrot und dann dunkelblau und schließlich hörte sie auf zu atmen. Als dann endlich der Notarzt kam, war alles vorbei.

Also, Silvester fand von da an ohne Trauben statt. Auch unser Silvester jetzt. Irgendwann hatte ich mir dann doch Sorgen gemacht, dass so was noch mal passieren könnte, besonders, seit ich weiß, wie oft das in Spanien schon vorgekommen ist. Über zwanzigmal in den letzten Jahren, hieß es erst neulich im ›Bericht aus aller Welt‹. Und es geht ja auch wirklich ohne.

Ich hab zu viel von den Linsen gegessen, das merke ich. Den beiden anderen geht's ähnlich, zumindest sieht es danach aus, wie sie sich in ihren Sesseln herumlümmeln, mit gelockertem Hosenbund. Proppenvoll und müde. Aber entspannt, total entspannt.

Entspannt bis zu dem Augenblick, als die Tür aufgeht und Carlos im Raum steht.

»Prosit Neujahr. Das ist ja ein nettes Trio hier.«

Carlos' dunkle Augen funkeln, und wer ihn nicht kennt, der denkt vielleicht, vor Temperament. Oder vor Übermut. Aber ich kenne ihn, ich kenne ihn nur zu gut. Carlos ist ›high‹. Wie er so dasteht, mit Mittelscheitel, das aalglatte schwarze Haar zu einem Schwanz zusammengezurrt, da sieht er aus wie einer von der Drogenmafia. Oder wie ein Zuhälter.

»Ha, ha, das ›Trio Infernal‹.« Er mustert uns, einen nach dem andern. Sein Blick bleibt an Jonathan hängen. »Ist das der Kerl, der den Pass braucht?« Er lacht, er meckert wie ein Ziegenbock. »Wer hätte das gedacht. Die liebe Emily in Ganovenkreisen.«

Wir sitzen da wie die Salzsäulen, plötzlich stocknüchtern. Und plötzlich ist auch Wölfchen da und knurrt neben mir. Beruhigend lege ich ihm die Hand auf den Kopf.

»Emily, was soll denn das?« Jonathan springt auf. »Wer ist das? Was will der?«

Ich habe einen Frosch im Hals. »Das ist Carlos, ein flüchtiger Bekannter von früher ...«

»Na, seit wann denn so schamhaft? Flüchtiger Bekannter. Wo wir doch fast ein Jahr lang miteinander gevögelt haben.«

Dieser Dreckskerl.

»Was willst du hier? Wie bist du überhaupt reingekommen?«

»Na, ganz einfach, durch die Tür. Die war offen. Du solltest vorsichtiger sein.« Er lässt sich in den nächstbesten Sessel fallen und streckt die Beine aus. »Ich wollte nur mal schauen, was du so treibst.« Er grinst mich an. »Oder besser gesagt, mit *wem* du's so treibst.«

Mach, dass du fortkommst, aber sofort. Verschwinde auf der Stelle. Irgendwas gurgelt in meinem Hals. Aber ich kriege keinen Ton raus.

»Willst du mir nicht deine Freunde vorstellen? Gehört sich das nicht so, in deinen feinen Kreisen?«

Er macht jetzt eine so widerliche Visage, dass man direkt reinhauen könnte. Und genau das scheint Jonathan im Sinn zu haben, denn er geht plötzlich auf Carlos los. Ich springe auf und halt ihn fest. Wölfchen springt auch auf und knurrt wieder.

»Lass das, Jonathan, bitte, lass.«

»So, so. Das ist also der gute alte Jonathan. Der Jonathan mit dem Pass. Übrigens, den hab ich dir echt billig besorgt. Viel zu billig. Was, Jonathan? Dir ist der doch bestimmt viel mehr wert.«

»Soll das eine Erpressung werden?« Jonathan scheint kurz vorm Ausrasten.

Carlos lacht. Es ist ein fieses Gangster-Lachen. »Ganz schön helle, der Bursche, wirklich. Aber dein Geschmack in puncto Männern war ja noch nie schlecht.« Seine Augen funkeln arrogant. »Na, was ist, Emily? Krieg ich nichts zu trinken? Bis Jonathan die Knete geholt hat?«

Was zu trinken. Ja, klar. Klar kriegt Carlos was zu trinken. Nur Jonathan darf jetzt bloß nicht den Helden geben.

»Jonathan, bitte. Halt dich da raus.« Ich schaue ihn beschwörend an, versuche, ihn in den Sessel zu hypnotisieren. »Ich mach das schon, keine Angst.« Und was für ein Glück, es klappt. Entweder bin ich gut oder Jonathan ist feige. »Was soll's denn sein? Wodka, wie immer?«

»Na, es geht doch, Engelchen, es geht doch.«

Ich mache den 48-prozentigen auf, den, der im Eichenfass gereift ist, für einen Wodka eine Seltenheit. Deshalb hatte ich neulich gleich fünf Flaschen gekauft, das tu ich sonst nie. Sie hatten ein Schweinegeld gekostet, aber es war ja schließlich Jonathans Geld.

Ich nehme ein Wasserglas und gieße es randvoll. »Da.« Es ist zwar schade drum, aber im Augenblick nicht zu ändern. Carlos nippt erst, grunzt dann anerkennend und stürzt das Zeug in einem Zug runter. Dann rülpst er.

»Nicht schlecht, Herr Specht. Nicht schlecht. Scheint ja alles vom Feinsten zu sein.« Er hält mir das leere Glas hin, und ich beeile mich, nachzugießen. »Na, was meint ihr denn, ihr drei Süßen, würdet ihr für den lieben Carlos noch fünf Riesen springen lassen?«

Sein Blick bleibt jetzt an Josette hängen. Ich kenne diesen Blick nur allzu gut.

»Das ist ja wohl das Letzte. So eine Unverschämtheit. Das ist doch …« Ich bin mir nicht ganz im Klaren, was Jonathan mehr in Rage bringt, die Erpressung oder die Anmache. Und dann fängt auch noch Josette mit ihrem Singsang an. ›Oh, il est fou, oh, il est fou.‹

»Ach, wie nett. Die Kleine ist ja ein Französle. Hübsch, hübsch. Direkt meine Kragenweite. Das wäre noch ein nettes Extra.«

Oh je, wenn das mal gut geht. Jonathan und Josette empören sich jetzt im Duett. Du Mistkerl, du, il est fou, il est fou, ich dreh dir den Kragen um, mach doch was, je t'en prie. Die beiden sind jetzt die wahrste Zeitbombe, eine Zeitbombe im Doppelpack. Zwei Selbstmordattentäter. Nur wissen sie's nicht.

»Seid endlich still, verflixt noch mal. Ich mach das schon.« Ich fülle Carlos' Glas wieder auf und gieße mir jetzt selbst zwei Fingerbreit ein. »Na denn, prost.«

»Prost, prost, Kamerad, prost, prost. Krieg ich jetzt endlich die Kohle?«

»Klar kriegst du die. Ich bin gleich wieder da.« Ich stelle die Flasche vor Carlos auf den Tisch. Dann fixiere ich Josette und Jonathan. »Und ihr zwei seid jetzt still. Ihr passt auf Wölfchen auf.« Hoffentlich machen die keinen Quatsch, solange ich weg bin. Ich brauche nämlich etwas Zeit.

Als ich wiederkomme, sitzen die drei immer noch wie angetackert da. Allerdings ist der gute Carlos jetzt nicht mehr nüchtern. Die Flasche vor ihm ist leer. Wusst ich's doch. Beim Wodka ist er schnell, da kennt er kein Maß. Er hängt schon ziemlich in den Seilen. Und er starrt Jonathan an.

»Also irgendwie kommst du mir ... kommst du mir ... bekannt vor ... ja, ja ... bekannt. Ich hab dich irgendwo schon mal ... schon mal gesehen ... irgendwo ... Warst du mal im Pff... Pfff... Pfff... Pfernsehen ...?« Seine Zunge verfängt sich in den Schlingen der Sprache. Trotz der Alkoholtrübe haben seine Augen was Verschlagenes. Mir wird mulmig.

»So ein Quatsch. Glaubst du etwa, wir hätten hier 'nen Filmstar sitzen? Zwei Landeier wie wir?«

»Na, du bist immer noch ein ... ein hüsch... ein hübsches Landei, mein Schschsch... mein Schatz ... Aber die Kleine da drüben, die ist ... die ist ... wirklisch super ... super Spitze, ja, wirklisch ...«

Jonathan, nein. Wölfchen, nein.

»Also, jetzt reicht's. Jetzt reicht's wirklich, Carlos. Hier hast du deine Kohle.« Ich stecke ihm ein Kuvert in die Jackentasche und drücke ihm eine zweite Flasche in die Hand. »Den Wodka kannst du auch mitnehmen. Den wirst du noch brauchen.« Ja, den wird er in der Tat noch brauchen.

Ein Siegerlächeln macht sich auf seinem Gesicht breit. »Na also, sag ich's doch. Du warst schon immer ein schschsch… ein schlaues Ding.« Er kommt kaum aus dem Sessel hoch, ich muss ihm helfen. »Aber den Kerl dort … den Kerl dort drüben … den kenn ich, den hab ich schschsch … schon mal gesehn … weiß nur nicht mehr, wo …« Schwankend setzt er sich in Bewegung, die Rechte zu einem wackelnden Victory-Zeichen erhoben, in der Linken die Wodkaflasche.

»Jetzt mach bloß, dass du rauskommst.« Ich hake ihn unter und schiebe ihn zur Tür hinaus. »Also dann, adieu. Und komm bloß nicht wieder.«

Sein trunkenes Antwortgemurmel geht in der eisigen Neujahrsnacht unter. Ich schaue ihm nach, bis er um die Biegung ist. Dann knalle ich die Tür zu, dreh den Schlüssel zweimal um und schiebe auch noch den Riegel vor. Als ich endlich wieder im Wohnzimmer stehe, zittere ich. Aber das ist ja auch kein Wunder bei der Kälte. Ich lass mich in den Sessel plumpsen, in dem Carlos gesessen hatte.

»Mon Dieu, Emily, was hast du bloß gemacht? Wie konntest du ihm nur …«

»Da hast du mir ja was Tolles eingebrockt. So was Idiotisches. Der wird todsicher noch draufkommen, wo er mich gesehen hat. Sobald der nüchtern ist, fällt es ihm bestimmt wieder ein. Schließlich bin ich ja lange genug durch die Presse geschmiert worden.«

»Wie konntest du ihm nur das Geld geben?

Quelle bêtise. Das war doch das Dümmste, was man machen kann.«

»Also, wenn der sich erinnert, wo er mich gesehen, hat, dann … Was sagst du da, Josette? Sie hat ihm Geld gegeben?«

»Ja, hast du's denn nicht gesehen? Wie sie ihm das Kuvert zugesteckt hat? Der lässt uns nie mehr in Ruhe. Jamais de la vie. Der kommt wieder.«

»Um Himmels Willen, Emily. Wie viel hast du ihm gegeben? Sag, wie viel?« Jonathan hat nun schon fast den Carlos-Blick. »Doch nicht etwa 5.000 …«

Jetzt muss ich aber doch lachen. »Mensch, seid ihr blöd. Glaubt ihr wirklich, ich hab ihm Geld gegeben?«

»Ja, was denn dann?«

»Na, das Übliche.« Ich grinse mir jetzt eins. »Zeitungspapier natürlich. Und vorne drauf zwei Hunderter. Wie man das eben so macht. Habt ihr noch nie Krimis gesehen?«

»Das darf doch nicht wahr sein. Das merkt der doch schon nach ein paar Metern. Der kommt doch gleich wieder zurück.«

»Der kommt nicht wieder zurück. Der ist viel zu blau.«

»Dann merkt er's, wenn er wieder nüchtern ist. Und dann wird alles noch schlimmer. Dann hetzt er uns womöglich seine Kumpane auf den Hals.«

Josette fängt an zu heulen. Jonathan legt den Arm um sie.

»Der kommt nicht wieder. Der kommt nie wieder.« Ich sonne mich jetzt in meinem Erfolg. »Der kommt nie wieder, darauf könnt ihr euch verlassen.«

Sie glauben mir nicht. Aber ich weiß es. Ich bin mir absolut sicher.

Die nächste halbe Stunde schweigen sie mich vorwurfsvoll an, aber mir ist das egal. Die können mich mal. Das Einzige, was uns im Moment verbindet, ist die Flasche Rotwein, die noch zweimal die Runde macht. Schließlich wird es mir zu blöd. Ich stehe auf. Ich muss sowieso noch mal mit Wölfchen raus.

Als ich wieder zurück bin, fragt Jonathan: »Wieso haben wir ihn eigentlich gar nicht kommen gehört? Wir hören doch sonst jedes Auto.«

»Der kam gar nicht mit dem Auto. Der kam zu Fuß. Der wäre bei dem Neuschnee gar nicht hier raufgekommen. Wahrscheinlich hat er seine Kiste auf dem Dorfplatz geparkt.«

Es hatte nämlich den ganzen Abend geschneit. Schon um Mitternacht, als wir auf die Terrasse gegangen waren, um das Breisacher Feuerwerk anzuschauen, waren gute 20 Zentimeter Neuschnee heruntergekommen. Und in den letzten Stunden muss es weitergeschneit haben. Sogar so stark, dass ich Carlos' Fußspuren schon nicht mehr sehen konnte, als ich eben draußen war. Dabei war es keine Stunde her, dass er mit seiner Wodkaflasche losgezogen war.

Was für ein Jahresanfang.

KAPITEL 13: IMMER ÄRGER MIT CARLOS

Ich werde von Wölfchens Winseln wach. Viel zu früh. Das heißt, viel zu früh für Neujahr. Aber woher soll der Hund das wissen? Ja, gleich, Wölfchen, gleich, ich komm ja schon. Ich bin ja gleich da. Benommen krieche ich aus dem Bett und fahre in meine Jeans, ohne mich zu waschen. Das kann ich später machen, wenn ich noch eine Runde geschlafen habe.

Doch kaum bin ich draußen, werd ich auch schon munter. Schlagartig. Die Kälte schneidet mir nämlich so ins Gesicht, dass es fast schmerzt. Aber trotzdem tut die klare Luft gut, nach all dem Alkohol in der letzten Nacht. Niemand weit und breit zu sehen, die Häuser unten im Dorf noch unbelebt, mit weißen Hüten auf den Dächern. Ein friedlicher Neujahrstag.

Der Schnee ist watteweich, ich sinke bei jedem Schritt ein bisschen ein. Wölfchen stupst mich. Komm, spiel mit mir, komm, spiel mit mir. Ich bücke mich, mache einen Schneeball und werf ihn, so weit ich kann. Sofort prescht Wölfchen hinterher und beißt hinein, um ungläubig zu erleben, wie sein Spielzeug verschwindet. Ich tröste ihn mit einem neuen, und dann mit noch einem und dann mit noch einem. Begeistert toben wir den Hang hinunter.

Doch schon bald hat er das Spiel satt und rennt davon. »Halt, Wölfchen, halt.« Nicht, dass er mir ausbüxt. »Wölfchen, komm her.« Aber Wölfchen kommt nicht. Er scheint etwas gefunden zu haben, das spannender ist als Schneebälle. »Wölfchen, bei Fuß. Sofort bei Fuß.« Von wegen. Wölfchen folgt nicht. Er fängt jetzt an zu bellen. Er bellt ein unförmiges Monster an, das da unten auf der Bank sitzt. Ein Schneemann. Wölfchen bellt noch lauter, aber der neue Spielgefährte bleibt stumm. Und das ärgert Wölfchen. Er kläfft immer lauter und kreiselt ein paar Mal um ihn herum. Dann rennt er ein paar Schritte auf mich zu, aber nur, um gleich wieder kehrtzumachen. Komm mit, komm mit. Also stapfe ich durch den Schnee zu ihm hin.

»Na, was hast du denn?« Ich beuge mich vor, um den Schneemann genauer anzuschauen. Und was ich da sehe … na ja, was ich da sehe, das kommt mir bekannt vor, sehr bekannt sogar. Ich packe Wölfchen am Halsband und leine ihn an. Tut mir leid, Wölfchen, aber das muss jetzt sein.

Wenn Carlos es bis zum Auto geschafft hätte, wäre wohl alles gut gegangen. Kinder und Betrunkene haben ja bekanntlich einen Schutzengel. Aber vielleicht wäre der Schutzengel ja auch unterwegs ausgestiegen und Carlos wäre von der Fahrbahn abgekommen und in den Gegenverkehr geschliddert. Aber Carlos hatte es eben *nicht* bis zum Parkplatz geschafft. Nein. Carlos war erfroren. Erfroren und erstarrt, die leere Wodkaflasche fest umklammert. Ob das nun von der Leichenstarre kommt oder ganz einfach nur vom Frost, weiß ich natürlich nicht. Dunkel erinnere ich mich, dass die Leichenstarre erst nach einigen Stunden einsetzt, und zwar zuerst im Gesicht, an den Augenlidern. Aber nach wie vielen Stunden? Na, egal.

Das Szenario erinnert mich fatal an ›Das große Fressen‹. Wie Marcello Mastroianni so unvergleichlich erhaben in seinem offenen Bugatti sitzt, an Völlerei erstickt und in Eis gegossen. Wenn man ihn angefasst hätte, hätte er wahrscheinlich geklirrt. Nicht, dass Carlos ihm das Wasser reichen könnte, nein. Carlos sieht überhaupt nicht erhaben aus und er sitzt auch in keinem Bugatti. Als ich noch mit ihm zusammen war, fuhr er einen spießigen alten Opel. Aber alles andere ähnelt sich schon sehr.

Ich bin nicht überrascht. Und entsetzt schon gar nicht. Nein, ich bin erleichtert. Ich bin froh, dass es so gut gelaufen ist. Denn wenn es Carlos bis zum Auto geschafft hätte, wäre das vielleicht für ihn gut gewesen, aber nicht für uns. Doch jetzt brauch ich natürlich das Kuvert. Das Kuvert dürfen sie auf keinen Fall bei ihm finden, denn dann geht das Gefrage los. Und das fehlte gerade noch. Aber das ist gar nicht so einfach, in dem gefrorenen Zustand. Es hilft nichts, ich muss meine Handschuhe ausziehen. Nach langem Herumfummeln schaffe ich es, den Umschlag aus der Jackentasche zu fischen.

Er ist jetzt angetaut, obwohl meine Hände eiskalt sind. Vorsicht, Emily, Vorsicht, nicht dass das Ding zerreißt bei dem ganzen Gezerre. Sonst muss ich womöglich noch die beiden Hunderter zusammenkleben.

Es duftet nach Kaffee, als ich zurückkomme. Ich schüttele den Schnee aus den Haaren, ziehe meine nassen Klamotten aus und rubbele Wölfchen trocken. Josette und Jonathan rumoren in der Küche herum, offenbar in trautem Einvernehmen.

»Warum seid ihr beiden denn schon auf? In aller Herrgottsfrühe?«

Sie geben keine Antwort. Entweder sind sie noch nicht richtig wach oder sie sind immer noch sauer auf mich. Von mir aus, sollen sie doch.

»Wisst ihr, wen ich getroffen habe? An der Gabelung nach Burkheim?«

Immer noch keine Antwort. Sie haben wohl keine Lust, mit mir zu reden. Aber das wird sich gleich ändern.

»Carlos.« Tja, da staunt ihr.

»Carlos?«

»Wieso Carlos?«

»Er sitzt da unten, auf der Bank.« Ich lasse sie jetzt zappeln.

»Was wollte er?«

»Was hat er gesagt?«

»Nichts hat er gesagt.«

»Wieso, nichts?«

»Nichts? Rien du tout?«

»Er konnte nichts mehr sagen.«

»Was soll das heißen, er konnte nichts mehr sagen?«

»Pourquoi?«

»Weil er tot ist.«

»Tot? Mon Dieu.«

»Wieso tot?«

Das Entsetzen kommt wie aus einem Munde.

»Er ist erfroren.« Ich reibe mir die Hände. »Es war ein bisschen zu kalt heute Nacht.«

»Oh, Emily, das ist ja eine Katastrophe.« Jonathan ist plötzlich recht blass.

»Wieso denn? Jetzt sind wir den Scheißkerl endlich los. Jetzt hat sich's fertig erpresst.«

»Aber begreifst du denn nicht? Du musst doch melden, dass du ihn gefunden hast. Und wenn die dann erfahren, dass ihr euch kennt … dass er hier war … Das ist ja nicht auszudenken.« Jonathan ist außer sich.

»Wieso muss ich das melden? Wir warten einfach, bis ihn einer findet. Und außerdem, wieso sollen die rauskriegen, dass er hier war? Wenn wir den Mund halten …«

»Mais non, Emily, c'est impossible. Wir müssen zur Polizei. Wir müssen das der Polizei sagen.« Josette ist rechtschaffen aufgeregt. Rechtschaffen und aufgeregt. »Überhaupt, warum sollten wir lügen? Wir können doch nichts dafür, dass er erfroren ist. Und wir haben doch wirklich nichts zu verbergen.«

»Du bist vielleicht naiv.« Manchmal glaub ich doch, sie ist von einem anderen Stern.

Auch Jonathan runzelt jetzt die Stirn. »Na ja, so einfach ist das nicht. Wir haben schon was zu verbergen.« Er zögert einen Moment. »Vielleicht hat Emily doch recht. Vielleicht sollten wir besser den Mund halten.«

Na, endlich. »Natürlich hab ich recht ...«

»Allerdings«, Jonathan zögert erneut, »allerdings, wenn sie das Kuvert finden, dann ist klar, um was es geht. Und dann ist auch klar, dass jemand ein Motiv hat. Und dann schauen sie sich um ...«

Ich werfe das nasse Papierbündel auf den Küchentisch. »Das Problem hat sich erledigt. Bei Carlos finden sie nur noch die Wodkapulle.«

Wieso? Wieso wohl. Oh, wie schrecklich. Oh, wie gut. Jaaa, aber ... Also nein, die beiden gehen mir jetzt echt auf den Keks.

»Ihr braucht doch nur zu machen, was ich euch sage, dann kriegen wir das schon hin.«

»Mais non, wir müssen zur Polizei ...«

»Josette, Emily hat recht. Wenn die Polizei hier auftaucht, dann ist es aus mit meiner Tarnung. Dann werden die wirklich nachforschen ... Dann werden die auch ganz schnell rauskriegen, dass Carlos ein Krimineller ist. Und dann werden sie sich überlegen, was wir mit so jemandem zu tun haben. Wahrscheinlich finden sie sogar raus, dass Emily mal mit ihm befreundet war, und dann werden sie eins und eins zusammenzählen ...«

Du lieber Himmel, so viel Wenns und Danns hab ich bei Jonathan noch nie erlebt. Aber wenigstens kapiert er so langsam, um was es geht. Doch ich freu mich zu früh. Jonathan ist ein schwankendes Blatt im Wind.

»Also, wenn ich mir's recht überlege, die werden auf jeden Fall kommen. Auch wenn wir uns nicht melden. Das ist so sicher wie das Amen in der Kirche. Wir sind das nächste Haus. Die werden fragen, ob wir was gesehen haben. Ob wir was wissen. Sie werden schauen, ob es eine Verbindung gibt. Und dann werden sie feststellen, dass ihr euch gekannt habt. Und sie werden meinen Pass sehen wollen, und dann bin ich dran. Sie werden ihn überprüfen und merken, dass er nicht echt ist.«

»Dann hau doch ab, verdammt noch mal.« Mir platzt jetzt gleich der Kragen.

Auch Josette fängt wieder an, herumzujammern. »Ich kann das nicht, ich kann nicht lügen, das merken sie sofort, tout de suite, und dann verplappere ich mich, und dann ist alles aus …«

Sind das Memmen, die zwei. Ich seufze. »Ohne euch wäre das Ganze wirklich leichter.« Ich setze mich und gieße mir einen Kaffee ein. Den brauch ich jetzt. »Ohne euch wär's wirklich viel leichter.«

Klar. Kinderleicht sogar. Der Kaffee ist schön stark. Der macht richtig munter. Also, die beiden müssen aus dem Haus, und zwar sofort. Ich nehme noch einen Schluck. Und da hab ich auch schon eine Idee. Eine prima Idee.

Allerdings brauche ich eine geschlagene Stunde und eine weitere Kanne Kaffee, bis ich die zwei so weit habe. Dass sie zum Skilaufen sollen, für ein paar Tage. In die Vogesen rüber, da kennt sich Josette schließlich aus. ›Col du Bonhomme‹ oder irgend so was. Dass sie nicht gern mit Jonathan allein ist, na ja, das ist die Kröte, die sie schlucken muss. Aber immer noch besser als das hier, n'est-ce pas, Josette? Ja, und vielleicht fährst du ja sogar gern mit ihm. Vorhin in der Küche, das war doch schon recht vertraut.

»Aber das muss jetzt fix gehen. Packt gleich eure Sachen zusammen. Je eher ihr wegkommt, desto besser. Ich schmier euch noch ein paar Brote und mach eine Thermoskanne Kaffee fertig.«

Um zehn bin ich endlich allein.

Mit Rucksack und Skiern waren die beiden losmarschiert, zu der Garage im Ort, wo Jonathan während der Wintermonate seinen Wagen untergestellt hat. Ich begleitete sie noch ein Stück, bis hinter die Wegbiegung. An der Bank fing Wölfchen natürlich wieder wie wild zu bellen an. Schaut einfach nicht hin, sagte ich, schaut einfach nicht hin. Aber Josette wäre fast umgekippt, mitsamt ihren Skiern. Ich musste sie sogar festhalten. Gott sei Dank war sonst niemand unterwegs, keine Menschenseele. Auf dem Rückweg tobten Wölfchen und ich wie die Wilden durch den Schnee, übermütig und erleichtert. Die dumme Fragerei war mir zum Schluss ziemlich auf den Geist gegangen.

Und jetzt mach ich mir ein schönes zweites Frühstück, mit allem Pipapo, mit Rührei und Speck und gedämpften Tomaten und Toast und englischer Orangenmarmelade. Wölfchen kriegt natürlich auch was ab, er soll schließlich nicht leben wie ein Hund.

Es ist 16 Uhr, als die Polizei endlich kommt. Zwei Mann hoch. Ich hatte eigentlich früher mit ihnen gerechnet. Aber umso besser, denn es schneit seit zwei Stunden wieder in einer Tour. Ich muss mir also keine Sorgen machen, von wegen Spuren und so. Und ich hatte genügend Zeit, um nachzudenken. Auch über das, was Jonathan so gesagt hatte.

Meine Geschichte ist jetzt hieb- und stichfest. Selbstverständlich, ja, ich kenne den Karl Feselmeier. Von früher. Leider. Ein fieser Typ. Ja, er war bei mir gewesen, so kurz vor Mitternacht. Was er wollte? Na, anpumpen wollte er mich, was denn sonst. Ziemlich angetrunken war er, ja, mit einer Mordsfahne, und ziemlich aufdringlich. Der alte Busengrapscher. Unangenehm war's gewesen, sehr unangenehm. Besonders, weil ich doch allein im Haus bin. Meine Mitbewohner? Na, die sind über Silvester zum Skilaufen, in die Vogesen. Nein, ich hatte nicht mitfahren wollen, das wäre auch gar nicht gegangen, mit meinem kaputten Arm. Epicondylitis. Epi was? Na ja, und außerdem habe ich einen Welpen hier, um den ich mich kümmern muss. Ja, wenn der Hund nicht gewesen wäre, dann wär ich den Feselmeier bestimmt nicht so leicht losgeworden. Der hatte den Kerl nämlich nicht ausstehen können. Ist sogar auf ihn losgegangen, als der so zudringlich wurde. Tja, und da ist der Feselmeier abgehauen, ratzfatz war er draußen, der Feigling.

Aber dass er jetzt tot ist, mein Gott, das ist ja furchtbar. Ganz schrecklich. Und auch noch im Suff erfroren, das ist ja kaum zu glauben. Das hätte wirklich nicht sein müssen, nicht mal bei so einem … bei so einem Typen.

Polizeiobermeister Schmidlin und sein Assistent, Polizeianwärter Blitz, scheinen zufrieden zu sein. Sie wackeln verständnisvoll mit den Köpfen. Ja, alles klar. Glasklar. Nein, keine Fragen mehr. Alles okay. Bis auf die Tatsache natürlich, dass der Feselmeier jetzt tot ist.

»Also nichts für ungut, Frau Liebengast. Tut uns leid, dass wir Sie belästigen mussten. Ausgerechnet heute. Trotzdem, ein gutes Neues.«

»Ja, ein gutes Neues.«

Ich mache die Tür hinter ihnen zu und schließe mich ein. Puh, dass das so glatt über die Bühne gehen würde, das hätt ich nicht gedacht. Mit Josette und Jonathan hätt ich das nie so hingekriegt. Ich genehmige mir jetzt einen doppelten Whisky, lege eine CD auf und fläze mich in den Sessel. Wölfchen neben mir schläft sofort ein und fängt auch gleich an zu schnarchen. Er schnarcht so unglaublich beruhigend. Anders als Jonathan oder Hendrik oder Fips oder Carlos, oder auch Papa. Wölfchen lässt sich durch nichts stören, durch absolut gar nichts, noch nicht mal durch Rolando Villazón, der sorglos seinen Puccini schmettert.

Es ist jetzt richtig gemütlich, so gemütlich, wie schon lange nicht mehr. Ich mit dem Hund in der warmen trockenen Stube, und draußen immer noch Schneegestöber. Ich schaue hinaus, aber es ist kaum mehr was zu erkennen. Die Tage sind jetzt ja auch so kurz. Ich zünde ein paar Kerzen an. Wie schön. Wie friedlich. Nur wir zwei, Wölfchen und ich, kein Mensch sonst. Kein Carlos. Kein Polizeiobermeister Schmidlin. Kein Polizeianwärter Blitz. Auch kein Jonathan. Und auch keine Josette.

KAPITEL 14: TOXICO

In dieser Nacht schlafe ich herrlich. So herrlich hab ich schon lange nicht mehr geschlafen. Ich muss zugeben, ich genieße es richtig, dass die beiden aus dem Haus sind. Sie fehlen mir absolut nicht, die zwei, schließlich hab ich ja Wölfchen. Meinen Seelentröster. Wir machen heute alles gemeinsam, Wölfchen und ich. Erst Kuscheln im Bett, dann Frühstücken, ich ein Häppchen, du ein Häppchen – die ganze Pädagogik kann mir jetzt mal gestohlen bleiben – und dann ein Riesenspaziergang im Schnee. Belohnung mit Hühnerbrust, ohne Knochen natürlich, schließlich wieder Kuscheln, jetzt auf der Couch. Worauf Wölfchen prompt einschläft und zu schnarchen anfängt.

Tja, und dann weiß ich auf einmal nicht so recht, was ich tun soll. Malen möchte ich jetzt nicht, das Licht ist zu schlecht, und im Fernsehen läuft nur Krampf. Ein Sandalenfilm jagt den anderen. Charlton Heston mit Toga im römischen Kampfwagen, steinalt. Brad Pitt, Pitt das Brett, wie die liebe Monika immer sagt, im griechischen Kampfwagen mit Lorbeerkranz ums Haupt. Er rast durch Troja, das ist jetzt zwei Jahre her, oder drei. Was die sich an den Feiertagen so alles einfallen lassen, das geht auf keine Kuhhaut. Die DVDs hab ich auch schon lange durch, und zu lesen, na ja, da ist nichts, was sich wirklich lohnt. In letzter Zeit liege ich beim Bücherkauf ziemlich daneben. Entweder sind die Romane zu öde oder mit zu viel Tiefgang. Zum Beispiel so ein Mutter-Tochter-Ding mit Alzheimer und Schuld und Sühne, ein Wende-Roman à la ›Das Leben der Anderen‹, nur leider ohne den genialen Ulrich Mühe, und dann auch noch eine Vergewaltigungsgeschichte. Alles natürlich ganz vorn auf der

Bestsellerliste. Aber das zieht mich runter, das muss ich nicht haben. Und dann liegt da noch ein Buch rum, das in einem Strafgefangenenlager in Guyana spielt. Das muss mir jemand geschenkt haben, so etwas hätte ich nie gekauft.

Also, wie gesagt, alles nicht das Richtige. Ein schöner, spannender Krimi, das wär's jetzt. Ich bin zwar kein so eingefleischter Krimi-Fan wie Josette, aber ab und zu mal ist das in Ordnung. Und im Augenblick, mit der Passgeschichte und dem toten Carlos und der Polizei, da hätt ich schon Lust drauf.

Na ja, und so kommt's. Ich gehe in Josettes Zimmer und schau mal, ob ich was Passendes finde. Und da gibt's reihenweise Krimis. So viele, dass ich mich kaum entscheiden kann. Ich nehme ein Buch nach dem anderen aus dem Regal und blättere drin rum, lese den Anfang und die Klappentexte. Am vielversprechendsten scheint mir ›Toxico‹ zu sein. Es spielt in Oxford und den Chiltern Hills. Da hatte ich mal mit einem ganz tollen Typen Urlaub gemacht, ich glaube, er hieß Christian. Ich nannte ihn aber nur Fips. Es war ein ganz besonders schöner Urlaub gewesen, so schön, dass ich Fips beinahe geheiratet hätte.

›Toxico‹. Also Gift. Wie nett. ›Plötzlich bäumte sich sein Körper auf. Das Whiskyglas fiel ihm aus der Hand und zerschellte am Boden. Mit letzter Kraft versuchte er, sich aus dem Sessel hochzuhieven, aber die Arme knickten ihm ein. Er würgte, seine Augen traten aus den Höhlen, seine Stirn war schweißnass.

Dann erbrach er sich auf den Teppich. Ein blassgrüner Schleim quoll aus seinem Mund, der den Raum mit einem säuerlichen Geruch tränkte. Als er auf den Boden rutschte und sein Körper zuckend in sich zusammensank, stand sie auf. Einen Moment lang überlegte sie, ob sie noch warten sollte. Aber sie war sich sicher, in wenigen Minuten würde alles vorbei sein.‹ Und ich bin mir sicher, dass das jetzt genau das Richtige ist.

Plötzlich fällt mein Blick auf einen kleinen schweinsledernen Band auf dem Schreibtisch. Neugierig greife ich danach und mach ihn auf. Oh. Josettes Tagebuch. ›Josette Fleurion‹ steht vorne in Schönschrift drin. Ich hab gar nicht gewusst, dass sie ein Tagebuch führt. Wer tut das heut schon noch? Das ist doch altmodisch.

Natürlich weiß ich, dass man so was nicht macht. Schon gar nicht bei der besten Freundin. Aber wenn einem gleich der eigene Name ins Auge springt, und das ein paarmal auf einer einzigen Seite, dann … also, dass man da neugierig wird, das ist ja wohl logisch. Oder nicht?

›Ich hätte nicht geglaubt, dass Emily wirklich was mit Kriminellen zu tun hat. Mit Leuten, die Pässe fälschen. Die womöglich noch viel Schlimmeres tun. Und das alles wegen einer Kreuzfahrt. Wegen einer Kreuzfahrt! Das muss man sich mal vorstellen. Ich kann es immer noch nicht fassen. Aber es ist ja nicht das erste Mal, dass Emily … Oh Emily. Überhaupt, die ganze Sache mit Jonathan, die ist schon schlimm genug. Hätte ich mich nur nicht beschwatzen lassen. Dass ich mich dazu hergegeben habe, das wird mir ewig leidtun.‹

Das ist der Eintrag vom 25. Dezember.

›Ich habe Angst. Ich habe schreckliche Angst, dass diese Passgeschichte böse ausgeht. Ganz, ganz böse. Jonathan glaubt das auch. Dass Emily uns in so eine Situation bringen muss. Nie hätte ich gedacht, dass ich in so eine Situation kommen könnte. Ausgerechnet ich. Was ist bloß aus mir geworden?‹

Tja, Josette, das frag ich mich schon die ganze Zeit. Kein Mumm mehr in den Knochen, absolut kein Mumm.

›Was hat sie bloß aus mir gemacht?‹

Wer, ich? Ich?

›Ich weiß nicht mehr, was ich von Emily halten soll. Und das ist schlimm. Das ist ganz schrecklich. Sie ist doch meine Freundin.‹

Das ist der Eintrag vom Siebenundzwanzigsten.

›Jonathan macht jetzt dauernd Emily runter. Weil sie diese schrecklichen Kontakte hat. Er meint, das sei ungeheuerlich. Er meint, dass das ganz üble Burschen seien. Richtige Gangster. Und es würde Bände sprechen, dass Emily solche Leute kennt. Aber dass ausgerechnet er das sagt, das ist ein starkes Stück. Wenn ich an all das Geld denke, das er unterschlagen hat. Mein Gott, in was bin ich da hineingeraten?‹

Das ist der Eintrag vom Dreißigsten. Der letzte Eintrag.

Das ist ja nicht zu fassen. Die beiden halten mich doch tatsächlich für kriminell. *Mich.* Das gibt's doch nicht. Und das alles wegen des Scheißpasses. Die haben sie doch nicht mehr alle. Die sind doch völlig übergeschnappt. Mir ist jetzt richtig schlecht vor Aufregung. Und jetzt hocken sie auch noch zusammen, drüben am ›Col‹, und biegen sich ihre Story zurecht.

Ich kann mir lebhaft vorstellen, wie sie da sitzen und sich aneinander hochschaukeln. Natürlich bin ich schuld dran, dass Carlos tot ist. Logo. Wer denn sonst. Das ist doch so sicher wie das Amen in der Kirche. Dass er sich das selbst eingebrockt hat, geht denen wohl nicht auf. Ob sie mich in die Pfanne hauen? Ach was, nein, das können sie ja gar nicht. Nie und nimmer.

Aber womöglich machen sie sich aus dem Staub. Womöglich kommen sie gar nicht mehr wieder.

Was, wenn Jonathan das ganze Geld mitgenommen hat?

Ich stürze in die Bibliothek zum Tresor. Jonathan war natürlich erst mal dagegen gewesen, er wollte das Geld in seinem Zimmer deponieren, aber ich hab ihm klargemacht, dass es im Safe wirklich besser aufgehoben ist. Allerdings musste ich ihm die Kombination sagen, sonst hätte er Schwierigkeiten gemacht.

Ich bin so aufgeregt, dass ich ziemlich lange brauche, bis ich das Ding endlich auf habe. Am Schluss bin ich klatschnass. Aber da liegt es ja noch, was für ein Glück. Da liegt es ja noch, das ganze Geld, fein gebündelt und fein gestapelt. Ich nehme ein Bündel raus, lass es durch die Finger schnippen. Nehm ein zweites, nehm ein drittes. Es fühlt sich gut an, verdammt gut sogar. Also kommen sie wieder. Aber vielleicht wäre es doch besser, wenn ich die Kombination ändere. Für alle Fälle. Falls er doch noch mit dem neuen Pass abhauen will. Mit Josette. Daran hab ich natürlich nicht gedacht, nicht im Traum. Womöglich kriegt er sie jetzt rum. Womöglich liegen sie schon im Bett miteinander.

Ich gehe ins Wohnzimmer zurück, wo Wölfchen immer noch den Schlaf des Gerechten schläft. Ich brauch jetzt was zu trinken, und zwar was Starkes. Ich hol mir die Whiskyflasche. Nein, so geht's doch nicht. So geht's doch wirklich nicht. Da kümmere ich mich und tu und mache und buche die tolle Reise und besorge auch noch den Pass und … Menschenskind, und dann werde ich behandelt wie der letzte Dreck. Josette tut sogar so, als ob ich Frankenstein sei. Beziehungsweise Frankensteins Monster.

Die nächsten beiden Tage hab ich eine Stinklaune, und wenn Wölfchen nicht wäre, würde ich wahrscheinlich im Bett bleiben und meine Wunden lecken. Ach, Wölfchen. Wenigstens einer, der mich liebt. Josette und Jonathan können mir gestohlen bleiben. Die sind für mich gestorben. Trotzdem, wenigstens anrufen könnten sie mal. Fragen, wie das mit der Polizei so gelaufen ist. Das sollte sie doch wirklich interessieren. Aber wahrscheinlich sind sie mit anderen Dingen beschäftigt.

Als sie schließlich wieder auftauchen, ist fast eine Woche rum.

»Na, da seid ihr ja endlich. Ihr habt euch aber Zeit gelassen.« Ich versuche, so normal wie möglich zu klingen. Ich will nicht, dass sie merken, wie geladen ich bin.

»Wieso? *Du* hast doch gesagt, wir sollten uns Zeit lassen.« Jonathan mit Unschuldsmiene. Josette mit hochrotem Kopf. Klar, er hat sie rumgekriegt. Das sieht ja ein Blinder.

»Aber ihr hättet wenigstens mal anrufen können. Das wär ja wohl das Mindeste gewesen. Interessiert's euch denn gar nicht, wie die Sache ausgegangen ist?«

»Doch, natürlich. Ich habe immer wieder versucht, dich zu erreichen. Aber mein Handy hat gestreikt, da waren irgendwelche Netzschwierigkeiten.«

»Ach, Netzschwierigkeiten?« Dieser Gauner. Um keine Ausrede verlegen. Andererseits kann es natürlich schon sein. Das gibt's hier nämlich öfter, im Dreiländereck. Ist mir mit meinem Handy auch schon mal passiert. Mehrmals sogar. Aber vom Festnetz aus wäre es bestimmt gegangen.

»Also, wie ist es denn gelaufen?«

»Gut ist's gelaufen, was sonst.« Ich berichte kurz und knapp von dem kurzen und knappen Besuch der Herren Schmidlin und Blitz. Und dass weiter nichts zu erwarten sei. Dass nichts mehr zu befürchten sei.

»Dieu merci.«

»Na, Gott sei Dank.«

»Bedankt euch mal lieber bei mir und nicht beim lieben Gott.«

»Du bist gut. Ohne dich wären wir gar nicht erst in so ein Schlamassel geraten.«

Na, dacht ich mir's doch. Hänsel und Gretel verirrten sich im Wald. Und ich bin die böse Hexe. Aber sich auf meine Kosten amüsieren. Und sich dann noch nicht mal melden.

»War's denn wenigstens schön in den Vogesen? Hattet ihr denn Spaß miteinander?«

»Ça veut dire?« Josettes Kopf wird noch röter.

»Na, was schon.«

»Was soll das, Emily? Spinnst du jetzt ganz? Lass bloß Josette in Ruhe, der geht es sowieso nicht so gut.«

»Meine Güte, ich frag ja nur. Man wird doch wohl noch fragen dürfen. Ganz harmlos.«

»Du und harmlos.«

»Hoho, beiß mich bloß nicht.«

Aber dann lass ich sie doch in Ruhe. Besonders, wenn es der Ärmsten nicht gut geht. Warum geht's ihr denn nicht gut? War's zu anstrengend gewesen, mit dem wilden Jonathan? Oder hat sie ihre Tage gekriegt? Nein, das kann's eigentlich nicht sein, wir sind nämlich immer zusammen dran, höchstens einen Tag hin oder her. Also halt ich erst mal meinen Mund, schließlich bin ich ja kein Monster. Auch wenn sie das glauben. Aber dass sie jetzt so tun, als ob nichts wäre, das ist doch mehr als dämlich. Und das werden sie auch gar nicht durchhalten können. Nicht, wenn man so eng aufeinandersitzt.

Aber da täusche ich mich. Tagelang lassen sie sich nichts anmerken. Tagelang spielen sie ihr Spielchen mit mir. Also probier ich's noch mal.

»Sag mal, Josette, findest du's nicht ein bisschen kindisch, dass ihr beiden so tut, als ob nichts wäre?«

»Wieso – als ob nichts wäre?«

»Meine Güte, dass ihr was miteinander habt. Dass ihr miteinander geschlafen habt.«

Klirrend fällt der Teller zu Boden, an dem Josette gerade rumpoliert hat. »Dass wir was?« Sie sieht mich fassungslos an. »Du bist ja verrückt. Wie kommst du denn auf diese Idee?«

»Na, du willst mir doch nicht erzählen, dass da nichts war, auf der Berghütte. Wo Jonathan doch nur drauf gewartet hat.«

»Emily.« Sie ist plötzlich leichenblass. »Du weißt doch ganz genau, dass ich mich nie mit jemandem wie Jonathan einlassen würde. Nie.«

»Ach, tatsächlich? Das sieht mir aber ganz anders aus. Wo *ich* doch jetzt die Böse bin. Viel böser als er.«

»Wieso sollst *du* jetzt die Böse sein?«

»Na, das denkst du doch. Das denkt ihr doch, du und Jonathan. *Ich* bin jetzt der Sündenbock. Da seid ihr doch einer Meinung, ihr zwei.«

»Pourquoi?«

»Na ja, ihr denkt doch, dass ich kriminell bin. Und dass ich Carlos umgebracht habe.«

»Dass du …? Mon Dieu, was redest du denn da?« Sie schaut mich jetzt ziemlich komisch an. »Oh Emily. Du hast ja den Verstand verloren. Hör sofort mit diesem Unsinn auf.«

»Ach. Und was ist mit Jonathan? Was hat der dir denn die ganze Zeit ins Ohr geflüstert, auf eurer Berghütte?«

»Was heißt, auf *unserer* Berghütte? Ich war doch gar nicht mit ihm dort.«

»Du warst nicht mit ihm am ›Col‹? Was soll das heißen? Wo warst du denn dann?«

»Ich war bei Bernard, auf der ›Ferme‹.«

Bei Bernard. Ausgerechnet bei Bernard. Das kann sie ihrer Großmutter erzählen.

»Jetzt komm, Josette. Das soll ich dir abkaufen? Nach allem, was zwischen euch gewesen ist?«

Dass sie so lügen kann, das hätte ich nicht gedacht. Mir so was aufzutischen. Wo doch Bernard derjenige gewesen war, der bei ihrer Heirat Zeter und Mordio geschrien hatte. Der von Anfang an gegen Stéphane gewesen war. Der ihm sogar das Haus verboten hatte. Wobei er ja recht hatte, im Nachhinein. Aber das spielt jetzt keine Rolle.

»Bernard hat sich gefreut, als ich kam. Riesig

gefreut sogar. Und ich auch. Ich bin so froh, dass endlich alles wieder in Ordnung ist, zwischen uns. Dass wir endlich wieder gut miteinander sind, nach all den Jahren.«

Soso. Wie schön. Ich schüttele bloß den Kopf.

»Es ist so, wirklich. Glaubst du denn, ich lüge? Glaubst du das? Oui, du glaubst das, n'est-ce pas?« Josette wird jetzt lauter, ihre Stimme klingt leicht hysterisch.

Plötzlich steht Jonathan in der Küchentür, wie aufs Stichwort. »Was ist denn los?«

»Nichts ist los, rien du tout.«

»Du weißt natürlich, dass Josette bei ihrem Bruder war? Während du am ›Col‹ Ski gelaufen bist?«

»Natürlich, was denn sonst. Ich hab sie ja dort abgesetzt.«

»Und mochtest du ihn, den Bruder?«

»Ach, was heißt da mögen. Josette hat mir Bertrand nur ganz kurz vorgestellt. Ich bin gleich weitergefahren.«

Ach. Bertrand. Da hat ihn Josette wohl gar nicht richtig eingenordet. Haha. Kein Wunder. Josette ist ja auch viel zu harmlos für so was. Nicht wie die böse Emily. Die böse, böse Emily.

Mir stinkt das Ganze jetzt ziemlich. Mir reicht's. Sollen sie doch ihr Spielchen weiterspielen, die beiden Idioten. *Mich* werden sie nicht an der Nase rumführen, mich nicht.

KAPITEL 15: NOCH MEHR GIFT

So verplempern wir die Wochen, mehr schlecht als recht. Der Januar vergeht, der Februar kommt und die Tage werden wieder länger. ›Mariä Lichtmess, bei Tag z' Nacht ess.‹ Das ist so ein Bauernspruch hier bei uns. Und das heißt, dass es wieder aufwärtsgeht.

Doch es geht nicht aufwärts. Zwar gibt's keinen richtigen Streit, aber es herrscht eine ungute Atmosphäre. Wir belauern uns gegenseitig und tun dabei so, als ob nichts wäre. Es ist kaum zum Aushalten. Dass die zwei mich so an der Nase rumführen. Weiß Gott, was sie hinter meinem Rücken machen. Dabei sind sie dermaßen vorsichtig, es ist kaum zu glauben. Aber egal. Es ist nur schade, dass Josette jetzt so zu ist wie eine Auster. Von mir aus kann sie ja mit Jonathan schlafen, soviel sie will. Soll sie doch, wenn's ihr Spaß macht, aber deshalb muss sie sich noch lange nicht so haben. Schließlich sind wir doch Freundinnen. Und Jonathan gehört ja eigentlich gar nicht dazu. Am besten wär's, wenn er verschwinden würde, dann wären wir endlich wieder allein und glücklich und zufrieden. Allerdings wäre dann das ganze Geld futsch, und das geht natürlich nicht.

Vielleicht tut uns ja die Kreuzfahrt gut, im März. Schließlich war Josette ganz begeistert gewesen.

Zuerst jedenfalls, vor der Sache mit dem Pass. Ja, vielleicht kommt dann alles wieder in Ordnung.

Für Wölfchen muss ich natürlich bis dahin was organisieren. Wölfchen muss für die dreieinhalb Wochen untergebracht werden. Und zwar bestens. Das ist der Wermutstropfen bei der ganzen Geschichte. Dass ich Wölfchen nicht mitnehmen kann. Aber ein Hund auf so einem Kreuzfahrtschiff, das geht nun mal nicht. Nein, tut uns leid, Frau Liebengast, auf keinen Fall. Nein, auch nicht, wenn Sie das Doppelte zahlen.

Also muss ich mir was einfallen lassen. Und da fallen mir natürlich die Rudels ein. Regine und Hugo. Es ist nämlich doch unser Dr. Rudel, der die ›Kleine Hundeschule‹ geschrieben hat. Unser Dr. Hugo Rudel. Dass ich die meisten seiner Ratschläge immer wieder in den Wind schlage, das sag ich ihm natürlich nicht. Zum Beispiel, dass ich mit Wölfchen im Bett kuschle und dass er mit mir frühstückt und dass er mit mir auf der Couch rumliegt und so. Nein, ich erzähle ihnen, wie lieb Wölfchen ist. Was für einen tollen Charakter er hat. Einen viel besseren als die meisten Menschen. Und wie gut er folgt. Aber das sehen sie ja selbst, denn er benimmt sich astrein, macht ›Sitz‹ und ›Platz‹ und gibt ›linkes Pfötchen‹ und ›rechtes Pfötchen‹. Er benimmt sich einfach super bei unserem ›Vorstellungsgespräch‹. Als ob er wüsste, dass es jetzt drauf ankommt.

Von der Kreuzfahrt sage ich natürlich nichts, das geht sie schließlich nichts an. Ich sag nur, dass ich für dreieinhalb Wochen Pflegeeltern brauche. Dringend. Sie haben Gott sei Dank so viel Anstand, nicht weiter zu fragen. Weder nach dem Warum noch nach Josette noch nach dem Mann in meinem Haus. Ich wundere mich zwar darüber, aber umso besser. Auf jeden Fall mögen sie Wölfchen auf Anhieb, und das ist doch das Wichtigste.

Josette und Jonathan sagen nichts dazu – irgendwie habe ich den Eindruck, als ob sie sich gar nicht richtig auf die Reise freuen. Aber das wird schon noch kommen, da bin ich mir sicher. Der Februar ist nämlich dieses Jahr besonders scheußlich, wir haben übelstes Schmuddelwetter, mit Regen und Matsch. Nur noch ein paar dreckigweiße Schneefetzen liegen an den Straßenrändern rum. Jedes Mal, wenn ich mit Wölfchen von draußen zurückkomme, muss ich ihn in die Dusche stellen, um die Pfoten sauber zu kriegen. Er lässt es lammfromm über sich ergehen, ja, inzwischen ist er sogar so weit, dass er von selbst hineinsteigt. Wirklich toll. Josette rümpft zwar die Nase, aber was geht sie's an? Schließlich bin ich es, die den ganzen Dreck wegputzt. Und sie soll sich bloß nicht so haben von wegen der Hygiene.

Heute sind wir besonders lange draußen, trotz des miesen Wetters. Ich lasse Wölfchen von der Leine und jage ihn durch die Weinberge, kilometerweit. Für einen Schlittenhund sind unsere drei Stunden täglich noch lange nichts, da müssen wir noch was zulegen. Im Frühjahr muss ich's mal mit dem Fahrrad probieren, vielleicht unten am Rhein. Von Breisach nach Sasbach, oder auf der elsässischen Seite.

Aber für heute scheint es Wölfchen zu reichen. Er ist jetzt müde, müde und hungrig. So wie ich. Ich geh in die Küche, um sein Futter zu richten. Jonathan ist gerade dabei, Kaffee zu machen.

»Puh, bin ich fertig.« Erschöpft lasse ich mich auf den Küchenstuhl fallen.

»Magst du auch einen Kaffee?«

»Ja, gern.« Donnerwetter, ist Jonathan heut mal gnädig. Das muss ich ausnutzen. »Ach, wenn du schon dabei bist, hast du auch was für mich zu essen? Ich hab nämlich einen Mordshunger.« Ich strecke mich und höre meine Wirbel knacksen. Ein bisschen Gymnastik wäre vielleicht auch mal wieder gut. »Aber erst muss Wölfchen sein Futter haben.« Ich will aufstehen, doch Jonathan drückt mich auf den Stuhl zurück.

»Bleib sitzen, ich mach das schon. Und hier ist Kuchen.«

Oh. Was für eine herrliche Apfeltarte. Wann hat Josette denn gebacken? Heute früh? Ich hab gar nichts gerochen. Na ja, wahrscheinlich wegen der Farben. Ich bin nämlich wieder am Malen. Endlich. Wurde aber auch Zeit. Ich schneide mir ein Riesenstück ab.

»Schmeckt's?«

»Ja, prima.« Backen kann Josette, das muss man ihr lassen. Und der Kaffee, der weckt Tote auf. »Dein Kaffee ist auch Klasse.«

Neben mir höre ich jetzt Wölfchen schlabbern. Ihm schmeckt's anscheinend genauso gut wie mir. In Windeseile ist er fertig und stupst seine Schüssel auffordernd hin und her.

»Soll ich ihm noch mehr geben?«

Wer kann Wölfchens Augen widerstehen?

»Von mir aus. Er hatte ja genug Bewegung. Der wird nicht fett.«

Jonathan steigt natürlich in Wölfchens Gunst, als er ihm die Schüssel noch mal voll macht. Und als er dann noch in eine verführerische Dose greift und etwas noch Verführerisches hervorzaubert.

»Wo ist eigentlich Josette?«

»Die hat sich hingelegt, es ging ihr plötzlich nicht gut.«

»Wieso, was ist?«

»Na, ihr war übel, und außerdem hat sie Magenschmerzen. Ich habe ihr einen Kamillentee gemacht.«

Soso. Wahrscheinlich auch feuchte Bauchwickel. Der fürsorgliche Jonathan. Ich mustere ihn. Aber er verzieht keine Miene.

In der Nacht geht's dann los. Wölfchen kotzt, was das Zeug hält. Normalerweise regt mich das nicht auf, weil ich weiß, wie so ein Hundemagen reagieren kann. Aber als es gar nicht aufhört und Wölfchen krampft und plötzlich Schaum vorm Maul hat, da wird mir mulmig. Da bekomme ich eine Heidenangst. Ich renne zum Telefon und wähle Hugo Rudels Nummer. Schlaftrunken meldet sich Regine.

»Ja, Hugo ist da. Ich wecke ihn. Ja, gleich.«

Auch Hugo Rudel klingt verschlafen. Kein Wunder, nachts um drei. Aber er reagiert professionell. Erbrochen? Schaum vor dem Maul? Krämpfe? Sofort herbringen. Ja, zu ihm in die Praxis. Nein, er könne nicht herkommen. In der Praxis habe er andere Möglichkeiten. Da könne er zur Not auch den Magen auspumpen. Oder eine Infusion anlegen.

Ich schmeiße den Hörer hin und renne zu Jonathans Zimmer und ballere an die Tür. »Jonathan, aufwachen. Jonathan, Wölfchen stirbt! Mach sofort auf, schnell. Wir müssen zum Tierarzt.«

Jonathan ist schnell, das muss man ihm lassen. Und er packt zu. Zu zweit tragen wir den zitternden Hund zum Auto und bugsieren ihn auf den schmalen Rücksitz.

»Du fährst.« Ich drücke Jonathan den Schlüssel meines neuen Mini Cooper in die Hand, den ich mir im Sommer gegönnt hatte, nach dem Malheur mit den Schweizern. Ein Cabrio in knalligem Rot, mit schwarzem Verdeck. Jonathans Einstandsgeschenk, sozusagen. Ich rutsche nach hinten und quetsche mich neben Wölfchen und bette seinen Kopf auf meinen Schoß. Dass mein Anorak schmutzig wird vor lauter Erbrochenem und Schaum, das spielt jetzt keine Rolle. Meine Güte, Wölfchen. Mein armer Kleiner. Mit glasigen Augen starrt er mich an. Lieber Gott, mach, dass er nicht stirbt, lieber Gott, bitte, mach, dass er nicht stirbt.

Und wir brauchen ihn, den lieben Gott. Wir brauchen ihn ganz dringend in den nächsten Stunden. Die sind nämlich die Hölle. Zuerst pumpt Hugo Wölfchens Magen aus. Ruckzuck. Mir dreht es das Herz im Leibe um, und Jonathan den Magen. Ihm wird so schlecht, dass er raus muss. Wieder mal.

Aber leider ist es mit dem Auspumpen nicht getan. Hugo Rudels erfolglose Versuche, den Kreislauf in den Griff zu kriegen, machen mich fix und fertig. Inzwischen ist auch Regine dazugekommen, um zu assistieren. Ich schaue vom einen zum anderen und frage mich, wie kompetent die beiden sind. Regine scheint meinen Blick richtig zu deuten.

»Dir ist doch klar, dass er Gift gefressen hat.« Ihr Ton ist jetzt vorwurfsvoll. »Du hast ihn wohl ohne Leine laufen lassen? Und gar nicht aufgepasst, was er so frisst?«

»Wölfchen frisst nichts draußen. Hat er noch nie.«

Was denkt die sich bloß? Aber natürlich muss sie mir den Schwarzen Peter zuschieben.

»Es gibt immer ein erstes Mal.«

»Halt den Mund, Regine, das hilft uns jetzt ganz und gar nicht.« Dass Hugo so energisch sein kann, der bärenputzige Hugo, das hätt ich nicht gedacht. »Gib mir lieber die Ampullen dort drüben.«

»Was ist das?«, frage ich.

»Das ist ein schweres Geschütz. Aber ich muss es probieren.«

Wölfchen zuckt nicht, als Hugo die Spritze unter

die Oberhaut schiebt. Er zuckt auch nicht, als er ihm den Tropf anlegt. Wölfchen macht keinen Mucks. Dann sitzen wir und warten. Wir warten und warten. Die Minuten tröpfeln so langsam dahin wie die Flüssigkeit, die durch den dünnen Plastikschlauch läuft. Mir ist angst und bange. Und Jonathan tigert draußen auf dem Flur auf und ab. Seine Schritte hallen vorwurfsvoll durch die Stille. Inzwischen ist es fünf. Meine Hände sind eiskalt, ich friere, obwohl die Praxis gut geheizt ist. Hin und wieder krieg ich sogar einen richtigen Schüttelfrost. Und Jonathan draußen legt Kilometer zurück.

Gegen halb sechs regt sich Wölfchen. Hugo springt auf. Regine springt auf. Ich springe auf. In meiner Erregung stoße ich meinen Stuhl um. »Wölfchen, Wölfchen.« Langsam öffnet sich ein müdes blaues Auge, und dann ein zweites. Wir beugen uns alle drei über ihn, beinahe wären wir mit den Köpfen zusammengebumst.

»Er hat's geschafft«, rufen Hugo und Regine wie aus einem Munde.

»Er hat's geschafft«, jubele ich.

Die Schritte draußen verstummen. Die Tür geht auf und Jonathan steht da.

»Was ist?«

»Wölfchen ist überm Berg.« Hugo Rudel klingt erleichtert. Und stolz. Aber dazu hat er ja auch allen Grund.

»Gott sei Dank.«

»Ja, Gott sei Dank.« Hugo legt einen Arm um

mich. »Ich glaube, das Beste ist, ihr geht jetzt heim, ihr zwei. Ihr könnt hier doch nichts helfen. Der Hund wird noch einige Stunden schlafen.« Hugo schaut zu Regine. »Wir beobachten ihn noch, aber ich denke, er ist so weit okay.«

»Keine Angst, wir passen gut auf ihn auf. Wir rufen an, sobald ihr ihn holen könnt.« Regine ist wieder ganz beflissen.

»Wann glaubt ihr …?«

»Na, spätestens heute Abend.«

»Und wir können jetzt wirklich nichts tun? Wir sollen jetzt echt gehen?«

»Wenn ich es euch sage …«

»Wenn Hugo das sagt, dann könnt ihr beruhigt nach Haus. Hugo würde euch nie wegschicken, wenn er es nicht verantworten könnte.«

Also machen wir uns auf den Heimweg. Jonathan fasst mich sogar bei der Hand. Mein Helfer in der Not.

Mein Helfer in der Not? Irgendwas rumort in meinem Kopf. Irgendwas, was mit ihm zu tun hat. Mit ihm und Wölfchen. Aber ich komm nicht drauf. Lieber Himmel, ich bin ja auch viel zu erschöpft.

»Wo kommt *ihr* denn her? Um diese Zeit? Ich habe mir schon Sorgen gemacht.« Josette steht im Schlafanzug in der Tür. »Was ist denn los? Ist was passiert?«

»Ja, es ist was passiert. Was ziemlich Schlimmes.«

Ich erzähle es ihr. Ich sprudele meine Aufregung

nur so heraus. Und meine Erleichterung. Jonathan steht wortlos daneben und nickt ab und zu.

»Und der Hund ist jetzt noch beim Tierarzt?«

»Ja, sie rufen an, wenn wir ihn holen können.«

»Dieu merci. Da habt ihr aber noch mal Glück gehabt.«

Ihr. Das gibt mir einen Stich. Das tut weh. Natürlich weiß ich, dass sie Wölfchen nicht gerade liebt, aber jetzt kommt sie mir richtig herzlos vor.

»Und du hast gar nichts mitbekommen, heute Nacht? Wo ich doch so einen Krach gemacht habe?«

»Hat dir Jonathan nicht gesagt, dass es mir schlecht ging? Er musste mir einen Kamillentee machen. Es war so schlimm, dass ich sogar ein Zäpfchen genommen habe. Und eine Schlaftablette. Das bin ich doch gar nicht gewohnt. Da habe ich natürlich geschlafen wie tot.«

Natürlich. Wie tot. Klar doch.

Kurz vor sechs ruft Hugo Rudel an und sagt, dass wir Wölfchen abholen könnten. Er sei wieder in Ordnung, wir hätten wirklich Glück gehabt. Allerdings brauche er in der nächsten Zeit ein Spezialfutter, wegen der Leber, aber Regine habe schon eine große Tüte gerichtet. Ein Aufbaupräparat sei auch dabei.

Mein Herz hüpft wie ein Jo-Jo, als ich mit Jonathan ins Auto steige. Und dann hab ich Wölfchen endlich im Arm und er kuschelt sich an mich, als ob sein Leben von mir abhinge. Was ja auch stimmt.

Weder Jonathan noch Josette hätten was gemerkt. Ohne mich wäre Wölfchen jetzt tot.

An diesem Abend ziehe ich mich früh zurück. Ich bin nämlich total erschöpft. Aber das ist ja auch kein Wunder. Wohlig strecke ich mich auf dem Bett aus, mit Wölfchen an meinen Füßen. Körperkontakt ist jetzt wichtig, nicht nur für die Seele, sondern auch, weil ich dann genau spüre, ob er auch wirklich atmet. Er ist nämlich immer noch ziemlich schläfrig. Ich nuckle an dem Rotwein herum, den ich mir mitgenommen habe. Mein Schlummertrunk. Den brauch ich jetzt, um zur Ruhe zu kommen.

Aber ich komme nicht zur Ruhe. Was mich seit heute früh umtreibt, ist, was Wölfchen gefressen haben könnte. Wo, zum Teufel, kann er bloß was Giftiges aufgeschnappt haben? In den Weinbergen legt doch kein Mensch Gift aus. Warum auch? Pilze gibt's um diese Jahreszeit auch keine und Spritzmittel erst recht nicht. Schließlich ist auch bei uns der ökologische Anbau auf dem Vormarsch. Das Einzige, was er gestern gekriegt hat, war sein ganz normales Dosenfutter gewesen, das teure von Dr. Heal, das Extra Super Heal für Welpen. Zum Knochenaufbau. Mit den vielen Vitaminen und Mineralstoffen. Das kann's wirklich nicht gewesen sein. Und weiter hat er nichts bekommen, rein gar nichts. Zumindest nicht von mir.

Aber von Jonathan. Natürlich. Jonathan hatte ihn ja gefüttert. Als ich so müde war. Als ich so heißhungrig Josettes Apfeltarte verschlang. Eine doppelte Portion hatte er ihm gegeben, und dann noch irgendwelche Leckerli aus dieser komischen Dose, die ich noch nie gesehen habe. Weiß der Himmel, was das war.

Oh, nein. Das kann doch nicht sein.

Doch. Doch, das kann sein. Klar kann das sein. Jonathan hat ihn vergiftet. Er wollte Wölfchen umbringen. Aber warum nur? *Er* war es doch gewesen, der ihn angeschleppt hat. Wölfchen war doch *sein* Geschenk gewesen. Aber ja, klar, jetzt kapier ich. Das Geschenk für Josette, das so danebenging. Das so ein Reinfall war, weil Josette keine Hunde mag. Deshalb wollte er Wölfchen umbringen, ja, das ist's. Und deshalb spielte Josette auch die Kranke, damit sie da nicht mit reingezogen wird. Die nimmt doch sonst keine Tabletten, das macht sie doch nie, die steht doch sonst nur auf Bachblüten und so ein Zeug. Die wollte nur aus der Schusslinie sein. Mein Gott, das Ganze war von langer Hand geplant. Je länger ich drüber nachdenke, desto sicherer bin ich mir.

Oh, wie abscheulich. Mit wem lebe ich da bloß zusammen, unter einem Dach? Wer hätte das gedacht? Josette, meine beste Freundin. Die liebe, gute Josette, die kein Wässerchen trüben kann. Und Jonathan, der den Welpen selbst ins Haus gebracht hat. Jonathan, der große Tierfreund. Das ist doch pervers. Aufgeregt nehme ich die Flasche und gieße mir nach. Ich kann es kaum glauben. Ich schütte den

Rotwein jetzt wie Wasser runter. Aber das macht die Sache natürlich nicht besser. Die Sache ist klar, glasklar.

Düster brüte ich vor mich hin. Wölfchen schläft an meinen Beinen tief und fest. Oh, Wölfchen. Ich darf ihn jetzt keinen Moment mehr aus den Augen lassen. Er ist in Gefahr. Bestimmt probieren's die beiden noch mal, ganz bestimmt. Aber das werde ich verhindern, da können sie Gift drauf nehmen. Noch mal so was – nein, nur über meine Leiche.

Kurz entschlossen springe ich aus dem Bett und stoße dabei die Weinflasche um. Der dürftige Rest färbt den hellen Schaffellvorleger rötlich ein. Aber das ist jetzt völlig egal. Ich renne ins Wohnzimmer, wo Jonathan vorm Fernseher sitzt. Von Josette keine Spur.

»Du warst's. Du hast ihm Gift gegeben.« Meine Stimme kippt fast um vor Zorn und Empörung. »Du hast ihn umbringen wollen, du gemeiner Kerl.« Schluchzend stürze ich mich auf ihn.

Jonathan sitzt erstarrt da und versucht, mich abzuwehren. Aber in meiner Wut werde ich zum Herkules. Ich trommle so heftig mit beiden Fäusten auf ihn ein, dass er nicht aus dem Sessel hochkommt. Doch das Gerangel dauert nur kurz. Er ist einfach stärker als ich. Schließlich erwischt er mich und packt mich an den Handgelenken. Er hält mich so fest, dass ich mich nicht mehr rühren kann. Ich bin wie im Schraubstock. Dann stößt er mich weg und rappelt sich hoch. Ich versuche noch mal, auf ihn einzudreschen, aber wieder greift er nach meinen Händen.

»Emily, bist du wahnsinnig geworden?«

»Du Schuft. Du mieses Schwein.« Ich spucke ihm ins Gesicht.

»Du bist ja betrunken.«

Er lässt meine Hände los und wischt sich die Spucke weg. Dann holt er aus und schlägt mir ins Gesicht, erst rechts, dann links. Mein Kopf fliegt hin und her, wie ein Pingpongball. Ich heule auf. Rasend vor Zorn geh ich auf ihn los und beiße ihn ins Ohr. Jetzt heult *er* auf, packt mich dann aber umso entschlossener und zerrt mich ins Bad. Er schubst mich in die Dusche und dreht den Kaltwasserhahn auf. Natürlich schreie ich. Ich schreie wie am Spieß, sodass Wölfchen in meinem Zimmer zu bellen anfängt. Bei diesem Krach müssen ja sogar Tote aufwachen.

»Was ist denn los?« Verschlafen steht Josette in der Tür.

Und ich, ich stehe da wie angewurzelt, triefend nass in meinem Schlafanzug und zitternd vor Kälte.

»Mon Dieu, was hast du denn mit Emily gemacht? Bist du verrückt geworden?«

»Ich? *Sie* ist verrückt geworden. Total durchgedreht. Und total betrunken.«

»Ich bin nicht … ich bin nicht … betrunken.« Dass ich ein bisschen stammle, hat überhaupt nichts mit dem Rotwein zu tun. Es ist der Schock, der blanke Schock von dem eiskalten Wasser.

»Ich musste sie zur Vernunft bringen. Ich hatte keine andere Wahl, sie ist auf mich losgegangen«, verteidigt sich Jonathan. »Komm, hilf mir, Josette. Zieh ihr den Schlafanzug aus. Ich hole ein Badetuch.«

Josette zieht mich aus und rubbelt mich trocken und steckt mich in meinen Bademantel. Sie streichelt mir die Wange.

»Komm, Emily, komm, gleich wird dir warm. Gleich ist alles wieder in Ordnung.«

Sie schiebt mich ins Wohnzimmer und packt mich auf die Couch, wo Jonathan inzwischen ein paar Kissen und das Plaid hergerichtet hat. Die beiden flüstern und tuscheln miteinander, aber ich kann nichts verstehen. Wölfchen heult in meinem Zimmer wie ein Wahnsinniger.

»Holt mir Wölfchen her. *Sofort.*«

Es dauert kaum einen Wimpernschlag und Wölfchen ist da. Er kauert sich eng an mich. Legt seine kühle Schnauze in meine Hand.

»Sollen wir einen Arzt holen?« Jonathan sieht Josette fragend an.

»Warum?« Ich versteh nicht ganz. Beunruhigt schaue ich zu Wölfchen. Aber ich kann nichts Ungewöhnliches an ihm bemerken. Er scheint ganz in Ordnung.

Jonathan sieht meinen Blick und schüttelt den Kopf. »Nein, nein. Nicht für den Hund. Für dich.«

Wieso für mich? Was haben die beiden jetzt vor?

»Das Ganze war zu viel für dich. Einfach zu viel. Du bist ja mit den Nerven völlig am Ende.«

Ja, klar. Und wer ist schuld? Du. Wenn *du* nicht den Hund vergiftet hättest und wenn *du* mich nicht geschlagen hättest und wenn *du* mich nicht in die eisige Dusche gestellt hättest, dann ging's mir jetzt ganz prima.

»Mais oui, das war zu viel.« Josette nickt. »Arme Emily.« Sie setzt sich neben mich und tätschelt mir die Hand.

Warum haben sich die beiden auf einmal so? Warum tun sie auf einmal so besorgt? Kümmern sich plötzlich so rührend um mich? Sie behandeln mich ja, als ob ich krank wäre.

»Ich glaube, da ist noch was im Apothekerschrank. Ein Beruhigungsmittel, rein pflanzlich, mit Hopfen und Baldrian. Absolut harmlos, ganz bestimmt, aber sehr wirksam. Je crois, ça suffit. Das genügt, da brauchen wir keinen Arzt.« Sie steht auf.

Natürlich brauche ich keinen Arzt. Aber ich brauche auch dieses blöde Beruhigungsmittel nicht. Rein pflanzlich. Absolut harmlos. Sehr wirksam. *Sehr wirksam*. Mein Gott.

»Nein. Nein. *Nein.*« Ich packe Josette am Arm und zerre sie zurück. »Ich will nicht. *Ich will nicht.*«

Plötzlich sehen mich die beiden ganz komisch an. Ich muss mich jetzt zusammenreißen, das merke ich, sonst denken die wer weiß was. Sonst stecken sie mich womöglich noch in die Klapse. Das könnte ihnen so passen. Abrupt stehe ich auf und wickle meinen Bademantel enger um mich.

»Lasst mich gefälligst in Ruhe. Ich will überhaupt nichts. Und schon gar nichts von euch.« Ich schwanke ein bisschen, fange mich aber gleich wieder. »Ich geh jetzt ins Bett. Wölfchen, komm mit.« Ohne die beiden anzuschauen, stakse ich an ihnen vorbei und hinaus. Meine Schlafzimmertür schließe ich an diesem Abend ab.

KAPITEL 16: KREUZFAHRER

Eigentlich hatte ich ja gar nicht mehr damit gerechnet. Nicht nach allem, was passiert war. Aber voilà, hier lieg ich nun und lass mir die Sonne in meine winterbleiche Haut einbrennen. Haut, nackte Haut in der Mittelmeersonne, aus Norwegerpullover und Cordhose herausgepult, das ist ein richtiger Luxus. Ich posiere in meinem neuen Badeanzug, den ich noch schnell in Venedig gekauft habe. Sündhaft teuer ist er gewesen, und das sieht man. Das sieht auch die junge Frau im Liegestuhl drüben, sie starrt ihn mir fast vom Leib.

Sehen und gesehen werden, das ist der Hauptsport hier auf dem Sonnendeck der ›Royal Cruise‹. Und man bekommt einiges zu sehen. Dass der Altersdurchschnitt auf Kreuzfahrtschiffen gesunken ist, weiß inzwischen jeder. Kreuzfahrten sind ›in‹, fast jede Woche schwimmt ein neuer Riese über den Fernsehschirm. Erst neulich hatte die ›Queen Mary‹ ganz Hamburg in Hysterie versetzt. Ja, sie waren sogar aus Aurich und Leer gekommen, aus Celle und aus Lüneburg und aus Flensburg und aus Husum. Die ›Queen Mary‹. Ein schwimmendes Fünf-Sterne-Hotel, nicht nur mit schlichtem Fitness-Studio und Shuffleboard und Seidenmalerei, nein, mit Golf, Tennis, Kinos und Theater. Was sage ich, eine Fünf-Sterne-Stadt für sich.

Aber um ehrlich zu sein, ich wollte gar nicht auf so einem Riesendampfer sein, eine kleine Nummer unter 3.000 oder 4.000 oder 5.000, bei der Größenordnung kommt's ja auf einen Tausender hin oder her auch nicht mehr an. Die 500 auf der ›Royal Cruise‹ reichen mir vollkommen.

Also, der Altersdurchschnitt ist gesunken, das sieht man gleich. Aber das durchschnittliche Körpergewicht scheint gestiegen zu sein, das sieht man auch gleich. Und das trotz der vielen Ratgeber über ›Low-Fat‹ und ›Low-Carb‹ und ›Low‹ sonst was. Trotz der Kohlsuppen-Diät und der Glyx-Diät und der Ananas-Diät und wie sie alle heißen. Vor meinen Augen quillt der junge Speck ganz hemmungslos, nichts wird verschleiert. Im Gegenteil, hier wird gewuchert, mit satten selbstzufriedenen Pfunden. ›Fat is beautiful‹. Das hatten wir doch schon mal, oder nicht? Ich male mir lieber nicht aus, wie die am Ende der Kreuzfahrt aussehen.

Sie fressen. Sie fressen hemmungslos. Beim Mittagsbüffet im ›Skipper‹ zum Beispiel, da kann einem der Appetit schon mal vergehen. Nicht wegen des Essens, nein, nein, das Essen ist super. Tolle Salate und Antipasti, frischer Rucola, geknofelte Artischocken, frittierte Zucchiniblüten, marinierte Auberginen. Und dann die hübschen Meerestierchen, die Scampis und die Oktopussis, die Muscheln und die Austern und die Kaviarhügelchen. Ganz zu schweigen von den Seeteufeln und Seezungen und den Kalbsnüsschen und den Lammhäxchen. Nein, daran liegt's bestimmt nicht. Daran hätten sogar die Schoepfflins ihre Freude.

Nein. Es liegt an den überquellenden Tellern in fleischigen Händen, an den pfundigen Armen, die Berge von Mayonnaisensalat und Pommes und Bratkartoffeln und Pasta transportieren, an den Speckhüften, die sich gierig zum Eiswagen und zum Kuchenbüffet drängeln. Die massig wogenden Körper in ihrem Kampf um die massig wogende Nahrung kann einem den Atem verschlagen, und, wie gesagt, auch den Appetit. Ein paarmal bin ich schon auf Zimmerservice umgestiegen, weil ich's einfach nicht mehr ertragen konnte.

Der junge Mann da drüben am Pool, beispielsweise. Der mit dem Riesen-Weizenbier. Der ist auch so, na, so überwältigend. Ich schätze ihn gut und gerne auf 350 Pfund, er kann kaum laufen. Aber sein Bier, diesen Halbliter-Humpen, den leert er in einem Zug.

»Unglaublich, was? Und da reden die von Hormonstörungen. Aber von nichts kommt nichts, sagte meine liebe Mutter immer.«

Ach, mein Nachbar. Ich hab ihn gar nicht bemerkt.

»Hmmm. Da hat Ihre Mutter sicher recht.«

Ich mustere ihn verstohlen. Er ist so Ende vierzig, Anfang fünfzig, spärlich blond, spärlich braun. Ja, und drahtig, richtig drahtig. Der hat bestimmt keine Gewichtsprobleme.

Seit wir auf See sind, habe ich noch keine Bekanntschaften gemacht. Nur ab und zu mal ein Guten Tag, schöner Morgen heute oder windig heute oder kühl heute. Eigentlich ist es mir auch egal, ich brauch das nicht. Nicht unbedingt. Aber irgendwie find ich's doch ein bisschen enttäuschend. Von wegen interessantes Publikum. Na ja, wir sind hier eben doch nicht auf dem Fernseh-Traumschiff. Natürlich kann man hier keinen echten Promi erwarten, keinen Jet-Setter, keine Pop-Queen, noch nicht mal den einen oder anderen vorgestrigen Sänger oder die eine oder andere geliftete Diva. Aber vielleicht doch ein paar Exzentriker. Oder wenigstens einen Bankrotteur oder einen Hochstapler oder einen Heiratsschwindler.

Aber nein. Hier sind alle grundanständig. Und

grundlangweilig. Die Metzgersleute aus dem Remstal, die sich in breitestem Schwäbisch über die Faserung der Rindersteaks auslassen. Der hessisch-geschwätzige Restaurator aus Bad Orb, der sich begeistert über die Maserung der Wandverkleidung ergeht und außer seiner wallenden Mähne so gar nichts Künstlerisches hat. Die frühpensionierte Französisch-Lehrerin, die alle mit ihren Gallizismen und der Geschichte von ihrem ›Burnout‹-Syndrom in die Flucht schlägt. Also wirklich nichts Spannendes.

Aber alle plustern sich wahnsinnig auf. Neulich abends, beim ›Heiteren Beruferaten‹ im ›Crusader's Club‹, da konnte man nur so staunen, wie sie sich nach vorn drängelten, mit ihren harmlosen, langweiligen Berufen. Obwohl der Moderator eigentlich was Ausgefallenes haben wollte. Und was war gekommen? Ein Orthopäde, ein Autoverkäufer, eine Immobilienmaklerin, besagte Französisch-Lehrerin, ein Uhrmacher. Wenn es wenigstens ein Scherenschleifer gewesen wäre, die sind heute wirklich selten. Aber der hätte kaum das Geld für so eine Schiffsreise gehabt. Meine Güte, was für Leute. Dabei ist diese Kreuzfahrt alles andere als billig.

»Hatte.«

»Wie bitte?«

»Hatte, nicht hat. Meine Mutter hatte recht. Sie ist vor zwei Monaten gestorben.«

»Oh, das tut mir leid für Sie.«

»Deshalb habe ich ja auch die Kreuzfahrt gebucht. Damit ich jetzt nicht so allein rumsitze in dem großen Haus.«

Ach du lieber Himmel. Der hatte noch bei seiner Mutter gewohnt. Ein Nesthocker, in dem Alter.

»Gott sei Dank hat sich mein Freund erbarmt. Obwohl er diese Tour schon mal gemacht hat. Aber Tobias ist einfach ein prima Typ, auf den kann man sich verlassen.«

Aha. Schwul. Oder?

»Ich heiße übrigens Schrei. Karsten Schrei.«

»Liebengast. Emily Liebengast.«

»Wie gefällt Ihnen denn das Schiff?

»Gut.«

»Ja, ich finde es auch ganz passabel. Obwohl die ›Majesty of the Sea‹ noch weit besser sein soll. Mit der war Tobias nämlich das letzte Mal hier unterwegs. Die Kabinen sind dort deutlich größer, und das Essen soll auch besser sein. Und das beim gleichen Preis.«

Also, mir reicht die Qualität des Essens wirklich, und über die Kabinengröße kann ich auch nicht meckern, schließlich habe ich mir eine Suite gegönnt. Aber ich halte den Mund.

»Haben Sie gestern auch den Ausflug zur Akropolis mitgemacht?«

Ich schüttle den Kopf.

»Oh, das ist aber schade. Da haben Sie wirklich was verpasst.«

Nichts hab ich verpasst. Ich hatte mir schon vor

Jahren auf diesen Ruinen ein paar Pumps ruiniert. Als mich Hendrik durchs Altertum geschleppt hatte.

»Also, wir lassen uns nichts entgehen, Tobias und ich, wir interessieren uns wahnsinnig für die Schätze der Antike. Schließlich ist das ja auch das Motto unserer Kreuzfahrt.«

Ach. Das war mir bei der Buchung glatt entgangen.

»Aber nicht nur die Akropolis war überwältigend, auch die Fahrt nach Cap Sunion, so in den Sonnenuntergang hinein, das war unbeschreiblich. Tobias meinte auch …«

Ich klappe mein Buch auf und versuche, die Stelle wiederzufinden, über der ich vorhin eingenickt war.

»… und überhaupt, die Verse von Lord Byron, tja, das waren noch Dichter, damals. Heutzutage sind es ja nur noch Schreiberlinge, billige Schreiberlinge, eine ganze Flut von Klecksern. Oder Promis, die schreiben lassen oder denken lassen oder am besten beides. Das sagt Tobias auch.«

»Ach, sieh mal an, hier bist du also. Ich hab dich schon überall gesucht.«

Ich schaue hoch, mein Nachbar schaut hoch.

»Oh, Tobias. Gerade habe ich von dir erzählt.« Mein Nachbar strahlt. »Darf ich bekannt machen? Mein Freund Tobias Toberer, Frau Liebermann.«

»Liebengast«, korrigiere ich.

Tobias Toberer dienert artig. Er ist auch so um

die fünfzig, aber eher der bullige Typ, ganz anders als sein Freund Karsten. Doch nicht speckig-fett. Und er ist haariger, sehr viel haariger. Nicht nur auf dem Kopf.

»Angenehm«, murmelt er und plumpst in den übernächsten Liegestuhl. Den rechts von mir hab ich voll belegt, mit Handtuch und Bademütze und Sonnencreme und zwei Magazinen, dem ›TravelMag Ägäis‹, schließlich fahre ich doch nicht so blauäugig los, und den ›ClassicAkzenten: Neues aus der Welt der Oper‹. Eigentlich würde ich jetzt gerne weiterlesen, aber die beiden Herren sind auf Unterhaltung aus.

»Wenn Sie schon die Akropolis versäumt haben, dann müssen Sie aber unbedingt den Ausflug nach Troja mitmachen.«

Unbeirrt nimmt Karsten Schrei den Faden wieder auf. Er kann's nicht lassen. Und sein Freund mischt mit. Preist die passende Kulturveranstaltung dazu an, ja, heute Nachmittag in der ›Nelson Lounge‹, mit Frau Dr. Eisenhut, der hübschen Kunsthistorikerin, der Blondine mit den langen Beinen. Also schwul sind die beiden dann wohl doch nicht. Ob ich nicht mit will zu Frau Dr. Eisenhut?

Mir ist eigentlich nicht danach. Weder nach Frau Dr. Eisenhut noch nach Troja. Ich werd mir's überlegen, ja doch, vielleicht, man wird sehen. Aber jetzt muss ich mich entschuldigen, die Hitze, nicht wahr, ich muss mich abkühlen. Und stürze mich in den Pool. Puuuh.

Tja, und dann geh ich doch zu Frau Dr. Eisenhut. Aber nur, weil heute plötzlich Männersauna ist. Dabei bin ich mir sicher, dass im Tagesprogramm ›Gemischte Sauna‹ stand. Und was Frau Dr. Eisenhut so erzählt, hat wirklich Hand und Fuß. Obwohl sie so blond ist. Ja, doch, sie kennt sich in der Mythologie genauso gut aus wie in der Archäologie. Vielleicht sollte ich den Ausflug doch mitmachen. Das finden die Herren Schrei und Toberer auch, und so lasse ich mich überreden. Ich gehe mit nach Troja.

Leider. Nicht wegen Karsten Schrei und Tobias Toberer, nein, die beiden sind ganz in Ordnung. Reden zwar ein bisschen viel und tun ein bisschen zu kulturbeflissen, aber sonst sind sie recht nett. Nein. Weil es aus Kübeln schüttet. Troja in strömendem Regen. Jetzt bräuchte man die gelben Gummistiefel und den Friesennerz. Ich bin so nass, dass mir die ganze Antike mitsamt Herrn Schliemann und Frau Dr. Eisenhut total schnuppe ist. Ich stolpere über irgendwelche kaputten Mäuerchen und Steinbrocken und denke nur, hoffentlich ist alles bald vorbei, und ich sitze auf dem Schiff im Trockenen und trinke einen schönen Whisky.

Aber bis dahin ist's ein weiter Weg. Der blöde Bus landet nämlich im Graben, was weiß ich, was der Fahrer gemacht hat. Wahrscheinlich hat er gepennt. Zum Glück ist keinem was passiert, aber es dauert und dauert, bis Hilfe kommt und wir endlich aus dem Graben raus sind. Der Kapitän muss sogar auf uns warten, die Auslaufzeit verschiebt sich um anderthalb Stunden.

Damit gerät aber auch das mit dem Abendessen in Durcheinander. Den 20 Leuten aus der ersten Tischzeit reicht es nicht mehr und sie müssen irgendwie in der zweiten untergebracht werden. Zu denen gehören auch meine Begleiter. Also bitte ich die Restaurantleiterin, die beiden noch an den Zweiertisch zu klemmen, den ich mir am ersten Tag erstritten hatte. Da wird's natürlich ziemlich eng, sie ist nicht begeistert, die kühle Schwedin, auch weil für die Kellner dann kein Durchkommen mehr ist. Ob wir nicht lieber in den ›Italienischen Salon‹ wollten, da säßen wir doch ganz ungestört? Nein, nein, wir müssten nicht italienisch essen, wir würden das normale Menü kriegen, wenn wir wollten. Wir wollen.

Es wird ein richtig gemütlicher Abend. Wir essen zusammen, wir trinken zusammen, wir unterhalten uns gut. Zu später Stunde landen wir dann noch im ›Crusader's Club‹, wo ein junger Latino-Typ recht manierlich den Barpianisten gibt. Zwei Pärchen schieben über die kleine Tanzfläche, doch als Karsten Schrei versucht, mich auch zu überreden, bocke ich. Nein, nein, es ist doch viel netter im bequemen Klubsessel, außerdem tun mir die Knochen ziemlich weh von unserem Gekraksel übers trojanische Trümmerfeld.

»Und was machen Sie so beruflich?«

Irgendwann musste die Frage kommen, auch

wenn wir jetzt nicht beim ›Heiteren Beruferaten‹ sind. Also outen wir uns alle drei. Die Herren sind natürlich entzückt, eine Künstlerin am Tisch zu haben. Das trifft sich gut, wo sie sich doch beide so für Kunst interessieren. Für Musik und Literatur und Theater und Malerei und überhaupt. Sie dagegen haben ganz unkünstlerische Berufe. Tobias Toberer ist Staatsanwalt und Karsten Schrei Richter. Da bin ich ja in bester Gesellschaft. Das Auge des Gesetzes wacht über mich. Trotz der gelösten Stimmung wird mir plötzlich ein bisschen mulmig. Ich greife nach meinem Whisky und nehme einen beherzten Schluck. Und beherzt nehme ich den Stier bei den Hörnern. Ich frage die beiden aus.

Schrei kommt aus Frankfurt, Toberer aus München. Sie kennen sich seit ihrem Studium. Ja, damals in Heidelberg, das waren noch Zeiten. Wie sie an Pfingsten nach Speyer in das französische Restaurant gefahren waren, gerade mal mit zwölf Mark fuffzig in der Tasche. Was, sie waren Zechpreller? Als angehende Juristen? Die beiden grinsen. Ja, und dann war da das große Besäufnis in der ›Vinzent-Klause‹, daran erinnern sie sich auch noch gut. Mit einer Flasche Bechtheimer Pilgerpfad hatte es angefangen, im ›Café Schafheutle‹. Innerlich schüttelt es mich, denn mit diesem Wein verbindet mich nichts Gutes. Im ›Café Schafheutle‹ war's noch ganz harmlos gewesen. Aber dann, in der ›Vinzent-Klause‹, da ging's dann rund. Bis das Geld alle war. Da konnten sie die Zeche nämlich nicht prellen, schließlich war das ihre Stammkneipe. Also waren sie weitergezogen, zuerst an den Neckar runter, und dann, als es kühl wurde, zu Egon. Egon war der Einzige von ihnen, der eine richtige Wohnung hatte. Am Philosophenweg, in Top-Lage. Vier Mädels waren dabei, es wurde so eng, dass Tobias in der Badewanne schlafen musste. Zwei der Mädels heirateten sie dann, die Barbara und die Susanne, die beiden Zwillinge. Ja, eine Doppelhochzeit, im Odenwald, ganz fantastisch. Allerdings erst nach dem Examen. Aber Frau Schrei ließ sich recht schnell wieder scheiden, schon nach einem Jahr. Sie wollte nicht mit der Schwiegermutter unter einem Dach leben, obwohl die doch eine Seele von Mensch war. Karsten kann es heute noch nicht verstehen. Das mit seiner Mutter, nicht das mit seiner Frau. Und Frau Toberer, es ist kaum zu glauben, die ließ sich dann auch gleich scheiden, aus Solidarität mit ihrer Zwillingsschwester, sozusagen. Zwillinge sind schon was Komisches, hängen zusammen wie Pech und Schwefel. Also, das hatte den beiden Freunden gereicht. Sie würden sich nicht noch mal die Finger verbrennen. Nein, nie wieder Zwillinge. Überhaupt, nie wieder heiraten. Nicht, wo sie sich jetzt so gut arrangiert haben. Und jedes Jahr fahren sie ein-, zweimal zusammen in Urlaub.

»Und was war Ihr skurrilster Fall?«

»Das ist schwer zu sagen, da gab's einige.« Tobias Toberer runzelt die Stirn. »Wahrscheinlich diese komische Geiselnahme, damals in der Eifel.«

»Also, bei mir war es die Geschichte mit dem ›Alien-Hand‹-Syndrom.«

Komische Geiselnahme. Was kann an einer Geiselnahme komisch sein? Das würde ich schon gern wissen. Aber Karsten Schrei will zuerst seine ›Alien-Hand‹-Story loswerden. ›Alien-Hand‹?

»Das erkläre ich gleich. Also, das war kaum zu glauben. Das wird Sie interessieren, Emily. Ich darf doch Emily sagen, ja? Das wird Sie interessieren, denn es ging um Bilder.«

›Alien-Hand‹-Bilder? So was gibt's doch nicht, davon hätte ich bestimmt gehört. Nein, nein, keine ›Alien-Hand‹-Bilder. ›Alien-Hand‹-Syndrom. Es ging um die Frau, die bei der Hundertwasser-Ausstellung ein Bild zerschlitzt hatte, vor zwei Jahren. Es war groß in der Presse gewesen. Ja. Dunkel erinnere ich mich, aber wirklich nur dunkel. So was passiert ja dauernd. Dass irgend so eine Verrückte irgend so ein wertvolles Stück demoliert. Was ist daran schon so besonders?

»Das Besondere war, warum sie's machte. Und dass sie nicht verurteilt wurde.«

Da muss sie ja ein tolles Motiv gehabt haben. Oder ganz schön plemplem gewesen sein. Oh nein, nein. Sie war nicht plemplem. Sie war selbst Malerin, konnte aber nach einer schweren Erkrankung nicht mehr malen. Zustand nach Meningitis. Mit Tremor und weiß Gott was allem. Auch mit epileptischen Anfällen. Sie war von Arzt zu Arzt gerannt, bis sie endlich einen Neurochirurgen fand, der ihr helfen konnte. Na, wie man's nimmt. Der hatte ihr die beiden Hirnhälften getrennt, die rechte und die linke, das sollte helfen. Half auch. Aber es gab ein anderes Problem. Links sitzt nämlich das rationale Hirn und rechts das emotionale, na, so ungefähr wenigstens. Auf jeden Fall, wenn die beiden nicht mehr verbunden sind, macht die linke Hand, was sie will. Emotional, sozusagen, ohne Denken. Und die linke Hand war ihr entglitten, bei der Ausstellung. Aus Wut, weil sie selbst nicht mehr richtig malen konnte. Und für die Wut konnte sie ja nichts, weil sie so was ja nicht mehr steuern konnte. Rational gesehen. Na, und deshalb musste Karsten Schrei sie freisprechen.

Also, wenn ich denke, was meine linke Hand dann alles täte. Da stünde ich bestimmt mit einem Fuß im Knast. Was macht denn dann eigentlich der linke Fuß? Aber das weiß Karsten Schrei, nein, nein, Karsten, das genügt, das weiß der Karsten auch nicht. Schließlich ist er ja kein Mediziner. Tja, und dieses Emily und Sie und Karsten und Sie und Tobias und Sie, das ist doch blöd. Wir trinken jetzt auf Du und Du.

»Und was war das für eine Geiselnahme, Tobias? Was war denn daran so komisch?«

»Na, die Geisel verliebte sich in den Kidnapper. Eine junge hübsche Studentin, Mädchen aus gutem Hause. Ingrid hieß sie, das weiß ich noch. Ihr Vater war steinreich, er hatte eine riesige Webstuhlfabrik am Niederrhein. Später verlagerte er die Firma nach Irland. Aus Steuergründen.«

Woher Tobias das alles wusste? Na ja, er kannte den Vater. Vom Jagen in der Eifel. Oh je. Da halte ich besser meinen Mund. Jäger und so, das ist ein rotes Tuch für mich. Und der Kidnapper?

»Der nahm das dankend an. Schließlich war das Mädchen ziemlich hübsch. Da sagt man doch nicht Nein. Ja, und so konnte er das Angenehme mit dem Nützlichen verbinden. Das Ganze war ziemlich blöde, denn der Vater hatte einen Riesenwirbel gemacht. Unsere Polizei musste die ganze Eifel durchkämmen. Mit Spürhunden. Und sogar mit Hubschraubern. Sie fanden die beiden schließlich in einer verlassenen Jagdhütte. In einer recht eindeutigen Situation.«

Ah. Die Lady und der Wildhüter. »Wie konntet ihr ihm denn dann was nachweisen?«

»Er war nicht der Hellste. Die ganze Hütte war voll mit belastendem Material. Mit Fesseln und Konservendosen und mit den Zeitungen, aus denen der Drohbrief zusammengebastelt worden war. Auch eine Pistole fand man. Aber das Mädchen weigerte sich, gegen ihn auszusagen, und sie brachte den Vater schließlich auch noch dazu, die Anzeige zurückzuziehen.«

»Menschenskind, das kostet doch alles was. Die ganze Suchaktion mit den vielen Polizisten und den Hunden und dem Hubschrauber.«

»Allerdings. Das war nicht billig.«

Aber mehr lässt sich Tobias nicht entlocken. Weder, wie viel der Herr Papa blechen musste noch was aus dem Pärchen wurde. Plötzlich muss ich an Jonathan und Josette denken. Eigentlich hatte ich mir geschworen, nicht an sie zu denken, schließlich will ich mir die schöne Kreuzfahrt nicht vermiesen, aber jetzt ist's so weit. Obwohl x-tausend Kilometer und x-hundert Seemeilen zwischen uns liegen, zwischen ihren Intrigen und meinem Zorn. Aber dass sie dazu noch in meinem Haus hocken und es sich gut gehen lassen, das setzt doch dem Ganzen die Krone auf.

»Mein Gott.« Ich seufze. Müde bin ich jetzt, todmüde. Ich muss schnellstens ins Bett.

KAPITEL 17: MIT DEM STAATSANWALT AUF DU UND DU

»Du bist ja gestern Abend ziemlich schnell verschwunden.« Tobias sitzt strahlend an dem Vierertisch, den wir uns erstritten haben. Im Tausch mit dem holländischen Ehepaar, dessen Bälger nicht mehr mit den Eltern essen wollen. Oder umgekehrt.

Meine beiden neuen Freunde haben nämlich eingesehen, dass die zweite Tischzeit doch viel besser ist. Dieses frühe deutsche Abendessen um sechs ist einfach bescheuert. Schließlich sind wir ja nicht im Krankenhaus oder in der Reha, sondern auf einem Kreuzfahrtschiff. Und schließlich wollen sie doch Männer von Welt sein, oder nicht?

Tobias thront über seinem Frühstücksei und schwenkt den Eierlöffel wie ein Dirigent. »Warst du vom Ausflug so fertig oder haben dich unsere Geschichten so müde gemacht?«

Um Himmels willen, nein, die Geschichten waren spannend gewesen, richtig spannend. Es war wohl eher der Ausflug gewesen. Und von ganz schön schnell kann eigentlich nicht die Rede sein, schließlich war's halb zwölf, als ich im Bett lag. Also, ich bin durchaus scharf auf neue Geschichten, wirklich.

»Jetzt bist aber erst mal du dran. Wir haben dir so viel von uns erzählt und von dir wissen wir nur, dass du malst und dass du im Badischen lebst.«

Ja, klar. Später. »Wo ist denn Karsten?«, frage ich. »Schläft der noch?«

»Ach, was. Der war schon eine Stunde im Fitness-Studio und anschließend schwimmen. Und jetzt schaufelt er sich am Buffet drüben den Teller voll.«

Und da kommt Karsten auch schon, beladen mit einer Riesen-Müslischale, einem Obstteller und Vollkornbrot mit Quark. Daher die drahtige Figur.

Biofit. Was hatte seine Mutter gesagt? Von nichts kommt nichts? Recht hat sie. Hatte sie, natürlich.

Und was machen wir heute? Heute ist Lindos dran. Besichtigung der Akropolis. Für Gehbehinderte ungeeignet, steht im Programm.

Ach nö, schon wieder eine Akropolis. Doch, doch, das lohnt sich, Frau Dr. Eisenhut hat regelrecht davon geschwärmt. Besonders von dem Tempel der Athena Lindia und den Propyläen. Was sind noch mal Propyläen? Klar, die Vorhallen der griechischen Tempel. Propylon, der Vorhof, der Vorbau. Karsten und Tobias sind beide Gräzisten. War das nötig, fürs Jurastudium? Nein, nur das Latinum. Aber beide sind von der Schule her vorbelastet. Damals gab es sie noch, die altphilologischen Gymnasien. Ich war auf einem neusprachlichen, in Freiburg. Aber heutzutage sterben auch die aus.

Bis zum Landgang dauert es noch eine Weile, es ist nur eine Halbtagstour, die beginnt um eins. Also denke ich, was Karsten kann, das kann ich auch. Ich geh ins Fitness-Studio. Eigentlich hasse ich solchen Kram, ich bin mehr fürs Schwimmen und Radfahren und Skilaufen im Winter, und fürs Wandern natürlich. Aber hier kann ich nur die Meilen auf dem obersten Deck ablaufen, und das ist auf Dauer öde. Man kommt sich wie im Kittchen vor, immer im Kreis, Gefängnishof mit Meerblick.

Also auf an die Geräte. Das erste Standrad gefällt mir nicht, ich kann die Sitzhöhe nicht richtig einstellen, aber da drüben ist ja noch eins. Ich mach mich auf den Weg, den anderen Sattel fest im Blick. Was ich nicht im Blick habe, ist das dämliche Rudergerät, das in Kniehöhe in den Raum ragt und meinen Weg versperrt. Tja, und es kommt, wie es kommen muss. Ich stolpere und falle der Länge nach auf die Eisenstange, die das Ruderboot vorstellen soll.

»Uuuuuuuuuuuuuuuuuuhhhhh!«

»Frau! Frau! Haben wehgetan? Haben Schmerzen? Wollen Arzt?«

Nein, nein, ich will keinen Arzt. Bloß nicht. Auch wenn sich meine Hüfte anfühlt, als ob sie gebrochen sei. Aber selbst wenn sie gebrochen ist, ich will nicht. Sonst lande ich noch auf der Krankenstation oder sie wollen mich womöglich zurückbringen. Krankenrücktransport und so, Abbruch der Kreuzfahrt. Nein, nichts da, auf keinen Fall. Schließlich will ich ja noch die Pyramiden sehen. Also beiße ich die Zähne zusammen und lächle dem stämmigen russischen Matrosen »Nein, danke« zu und lass mich hochziehen.

»Geht wieder? Geht wirklich? Wirklich nix Doktor?«

Nein, nein, wirklich nicht. Ich bin hart im Nehmen. Und siehe da, es geht sogar. Ich humple zum Aufzug und zurück in meine Suite. Also, gebrochen ist bestimmt nichts, und sehen tu ich im Moment auch nichts. Unter der aufgescheuerten Trainingshose ist nur ein riesiger roter Fleck, eine Prellung. Da hab ich noch mal Glück gehabt. Aber schade um die schöne Lacoste-Hose. Die war nicht billig gewesen. Ich werde mir in der Bord-Boutique eine neue kaufen müssen. Aber ist das nicht ein Wink des Himmels? Dass ich die Finger weglassen soll, von solchen Geräten? Als ich das letzte Mal in so einer Muckibude war, das heißt, das einzige Mal bisher, da bin ich die Treppe runtergefallen und hatte einen Golfball am Knöchel. Sport ist Mord. Ich nehme ein Aspirin und lege mich hin, schließlich geht der Ausflug erst in zwei Stunden los.

Später humple ich in die ›Nelson Lounge‹, wo sich das Herdenvieh um seine Führer und Führerinnen schart, die mit ihren Nummernschildchen in der Luft herumwedeln. Karsten und Tobias sind schon da, sie stehen direkt hinter dem jungen Mann mit der Nummer drei. Bus drei also, Lindos mit Akropolis. Bus eins ist Stadtbesichtigung Rhodos, Bus zwei die Inselrundfahrt. Hätten wir doch bloß die Inselrundfahrt genommen, dann müsste ich nicht laufen, aber jetzt ist's zu spät.

»Was hast *du* denn gemacht?«

Ich erklär's und bin dankbar, dass sie nicht höhnisch lachen. Nein, so was tun die beiden nicht. Sie sind sogar sehr besorgt. Ob ich schon beim Arzt war? Nein? Oh, ist das nicht zu riskant? Quatsch. Ja, aber … Nix aber. Ob man nicht versuchen sollte, auf die Inselrundfahrt umzusteigen? Ach was. Ich will mir doch keine Blöße geben. Tobias fragt trotzdem, aber es hat sowieso keinen Zweck. Der Bus ist schon voll.

Bei strahlendem Sonnenschein und tiefblauem

Himmel fahren wir los. Oh, was geht's uns gut. Wenn ich nur dran denke, wie katzengrau der März bei uns in Deutschland ist. In den Nachrichten haben sie sogar von Schneefällen gesprochen. Wir kriegen nämlich das deutsche Fernsehen ziemlich gut rein, sodass ich noch nicht mal auf meine Lieblingssendung verzichten muss. ›Liebe im Sturm‹, so eine doofe Seifenoper, Telenovela nennen sie das jetzt, am Spätnachmittag. Das erzähl ich keinem, dass ich das gucke, schon gar nicht Karsten und Tobias. Die Serie ist wirklich selten blöd, so absehbar, so voll von unwahrscheinlichen Katastrophen, dass man eigentlich abschalten müsste. In den über 200 Sendungen lagen schon viere im Koma, zweie wurden vom Krebs geheilt, eine Blinde konnte wieder sehen und eine Lahme wieder laufen und eine taube Musikerin wieder hören. Vier oder fünf Morde, zwei Erpressungen, anderthalb Geiselnahmen. Die halbe war nur ganz kurz. Warum ich das anschaue? Die bringen es irgendwie hin, dich da reinzuziehen. Du weißt als Zuschauer alles, weil dir alles gezeigt wird. Das hebt dich. Du bist Gott. Du bist allwissend, und die Figuren sind es nicht. Also wartest du drauf, bis die endlich kapieren, was los ist. Bis die endlich mitkriegen, wer der Böse ist und wer der Gute. Und so halten sie dich bei der Stange, bis zur tausendsten Sendung womöglich. Und wenn ein Schauspieler aus der Serie aussteigen will, muss er entweder sterben oder auswandern. Und wenn er wieder rein will, was bei einem Toten schwierig ist, dann kommt er eben als Zwillingsbruder oder als Doppelgänger zurück. So einfach ist das.

»Gleich sind wir da«, meldet unser Reiseführer. Er ist Grieche, spricht aber prima Deutsch. Kein Wunder, denn er hat fünf Jahre in Ludwigshafen gearbeitet. Bei der BASF. Daher auch der leichte kurpfälzische Singsang, so Mannem vonne und so. Das versteht kein Fremder, das heißt ›Mannheim vorne‹, und das riefen früher die Schaffner auf dem Bahnsteig. Im Klartext heißt das ›Nach Mannheim bitte in den vorderen Wagen steigen.‹

Und dann sind wir da und ich muss gleich raus aus dem Bus. Womit die Probleme anfangen. Ich kann nämlich nicht mehr gehen. Ich kann nicht mehr auftreten, denn das tut höllisch weh. Später sagt mir der Schiffsarzt, der sich meine Hüfte dann doch anschaut, dass sich das Ganze eingeblutet hat, zu einem Wahnsinnsbluterguss. Und eben das sei's, was so höllisch wehtue. Das Einbluten. Das klingt ja auch übel.

Aber was soll ich jetzt bloß machen? Ich will ja nicht stundenlang hier im Bus rumsitzen, während die anderen auf die Akropolis krakseln. Es stellt sich raus, dass sie einen Rollstuhl dabei haben. Für Notfälle. Und ich bin jetzt so ein Notfall. Also laden sie erst den Rollstuhl und dann mich aus und setzen mich hinein. Da drüben sei irgendwo ein Café, da könnte ich ja was trinken. Die Gruppe muss sich jetzt nämlich auf den Weg machen, sonst kommt der Zeitplan durcheinander.

Tobias bleibt bei mir. Er weiß, was sich gehört. Aber ist das nicht ein Opfer? Nein, nein, ganz und gar nicht. Doch, schon. Nein. Doch. Nein, wirklich nicht, schließlich hat er die Reise schon mal gemacht. Ja, inklusive Lindos.

Also zockeln wir los, Richtung Altstadt. Meine Güte, ist das hier buckelig. Es geht bergauf und bergab, über dieses kleine gemeine Kopfsteinpflaster. Es schuckelt mich so richtig durch. Beinahe kommt mein Lunch wieder hoch, das schöne Geflügelsandwich mit Gurke und Ei. Aber Tobias ist noch schlechter dran, er muss schwer arbeiten, obwohl ich doch so leicht bin. Das liegt am Rollstuhl, das Modell ist steinalt und nicht richtig geländegängig. Tobias schwitzt vor Anstrengung. Und vor Hitze.

Später sehe ich auf dem Thermometer an der Farmacia, dass es satte 30 Grad sind. Viel zu heiß für die Jahreszeit, besonders, nachdem es in Troja so nass und dann auf See so kalt und stürmisch gewesen war. Schon bald sind wir beide fix und fertig. Wir begnügen uns mit zwei, drei verschwitzten Blicken auf das griechisch-blauweiße Dörfchen und lassen uns schnell in der schattigsten Ecke der kleinen Sportbar nieder, die unser Reiseführer als Café angepriesen hatte.

Wir bestellen zwei Flaschen Wasser und leeren sie wie Bauarbeiter. Und was wir dann machen, ist dumm, ausgesprochen dumm. Wir bestellen nämlich auch noch eine große Karaffe Rotwein. Und das bei der Hitze, am helllichten Nachmittag.

»Das tut mir jetzt aber wirklich leid, Emily.«

»Unsinn, das wird schon wieder. Vielleicht lass ich mir auf dem Schiff doch noch was gegen die Schmerzen geben.«

»Ich meine, dass du die Akropolis verpasst.«

»Ach was, das macht doch nichts. So wild bin ich dann doch nicht drauf.«

Und ich erkläre vorsichtig, dass ich wirklich nicht wegen der alten Griechen und Trojaner und Ägypter auf dem Schiff bin. Dass ich das mit den Schätzen der Antike überhaupt nicht mitgekriegt habe. Dass ich mich eher nach einem anderen Motto richte – der Weg ist das Ziel.

»Ich hatte einfach die Nase voll, ich musste mal raus. Ich wollte einfach eine andere Tapete sehen.«

»Ja, das kann ich verstehen. Zu Hause ist es jetzt wirklich trist, das kann einem schon die Stimmung verhageln. Deshalb machen wir ja auch jedes Jahr um diese Zeit eine Kreuzfahrt, Karsten und ich.«

Ja, sage ich, ja, das ist's, aber das andere, sage ich nach meinem zweiten Viertel, das andere ist, dass ich abgehauen bin, weil mir meine Mitbewohner zum Hals raus hängen und weil ich endlich mal wieder für mich sein will.

»Was denn für Mitbewohner?«

Ich erkläre Tobias, dass ich in so einer Art WG lebe. Mit einer guten Freundin und einem guten Freund zusammen. Er runzelt die Stirn. Klar, das muss blöde klingen, so was macht man in seiner

Studentenzeit, aber nicht, wenn man auf die vierzig zugeht. Also fange ich an zu erzählen, aber es klappt nicht so richtig. Das mit Josette kriege ich noch ganz gut hin, das ist ja auch einfach. Das versteht jeder. Aber mit Jonathan wird's schon schwieriger. Dann fällt mir ein, dass ich ja für Jean-Paul die Vetterngeschichte zusammengebastelt hatte, die Geschichte mit der Scheidung und mit Sylvie und Enno. Die hatte ich total vergessen. Also versuche ich noch mal, den Bogen zu kriegen.

»Sagtest du nicht gerade, ein guter Freund?«

Mein Gott, Emily, pass auf. Du hast's mit einem Staatsanwalt zu tun.

»Also, ja, das sagte ich. Aber Jonathan ist mein Vetter. Ein Vetter zweiten Grades. Und ein guter Freund. Nicht jeder Vetter ist ein guter Freund, oder?«

Das muss auch Tobias zugeben. Aber er hakt trotzdem nach. Er scheint den Wein besser zu vertragen als ich.

»Wenn sie so gute Freunde sind, warum gehen sie dir dann auf die Nerven?«

Jetzt wird's noch kitzliger. Ich kann ja schlecht erzählen, dass sie meinen Hund vergiften wollten und dass sie mich am liebsten in die Psychiatrie gesperrt hätten, und das alles nur wegen des Passes und Carlos.

Also erzähle ich, und das stimmt ja auch, dass sich Jonathan in Josette verliebt hat, sie sich aber nicht in ihn. Und dass das nervt. Aber dann könnte man Jonathan doch wirklich sagen, dass er stört und dass er woanders hin soll. Tja, das könnte man schon, theoretisch, aber die Sache ist eben die, und da bleibe ich auch ziemlich bei der Wahrheit, dass Jonathan uns ganz schön Miete reinbringt und dass wir uns sonst das eine oder andere gar nicht leisten könnten. Die Kreuzfahrt, zum Beispiel. Aber warum ich dann Josette nicht mitgenommen hätte? Das sei doch wirklich, na ja, zumindest unklug, sie mit ihrem Verehrer allein zu lassen. Wer weiß, auf was für Gedanken der kommt, in so einer Situation. Nein, nein, so ist's dann doch nicht, Jonathan würde nie gegen Josettes Willen, nein, bestimmt nicht, das würde er nicht.

Ja, und Josette, das muss ich jetzt zugeben, mit der hatte ich in letzter Zeit auch ziemlichen Knatsch. Wegen, mir fällt gerade nichts Passendes ein, wegen Kleinigkeiten eben, was halt in einer WG so vorkommt.

»Zum Beispiel?«

»Na, zum Beispiel … zum Beispiel, dass sie den Hund hasst, den ich mir vor Kurzem angeschafft habe.«

Ich erkläre, dass Wölfchen mein Ein und Alles ist. Und dass Josette Angst vor ihm hat. Und dass es irgendwann heißen wird, der Hund oder ich beziehungsweise ich oder der Hund. Und das kann's ja wohl nicht sein.

Tobias runzelt wieder die Stirn. »Das hättest du vielleicht mit ihr klären sollen, bevor du ihn angeschafft hast.«

Jetzt werde ich bockig. Vielleicht hab ich auch schon ein Glas zu viel. »Wie komme ich dazu. Schließlich ist es mein Haus, in dem sie rumhockt.«

»Und was sagt dein Vetter dazu?«

»Nichts. Überhaupt, das mit dem Hund, das war schließlich seine Idee.«

»Ach, das war seine Idee? Obwohl deine Freundin keine Hunde mag?«

»Das wusste er ja nicht. Wahrscheinlich tut's ihm jetzt leid. Bestimmt tut's ihm jetzt leid.«

Und dann sag ich's doch, ich bin ein bisschen beschwipst. Ich sage, dass ich ein ungutes Gefühl habe. Dass die beiden was gegen mich aushecken. Dass sie ein Komplott gegen mich schmieden. Und dass ich Wölfchen vorsichtshalber in Sicherheit gebracht habe.

Jetzt schaut mich Tobias doch ziemlich komisch an. So richtig staatsanwaltlich. »Na, na.« Er gießt mir ein Glas Wasser ein. »Das bildest du dir bestimmt ein.«

Nein, nein, das bilde ich mir nicht ein. Ich bin ja nicht verrückt. Da gibt's Indizien. Was heißt, Indizien, da gibt's Beweise. Massig Beweise.

Aber mehr sag ich jetzt nicht. Punkt.

Tobias schüttelt den Kopf. »Na, wenn das so ist, wenn das wirklich so ist, dann setz die beiden eben vor die Tür. Wenn dir der Hund wichtiger ist.«

Ja, er ist mir wichtiger, das müsste Tobias eigentlich verstehen. Er hat doch auch einen, muss er doch haben, er ist doch Jäger. Ich fange an zu heulen. Tobias tätschelt mir die Hand. Klar versteht er mich. Er hat auch einen Hund, einen deutschen Vorsteher, der eignet sich ganz prima für die Jagd. Natürlich würde er sich nie von ihm trennen. Aber da ist ja auch keiner, der Schwierigkeiten macht.

Aber ich, ich hab den Feind im Haus. Die sitzen in meinem eigenen Haus rum und stänkern. Oder machen noch Schlimmeres. Vielleicht hat Tobias ja recht. Ich muss sie rausschmeißen. Das heißt, ich muss Jonathan rausschmeißen. Wenn Jonathan weg ist, kommt auch das mit Josette wieder ins Lot. Und sie wird sich bestimmt an Wölfchen gewöhnen. Da kann man doch psychologisch helfen. Oder psychotherapeutisch, was weiß ich. Phobien abbauen und so.

Allerdings ist da noch die Sache mit Jonathans Miete. Da muss ich eine Lösung finden. Denn die brauche ich, die Miete, schluchze ich jetzt.

Als die Gruppe zurückkommt, bin ich wieder einigermaßen gefasst. Und auch einigermaßen nüchtern, dank der beiden Mokka, die mir Tobias eingeflößt hat. Tobias scheint froh zu sein, Freund Karsten wieder zur Seite zu haben. Nicht bloß wegen des Rollstuhls und des Schiebens. Ich hab den Verdacht, dass er mich für leicht hysterisch hält. Dass er glaubt, ich spinne ein bisschen. Aber er wird schon noch merken, dass das nicht stimmt. Ja, das wird er schon noch merken, der Herr Staatsanwalt.

KAPITEL 18: TROJANISCHE PFERDE

Die nächsten Tage leide ich. Ich leide wie ein Hund. Mein Bluterguss ist anfangs blauschwarz, dann blaugrün. Ich gehe erst wieder in die Sauna, wenn er grüngelb ist. Alles andere kann ich meinen Mitschwitzern nicht zumuten. Auch die Ausflüge sind gestrichen. Ich wäre den anderen nur ein Klotz am Bein. Da leg ich mich doch lieber aufs Sonnendeck und lese endlich mein Buch zu Ende. Schließlich muss ich doch wissen, ob diese Becky Sharp mit ihren Raffinessen durchkommt oder nicht.

Tobias und Karsten können ruhig alleine nach Antalya, ich gönne es ihnen. Aber was sie abends so erzählen, das ist nicht überwältigend. Da hab ich anscheinend nichts verpasst. Auch der zypriotische Bericht macht mich nicht neidisch, obwohl die beiden ziemlich schwelgen. Sie schwelgen im Schaum der Aphrodite, ja, aphros, der Schaum, Aphrodite, die Schaumgeborene. Aus den Schaumkronen der Wellen bei Paphos. Ich muss mir endlose mythologische Streitereien anhören, wer das überliefert hat. Tobias sagt Homer, Karsten sagt Hesiod. Sie haben sich richtig in der Wolle. Ich erinnere mich plötzlich, mal davon gehört zu haben, dass Aphrodite aus einer Muschel geboren wurde, und das sage ich jetzt auch, aber das macht das Ganze nicht besser. Und plötzlich ist von einem Festus Grammaticus die Rede, der mich vollends durcheinanderbringt. Mir ist nicht klar, wer der Kerl ist. Ach, was geht's mich an. Sollen sie doch Frau Dr. Eisenhut fragen.

»Sagt mal, kommt ihr nachher mit zum ›Lukullischen Wochenmarkt‹?«

»Ja, klar.«

»Logisch.«

Na, was für ein Glück. Bei dem Geschiebe und Gedränge, das da immer herrscht, werde ich die beiden nämlich brauchen. Das letzte Mal war's schon heftig, auch ohne Humpeln.

Der ›Lukullische Wochenmarkt‹ findet jetzt schon zum dritten Mal statt. Da bauen sie auf dem Fischerdeck um den ›Crusader's Club‹ herum Stände mit Spezialitäten aus verschiedenen Ländern auf. Griechisch, italienisch, marokkanisch, karibisch, thailändisch, südafrikanisch. Und bayrisch natürlich, schließlich ist das Publikum überwiegend deutsch. Na ja, die ›Royal Cruise‹ ist ja auch ein deutsches Schiff, trotz des englischen Namens. Allerdings unter der Flagge der Bahamas und mit einem russischen Kapitän. Aber trotzdem – das Bayrische ist hier stark vertreten. Nicht nur durch Tobias Toberer, auch durch das sonntägliche Bierfest mit Weißwurst und Brezeln und Nürnbergern und Sauerkraut. Und die ganze Besatzung in Lederhosen und Wadenwärmern und mit Tirolerhüten. Bayrisch-blau mitten auf dem ägäisch-blauen Mittelmeer.

»Weißt du eigentlich, wer Lukull war?«

Wenn Karsten doch nur nicht diese Schulmeisterei am Leib hätte. Ja, ich weiß, nicke ich, Lukull, der Schlemmer. Aber es nützt nichts. Ich muss es mir anhören. Lucius Licinius Lucullus, römischer Feldherr, so etwa 50 vor Christus gestorben. Oberbefehlshaber im dritten Krieg gegen Mithridates. Ich mache mein Hab-ich-doch-gleich-gewusst-Gesicht hin. Mithridates, den kenn ich doch schon lange. Karsten glaubt mir nicht, das merke ich. Aber dann kriege ich ihn dran. Er weiß nicht, wie Lukull gestorben ist. Eiert irgendwie mit »wahrscheinlich in einer Schlacht gefallen« herum. Alles Quatsch, sage ich und behaupte kühn, es sei die Völlerei gewesen. Es sei bei einem dieser Gelage gewesen und das Federkitzeln habe nichts mehr genutzt. Er sei an einer Traube erstickt. Karsten sieht mich zweifelnd an, aber ich schau ihm fest in die Augen. Ja, doch, an einer Weintraube.

Wir gehen frühzeitig los, damit wir auch einen guten Platz bekommen. Ich hab mich extra schick gemacht, diesmal ganz in weiß. Auf mein Existentialistenschwarz verzichte ich bei der Kreuzfahrt fast ganz, denn das Mittelmeerlicht schreit förmlich nach hellen Farben. Also weiß, weiße Leinenhosen und einen weißen Leinenkasack, dazu ein betörend schöner venezianischer Schal, der von Pink über Rosé bis zu Apricot und Orange changiert. Ob das nicht zu gewagt sei, zu meinen roten Haaren, hatte ich beim Kauf unschlüssig gefragt. Oh no, no, no, Signora, das passt doch vorzüglich, molto elegante, elegantissima, gerade zu diesen Haaren, zu diesem herrlichen Naturrot, das hat doch nicht jede. Ja, das hatte er gleich gesehen, der Boutiquebesitzer, dafür hatte er ein Auge. Also kaufte ich den Schal, er kostete mehr als ein Kleid.

Karsten und Tobias versenken mich in einen bequemen Sessel in ihrer Mitte, ganz fürsorglich, und dann eilen sie ganz fürsorglich davon, um was Leckeres für mich zu holen. Für sie selbst natürlich auch. Karsten bringt für sich und mich Couscous mit Fisch, marokkanische Art, Tobias dagegen kann der Schweinshaxe und dem Bayrisch Kraut nicht widerstehen. Dann schicke ich Karsten noch mal los, an die Salatbar.

»Sag mal«, fängt Tobias plötzlich an, »was du da neulich von deinen Mitbewohnern gesagt hast, stimmt das wirklich? War das dein Ernst?«

»Was denn?«

»Na, dass sie gegen dich intrigieren. Deine Freundin und dein Vetter.«

»Hm.«

»Hast du wirklich den Hund weggebracht, weil du Angst um ihn hast?«

»Hm.«

»Hast du wirklich Angst, dass sie ihn vergiften?«

Also, irgendwie habe ich jetzt doch das Gefühl,

Josette unrecht zu tun. Josette mag zu Wölfchen stehen, wie sie will, aber vergiften würde sie ihn nie. Sie würde ihn höchstens weggeben. Aber das wäre ja schon schlimm genug. Also sag ich das. Und, dass es hauptsächlich Jonathan ist, dem ich nicht über den Weg traue. Was ja auch stimmt.

»Ja, aber warum denn bloß?«

Die Antwort verschlucke ich, denn Karsten kommt mit zwei Salattellern zurück.

»Ach, sieht das mal gut aus. Willst du dir nicht auch noch was holen, Tobias?«

»Ja, doch. Aber nicht unbedingt Salat.«

Gott sei Dank. Da bin ich noch mal davongekommen. Aber jetzt muss ich mir ernsthaft überlegen, was ich sage. Und was ich dann sage, später am Abend, ist, dass Jonathan Dreck am Stecken hat. Dass es nicht bloß wegen der Scheidung ist. Dass es eigentlich gar nicht wegen der Scheidung ist.

»Du weißt, wenn er sich strafbar gemacht hat und du ihn versteckst, dann bist du mit dran.«

Klar weiß ich das. Aber er ist doch mein Vetter, und so schlimm war's dann auch nicht. Kein Mord, kein Totschlag, kein Raubüberfall. Auch keine Vergewaltigung. Ja, was denn dann? Also, das werde ich jetzt wirklich nicht sagen, das muss der Tobias doch verstehen, und der Karsten auch, denn schließlich sind die beiden doch die Gerichtsbarkeit. Auch wenn sie jetzt auf einer Kreuzfahrt sind.

»Meine Güte, Emily, wir sind hier privat. Denkst

du, wir gehen hier auf Verbrecherjagd? Denkst du, wir haben hier nichts Besseres zu tun? Außerdem, wenn du nicht davon angefangen hättest ... Na ja, lassen wir's. Prösterchen.«

Wir lassen's. Wir bleiben jetzt beim Prösterchen. Der Stimmungspegel steigt, der Alkoholpegel auch. Und wie so oft in solchen Fällen kriege ich einen Mordshunger. Ich muss mir noch was zu essen holen. Nein, nein, ich will selber gehen, ich möchte selber sehen, was noch da ist. Außerdem ist das Gedränge jetzt vorbei, die Meute ist satt. Mühsam hieve ich mich aus dem Sessel hoch, meine beiden Kavaliere helfen mit. Dann humpele ich los.

Am karibischen Stand werde ich fündig. Da liegen noch ein paar Hühnerkeulen in Currysauce, die sehr lecker aussehen. Mit rosa Pfefferkörnern und Cashewnüssen und Mangospalten. Ja, das sieht gut aus. Das nehm ich. Aber leider ist der junge Mann mit der gestärkten Kochmütze, der die Hühnerbeine verwaltet, gerade mit einer hübschen Brünetten zugange. Er ist damit beschäftigt, ihr einen Fisch zu filetieren. Und weil er ihr dabei immer wieder tief in die Augen schaut, wird das dauern. Und ich will nicht warten, nicht bei meinem Hunger. Also greife ich nach der Vorlegezange und fasse beherzt zu. Aber das Beinchen glitscht mir weg. Ich probier's noch mal, aber es glitscht wieder. Es glitscht und glitscht unter meiner Zange weg, einfach so. Doch je weniger es will, desto mehr will ich.

Desto entschlossener werde ich. Wild entschlossen sogar. Ich *will* das Bein haben, ich *muss* das Bein haben. Ich greife jetzt zu der großen Bratengabel und versuche es mit Aufspießen. Und plötzlich, ganz urplötzlich springt mich das Tier an. Es grapscht mir an den Busen.

Ich kann nichts dafür, aber ich schreie wie am Spieß. Mist, schreie ich, aber es ist quittengelbes Hühnercurry auf leinenweißem Kasack. Ja, und auch der venezianische Schal scheint was abbekommen zu haben. Da schreie ich natürlich noch mehr. Der junge Mann mit der Kochmütze lässt den fertig filetierten Fisch fallen, den er gerade auf den Teller der Brünetten balancieren will. Er lässt ihn in die ovale Schale mit der Tomatensauce plumpsen, so richtig plumps, plumps, und es spritzt karminrot-tomatig in alle Richtungen, wie eine aufplatzende Fruchtblase. Seine weiße Kochjacke sieht jetzt mordverdächtig aus. Und auch die Fischfrau scheint was abbekommen zu haben, denn sie heult auch auf. Sie hat sich genauso aufgebrezelt wie ich, ganz in Eierschale und Mokkabraun. Aber mehr Eierschale als Mokka, deshalb auch mehr Tomate auf Eierschale. Jetzt schluchzen wir im Chor, nur der junge Koch bleibt stumm. Das heißt, nach seinem spitzen schrillen Schrei, seinem ersten und einzigen. Jetzt ist er verstummt, der Täter, der Mörder, und das ist auch gut so, denn wir beiden Frauen machen genug Lärm. Mit unserem Geheule und Gezetere haben wir inzwischen Gaffer angelockt, und auch solche, die helfen wollen. Aber nachdem klar ist, dass das Blutrot kein Blut ist, sondern bloß ordinäre Tomatensoße, wenden sie sich enttäuscht ab. Meine Dotterfarbe ist sowieso uninteressant, es ist ja noch nicht mal Eiter.

Leise schluchzend humpele ich zu unserem Tisch zurück, wo die Herren Staatsanwalt und Richter ungerührt Bier und Schnaps trinken. Erst als sie mich sehen, aufgelöst und quittengelb auf dem Busen und im Gesicht, da springen sie auf und versuchen, hilfreich zu sein.

Ja, sie können mir helfen. Wenn mich jetzt einer in meine Suite bringen würde, dann wäre das prima. Ich muss versuchen, die Flecken rauszuwaschen. Tobias geht mit, und er überrascht mich. Er sei Fleckenspezialist, ja, wirklich, ich könne ihm glauben. Misstrauisch schau ich ihn an, ich hab in der Hinsicht keine allzu hohe Meinung von Männern. Aber er drängt sich dermaßen auf, dass ich kaum Nein sagen kann. Außerdem bin ich so neben der Spur, dass es vielleicht doch besser ist, wenn ich die Finger davon lasse. Also von mir aus, soll er's mal mit dem Kasack versuchen. Und wenn das klappt, dann auch mit dem Schal.

Ich setze ihn mit einem Whisky in den Salon und gehe in den Schlafraum und zieh mich aus. Ich schlinge mir ein großes Frotteetuch um und werfe die schmutzigen Sachen ins Bad. Dann hole ich Tobias.

»Alle Achtung, so ’ne Suite ist wirklich toll. Das ist schon was anderes als meine kleine Kabine.«

»Jetzt komm schon, kümmere dich um die Flecken. Ich setz mich einstweilen in den Salon.« Ich will besser nicht zuschauen, wie er meine Klamotten ruiniert. Ich gieße mir jetzt auch einen Whisky ein.

Nach einer Viertelstunde erscheint Tobias mit hochrotem Kopf, in der einen Hand den Kasack und in der anderen den Schal.

»Na, was ist?« Ich trau mich kaum hinzugucken.

»Na, schau doch. Nichts mehr zu sehen. Wirklich nichts.«

Und tatsächlich, er hat recht. Das Zeug ist zwar nass, aber man kann jetzt schon erkennen, dass das Currygelb raus ist. Und im Schal scheinen die Farben sogar noch drin zu sein. Hoffentlich ist das in trockenem Zustand auch so.

»Menschenskind, Tobias, wie hast du das bloß hingebracht? Das ist wirklich kaum zu glauben. Du bist ja ein Genie. Danke. Vielen, vielen Dank.«

Ich bin so froh, dass ich aufstehe und ihn in den Arm nehme und ihm einen Kuss auf die stoppelige Wange drücke. Dabei rutscht fatalerweise das Badetuch und fällt zu Boden. Und da steh ich nun, oben rum splitterfasernackt und unten rum nur mit einem Minihöschen, Jazzpants heißen die jetzt, keine Ahnung, warum. Was die Dinger mit Jazz zu tun haben, ist mir nicht ganz klar. Auf jeden Fall, mit weiter nichts als einem kleinen Stückchen weißer Spitze, da bin ich meiner Lieblingsfarbe auch untreu geworden. Aber schwarz unter einer weißen Leinenhose, das geht nun mal nicht.

Tja, und was nun? Was dann kommt, ist natürlich klar. Und weil mir der Tobias nicht unsympathisch ist und ich ihm offenbar nicht zu dünn bin, und weil wir beide auch ein klitzekleines bisschen Alkohol intus haben, und der enthemmt ja bekanntlich, also deshalb küssen wir uns und befummeln uns und streicheln uns und tätscheln uns und lassen uns schließlich auf das King Size-Bett fallen. Nur die Suiten haben King Size-Betten, in die kleinen Kabinen würden die ja gar nicht reingehen.

Ich merke schnell, auf wie viel ich in der letzten Zeit verzichtet habe. Mensch, war ich blöd. Aber es war ja auch niemand um den Weg, niemand außer Jonathan. Und Jean-Paul zählt nicht, der ist definitiv zu jung. Aber der Tobias, der ist wirklich in Ordnung. Nicht nur wegen der Sache mit den Flecken. Wer hätte das gedacht. Jetzt ist der Abend doch noch richtig schön geworden. Was heißt Abend, Nacht. Es ist inzwischen schon Mitternacht. Aber das stört uns nicht, wir haben das super Bett und wir haben genug zu trinken.

Aber nichts zu essen. Und weil ich vorhin um mein Hühnchen gekommen bin, knurrt mir jetzt der Magen. Er knurrt sogar ganz unerotisch laut, sodass wir beide lachen müssen. Und dann bestellen wir ganz nonchalant den Zimmerservice.

Später, sehr viel später liegen wir endlich erschöpft nebeneinander. Erschöpft und satt und zufrieden.

»Sag mal, was hat denn dein Vetter eigentlich auf dem Kerbholz?«

Ich werde steif in seinem Arm. »Ach. Bist du deshalb mit mir ins Bett?«

»Du liebe Güte, nein, was denkst du denn. So ein Quatsch.« Er schiebt die Bettdecke weg und küsst mich auf den Bauch, neben meinen Bluterguss. »Vergiss es. Ich bin eben von Natur aus neugierig.«

»Na, wohl eher von Berufs wegen.«

»Nein, wirklich nicht. Vergiss es. Ich habe gar nicht gefragt.«

Aber irgendwie bin ich jetzt unruhig. Also steh ich auf und gieße mir noch einen Wein ein. Tobias will auch noch was. Ich geb ihm den Rest und stoße mit ihm an. Santé. Auf dein Wohl. Auf unser Wohl. Bis ich wieder neben ihm liege, hab ich mir's überlegt.

»Na ja, eigentlich kann ich dir's ja sagen. Es ist was Finanzielles. Es ist eher ein, na ja, ein Kavaliersdelikt.« Und das stimmt ja auch, da lüge ich noch nicht mal, denn ich fand es damals schon toll. Ich war damals ganz schön neidisch auf so viel Chuzpe. »Jonathan hat Geld beiseitegeschafft.«

Was denn für Geld? Öffentliche Gelder? Nein, nein, so schlimm sei es nun doch nicht. Nur Firmengelder. In was für einer Firma denn? Na, Import-Export, hatte ich doch schon mal erzählt.

Nein, nicht in Hamburg. In Bremen. Viel Geld? Ja, schon. Wie viel denn? Na, ein paar Millionen. Ein paar Millionen? Ja. Wie heißt das so schön? Ein Betrag in zweistelliger Millionenhöhe. Ich kann nichts dafür, aber das kommt jetzt fast bewundernd aus meinem Mund.

»Und so was nennst du Kavaliersdelikt? Du machst mir ja Spaß.«

»Wieso?«

»Ach, ist ja auch egal.« Tobias gähnt. »Komm, lass uns jetzt schlafen. Ich bin hundemüde.«

Also knipse ich das Licht aus. Und wie ich da so im Dunkeln liege, da denke ich, ich trau dem Freund in meinem Bett doch nicht ganz.

Und dann geht mir die Felix-Jonathan-Geschichte noch mal durch den Kopf, von Anfang an, und die Galle kommt mir hoch. Oh, wie fies das doch alles war, nach Silvester. Das war wirklich das Allerletzte. Das war wirklich … Aber ich will mich jetzt nicht aufregen. Ich will jetzt auch schlafen. Tobias ist schon hinüber, er schnarcht leise neben mir.

Und dann denke ich plötzlich, eigentlich hat er's ja verdient, der Jonathan. Oder etwa nicht?

Ob da wohl eine Belohnung ausgesetzt ist?

KAPITEL 19: GESCHICHTEN AUS 1001 NACHT

Was am nächsten Morgen kommt, ist Ägypten. Und Ägypten heißt proppenvolles Programm. Und weil meine Blessuren so langsam verschwinden, bin ich auch wieder mit dabei. In Port Said ist das sowieso kein Problem, denn da machen wir eine Kutschfahrt. Anderthalb Stunden schuckeln wir mit einem Zweisitzer durch die Gegend, Tobias und ich. Karsten hat sich Frau Dr. Eisenhut gekapert, das ist natürlich prima, denn die kann er jetzt stundenlang mit seinen Fragen löchern. Er spielt den Musterschüler, ja, er macht sogar ihren Hieroglyphenkurs mit.

Die beiden Tage in Kairo werden schon anstrengender. Da ist Marschieren angesagt. Zuerst die Zitadelle und die Moschee, dann die Pyramiden und die Sphinx und schließlich das Ägyptische Museum. Die erste Enttäuschung ist, dass mir beim Rundgang um die Moschee der Fotoapparat auf den Boden knallt und kaputt ist. Meine erste gute Kamera. Ich bin stocksauer. Da müssen jetzt Karsten und Tobias ran, sonst hab ich ja gar nichts Richtiges als Erinnerung. Sonst müsste ich mir Postkarten kaufen, und das ist nicht dasselbe. Außerdem, Kaufen heißt Feilschen. Das Feilschen an sich ist zwar nicht schlimm, weil es hier ja nur um Cent oder Piaster geht, und manchmal macht es sogar Spaß. Aber du wirst abgelenkt. Es schleichen nämlich ständig Gestalten um dich herum, die dir Uhren und Schmuck und Handtaschen andrehen wollen. Davor hat uns unsere Führerin ausdrücklich gewarnt. Überall, wo die auftauchen, ist Gefahr im Verzug. Und sie tauchen natürlich überall dort auf, wo die meisten Touristen sind. Sie kreisen dich richtig ein, und während der eine dich mit seinem Klimbim ablenkt, schnappt der andere zu.

Die zweite Enttäuschung sind die Pyramiden. Die hab ich mir eigentlich mitten im Wüstensand vorgestellt. Aber nein, die Pyramiden sind schon fast zugebaut, beziehungsweise die Slums von Gizeh gehen nahtlos in die Pyramiden über. Wobei Kairo nahtlos in Gizeh übergeht. Also, zwischen den Slums und den Pyramiden sind nur noch die Riesenparkplätze dazwischen, und die sind voll mit Riesenbussen. Die karren die Touristen von den Kreuzfahrtschiffen her, und vom Flughafen und von den Hotels. Die Touristen dürfen hier dann auch gleich auf den Kamelen reiten, hier, direkt auf dem Parkplatz, von links nach rechts und von rechts nach links, mit karierten Beduinentüchern auf dem Kopf. Und werden dabei auch noch fotografiert. Mein Gott.

Unsere Führerin sagt, das sei noch gar nichts, wir sollten das erst mal in der Hauptsaison sehen. Jetzt sei ja wirklich noch nichts los. Mich schaudert's.

Die Sphinx ist toll und die drei Pyramiden natürlich auch. Wie die Orgelpfeifen sind sie aufgereiht, wie Vater, Mutter, Kind. Eigentlich wollen wir eine Innenbesichtigung machen, das hatte Frau Dr. Eisenhut dringlichst empfohlen. Aber die große, die Cheopspyramide, die ist zurzeit geschlossen, wegen Restaurierungsarbeiten. Und die anderen beiden, ich kann mir die Namen nicht merken, bei denen geht das heute leider auch nicht. Ja, natürlich, wir sehen die Absperrung, wir sehen die Stuhlreihen, die hier aufgebaut sind. Es geht nicht, weil Shakira heute Abend ein Konzert gibt, hier vor der Sphinx und den Pyramiden, eine Bombenkulisse, und das ist ja schließlich wichtiger. Das versteht doch jeder.

Unsere Fahrt nach Kairo zurück ist eine echte Sensation, atemberaubend bis zum Herzstillstand. So was hab ich noch nie erlebt, noch nicht mal zu Hendriks Zeiten. Anfangs wird noch in acht oder neun Spuren gefahren, ich kann sie gar nicht richtig zählen, denn sie lösen sich immer wieder auf. Aber dann entsteht auf einmal ein Mordspulk, ein ungeordneter Haufen, in dem kleine Autos, große Autos, Busse, Taxis, Pick-ups und Mopeds wie die Ameisen herumwuseln und ohne Zeichen zu geben ausscheren, von einer Seite zur anderen, zwischen aufglühenden Bremslichtern und Eselskarren. Es herrscht blankes Chaos, blanke Willkür, und trotzdem scheint hier eine undurchschaubare Gesetzmäßigkeit zu walten, wie im Termitenhügel. Ich sitze hinter dem Fahrer, der ständig auf die Hupe drückt und Gas gibt und dann wieder abrupt bremst. Mindestens ein Dutzend Mal sehe ich Kleingefährte unter die Räder kommen, aber nein, es passiert nichts, auch wenn die Hupen noch so laut aufheulen und die Bremsen noch so schrill kreischen. Ich muss immer wieder die Augen zumachen, sonst halt ich's nicht aus. Unsere Führerin murmelt etwas von ganz normalem Feierabendverkehr. Als wir endlich vor unserem Hotel ankommen, bin ich klitschnass.

›Cairo Sheraton welcomes you.‹ Gerade noch rechtzeitig bekomme ich mit, wie Tobias und Karsten an der Rezeption Zimmer tauschen wollen. Karsten soll mein Einzelzimmer nehmen und ich mit Tobias ins Doppelzimmer. Aber das will ich nicht, nein, Tobias, nein, wirklich nicht, nicht heute. Mir tut nämlich alles weh, jeder Knochen, jedes Knöchelchen, jeder Muskel, jede Sehne. Nichts gegen dich, Tobias, nein, was denkst du denn, aber bei solchen Schmerzen, da geht das doch nicht, das musst du doch verstehen. Und morgen ist auch noch ein Tag.

Morgen ist dann heute, und das heißt Ägyptisches Museum und ich sitze im Rollstuhl. Ich kann mich nämlich nicht mehr rühren. Das mit dem Rollstuhl ist jetzt allerdings fantastisch, denn ich brauche mir nicht stundenlang die Füße in den Bauch zu stehen. Nein, ich lasse mich schieben, mal von Tobias, mal von Karsten, und wenn die beiden gerade nicht können oder nicht wollen, von einem beflissenen Bakschischjäger.

Tja, so macht es wirklich Spaß, so kann ich mir stundenlang die goldenen Kampfwagen und den Pharaonenschmuck und die Totenmasken und den Kanopenschrein mit der hübschen Selket anschauen. Und die Särge von Tutanchamun, drei ineinander, aus massivem Gold. Meine Güte, waren die damals klein. Aus dem Kampfwagen in den Sarg, ja, das waren noch Geschichten. Am schönsten finde ich aber den Anubis, diesen Gott, der wie ein Hund aussieht und der auf einem vergoldeten Schrein liegt. Er ist ganz blau, ägyptisch-blau heißt das, und hat goldene Ohren oder Hörner oder was das ist, und ein goldenes Halsband. So ein Halsband für Wölfchen, das wär's. Am Ausgang lasse ich mir dann einen Skarabäus aufschwatzen, der soll nämlich Glück bringen. Er ist zwar nicht billig, vielleicht bescheißen sie mich auch, aber das ist mir egal. Er ist nämlich wirklich schön, wunderschön sogar. Angeblich Lapislazuli und Türkis. Glaub ich zwar nicht, denn dafür ist er wiederum zu billig, aber das macht nix.

Es ist heiß am nächsten Tag, viel heißer als bisher, und ich bin froh, wieder auf dem Schiff zu sein. Mir ist nach Schwimmen, und hinterher muss ich mir was zu Essen bestellen. Ich hab nämlich verschlafen und das Frühstücksbuffet verpasst.

»Hallo, Emily. Wo warst du denn heute Morgen?« Tobias hat sich's auf dem Sonnendeck gemütlich gemacht. Und einen Liegestuhl für mich belegt. Der sportliche Karsten ist schon im Wasser. »Du musst ja geschlafen haben wie ein Murmeltier. Hast du dich ein bisschen erholt?«

Klar, ich bin wieder ganz fit, fit wie ein Turnschuh. Na, na. Aber jetzt hätte ich gerne ein Sandwich und einen Kaffee. Ja, Madame, gleich, sofort, dienert der Kellner. Und dann die Bordzeitung. Also schicke ich Tobias los zur Rezeption. »Und frag mal, ob sie meine Stola gefunden haben.« Die hatte ich nämlich am Abend vor unserem Landgang irgendwo liegen lassen, wahrscheinlich im ›Crusader's Club‹.

Und tatsächlich, Tobias hat Erfolg. Er kommt mit der Bordzeitung und der Stola zurück, und mit einer Notiz. »Hier, für dich.« Er drückt mir den Zettel in die Hand. Auf dem steht, dass eine Frau Fleurion für mich angerufen hat, und ein Herr Brix. Und dass sie es später wieder versuchen.

»Das sind doch deine Mitbewohner, Jonathan und Josette? Oder nicht?« Tobias hat's natürlich gelesen, der neugierige Kerl.

»Ja.«

»Was wollen die denn?«

Ich weiß, was die beiden wollen. Aber das möchte ich Tobias eigentlich nicht auf die Nase binden. Ich zucke mit den Schultern.

»Hoffentlich kein Ärger?«

»Nein, bestimmt nicht.«

»Sicher?«

Ja, ganz sicher. Ich hab nämlich Geburtstag. Aber wahrscheinlich ist es jetzt doch besser, das zu sagen, bevor die Kellner am Abend im Speisesaal mit einer Funken schlagenden Geburtstagstorte auftauchen. Schließlich sind solche Daten ja im Bord-Computer.

»Was, du hast Geburtstag? Und du sagst kein Wort?«

Warum sollte ich. Schließlich ist es der vierzigste. Kein Grund zum Feiern. Aber dass die zu Hause dran denken, das findet Tobias schon nett. So schlecht können die beiden also doch nicht sein. Meint Tobias. Dabei denken die nur deshalb dran, weil auch Josette Geburtstag hat. Ja, wir sind beide am 27. März geboren, beide Widder. Aber nicht nur das. Wir sind auch gleich alt. Ja, welch ein Zufall. Das findet man selten. Gleicher Tag vielleicht schon, aber auch gleiches Jahr? Also wirklich. Tobias kann's kaum glauben. Das muss doch eine Bedeutung haben. Ein Omen? Na, ich weiß nicht. Aber natürlich hab ich mir Gedanken drüber gemacht, klar. Schon öfter.

»Dann seid ihr also so was wie verhinderte Zwillinge. Seid ihr euch denn ähnlich?«

»Nein, ganz und gar nicht. Josette ist das totale Gegenteil von mir.«

»Tja, Gegensätze ziehen sich an. Gegensätze ergänzen sich.«

Nun, bei Charlotte und mir war das nicht so gewesen, das mit der Anziehung. Aber wahrscheinlich kann man das gar nicht so sagen, schließlich waren wir klein, damals. Vielleicht wäre es später doch noch anders geworden.

Tobias sinniert. »Überhaupt, bei Zwillingen ist das schon komisch. Entweder sind sie sich wahnsinnig ähnlich oder aber ganz verschieden. Entweder doppelt oder halb.«

Woher er das weiß? Na, von Barbara und Susanne natürlich, den geschiedenen Frauen Toberer und Schrei. Ach ja. Die hab ich total vergessen. Außerdem hatte er da mal einen ganz spannenden Fall mit einem Zwillingspaar vor Gericht, der eine ein Mörder, der andere ein Pfarrer, ein richtiger Gutmensch. Und der Böse wollte dem Guten die Sache in die Schuhe schieben, und das wäre auch fast gelungen. Aber nur fast, zum Glück. Ob wir auch so was wie zwei halbe Zwillinge seien, Josette und ich? Engelchen und Teufelchen? Josette, das Teufelchen? Hm.

Karsten und Tobias tun jetzt natürlich das, was ich eigentlich nicht wollte. Eigentlich wollte ich dieses ›Nullen‹ gar nicht feiern. Aber die beiden machen ein Fass auf. Wir feiern bei der Ausschiffung aus Alexandria, wir feiern auf hoher See. Wir feiern am Pool, in der ›Nelson Lounge‹ und im ›Crusader's Club‹. Zwischendurch kommt Josette endlich durch und ich gratuliere ihr auch. Mit Jonathan spreche ich erst gar nicht, schließlich will ich mir die Laune nicht verderben lassen. Die Stimmung ist nämlich gut, sie ist sogar ganz hervorragend. Und natürlich kommt die Torte, mitsamt den Wunderkerzen. Das ist unausweichlich. Und Tobias in meinem Bett auch.

In der Nacht geht's dann los. Es geht los mit wahnsinnigem Durchfall, und dann kommt die Übelkeit. Mir ist so übel, dass ich sterben will. Tobias muss den Schiffsarzt rufen. Der jagt mir eine Spritze in die linke Pobacke, und ich höre ihn murmeln, das halbe Schiff hat's, hoffentlich reichen die Medikamente. Da kann ich ja von Glück sagen, dass es bei mir so schnell gekommen ist. Dass es für mich noch Immodium gibt.

Ja, das halbe Schiff hat's, seit Kairo. Die Kairoer Krankheit, das sei typisch. Das sei fast jedes Mal so. Na, wenn das so ist, dann hätten sie sich doch rechtzeitig eindecken können, denke ich. Später geht dann das Gerücht um, dass sie in Alexandria keine Medikamente an Bord nehmen durften. Angeblich wegen Drogenschmuggel. Schikane natürlich. Und es heißt, dass es erst in Heraklion wieder was gibt. Aber bis Kreta ist's noch weit.

Schließlich liege ich entkräftet im Bett und döse vor mich hin. Im Salon höre ich Stimmen. Tobias hat Karsten geholt, die beiden spielen Karten. Und passen auf mich auf. Das ist schon ein verkorkster Geburtstag. Bube, Dame, König, As, höre ich sie sagen. Und dann, Jonathan Brix. Jonathan Brix, höre ich sie sagen. Jonathan Brix. Herz-Bube. Was reden die nur? Jonathan Brix, den müssen wir checken. Drei Asse. Emily, Josette und Jonathan. Jetzt sitzen wir zu fünft im Salon und Jonathan sagt, Stich den Buben. Und Tobias sagt, Scheißspiel, wir pokern jetzt. Wir pokern um Emily. Und Karsten sagt, wir pokern um Josette. Und da geht Jonathan mit dem Messer auf Karsten los und Karsten schreit. Ich versuche auch zu schreien, aber es geht nicht. Ich bringe keinen Ton raus. Hab ich's nicht gleich gesagt, ruft Tobias, hab ich's nicht gleich gesagt. Den müssen wir checken. Und Josette sitzt splitterfasernackt auf dem Sofa und nickt. Und Karsten sagt, hab ich schon, hab ich schon. Und dann, den gibt's gar nicht, stell dir vor, den gibt's gar nicht. Und Josette nickt wieder. Nein, nein, gurgle ich, nein, nein. Dann spüre ich, wie mir Tobias den kalten Schweiß von der Stirn tupft.

Am übernächsten Morgen ist das Schlimmste vorbei. Das heißt, das Fieber ist ziemlich weg und die Übelkeit auch. Allerdings muss ich immer noch in der Nähe des Klos bleiben, sonst wird's prekär. Deshalb verziehe ich mich ins Bett. Ich bleibe dann auch in Kreta im Bett. Tobias habe ich verbannt, denn das hat keinen Zweck. Er muss sich jetzt eben mit Karsten amüsieren. In Heraklion und Knossos, unter der kundigen Führung von Frau Dr. Eisenhut.

Also, diese Kreuzfahrt hab ich mir anders vorgestellt, ganz anders. Erst dieser blöde Sturz und jetzt diese blöde Krankheit. Als ich schließlich wieder auftauche, vor Malta, da hab ich vier Kilo abgenommen. Ich sehe grauenhaft aus, die ganze Erholung ist im Eimer.

Von meinen vier Minus-Kilos hätten andere allerdings geträumt. Diejenigen, die auf den Aprilscherz hereingefallen waren und am Sonntagmorgen zum Wiegen in der ›Nelson Lounge‹ angetanzt waren. Weil angeblich die Kaimauern von Valletta gerade neu befestigt würden, habe man die genaue Ladung des Schiffes melden müssen. Das Wiegeergebnis wird dann am nächsten Tag höhnisch in der Bordzeitung breitgetreten. Dabei kommt ein durchschnittliches Übergewicht von 45 Kilo raus. Mein derzeitiges Gewicht ist also das derzeitige Übergewicht. Im Durchschnitt, wohlgemerkt.

Das Fotoshooting bei der Aktion hat auch was. Das hat wirklich was. Da sind schon spektakuläre Dinge dabei. Die Bilder hängen in den Ausstellungskästen neben der Rezeption, mit Nummern, damit man sie bestellen kann. Aber nicht jeder wird das tun. Anscheinend sind beim Kapitän sogar ein paar Beschwerden eingegangen, so von wegen Verhohnepipelung und so weiter. Vielleicht sollte man mal das Durchschnittsquantum an Humor wiegen. Allerdings, wenn ich mich so anschaue, da vergeht mir auch das Lachen. Zumindest ein bisschen. Also, nie wieder Orient und schon gar nicht Kairo. Das nächste Mal fahre ich nach Spitzbergen, mit der Hurtig-Linie, oder nach Sankt Petersburg.

Aber ein bisschen erhole ich mich dann doch noch. Ich faulenze im Liegestuhl herum und lasse mich von vorn bis hinten bedienen. In Cagliari komme ich sogar mit an Land und mache die Stadtrundfahrt mit.

Und dann kommt die letzte Nacht an Bord. Es ist meine letzte Nacht mit Tobias. Bevor sich unsere Wege in Nizza trennen. Das macht wehmütig. Aber wir tun unser Bestes, um gegenzuhalten. Mit blöden Witzchen und viel Sex und Alkohol. Schließlich liegen wir erschöpft und leicht beschickert zwischen den verknüllten Laken.

»Sag mal, du kleine Schwindlerin, du hast mich ja ganz schön an der Nase herumgeführt.«

»Wieso?«

»Mit deinem Jonathan.«

Mir stockt der Atem.

»Warum, was ist mit dem?«

»Deinen Jonathan Brix, den gibt's ja gar nicht.«

Also doch. Dann war's doch nicht das Fieber gewesen an dem misslungenen Geburtstagsabend. Die hatten wirklich nachgesehen, in ihren Dateien oder Karteien oder weiß der Himmel was. Die hatten ihn wirklich durchgecheckt. Aber irgendwie habe ich das schon erwartet. Irgendwie hab ich mir schon gedacht, dass die beiden das nicht lassen können. Dass es sie pfupfert. Aber eigentlich ist das ja Amtsmissbrauch. Ja, genau, Amtsmissbrauch. Wo sie doch immer wieder beteuert haben, wie wahnsinnig privat sie hier an Bord sind. Na ja, da sieht man's mal wieder. Aber sei's drum, von mir aus. Also sage ich, doch, doch, den gibt's. Den gibt's schon. Aber nicht als Jonathan Brix, meckert Tobias. Nein, nein, natürlich nicht. Nicht als Jonathan Brix. Aber geben tut es ihn schon.

»Wer ist es denn?«
Ich mach jetzt eine dramatische Pause.
»Es ist der Ölprinz.«

KAPITEL 20: WILLKOMMEN IM KAISERSTUHL

»Mon Dieu, bist du dünn geworden. Ist dir's denn nicht gut ergangen?«

Was für eine nette Begrüßung. Das hat Stil. Ich schau Josette an. Na, was ich abgenommen habe, das hat sie zugenommen. Aber das verkneife ich mir zu sagen.

»Mir ging's prächtig, ganz prächtig. Bis auf einen Sturz und eine Magen-Darm-Geschichte. Aber sonst war alles super. Ganz super.« Besonders, weil ihr nicht dabei wart. »Wo ist denn Jonathan?«

»Der holt gerade Wölfchen ab.«

Och, nein. Das wollte ich doch selber machen. *Ich* wollte doch diejenige sein, die ihn aus den Tierarztklauen befreit. Jetzt stiehlt er mir die Schau.

Gemein ist das, hundsgemein. Aber als die beiden dann endlich ankommen, da ist das vergessen, denn Wölfchen bringt sich fast um vor Wiedersehensfreude. Immer wieder hüpft er wie wild an mir hoch und sein Schwanz rotiert in der Gegend herum und köpft dabei die Orchidee auf dem Couchtisch. Und seine Augen funkeln, sie glitzern und funkeln eisblau, ägyptisch-blau, lapislazuli. Ich klatsche mir auf die Schenkel und er saust hoch und direkt auf meinen Arm, wie ein Kind. Dabei ist er gar kein Kind mehr, denn er ist jetzt fast sechs Monate alt und recht groß und kräftig. Das ist gefährlich, denn er ist mir beinahe zu schwer. Nur die Mutterliebe hält mich davon ab, ihn fallen zu lassen. Ich wiege mich mit ihm hin und her, in einem gewichtigen Freudentanz. Die mit dem Wölfchen tanzt.

So freut sich kein Mensch, und das söhnt mich aus. Das stimmt mich milde. Und deshalb erzähle ich jetzt auch bereitwillig von meiner Kreuzfahrt. Ich schwärme in den höchsten Tönen, von dem super Schiff, dem super Service, dem super Essen. Und natürlich von den Schätzen der Antike und von Karsten und Tobias. Dass die beiden aus der Juristen-Branche sind, das sag ich natürlich nicht. Ich motze meinen Bericht mit kleinen Anekdötchen und witzigen Erlebnissen auf und mit ein paar Geschichten, die es so nicht gegeben hat. Und auch mit ein paar Figuren, die es so nicht gegeben hat. Die beiden sollen neidisch werden, sie sollen sich ärgern, dass sie nicht dabei waren. Und sie sollen merken, dass ich mich auch ohne sie amüsieren kann.

Josette und Jonathan haben wenig zu berichten. Die Wochen scheinen hier ereignislos gewesen zu sein. Bis auf die Tatsache, dass die Bürgermeisterin das Weite gesucht hat. Ja, Klara-Claire hat ihren Mann verlassen, den 20 Jahre älteren Herrn Federle. Sie ist mit einem Freiburger Psychologen oder Psychiater durchgebrannt, bei dem sie in Therapie gewesen war. Nun gibt es eine vorgezogene Bürgermeisterwahl, und der Hauptkandidat ist, man sollte es kaum glauben, der Herr Federle. Der verlassene Prinzgemahl will König werden. Da lach ich mich ja tot. Das ist ja besser als meine ganzen Kreuzfahrt-Geschichten zusammen.

Und sonst? Sonst nichts. Absolut nichts. Die beiden sitzen recht einträchtig nebeneinander. Es sieht nicht so aus, als ob sie Stress miteinander gehabt hätten. Womöglich sind sie gar nicht glücklich drüber, dass ich wieder da bin. Aber sie lassen es sich nicht anmerken, sie tun so, als ob sie sich freuen würden. Sie machen einen auf Harmonie. Von mir aus, mir soll's recht sein.

Und ich kremple die Ärmel hoch. Ich sage, in den nächsten Tagen koche ich, ich zeig euch mal, wie man auf einem Schiff so kocht. Natürlich bin ich keine Sterne-Köchin, aber ich versuche mein Bestes, und im Großen und Ganzen krieg ich's auch hin. Also schwelgen wir recht passabel im Mediterranen und Orientalischen, bis es uns zum Hals raus hängt. Bis zu dem Moment, wo uns nach Sülze mit Bratkartoffeln ist.

Zwei Wochen später kommt ein dicker Brief aus München, mit den Fotos von Tobias. Die Fotos sind prima geworden, ja, die Schätze der Antike sehen sogar noch besser aus als in Wirklichkeit. Außer Troja natürlich, Troja ist nicht so gut, aber das ist ja auch kein Wunder bei dem Regen. Wir drei sind auch recht gut getroffen, es ist kein einziges Bild dabei, das ich ausrangieren muss. Aber wahrscheinlich hat das Tobias schon gemacht. Wer denn nun Karsten sei und wer Tobias? Ich deute auf sportlich-drahtig und auf bullig-haarig. Und was die so beruflich machen?

»Na ja«, sage ich, und jetzt wird's brenzlig, da muss ich jetzt wirklich aufpassen, dass ich nichts Falsches sage, »na ja, die sind Akademiker.« Man soll ja immer so nah wie möglich bei der Wahrheit bleiben, beim Schwindeln. »Beide im Staatsdienst. Beamte. Aber keine drögen Beamten, wirklich nicht. Nicht so, wie man sich Beamte vorstellt.« Und schnell schwenke ich um und singe ein Loblied auf ihren Charakter, der so gar nicht beamtenmäßig ist. Flexibel, witzig, humorig, charmant, weltläufig. Ja, alle beide. Tobias vielleicht ein bisschen charmanter, Karsten vielleicht ein bisschen weltläufiger. Obwohl er so ein Muttersöhnchen ist. Beziehungsweise war. Und schwuppdiwupp sind wir bei ihrem Privatleben, bei den beiden Witwern, ach, was sag ich denn, bei den beiden Sitzengelassenen, und bei der abstrusen Zwillingsgeschichte mit Barbara und Susanne. Und damit ist die Kuh vom Eis.

Irgendwann ist die Kreuzfahrt dann endgültig abgehakt. Irgendwann ist alles auserzählt und angeguckt und nachgefragt und kommentiert. Zumindest für Josette und Jonathan.

Für mich nicht ganz. Ich male nämlich wieder, jeden Tag, und was ich male, hat schon noch mit der Reise zu tun. Ich arbeite an einer riesengroßen Collage, und zwar aus den Skizzen, die ich unterwegs gemacht habe. Wenn ich das so hinkriege, wie ich's im Kopf habe, dann wird das gut. Dann wird das was ganz Tolles. Vielleicht verwerte ich ja auch einen Teil der Skizzen einzeln. Dann wäre sogar eine Ausstellung drin. Seit mir Jean-Paul von dem Galeristen in Straßburg erzählt hat, mit dem er im Februar beim Skilaufen war, seitdem hat mich der Ehrgeiz gepackt.

»Sag mal, kannst *du* nachher kochen?« Josette steckt den Kopf ins Atelier, obwohl sie weiß, dass ich das nicht mag.

»Wieso?«

»Mir geht's nicht so gut, ich würde mich gern eine Stunde hinlegen.«

»Was ist los? Was hast du?«

»Ach, mir ist einfach ein bisschen komisch. Ich weiß nicht, was ist. Wahrscheinlich der Kreislauf.«

Ich bin nicht begeistert, denn ich bin gerade so

gut in Fahrt. Aber wenn's sein muss, dann muss es eben sein.

»Aber dann essen wir nicht vor acht.«

»Nein, nein, natürlich nicht.«

»Was soll's denn geben?«

»Kartoffelküchlein. Mit Apfel-Porree-Gemüse. Das Rezept liegt in der Küche.«

Gefüllte Kartoffelküchlein, mit Blutwurst und Zwiebeln und Majoran und Muskat. Na ja, das hört sich nicht schlecht an. Das ist was Deftiges, und trotzdem originell. Also mache ich mich an die Arbeit. Aber bald merke ich, dass das mit den Küchlein eine blöde Idee ist. Das ist ein Mordsaufwand. Dabei steht da ›einfach‹ über dem Rezept. ›Einfach, aber raffiniert.‹ Von wegen. Es dauert nicht lange und die halbe Küche ist verschmiert und die Kartoffelpresse verstopft und die Kartoffel-Zwiebel-Blutwurst-Masse klebt wie Uhu an meinen Fingern. ›Die Hände vor dem Formen der Küchlein anfeuchten.‹ Natürlich. Das habe ich überlesen. Aber wenn ich den Wasserhahn anfasse, klebt der auch. Und jetzt läutet auch noch das Telefon. »Josette. Josette, gehst du mal dran?«

»Josette ist noch nicht auf. Aber ich geh schon.«

Ich höre Jonathan was murmeln, dann steht er mit dem Hörer in der Hand in der Tür. »Für dich. Die Staatsanwaltschaft München.«

Ich wische mir die Uhu-Blutwurst-Finger am nächsten Küchentuch ab und nehme Jonathan den Hörer aus der Hand. »Komm, verschwinde mal.«

Und schiebe mit dem Knie die Küchentür weiter zu. Eine Sekretärinnenstimme mit rollendem ›R‹ verrrbindet mich mit dem Herrrn Toberrrerrr.

»Tobias? Hi. Wie geht's?« Gut geht's, prima geht's. Ja, mir auch. Die Fotos? Ja, klar, die Fotos hab ich bekommen. »Entschuldige. Ich hätte mich gleich bedanken sollen, aber du weißt doch, wie das ist.« Klar weiß er das. Dabei sind die so toll geworden, die Fotos, ja, ganz toll. Ich hab mich riesig gefreut, wirklich. Noch mehr freut mich, dass er sich jetzt endlich meldet. Eigentlich hatte ich gar nicht mehr damit gerechnet. Ich weiß ja schließlich selbst, wie das so ist, mit solchen Urlaubsflirts. Ich hab mich hinterher nie gemeldet. Kein einziges Mal.

»Was? Übermorgen?« Ja, er kommt übermorgen. Er hat nämlich am Montag einen Termin in Freiburg. Oh, das trifft sich aber gut. Ja, bei mir ist Platz, kein Problem.

»Also dann bis Freitag. Und nicht vergessen, Ausfahrt Freiburg Süd, Richtung Breisach. Und dann nach Norden, zum Kaiserstuhl. Das ist ausgeschildert.« Jetzt bin ich aufgekratzt, richtig aufgekratzt. Tobias kommt. Der kommt doch tatsächlich. Aber ich muss mich zusammenreißen, sonst geht das noch schief, mit den Kartoffelküchlein. Und das Apfel-Porree-Gemüse muss auch noch gemacht werden.

Aber ich schaff's. Schlag acht steht alles auf dem Tisch, und Josette ist auch wieder an Bord. Ja, es geht wieder, sie ist wieder in Ordnung. Die Küchlein schmecken gut, aber dieses ›gut‹ steht in keinem Verhältnis zum Aufwand. Ich beschließe, sie nie wieder zu machen. Simple Rösti gehen schneller und sind mindestens genauso lecker, wenn nicht besser. Das sage ich auch und spüle mir den Kochstress mit dem schönen Weißburgunder hinunter, den ich gestern beim Hiss gekauft habe. Ich hab gleich zwölf Kartons genommen, weil das eine limitierte Edition ist. Und Josette und Jonathan schicke ich in die Küche, damit sie die Schweinerei dort wegmachen. Ich hab genug gearbeitet für heute.

Beim ersten Tageslicht schlägt Wölfchen an. Ich blinzele zum Wecker hin. Mein Gott, noch nicht mal fünf, das ist aber wirklich zu früh. Ich bin noch hundemüde.

»Pssst, sei ruhig, Wölfchen. Sei lieb. Lass mich noch schlafen.«

Wölfchen beruhigt sich, er streckt sich wieder auf meinem neuen Schaffellvorleger aus. Wie immer, wenn ich so früh geweckt werde und mich dann noch einmal umdrehe, verschlafe ich. Ich werde erst wach, als Josette mich rüttelt.

»Sag mal, weißt du, wo Jonathan ist?«

Ich schaue auf die Uhr, es ist kurz vor zehn. »Na, vielleicht ist er einkaufen. Wieso?«

»Ich habe heute früh ein Auto wegfahren gehört, so gegen fünf. Und jetzt ist er nicht da und sein BMW auch nicht.«

Ich springe wie von der Tarantel gestochen aus dem Bett. Mir schwant Böses.

»Wo kann der bloß hingefahren sein?« Josette schaut mich ängstlich an.

»Guck doch mal in seinem Zimmer nach.«

Während sie nachsehen geht, spurte ich in die Bibliothek. Ich mache den Safe auf. Verdammt. Das Geld ist weg. Einfach weg. Dafür liegt da ein wattiertes Päckchen. ›Für Josette‹ steht drauf. Logisch.

Du liebes bisschen. Der ist getürmt. Der ist doch tatsächlich getürmt. Oh, war ich blöde. Warum hab ich die Küchentür nicht richtig zugemacht? Warum hab ich nicht die Safekombination geändert? Warum war ich bloß so gutmütig gewesen?

Leichenblass kommt Josette zurück. »Der ist abgehauen. Seine ganzen Sachen sind weg.«

»Das Geld ist auch verschwunden. Und das ist viel schlimmer.«

Josette fängt an zu heulen und mir treibt es die Zornestränen in die Augen. Aber eigentlich ist Tobias schuld. Beziehungsweise seine Sekretärin. Muss die sich auch mit ›Staatsanwaltschaft München‹ melden? Diese blöde Kuh.

»Der Safe ist leer. Bis auf das Päckchen. Für dich.«

Josette steht regungslos da.

»Da, nimm schon.« Ich fuchtele mit dem Päckchen in der Luft herum und drücke es ihr schließlich in die Hand. Zögernd dreht sie es hin und her.

»Jetzt mach endlich auf. Da wird schon keine Bombe drin sein.«

Josette zögert noch immer, also nehm ich es ihr wieder aus der Hand und mach es auf. O là là. Da sind sechs Geldbündel drin, sechs à 5.000. Na, wenigstens was. Das sage ich auch, na, wenigstens was. Und da flennt Josette noch mehr.

»Warum heulst du denn eigentlich? Du kannst doch froh sein. Dir war das Ganze doch nie recht. Und den Jonathan mochtest du doch auch nicht. Und jetzt hast du auch noch 30.000.«

Wir haben jetzt 30.000, denke ich, *wir*. Und außerdem sind wir den Kerl jetzt los, und das ist doch wirklich nicht schlecht. Wie oft hab ich schon gedacht, den werden wir nie mehr los. Na ja, 30.000 sind nicht die Welt, das muss man sich schon einteilen, aber auf jeden Fall besser als nichts. Und wir sind endlich wieder allein.

Aber wir bleiben nicht lange allein. Am Nachmittag, ausgerechnet heute, an diesem Donnerstagnachmittag, schneit Jean-Paul rein. Und das, ohne vorher anzurufen. Eine schöne Überraschung, n'est-ce pas? Allerdings. Er möchte gern über Nacht bleiben. Genauer gesagt, drei Nächte. Am Samstag ist nämlich der Kaiserstuhl-Marathon, da muss er für ›Télé cinq‹ berichten, und am Sonntag ist er mit Nicolas Fabergé verabredet, ja, mit dem Galeristen, von dem er erzählt hatte, mit dem will er sich in Straßburg treffen, und da dachte er … Na, ja, er denkt, das könnte für mich ganz interessant sein, das könnte ganz wichtig werden. Davon hatten wir doch schon gesprochen.

Er sieht mich an und merkt, dass sich meine Begeisterung in Grenzen hält. Aber ich sage, ja, klar. Natürlich kann er bleiben. Natürlich kann er bleiben, denn mein Vetter ist ja wieder weg. Jonathan ist weg, er ist wieder nach Bremen zurück. Heute früh. Wir haben noch nicht mal Zeit gehabt, das Arbeitszimmer wieder herzurichten. Aber das mit dem Galeristen, das ist jetzt ein bisschen ungeschickt. Da kommt nämlich morgen noch jemand, da kommt ein Freund von mir, der Tobias. Ja, den habe ich auf der Kreuzfahrt kennengelernt. Der ist wirklich nett, viel netter als Vetter Jonathan. Und der will übers Wochenende bleiben.

Jean-Paul scheint nicht unfroh, dass Jonathan fort ist. Kein Wunder, nach dem Zirkus im August. Aber das mit dem Galeristen, das ist jetzt wirklich dumm. Lässt sich denn da gar nichts machen? Ich schwanke. Ja, vielleicht. Vielleicht doch. Denn wenn ich's mir richtig überlege, ist mir der Galerist schon wichtig. Eigentlich sogar wichtiger als Tobias. Oder nicht? Ach, warten wir's ab. Vielleicht will Tobias ja mit nach Straßburg, da gibt's doch so viel zu sehen. Vielleicht war er sogar noch nie dort, dann würde sich das doch erst recht lohnen. Und Josette kann auch mitfahren, die kann ihm dann dort alles zeigen. Das wird sie ablenken, nach der ganzen Aufregung.

Als Tobias am nächsten Tag kommt, kriegen wir die Sache schnell in den Griff. Er war nämlich tatsächlich noch nie im Elsass und er findet die Idee mit Straßburg ausgezeichnet. Straßburg, da wollte er doch schon immer mal hin. Worauf Jean-Paul dann auch gleich einen auf Lokalpatriotisten macht. Als Erstes muss sich Tobias natürlich das Münster anschauen, das muss man gesehen haben. Ja, und dann das ›Maison‹ Kammerzell, das schönste Fachwerkhaus im Elsass. Und dann auf jeden Fall das Gerberviertel. Den Weg weißt du doch, Josette, n'est-ce pas? Und dann natürlich zu den ›Gedeckten Brücken‹ an der Ill.

Gedeckte Brücken? Ach. Ja, so was kennt Tobias. ›Sheltered Bridges‹. Die hatte er in Neuengland gesehen, in Vermont. Da war er vorletzten Herbst mit Karsten gewesen, zur ›Foliage‹. Zum ›Indian Summer‹. Neuengland ja, Straßburg nein? Tobias, da wird's aber wirklich Zeit.

»Zum Mittagessen können wir uns dann im ›Crocodile‹ treffen, dort isst man ganz ausgezeichnet. Da war ich das letzte Mal mit Nicolas.« Jean-Paul schaut jetzt noch ganz begeistert drein.

»Aber du hast dort nicht bezahlt, oder?«, frotzele ich.

»Natürlich nicht. Was denkst du denn. Das hat Nicolas gemacht.«

»Ist das denn teuer?«, fragt Tobias.

»Na ja, es ist das beste Restaurant von Straßburg. Was ganz Exlusives.«

»Also, da lade ich euch dann alle ein. Wenn ich schon hier nächtigen darf. Da muss ich mich doch revanchieren.«

Na prima. Das klappt doch alles wie geschmiert. Ich quartiere Tobias im Ex-Jonathan-Ex-Arbeitszimmer ein, und Jean-Paul kommt wie immer ins Souterrain. Ein Glück, dass Jonathan weg ist, sonst wär's eng geworden. Denn schlafen, richtig schlafen, das möchte ich schon solo.

Bei all dem Trubel bin ich mit Tobias keinen Moment allein. Erst als Wölfchen raus muss, können wir uns zusammen absetzen. Wir marschieren los, durch die Weinberge, hinüber zu den Wiesen, die jetzt im Mai mit Orchis und Hundswurz gesprenkelt sind. Tobias küsst mich.

»Das ist ja herrlich hier. Du bist ein richtiger Glückspilz.«

Ich nicke und denke, ja, jetzt schon. Wir marschieren Richtung Burkheim, mein Ziel ist der ›Ochsen‹. Es ist heute so warm, dass wir auf der Panoramaterrasse sitzen können. Bei einem Viertele Grauburgunder lässt sich's hier aushalten, und wir plaudern über die letzten Wochen. Ich über meine Malerei, er über seinen neuesten Fall. Wieder was ziemlich Abgefahrenes, ein Kindesraub, das reinste Kinostück um illegale Adoption, mit überalterten Adoptiveltern und einer verzweifelten jungen Mutter in der Hauptrolle, einer minderjährigen Prostituierten, die von ihrem Zuhälter reingelegt worden war.

»Du scheinst ja so komische Fälle buchstäblich anzuziehen.«

»Na ja, sagen wir, sie laufen mir zu.«

Und dann fragt er mich aus. Nach meiner Kindheit und nach meiner Jugend und nach dem Dorfleben und was das hier für Leute sind, hier im Badischen. Und der Wein macht mich redselig. Ich erzähle von Mama und Papa und Charlotte und von den Rossners und den Rudels und den Runzigs und von Klara-Claire.

»Aber sag mal, wo ist eigentlich der legendäre Jonathan?«

»Der ist gestern abgereist.«

»Ach?« Tobias schaut mich ungläubig an.

Und dann berichte ich ihm von seiner unsäglich dummen Sekretärin und was danach passiert ist. Die Sache mit dem Geld erwähne ich nicht, auch nicht die 30.000 für Josette.

»Ach, du meine Güte.« Tobias scheint ein bisschen irritiert zu sein.

»Was hättest du denn getan, wenn er noch da gewesen wäre?«

»Nichts. Nichts hätte ich getan, das hab ich dir doch versprochen.«

Wirklich nichts? Nein, wirklich nichts. Er macht ein Gesicht, als ob er kein Wässerchen trüben könnte. Auf dem Heimweg reden wir dann auch nicht mehr über Jonathan, wir reden über Wölfchen und über Jean-Paul und die hübsche Josette. Ja, er findet sie auch hübsch, sehr hübsch sogar, aber nein, sie ist nicht sein Typ. Sie ist ihm ein bisschen zu mollig. Da habe ich aber Glück.

Als wir heimkommen, ist Jean-Paul dabei, im Garten Lampions aufzuhängen. Ein kleines Grillfest, das ist doch jetzt genau richtig. Die Abende sind jetzt so schön lang und mild, das muss man doch ausnutzen, meint Jean-Paul. Tobias ist natürlich sofort dabei. Fürs Grillen ist er immer zu haben. Ich schicke Jean-Paul noch schnell ins Dorf, damit er Bier holt, schließlich habe ich jetzt einen Münchner im Haus. Genauer gesagt, einen Wahl-Münchner, denn Tobias stammt eigentlich aus dem Fränkischen. Und die trinken wohl eher ihre Frankenweine. Aber Tobias scheint es mehr mit dem Bier zu haben, zumindest beim Grillen.

Josette ist in die Küche verschwunden, um die Salate vorzubereiten, und ich will jetzt noch rasch auf der Terrasse nach dem Rechten sehen. Aber da sitzt ja schon Tobias, er hat sich's auf dem Bänkchen gemütlich gemacht und genießt die Aussicht. Da schleiche ich mich mal ran, den überrasche ich jetzt. Und dann höre ich, dass er telefoniert.

»Mensch, Karsten, die hat mir einen schönen Bären aufgebunden. Hier gibt's gar keinen Ölboss. Von wegen prominenter Manager ... Was hier rumsitzt, ist ein harmloser junger Franzose. Ein Sportreporter. Der Bruder ihrer Freundin ... Hm, ja ... Ja, klar ... Hab ich mir gedacht ... Ja, sieht ganz danach aus ... Ja, ja. Die spinnt ein bisschen ... Wieso? Mann, die hat Sachen zusammenfabuliert, da machst du dir keinen Begriff.« Tja, der Lauscher an der Wand. »So eine abstruse Zwillingsgeschichte, Bernhardiner mit totem Kleinkind … na ja, wahrscheinlich ist sie durch Susanne und Barbara auf die Idee gekommen … Und dann noch so was Komisches, Mutter an Olive oder Traube erstickt … Kommt dir bekannt vor? … Ach? Hat sie dir das auch aufgetischt? … Was? Lukull?« Dann ein Gemeckere von Lachen. »Da brauch ich die Freundin gar nicht erst zu fragen … Nein, nein, das ist doch sonnenklar.«

Mir reicht's jetzt. Langsam bewege ich mich rückwärts. Langsam und ganz, ganz leise.

In dieser Nacht wird das nix mit Tobias. Was der natürlich nicht versteht, wo er doch extra von München hergekommen ist. Und dass ich plötzlich meine Tage haben soll, na ja. Du schläfst doch nicht mit Frauen, die ihre Tage haben? Na also.

In dieser Nacht schlafe ich mit Jean-Paul. Das hab ich schon lange gewollt.

KAPITEL 21: VON ELTERN UND KINDERN

»Ich denke, du kannst keine Kinder kriegen?«

»Das dachte ich doch auch. Stéphane hatte sich extra untersuchen lassen, damals. Und an ihm hatte es nicht gelegen.«

Sagte er. Dieser Scheißkerl. Noch so ein Scheißkerl. »Warst du denn dabei?« Josette schaut weg. Sie hat jetzt rote Flecken im Gesicht. Ich schüttle den Kopf. »Und es ist wirklich zu spät?«

»Ja. Es ist der fünfte Monat.«

Der fünfte Monat. Dann muss das ja … »Sag mal, dann war das ja gar nicht am ›Col du Bonhomme‹ drüben, an Neujahr.«

»Nein, das hatte ich dir doch gesagt. Da war ich doch bei Bernard, auf der ›Ferme‹. Es war im Februar.«

»Im Februar? Hier? Hier im Haus? Menschenskind, wie konnte er dir das antun?« Ich glaub es nicht. Das hätte ich nicht gedacht, dass er es noch mal probiert. Nicht nach dem Stunk im September.

»Er hat mir gar nichts angetan. Wir wollten es beide.«

Oh. Also doch. Und mich dann so an der Nase rumführen. Pfui. »Und wieso bist du erst jetzt zur

Dr. Runzig? Also echt, wenn ich monatelang meine Tage nicht kriege, da geh ich doch zum Arzt.«

»Das war doch nicht das erste Mal. Das ist bei mir schon öfter vorgekommen. Und ich dachte doch … ma foi, ich dachte doch, ich kann keine Kinder kriegen …«

»Und die Übelkeit? Und der Schwindel? Und dass du immer runder wirst? Dass deine ganzen Klamotten spannen?« Mein Gott, wie kann man nur. Wie kann man nur so naiv sein. »Und was jetzt? Was soll jetzt werden? Das wird nicht leicht. Wie sollen wir hier einen Arzt finden? Hier auf dem Land macht das sowieso keiner. Höchstens in Freiburg. Wenn wir Glück haben. Wenn wir großes Glück haben.« Aber wie sollen wir an so einen drankommen, auf die Schnelle? Jetzt fehlt Carlos. Jetzt ist es doch schade, dass Carlos tot ist. Außerdem wird's natürlich richtig teuer. Das schöne Geld. »Womöglich müssen wir …«

»Aber ich will das Kind doch haben.«

Oh nein. Auch das noch. Dann sitzen wir hier mit so einem kleinen Schreihals rum. Dann wird's heftig. Das wird der absolute Super-Gau.

»Ich habe ein Ultraschallbild machen lassen. Schau mal.«

Finster gucke ich auf die hellen Nebelschwaden vor dunklem Hintergrund. Ich kann kaum was erkennen, was der Rede wert wäre.

»Es wird ein Mädchen. Une petite fille. Ich werde sie Coco nennen.«

Coco? Mais oui, Coco. Nach der Großmutter.

Coco. Könnte man auch für einen Pudel nehmen. Josette und Coco und Emily und Wölfchen. Na prima. Aber kein Jonathan. Dabei müsste der doch jetzt blechen. Der müsste blechen, dass sich die Balken biegen. Mit den läppischen 30.000 ist es schließlich nicht getan, nicht bei so was. Und das sag ich jetzt auch.

»Ich brauche kein Geld.«

Das ist mal wieder typisch Josette. Jede Menge Ahnung von ›Omotoc‹-Aktien, aber keine Ahnung, was so ein Kind kostet. Bis das Mädchen aus dem Haus ist, mit achtzehn oder so, das kostet einen schönen Batzen. Heutzutage kann man ja nicht mehr davon ausgehen, dass die früh heiraten. Wenn sie überhaupt heiraten. Und womöglich will Coco auch noch studieren. Sprachen zum Beispiel, oder Kulturwissenschaften, oder aber BWL oder Volkswirtschaft, wenn sie nach dem Vater kommt. Aber nein, Josette braucht kein Geld. Dabei sind wir eine Wohngemeinschaft und da kann sie schließlich nicht nur an sich denken.

Jonathan, der schlaue Fuchs. Der ist im richtigen Moment abgehauen, aber wirklich. Da hat Tobias ganze Arbeit geleistet, mit seinem blöden Besuch. Der hat sich übrigens nie mehr gemeldet. Das spricht doch Bände. Trau, schau, wem. Dafür kommt Jean-Paul jetzt öfter.

In den nächsten Wochen ist Babyalarm. Es wird gemöbelt auf Teufel komm raus, denn Josette braucht jetzt mein Zimmer, weil das größer ist als ihres. Ich gebe es ungern her, aber Wiege und Wickelkommode haben bei ihr keinen Platz. Allerdings lasse ich nicht zu, dass umtapeziert wird. Keine bunten Elefanten auf rosa Wolken, das geht zu weit. Womöglich wird's ein Frühchen und stirbt im Brutkasten oder es erdrosselt sich bei der Geburt mit der Nabelschnur und dann war alles umsonst. Dann will ich nämlich mein Zimmer zurück. In dem Fall würden wir bloß auf Wiege und Wickelkommode und Kinderwägelchen sitzen bleiben, und die kann man ja zurückgeben. Oder weiterverkaufen.

Aber das müssen wir nicht. Josette schiebt ihren Kugelbauch durch den Juli und den August und den September und den Oktober, ohne dass es Schwierigkeiten gibt. Es geht ihr blendend, sie ist hübscher denn je. Das sieht jeder, auch jeder im Dorf. Und alle zerreißen sich natürlich wieder mal das Maul. Natürlich auch über den abwesenden Jonathan. Dass der so bei Nacht und Nebel verschwunden ist und wie plötzlich der rote BMW weg war und wie sie dann so rund wurde und das hat man sich doch gleich denken können und überhaupt ... na ja. ›Des arme Maidli. Jetzt duet se aim scho leid.‹

Aber Jean-Paul ist begeistert, hellauf begeistert. Dass er jetzt Onkel wird, das findet er ›sensationnel‹, das findet er ›phénoménal‹, damit hat er nicht mehr gerechnet. Er hat zwar schon drei kleine Neffen, Bernard war fleißig gewesen (beziehungsweise seine Frau), aber das jetzt, mit Josette, das ist noch mal was anderes. Wo doch keiner geglaubt hat, dass sie Kinder bekommen kann. Und jetzt wird's auch noch ein Mädelchen, ein kleines süßes Mädelchen, ›une poupée‹, so süß wie Josette. Bei jedem Besuch bringt er Spielsachen mit, wobei er sich manchmal etwas vertut. Die Riesen-Plüschgiraffe zum Beispiel ist entschieden zu groß und das Schaukelpferd seiner Zeit um Längen voraus, aber das ist nicht so schlimm. Da wächst die Kleine schon noch rein. Nur die Autorennbahn, die ist wirklich daneben. Wenn wir Coco nicht gegen den Strich erziehen, kann Jean-Paul selbst damit spielen. Aber es ist lieb gemeint, und das allein zählt.

Anfang November ist es dann so weit. Ein, zwei Wochen zu früh, doch das macht nichts. Das tut der Sache keinen Abbruch. An Coco ist alles dran, was dran gehört, und die vierzigjährige Spätgebärende wohlauf.

Am schlechtesten geht's mir dabei. Ich kann diesen Mutter-Kind-Wahnsinn nicht mitmachen, mir dreht sich schier der Magen um. Ständig hab ich Babypisse in der Nase. Komisch, mit Wölfchen hatte ich diese Probleme nie. Wenn der mal spuckte oder ein Häufchen ins Wohnzimmer setzte, da machte mir das nichts aus. Er machte das natürlich auch nicht so oft, nicht am laufenden Band. Und er heulte auch nicht die Nächte durch und schrie und brüllte auch nicht, als ob er abgestochen würde. Dass das Haus so hellhörig ist, hätte ich nie gedacht. Ich kriege nachts kein Auge zu. Ich renne zwar nicht mit Babyfläschchen und Windeln rum, schließlich hat Josette Wölfchens Kotze auch nicht weggewischt, damals. Nein, das tu ich nicht. Aber ich liege dann stundenlang da, glockenhellwach, und grüble. Über die Sache mit den Bildern und Nicolas Fabergé, zum Beispiel. Wenn das so weitergeht, muss ich in Papas Arbeitszimmer umziehen, denn ohne Schlaf kann ich nicht malen. Ohne Schlaf ist das unmöglich, bei dieser Latte von Aufträgen. Und die Tabletten von Dr. Hirschsprung sind auch fast alle.

Der rote BMW fehlt uns hinten und vorne. Es war dumm von mir gewesen, einen Mini zu kaufen, bloß weil er so schnuckelig ist. In den kriegen wir keine Kinderkarre rein, beim besten Willen nicht. Ich überlege ernsthaft, ihn zu verkaufen und einen Van anzuschaffen. Das ist allerdings eine Geldfrage, und irgendwie sträubt sich bei mir alles, nur wegen des Babys so viel auszugeben. Wenn Jonathan jetzt Alimente zahlen würde, dann wär's einfach. Dann könnten wir uns bequem zwei Autos leisten. Das wäre sowieso besser, denn dann müsste ich Josette nicht ständig rumkutschieren. Allerdings müsste sie erst noch üben, denn mit ihrer Fahrpraxis ist es wirklich nicht weit her.

»Hör mal, ich muss gleich nach Straßburg rüber. Nicolas will mich dringend sprechen, wegen eines Kunden.«

»Was sagst du?« Josette wiegt ihren Schreihals durchs Wohnzimmer. Coco brüllt mal wieder so laut, dass man das eigene Wort kaum versteht.

»Ich muss nach Straßburg in die Galerie.« Jetzt brülle ich auch. »Ich nehme Wölfchen mit. Dann habt ihr eure Ruhe.« Und ich meine. »Kannst du mir dein Handy leihen? Mein Akku ist leer.«

»Mais oui. Nimm es aus meiner Handtasche.«

Ich sage, dass ich am Spätnachmittag zurück bin und dass sie doch bitte schon mal vorkochen soll, denn sonst dauert das ewig mit dem Sauerkraut und dem Braten. Schließlich hab ich keine Lust, dann noch in der Küche zu stehen. Das mit Nicolas wird schwierig genug, außerdem hab ich wieder die ganze Nacht wach gelegen.

Mit Nicolas läuft es gerade wirklich nicht so rund. Die Sache wächst mir langsam über den Kopf. Wenn es sich nicht so lohnen würde, finanziell gesehen, dann hätte ich ihm wahrscheinlich den Bettel schon längst hingeschmissen. Das Problem ist, dass er viel zu enge Termine setzt. So schnell schaffe ich das einfach nicht, und erst recht nicht jetzt, mit diesem Babygeschrei. Ich arbeite ja schon wie am Fließband.

»Was du machst, ist Ausbeutung, richtige Ausbeutung.«

»Oh komm, Emily, ne fais pas de chichi. Du bist doch genauso scharf auf die Kohle.« Nicolas zwinkert mir zu. Er zwinkert immer, das ist ein Tic von ihm. Oder ein Nervenleiden. »Die Bilder müssen zu

Weihnachten fertig sein. Du weißt ganz genau, dass das Weihnachtsgeschenke werden sollen.«

Klar weiß ich das, aber zwei Bilder in der kurzen Zeit? Wir haben jetzt den achten Dezember, wie soll denn das gehen?

»Ich habe es fest zugesagt, und was ich zusage, halte ich auch ein. Mein guter Ruf steht auf dem Spiel.«

Guter Ruf. Dass ich nicht lache. Der gute Ruf von Nicolas Fabergé. »Wieso braucht denn der Kunde gleich zwei Bilder? Reicht denn nicht eins?«

Nein, eins reicht nicht, und das ist ein ganz besonderer Kunde. Den möchte Nicolas auf keinen Fall verlieren. Sie sind alle besondere Kunden, die Kunden von Nicolas. Also dann, sage ich, ich tu, was ich kann. Aber ich will einen Extrabonus. Eine Babyzulage, sozusagen. Nicolas lächelt gequält, er lächelt immer gequält, wenn's ums Zahlen geht. Aber ich sitze am längeren Hebel, er braucht mich, ohne mich läuft nichts. Zumindest momentan.

Ich fahre mit Wölfchen aus der Stadt raus. Er muss jetzt seinen Auslauf haben, und ich auch. Eine Stunde lang marschieren wir, dann geh ich auf die Autobahn nach Colmar. Ich fahre fast immer auf der französischen Seite, das ist mir lieber als rechtsrheinisch. Zwar komme ich jetzt auch in den Feierabendverkehr, aber es ist hier einfach nicht so stressig wie drüben, auf dem Autoput nach Basel. Vor Séléstat halte ich kurz, um zu pinkeln und in einer Snackbar schnell noch einen ›Café noir‹ zu trinken.

Während ich mir eine zweite Tasse hole, denke ich, schade. Schade, dass Jean-Paul es nicht geschafft hat. Wir hätten in Straßburg Kaffee trinken können. Aber eigentlich könnte ich ihn jetzt mal anrufen, ob er nicht doch übers Wochenende kommen will. Ob er wohl weiß, was sein Freund Nicolas so treibt? Nicolas schwört ja Stein und Bein, dass nicht.

Ich ziehe Josettes Handy aus der Tasche. Jean-Pauls Nummer hat sie doch todsicher gespeichert. Ich blättere die Adressenliste durch. Aberle Moden, Bernard, Buchhandlung, Coiffeur, Emily, Fußpflege, Jean-Paul, oh, jetzt bin ich zu schnell, jetzt bin ich schon durchgewitscht. Und jetzt fällt mir doch fast das Ding aus der Hand. Jonathan. Das gibt's nicht, die hat die Nummer von Jonathan. Die ganze Zeit. Womöglich telefoniert sie regelmäßig mit ihm. Womöglich weiß der sogar von seinem Vaterglück. Aber nein, das glaub ich eigentlich nicht. Nicht Josette. Eher würde sie sich die Zunge abbeißen, als ihm was von dem Kind zu sagen. Aber wahrscheinlich hat er sowieso schon lange ein anderes Handy. Eine andere Nummer. Ich starre einen Moment aufs Display. Probieren könnte ich's ja mal.

»Hallo? Hallo? Wer spricht da? Bist du's, Jonathan?« Nein, er ist's nicht, es ist die Mailbox von 0172-705162348. Ich riskier's. »Hier Emily. Hallo Jonathan. Bitte melde dich. Melde dich bei Josette. Du bist Vater geworden.«

Zwischen Colmar und Neuf-Brisach klingelt das

Handy. Oha, das ging ja schnell. Das scheue Wild kommt aus der Deckung. Ja, es ist Jonathan. Ja, er ist's, und nein, er kann's nicht glauben. Josette hatte doch gesagt, dass sie … Natürlich, natürlich, aber das stimmte halt nicht. Da hatte sie sich eben getäuscht … Ein Mädchen, Coco … Ja, gesund und munter. Sehr munter sogar. Die Mutter auch. Warum ich dann ihr Handy habe? Na ja, ich erklär's ihm. Und dann frage ich natürlich, wo er ist, und das sagt er mir natürlich nicht. Und als ich dann von Alimenten anfange, wird er sauer. Schließlich hätte er ja Josette was zurückgelassen, aber das wüsste ich doch bestimmt. Und dann verklickere ich ihm, was das Ganze so kostet, auf die lange Sicht, damit er sieht, dass die Dreißigtausend nicht reichen.

»Wer sagt mir denn, dass das alles stimmt?«

Also jetzt wird er wirklich putzig. Aber ich lasse mich nicht provozieren. Er kann ja kommen und sich's anschauen, und das sag ich auch. Und dann sagt er, das sei ihm zu riskant. Und dann sag ich, wieso, und dann er, weil ich ihn schon mal verpfiffen hätte, und dann ich, wie er denn darauf komme. Nun streiten wir und beschimpfen uns und schließlich legt er auf.

Puh. Das hätte besser laufen können. Dass ich mich immer gleich so aufregen muss. Dass ich mich immer mit ihm in die Wolle kriegen muss. Aber jedenfalls weiß er's jetzt. Und so wie er in Josette verknallt war, macht er was. Irgendwas. Na ja. Mal abwarten.

KAPITEL 22: VON MALERN UND GALERISTEN

Geschafft. Müde räume ich die Farben weg. Geschafft, trotz Coco und trotz Wölfchen, der jetzt schon die dritte Nacht raus muss, weil er Dünnpfiff hat. Wahrscheinlich sein Protest auf Cocos Geheule. Heute kriegt er Hühnchen mit Reis und ein Perenterol, das hilft bestimmt. Aber lange mache ich das nicht mehr mit. Nicht diese Nächte und nicht diesen Stress mit dem Malen. Cohn war zwar ein Vielmaler, aber so viel hat er in seinen besten Zeiten nicht gemalt.

Gilbert Cohn war das Paradepferd der Galerie Fabergé. Nicolas hatte ihn vor einigen Jahren entdeckt und ein Bombengeschäft mit ihm gemacht. Die Bilder gingen weg wie warme Semmeln. Bis letzten Juli.

Als ich Nicolas im Mai kennenlernte, an jenem unsäglichen Sonntag, an dem Tobias dann abgereist war, da ging's natürlich zuerst um meine Collage. Um die Collage mit den Kreuzfahrtelementen. Nicolas war begeistert, und nicht nur er. Nach einem Monat war das Riesending verkauft, zu einem phänomenalen Preis. Das, was ich aus den Einzelskizzen gemacht hatte, fand er auch ganz gut, aber eben nicht so toll wie die Collage. Zwei davon hängen immer noch bei ihm rum.

Ja, und dann im Juli, da passierte diese schreckliche Sache mit Cohn. Gilbert Cohn bekam einen Schlaganfall, und das mit 35 Jahren, man sollte es nicht für möglich halten. Die ganze linke Seite war gelähmt, und mit dem Sprechen war's auch nicht weit her. Sie versuchten es mit Physiotherapie und Logopädie und weiß der Teufel was, aber ohne großen Erfolg. Erst in der Reha konnten sie ihn dann so weit bringen, dass er allein zurechtkam. Aber mit dem Malen war's natürlich vorbei, denn Cohn ist Linkshänder. Und da kriegte Cohn so furchtbare Depressionen, dass er zwei Selbstmordversuche unternahm. Was man auch verstehen kann. Jetzt ist er in der Psychiatrie und kein Hahn kräht mehr nach ihm. Er hat noch nicht mal Verwandte, die ihn besuchen könnten.

Nicolas war schockiert, besonders, weil er im selben Alter ist wie Cohn. Dass einem so jung so was passieren kann, also nein, das ist doch schrecklich. Das ist doch kaum zu glauben. Nicolas war ganz verstört. Anfangs schaute er jede Woche vorbei, schließlich wollte er wissen, ob sich das nicht doch noch macht, mit Cohn. Bis er merkte, dass es aus war, ein für alle Mal. Da war er verständlicherweise tief enttäuscht, denn das war ein prima Geschäft gewesen, mit Cohns Bildern. Und nun hatte er fast alles verkauft. Gerade noch zwei Stück waren da. Echt bitter, für einen so smarten und, na, sagen wir mal, profitorientierten Geschäftsmann wie Nicolas. Nicolas ist nämlich wirklich clever, clever und gewitzt und mit viel Chuzpe.

Aber nicht clever genug, um auf das Nächstliegende zu kommen. Also sagte ich's ihm. Ich schlug ihm vor, dass ich ein paar Bilder in Cohns Stil malen könnte. Das wäre doch sehr lukrativ für uns beide. Eine brillante Idee, ja, wirklich. Und Nicolas hat auch Mumm genug, um das durchzuziehen. Notabene der gute Gilbert Cohn nun endgültig weg vom Fenster ist.

Ich finde die Idee immer noch gut, auch jetzt noch. Obwohl Nicolas recht unersättlich ist. Dem darfst du nämlich nicht den kleinen Finger geben. Und momentan wird es wirklich ein bisschen viel. Nicht nur, weil es richtig Arbeit ist – so schwer hab ich in meinem ganzen Leben nicht geschuftet. Nein, auch deshalb, weil ich denke, wir sollten nicht zu viel zu schnell auf den Markt werfen. Die Leute könnten womöglich bald genug davon haben. Und womöglich zahlen sie dann die Preise nicht mehr. Eigentlich ist doch nur das Rare was wert. Das hab ich Nicolas schon das letzte Mal gesagt.

Geschafft. Auf den allerletzten Pfiff. Gott sei Dank. Mehr mache ich nicht in diesem Jahr, das ist sicher. Ich bringe nur noch die beiden Bilder in die Galerie und dann sind für mich Ferien. Ruhige, friedliche, beschauliche Weihnachtsferien. Da kann sich Nicolas auf den Kopf stellen.

Zunächst sieht auch alles ganz ruhig und friedlich und beschaulich aus. Alle sind wohlauf, inklusive Wölfchen, der dank der Hühnerdiät wieder durchschlafen kann. Sogar Cocos nächtliches Geschrei scheint langsam besser zu werden, wenigstens ein bisschen. Die gute Josette legt sich ja auch wahnsinnig ins Zeug. Sie inszeniert ein Superfest, ein Superkinderfest, ein Superkinderweihnachtsfest, mit allem möglichen Schnickschnack. Dabei kriegt Coco das doch noch gar nicht richtig mit. Josette spannt sogar Jean-Paul ein, den lieben Onkel, und der darf dafür über die Feiertage bleiben, zu Gänsebraten mit Rotkohl und Semmelknödeln. Und zum Übernachten.

Auch Jonathans Anruf bringt nichts Böses. Josette wundert sich zwar, ich hab sogar den Eindruck, dass sie sich gar nicht besonders freut, aber sie erzählt ihm dann doch von Coco und lässt das kleine Biest ins Telefon plärren. Als sie aber sagt, dass sie von Alimenten nichts hören will, da nehm ich ihr schließlich den Hörer aus der Hand und gebe Jonathan unsere Kontonummer durch.

»Du wärst ja blöd«, sage ich, »wir können's doch gebrauchen, für den Van. Wie sollen wir denn sonst mal rauskommen, zusammen?« Und jetzt kann sie natürlich nichts mehr dagegen machen.

Der Ärger fängt nach den Feiertagen an, mit einem Anruf von Nicolas. Zuerst denke ich, der will mich löchern, der will jetzt doch noch ein Bild. Aber nein, das ist es nicht. Nicolas klingt aufgeregt.

»Da schleicht irgendwer um den Laden rum. Schon seit gestern.«

Nicolas hat seine Wohnung über der Galerie, ihm gehört das ganze Haus. Ein schönes Bürgerhaus in ruhiger, aber zentraler Lage. Ruhig genug, um angenehm zu wohnen, und zentral genug, um gut zu verkaufen.

»Ja, und?« Ich weiß nicht genau, was er von mir will. »Wenn einer einbrechen will, kannst du doch die Polizei rufen.«

»Mais non, das geht nicht. Die kommen doch erst, wenn was passiert ist.«

»Versteh ich nicht, man kann doch präventiv … Nein? Kann man nicht?« Das ist mir schleierhaft. Und mir ist schleierhaft, was ich dabei soll. »Aber du bist doch bestimmt gut versichert?« So eine schöne Versicherungssache, das wäre natürlich auch nicht schlecht. Allerdings nur für Nicolas.

»Ich habe ein ganz ungutes Gefühl«, klagt Nicolas ins Telefon. Ich lasse ihn klagen und sage, er soll sich melden, wenn wirklich was passiert ist. Wieso soll ich anders reagieren als die Polizei?

Zwei Tage später ruft Nicolas wieder an. Der Typ hat sich jetzt vor seinem Haus aufgebaut, er steht auf der anderen Straßenseite und starrt ganz unverhohlen zur Galerie. Schon gestern, ja, und jetzt heute. Nein, Nicolas erkennt ihn nicht, er ist vermummt. Nein, nicht richtig vermummt, natürlich nicht, aber er trägt einen dicken Anorak mit Kapuze.

»Dann geh doch einfach rüber und sprich ihn an. Frag ihn, was er will.«

Aber Nicolas ist eine Memme. Das hätt ich nicht gedacht. Ein so skrupelloser Geschäftsmann wie er. Na ja. Und dann fragt er mich doch, ob ich mal kommen würde, wir könnten ja zusammen … Ich? Wieso ich? Wieso denn das? Da wär's doch besser, er holt sich einen von seinen Kumpels, Jean-Paul zum Beispiel. Aber das will er nicht. Falls das nämlich mit unseren Cohn-Bildern zu tun hat, und davon wissen schließlich nur wir beide.

»Mit den Cohn-Bildern? Wieso soll das mit den Cohn-Bildern zu tun haben? Wie kommst du denn da drauf?«

»Je ne sais pas. Es ist nur so ein …«

»So ein ungutes Gefühl?«, helfe ich aus.

Also, wegen so eines unguten Gefühls komme ich nicht extra nach Straßburg. Das sag ich ihm klipp und klar.

»Es ist ja nicht nur, dass er da herumsteht. Er hat sich sogar an den Scheiben die Nase platt gedrückt, er versucht dauernd, in die Galerie reinzuschauen.«

»Na und?«

»Und dann hat er geklingelt. Mehrmals sogar. Auch schon gestern.«

»Und warum hast du nicht aufgemacht?«

Tja, also irgendwie glaubt Nicolas, der Kerl könnte Cohn sein, so von der Statur her. Und den kann er hier nun wirklich nicht gebrauchen. Aber Cohn sitzt doch in der Psychiatrie, sage ich. Doch Nicolas denkt, vielleicht haben sie ihn ja rausgelassen, über Weihnachten. So eine Art Freigang. Urlaub auf Ehrenwort. Aber er hat doch keine Verwandten, wo er hingehen könnte, wende ich ein, da ist doch so ein Weihnachtsurlaub sinnlos. Und überhaupt, selbst wenn, wie sollte Cohn draufkommen, was wir hier tun? Dass wir mit ihm quasi posthum ein Geschäft machen?

»Da war so was Eigenartiges, vor Weihnachten. Die beiden letzten Bilder, die du gebracht hast, die hat der Kunde nicht selbst abgeholt. Der hat einen Boten geschickt, und das tut er sonst nie.«

»Na und?«

»Der Bote machte so einen komischen Eindruck. Ich weiß nicht, warum, aber die Sache kam mir einfach nicht koscher vor.«

»Aber du hast nicht nachgehakt. Du hast ihm die Bilder einfach mitgegeben.«

»Mon Dieu, Emily, es war kurz vor Geschäftsschluss, am Dreiundzwanzigsten, und ich wollte noch was erledigen. Und echte Zweifel sind mir erst später gekommen.«

Und jetzt glaubt er wirklich, dass es Cohn ist. Also schwinge ich mich dann doch in den Mini und brause gen Straßburg. Und das am heiligen Neujahrstag. So ein Mist. Von wegen ruhige Weihnachtsferien. Als ich schließlich vor der Galerie parke, ist weit und breit keiner zu sehen. Die Straße ist wie ausgestorben. Ich läute Sturm. Vorsichtige Füße schleichen zur Tür, vorsichtige Lippen lispeln, wer ist da.

»Das ist ein Überfall«, bollere ich los. »Geld oder Leben.«

»Mensch, Emily, mach keine solchen dummen Scherze.« Nicolas öffnet die Tür gerade so weit, dass ich mich hineinzwängen kann. Selbst im schwach beleuchteten Treppenhaus sehe ich, dass er bleich ist und das Zwinkern und Zucken in seinem Gesicht heftiger denn je. Vielleicht sollte er doch mal zum Arzt damit.

»Wo ist er denn?«

»Bis vorhin stand er noch draußen. Dann ist er plötzlich verschwunden.«

Und deshalb fahre ich vom Kaiserstuhl hierher. Was denkt der sich eigentlich?

»Bis wann ist vorhin?«

»Bis vor einer halben Stunde, environ.«

Na, dann warten wir halt mal. Vielleicht holt er sich ja was zu essen oder er muss mal pinkeln. Nicolas und ich stehen abwechselnd am Fenster hinter der Gardine und spähen hinaus. Ich komme mir ziemlich blöd vor.

»Und du denkst wirklich, dass es Cohn ist?«

Ja, doch, ja. Wahrscheinlich. Nicolas schaut mich unsicher an. Also, mir kommen Zweifel. Aber ganz anderer Art. Ich schätze mal, der hat Verfolgungswahn, der gute Nicolas. Der kommt mit unserem kleinen Dreh nicht so zurecht. Seine Nerven scheinen nicht die besten zu sein. Von wegen Chuzpe. Da habe ich mich wohl doch ein bisschen getäuscht.

»Du, lange warte ich hier nicht. Wenn der in der nächsten Stunde nicht kommt, bin ich weg.«

Das versteht Nicolas zwar, aber erbaut ist er nicht. Er tut alles, damit ich noch ein bisschen länger bleibe. Er wirft die Kaffeemaschine an und holt eine Apfeltarte aus der Speisekammer und bringt sogar noch Sprühsahne, um mich zu bezirzen. Also sage ich, gut, ich bleibe, bis es dunkel ist, dann wird er sich sowieso verziehen, besonders bei der Kälte. Oder noch mal läuten. Vorausgesetzt, es ist Cohn. Vorausgesetzt, es gibt ihn überhaupt.

Kurz vor vier klingelt es. Nicolas wird noch fahler, als er ohnehin schon ist. Er schaut mich unter zuckenden Augenlidern an. »Was sollen wir jetzt tun?«, flüstert er, obwohl wir hier im ersten Stock sitzen. Da kann uns wirklich keiner hören.

»Na, wir gehen zusammen runter und schauen, ob er's ist. Was sonst?«

Was sonst? Tja, und dann, dann muss ich Nicolas Abbitte leisten. Es ist nämlich wirklich Cohn, es ist Cohn, wie er leibt und lebt. Es ist Gilbert Cohn, wie ich ihn im Juni kennengelernt habe. Nur schleift er jetzt den linken Fuß etwas nach, und der linke Arm hängt auch ein bisschen komisch herum. Obgleich man das in dem dicken Anorak nicht so richtig sieht. Cohn drängt sich geschickt zwischen uns durch und stürmt in die Galerie. Nicolas stolpert hinter ihm her und stammelt, Schön, dich zu sehen, Gilbert, schön, dich zu sehen, aber von Herzen kommt das nicht. Das merkt auch Cohn, der sich auf einen Sessel fallen lässt und plötzlich bitterlich zu weinen anfängt.

»Dass du mir das antust, Nicolas. Dass du mir das antust. Ich dachte, wir sind Freunde.« Einzelne Silben gehen im Schluchzen unter. Aber sonst spricht er erstaunlich gut. »Warum hast du mir nicht aufgemacht?«

Nicolas steht hilflos im Raum, mit herabhängenden Armen. »Ich wusste doch nicht ... Ich konnte doch nicht wissen, dass du ... Ich dachte doch, du bist in der Psychiatrie ... Ich dachte doch, die lassen dich nicht mehr raus.«

»Und deshalb machst du so was? Und deshalb verrätst du unsere Freundschaft? Und deshalb ...«

»Ich wollte doch nur ... Mon Dieu, das Geschäft lief so gut ... das wäre doch dumm gewesen, das nicht auszunutzen ...«

»Du nutzt alle nur aus, du hast mich immer ausgenutzt ...«

Wo er recht hat, hat er recht. Mich nutzt Nicolas ja auch aus bis zum Gehtnichtmehr.

»Und dann klappte das so gut mit Emily, die hat das so gut hingekriegt, da hat keiner einen Unterschied gemerkt ... Das hättest du doch auch gemacht, das hättest du doch auch ...«

Cohns Miene verändert sich schlagartig. Aus den Augen quillt plötzlich keine Träne mehr, sondern Misstrauen, giftgrünes Misstrauen. »Was hätte ich auch gemacht?« Seine Stimme klingt nun anders, härter, gefährlicher. So richtig psychiatriemäßig. Er springt jetzt auf und zerrt Nicolas durch den Raum und wieder zurück und schubst ihn in den Sessel, in dem er gerade noch selbst saß. Und mit einem Mal ist da ein Messer in seiner Hand, in der rechten, die linke ist ja lahm, und man kann nur hoffen, dass er nicht allzu gut mit dem Physiotherapeuten trainiert hat.

»Was hätte ich auch gemacht?«

Und da merke ich, und wohl auch Nicolas, dass Cohn gar nichts weiß. Aber jetzt ist's zu spät, die Messerspitze ist schon an Nicolas' Hals, an der linken Halsschlagader. Zum Glück hat er mich nicht am Wickel, aber das kann sich schnell ändern. Spätestens, wenn sich Nicolas um Kopf und Kragen redet. Und das tut der jetzt natürlich, mit dem Messer am Hals. Hätte ich wahrscheinlich auch. Es sprudelt nur so raus, und so wie es da raussprudelt, klingt es sogar, als ob ich allein schuld sei.

Das ist gemein, und Pech für mich. Gilbert Cohn dreht sich jetzt nämlich mir zu und versucht sich auf mich zu stürzen, immer noch mit dem Messer in der Hand – wie kommt eigentlich ein Psychiatriepatient an so was – und das Ding zittert wie Espenlaub in seiner Hand. Ob das gut ist oder schlecht, dass er so zittert, das kann ich schwer abschätzen. Im Moment zielt er auf mein Herz, aber wenn er's verfehlt, kann's genauso böse werden. Wenn er in die Magengrube abrutscht oder in die Leber oder die Galle oder den Unterleib, dann wird es auch blutig. Und ich kann doch kein Blut sehen, da wird mir jedes Mal schlecht. Deshalb hebe ich reflexartig das Bein und trete nach ihm und ramme ihm mein rechtes Knie voll in die Eier. Das hab ich mal in so einem Selbstverteidigungskurs gelernt, und das kann ich jeder Frau nur empfehlen. Es hilft nämlich hundertpro.

Winselnd krümmt sich Cohn auf dem Boden. Er winselt so wie Wölfchen neulich, als der sich seinen Schwanz in der Tür eingeklemmt hat. Das Messer hat er fallen lassen. Das gibt uns jetzt einen kleinen Vorsprung, und ich frage Nicolas nach einer Wäscheleine, aber so was hat er nicht im Haus. Ach ja, natürlich, er gibt ja seine Wäsche immer in den Waschsalon. Die bieten da nämlich ein Jahresabonnement an, eine supergünstige Pauschale, man sollte es nicht glauben. So günstig kann keiner selbst waschen, vom Bügeln ganz zu schweigen.

»Verdammt noch mal, du wirst doch wohl noch was haben, womit wir ihn fesseln können?«

Schließlich kommt er mit der Verpackungsschnur angestolpert, mit der er immer seine Bilder für den Transport vertäut. Gott sei Dank ist sie stark genug, damit können wir auch Cohn vertäuen. Also fassen wir ihn unter den Achseln und hieven ihn in den Sessel. Cohn wehrt sich heftig. Er strampelt. Besonders schwierig ist es, an seine Hände zu kommen, weil er damit immer noch sein edelstes Teil schützt. Aber zu zweit schaffen wir's, und schließlich sitzt Cohn gut verpackt im komfortablen Plüschfauteuil. Da ich sein Gejammere nicht länger ertragen kann, lasse ich mir von Nicolas Pflaster geben und klebe ihm den Mund zu.

Nicolas will die Polizei rufen, aber das ist natürlich keine so gute Idee. Schlimm genug, dass ich ihm das erst erklären muss. Also müssen wir uns einen Plan B überlegen, und das geht schnell, denn der liegt eigentlich auf der Hand. Plan B heißt zurück in die Psychiatrie. Als Cohn das hört, würgt und gurgelt er unter seinem Heftpflaster herum, dass mir angst und bange wird. Ersticken darf er uns nicht, um Himmels willen, bloß das nicht. Also löse ich das Pflaster wieder und frag ihn, warum er sich so hat. Und da stellt sich heraus, dass die ihm doch tatsächlich so 'ne Art Weihnachtsurlaub gegeben haben und dass er das ganze Theater nur deshalb angestellt hat, weil er nach den Feiertagen nicht mehr in die Psychiatrie zurück wollte, und weil er da gedacht hat, bei Nicolas unterzukommen. Und der hat ihn schnöde auf der Straße stehen lassen, in Regen und Wind. Hat so getan, als ob er ihn nicht kennen würde. Hat ihm einfach nicht aufgemacht.

Und dann, ganz plötzlich, kriegt Cohn wieder einen Wutanfall, so einen richtigen Tobsuchtsanfall, von wegen Bilderfälscherei und so, dass ich ihm ganz schnell wieder den Mund verklebe. Mit so was darf er auch in der Psychiatrie nicht ankommen. Wir müssen ihn sedieren.

»Hast du irgend so ein Psychomittel im Haus, zur Beruhigung?«

Nein, kein Baldrian, das ist Quatsch, was Massives, schließlich ist der ja schwere Geschütze gewohnt. Aber das hat Nicolas natürlich nicht.

Da fällt mir ein, dass in meiner Handtasche noch ein Päckchen Bromazanil sein muss. Die hatte mir Dr. Hirschsprung neulich verschrieben, als ich wegen Coco herumjammerte. Der ist da nicht zimperlich, der alte Doktor, der gibt einem, was man will. Ich weiß, dass ich vorsichtig damit sein muss, weil es leicht süchtig macht. Deshalb nehme ich's nur in absoluten Notfällen. Wie zum Beispiel bei Coco.

Bromazepam, 6 Milligramm pro Tablette. Ich lese noch mal im Waschzettel nach. Nebenwirkungen, steht da, mögliche Nebenwirkungen sind Konzentrationsstörungen, zeitlich begrenzte Gedächtnislücken, in Klammern anterograde Amnesie, dann Verwirrtheitszustände und sogar Halluzinationen. Ja, das hab ich mir gedacht. So was hatte ich in Erinnerung. Also stopfe ich ihm drei Stück in den Mund und halt ihm den Kiefer fest und zwinge ihn zu schlucken. Drei Stück, das sollte reichen. Außerdem macht ihn das schön schläfrig.

Ja, und dann rufen wir die Rettung und sagen denen, dass er renitent geworden ist und dass wir ihn deshalb festbinden mussten und dass er dann auf einmal ziemlich abgesackt ist. Ja, ja, natürlich kennen wir ihn, wir kennen ihn gut. Er ist Psychiatriepatient und nur über Weihnachten raus. Er muss sowieso wieder rein. Ja, ja, es ist bestimmt das Beste, wenn sie ihn jetzt gleich wieder zurückbringen. Natürlich kommen wir mit und geben alles zu Protokoll. Selbstverständlich.

Und dann ist es Nacht und ich muss nach Hause. Nicolas will mich nicht gehen lassen, er scheint sich schwerzutun mit der Sache. Aber das ist mir jetzt egal. Ich will heim, auf dem schnellsten Weg.

KAPITEL 23: KLOTZ AM BEIN

Die nächsten Wochen werden schwierig. Nicht wegen Cohn, den haben sie sofort in der Psychiatrie behalten. Das ging alles völlig reibungslos. Nein, wegen Nicolas. Der tickt irgendwie seitdem nicht mehr ganz richtig. Der scheint sich Vorwürfe zu machen. Wohl weniger wegen der Bildergeschichte. Obwohl, deshalb auch. Er hat das Ganze nämlich gleich gestoppt, pour le moment, wie er sagt. Ich soll erst mal keine neuen Cohns malen. Nein, es ist wohl eher wegen der Zwangseinweisung. Die macht ihm ziemlich zu schaffen. Wo er doch eigentlich mit Cohn befreundet war. Jetzt auf einmal höre ich Gilbert hier, Gilbert da, so als ob sie richtig dick miteinander gewesen wären. Dabei bin ich mir ziemlich sicher, dass Nicolas ihn nicht gemocht hätte, wenn er nicht so ein Verkaufsschlager gewesen wäre.

Also gut, ich male jetzt erst mal keine neuen Cohns. Das ist mir eh ganz recht, denn ich kann wirklich eine Pause gebrauchen. Was heißt Pause, ich kann endlich wieder eigene Sachen malen. Die Cohn-Periode geht mir nämlich so langsam auf den Geist. Letzten Endes ist es ja doch so eine Art Auftragsmalerei, wenn auch nicht im übelsten Sinn. Aber trotzdem kann man sich seinen Stil dabei verhunzen, das geht ganz schnell. Schade nur um das schöne Geld. Doch zum Glück haben wir jetzt Jonathans Alimente. Jonathan überweist nämlich seit Weihnachten jeden Monat 2.000 Euro, von einem Konto in der Schweiz. Und so viel braucht ein Baby wirklich nicht.

Wir stecken das Geld in ein zweites Auto. Von der Idee mit dem Van bin ich abgekommen, eine Nummer kleiner tut's auch. Die Kinderkarre passt genauso gut in einen Citroën Picasso, der sieht flotter aus und ist auch handlicher. Bei unseren kleinen Sträßchen muss man schon dran denken, besonders, wenn Josette fahren soll – denn mit ihr ist es wie Russisch Roulette. Sie muss unbedingt noch ein paar Fahrstunden nehmen, und zwar schnell. Weil ich seit Neuestem dreimal die Woche nach Straßburg fahre. Und da ist sie dann auf sich selbst gestellt, wenn sie was erledigen will.

Nicolas geht jetzt nämlich dreimal die Woche in die Psychiatrische und schaut nach Cohn, und in der

Zeit hüte ich die Galerie. Ich finde das ja wirklich übertrieben. Dabei wollte Cohn ihn anfangs noch nicht mal sehen, er wurde sogar richtig böse. Die haben sich alle gewundert, weil Cohn sonst wohl immer nur depressiv herumhuscht und nie einen Aufstand macht. Aber inzwischen scheint es einigermaßen zu gehen. Sie spielen jetzt sogar Schach miteinander.

Dass ich montags, mittwochs, freitags hier rumhängen muss, geht mir schon gegen den Strich. Erstens kommt kaum mal einer rein, es ist absolute Flaute, und zweitens bezahlt mich Nicolas noch nicht mal besonders. Wenn er nicht bald was drauflegt, verschwinde ich schneller, als ihm lieb ist. Obwohl ich mir's natürlich nicht ganz mit ihm verderben will. Schließlich hat er einige meiner eigenen Bilder verkauft, und das nicht schlecht.

Die Ladenklingel läutet, und sofort schlägt Wölfchen an. Den hab ich dabei, als Unterhaltung und als Schutz. Man weiß ja nie. Na endlich, ein Kunde. Nichts ist schlimmer, als dazusitzen und zu warten, dass was passiert. Zwar kann mir's egal sein, ob ich was verkaufe oder nicht, denn Nicolas gibt mir keine Prozente, aber so ganz ohne Leute, das ist schon öde. Wenn wenigstens ab und zu mal einer zum Rumstöbern käme, dann könnte man sich ein bisschen unterhalten. Der kleine Fernseher und das Radio im Hinterzimmer sind ja ganz nett, aber auf Dauer nicht genug. Also gehe ich erwartungsvoll nach vorne. Aber da steht kein Kunde. Da steht Jean-Paul.

»Oh, Jean-Paul. Was machst denn du hier?«

Jean-Paul wirft seine Reportertasche in die Ecke und lässt sich in den Besuchersessel fallen. »Heute fängt doch das Triangel-Turnier an. Hallenhandball. Frankreich, Deutschland, Schweiz. Hast du's nicht gelesen?« Ich schüttle den Kopf. »Da muss ich kommentieren.«

»Das ist aber schön.« Ich drücke ihm einen Kuss auf die Nase und fahre ihm mit allen zehn Fingern durch seine krausen braunen Locken. Mein Gott, sind die dicht. Der reinste Pelz. Er wird wahrscheinlich nie Probleme kriegen, so von wegen Glatze.

»Na, mir wäre lieber, ich hätte frei.«

»Das meine ich doch nicht. Dass du bei mir vorbeischaust, ist schön.«

»Ach so. Ja, ich dachte mir, dass das doch schrecklich langweilig für dich sein muss, hier allein herumzusitzen.«

Ja, nicke ich. Ist es. Aber gleich nicht mehr. Ich schließe die Tür ab und mache das Schild dran ›Bin sofort zurück‹. Das Schild ist Gold wert. Die Ottomane im Hinterzimmer auch, obwohl sie ein bisschen schmal ist. Aber auf jeden Fall besser als eine Récamière, denn die hat an beiden Seiten hohe, nach außen geschwungene Armlehnen, und das wäre jetzt unpraktisch. Eine Chaiselongue wäre natürlich auch gegangen, schließlich braucht man keine Rückenlehne, wenn das Ding an der Wand steht. Auf jeden Fall, die Ottomane ist prima. Die alten Türken wussten schon, was der Mensch so braucht.

Und diese hier ist extrem gut gepolstert, aber, wie gesagt, ein bisschen schmal. Glücklicherweise sind wir beide nicht dick, und wir müssen ja auch nicht nebeneinanderliegen.

Natürlich bin ich nicht gleich zurück. Das ist's, was ich an Jean-Paul so mag. Die jugendliche Ausdauer. Der jugendliche Durst. Später, sehr viel später gehe ich in Nicolas' Miniküche und hole die Flasche Pommery aus dem Kühlschrank, die ich neulich geschenkt bekommen habe. Von meinem einzigen zahlenden Kunden. Es ging um ein hypermodernes Stillleben mit zerfleddertem Rittersporn und vielen Scherben, in unterkühltem Blaugrau, noch dazu irrsinnig teuer. ›Der zerbrochene Krug, zweiter Versuch‹. Ich dachte schon, Nicolas bleibt drauf sitzen. Als ich merkte, dass der Kerl wirklich kaufen will und nicht bloß klaften, da hab ich mich richtig ins Zeug gelegt. Ich hab mir mit ihm solche Mühe gegeben, dass er's nicht nur nahm, sondern am nächsten Tag auch noch den Champagner vorbeibrachte.

»Nett von dem Kunden. Da musst du ja sehr charmant gewesen sein.« Jean-Paul ist beeindruckt. Besonders aber, weil ich diesen blöden zerbrochenen Krug verkauft habe. Weil ich überhaupt was verkauft habe. Aber er findet es auch schofel, dass Nicolas mir keinen Bonus gibt. Ja, sage ich, ganz schofel. Das nächste Mal will ich Prozente. Sonst kann er sich jemand anderen suchen.

Ja, und dann köpfen wir den Pommery und bedudeln uns ein bisschen. Das Zeug schmeckt köstlich und schnell sieht die Galerie viel freundlicher aus. Sogar der rostige Akt mit den lang gezogenen dürren Liebenden, ›Greiser Sex‹ betitelt, der mich sonst gar nicht anmacht, sogar dieser greise Sex erscheint in versöhnlicherem Licht. Nur Wölfchen scheint unzufrieden. Er liegt beleidigt in der Ecke. Immerhin knurrt er nicht mehr. Vorhin war er nämlich echt sauer, weil er nicht mit auf die Ottomane durfte.

»Sag mal, was ist eigentlich mit Nicolas los? Was hat der plötzlich, dass er ständig diesen Cohn besucht?«

Ich bin so beschwingt, von dem Pommery und Jean-Paul und der Liebe, dass ich leichtsinnig werde. Ob Jean-Paul schweigen kann, schweigen wie ein Grab? Wirklich und wahrhaftig schweigen? Unter allen Umständen? Ja, er kann, unter allen Umständen, wirklich und wahrhaftig, wie ein Grab. Er schwört sogar. Also erzähl ich's ihm. Ich erzähl ihm die ganze Geschichte von A bis Z. Einen Moment lang zögert er, und einen Moment lang krieg ich ein bisschen Muffensausen, ob das jetzt vielleicht doch dumm war, aber dann lacht Jean-Paul schallend. Er lacht und lacht und lacht und schlägt sich auf die Schenkel.

»C'est incroyable, ça, c'est incroyabel.« Er lacht sich halb tot. »Das hätte ich dir nicht zugetraut, wirklich nicht. Jamais de la vie. Du hast ja Mumm.« Und vor lauter Begeisterung wirft er mich noch mal auf die Ottomane.

Ein Glück, dass wir keine zweite Flasche haben,

sonst hätte ich ihm noch mehr erzählt. So aber kommen wir irgendwann wieder auf Nicolas zurück und ich sage ihm, dass ich mir doch Sorgen mache. Nicht, dass mir Nicolas besonders am Herzen liegt, nein, das nicht, aber es hat sich bisher schon für mich gelohnt, das Ganze, mit ihm, mit meinen Bildern und mit den Cohn-Bildern. Von der ärmlichen Bezahlung fürs Einhüten mal abgesehen. Doch wenn Nicolas noch mehr abdriftet, dann wird es schwierig.

In der zweiten Märzwoche schaut Jean-Paul wieder herein. Diesmal ist's wegen eines Boxkampfes in Kehl, und natürlich auch wegen der Ottomane. Aber es ist auch wegen Nicolas.

»Sag mal, Emily, wann hast du ihn denn das letzte Mal gesehen?«

Tja, das ist schon ein paar Tage her. Die Galerie scheint ihn überhaupt nicht mehr zu interessieren, und wenn das so weiter geht, habe ich sie allein am Hals. Und das will ich nicht, auf keinen Fall.

Also, Jean-Paul hat ihn vorgestern gesehen, und er ist ihm ziemlich komisch vorgekommen. Nicht nur, weil sein Zucken noch schlimmer geworden ist. Er hatte auch einen so unsteten Blick. Ganz unstet, er konnte Jean-Paul kaum anschauen. Und richtig reden, das war auch nicht drin. Es ging nur um Cohn, Cohn, Cohn.

»Ja, das weiß ich, wem sagst du das. Das letzte Mal, als ich mit ihm telefoniert habe, da hab ich echt geglaubt, jetzt dreht er ganz durch. Stell dir vor, der fragt mich doch, ob ich am Sonntag mit ihm in die Kirche will. Um für Cohn zu beten.«

»Warum das denn?«

»Damit Cohn wieder gesund wird. Damit Cohn wieder malen kann.« Jean-Paul schüttelt den Kopf, als er das hört. Ja, es ist kaum zu glauben. Ich war auch ganz perplex, mir fiel beinahe der Hörer aus der Hand. »Er will sogar eine Kerze für Cohn anzünden. Im Münster. Stell dir das vor.« Ich rümpfe leicht die Nase. »Hoffentlich kommt er nicht auf andere Ideen, beichten zum Beispiel.«

»Ach, selbst wenn, das wäre doch nicht tragisch. Mach dir da mal keine Sorgen, Emily. Es gibt doch das Beichtgeheimnis. Und schließlich habt ihr ja keinen umgebracht.«

Ja, das stimmt. Aber beruhigt bin ich deshalb noch lange nicht. Irgendwie hab ich den Verdacht, dass Nicolas Wahnvorstellungen hat. Und da liege ich auch richtig, leider. Als Nicolas nämlich am Montagmorgen in der Galerie vorbeischaut, da erzählt er mir Sachen, die sind haarsträubend. Also, er war im Münster und hatte eine Kerze angezündet und sich hingekniet, um zu beten, und da kam ein Engel, der flog um die Kerze herum und pustete die Kerze aus. Und dann sagte der Engel zu ihm, du musst im Dunkeln bleiben, denn du hast noch nicht genug bereut. Und dann stieß er ihn auch noch an, dass Nicolas fast von dem Bänkchen kippte, auf dem er kniete.

Als ich das höre, denke ich, jetzt ist's so weit. Jetzt

schnappt er mir über. Irgendwann hab ich mal gelesen, dass religiöse Wahnvorstellungen ein Anzeichen für Bewusstseinsspaltung sein sollen, dass die in den schizoiden Formenkreis gehören. Ob das wirklich stimmt, weiß ich allerdings nicht.

»Wie fühlst du dich denn jetzt? Hörst du irgendwelche Stimmen?«

»Nein, natürlich nicht. Das war ja nur in der Kirche.«

»Und du willst jetzt wieder zu Cohn?«

»Ja, bien sûr. Das muss ich doch. Ich muss doch wiedergutmachen, was ich ihm angetan habe. Ich muss doch Buße tun.«

Meine Güte, das ist ja furchtbar. Vielleicht sollte ich das denen in der Psychiatrie mal sagen, vielleicht können die ihm helfen. Aber wenn er dort die Geschichte mit den Bilderfälschungen erzählt, dann ist das auch nicht so günstig. Also lieber nicht. Dann doch eher der Kirchenkram, das ist ungefährlicher. Da hat Jean-Paul schon recht. Also sage ich, wie wär's, wenn er mal hinginge und das Ganze beichten würde, dann ginge es ihm ganz bestimmt besser. Dann könne er sich alles von der Seele reden.

»Du musst eben ein paar Rosenkränze beten, das ist ja nicht so schlimm. Und wenn dir der Priester erst seinen Segen gegeben hat, dann ist doch alles wieder gut.« Tja, das ist bestimmt besser. So was können die in der Psychiatrie nicht.

»Da kannst du doch gleich mitkommen, Emily. Dich muss das doch auch quälen.«

»Ach, geh du nur mal allein, ich komme schon zurecht.«

Also, um ehrlich zu sein, mich quält im Moment nur eines. Dass ich dreimal die Woche hier rumsitzen muss, wegen nichts und wieder nichts. Aber jetzt mit dem Thema Provision zu kommen, ist ungünstig, das merke ich.

Ich merke auch was anderes, aber erst später. Ich merke, dass die Idee mit der Beichte doch nicht so gut war. Nicolas spinnt weiter, sein religiöser Fimmel blüht und gedeiht. Anscheinend hat ihm der Pope noch ganz andere Flöhe ins Ohr gesetzt. Zum Beispiel Klosterwochen, innere Einkehr, zur Selbstreinigung. Aber das will Nicolas nicht, zumindest noch nicht. Doch die Idee mit dem Jakobsweg, die findet er wirklich gut. Dass er da nicht selbst drauf gekommen ist. Am liebsten würde er natürlich mit Cohn gehen. Aber das kann der doch gar nicht, mit seinem lahmen Bein, wende ich ein, außerdem hat der Cohn ja gar nichts zu büßen, und schließlich ist der doch gar nicht katholisch. Aber man muss nicht katholisch sein, um den Jakobsweg zu gehen, werde ich belehrt. Jeder Suchende kann den Jakobsweg gehen. Die echte Buße wäre natürlich, wenn er Cohn im Rollstuhl über den Jakobsweg schieben würde, aber dann stürzen womöglich beide ab und ich hab die Galerie am Hals.

»Also, ich werde den Jakobsweg gehen, das ist sicher. Ende April, sobald das Wetter besser ist.«

»Und wie stellst du dir das mit der Galerie vor? Willst du die so lange schließen?«

»Ich dachte eigentlich, du könntest ...«

»Nein, mein Lieber, so nicht. Du bist schließlich mindestens einen Monat unterwegs, wenn nicht länger. Außerdem, das mit Cohn, das kannst du dir abschminken, den kannst du wirklich nicht mitschleifen.«

Das weiß er ja, das ist ihm schon klar. Und eigentlich hatte er gedacht, dass ich nicht nur die Galerie hüten könnte, sondern ... Sondern auch Cohn? Ja, doch, ja, schließlich hätte ich ja auch was an Cohn gutzumachen.

Mit so jemandem zu reden, ist müßig. Aber in mir brodelt es, ich habe eine Stinkwut, und mein Fahrstil an diesem Abend ist entsprechend. Richtig mörderisch. Und wenn ich an zu Hause denke, wird es auch nicht besser. Wenn ich an Josette und Coco denke. Josette hockt doch nur rum. Sie hockt rum und spielt mit ihrem Balg und lässt den lieben Gott einen guten Mann sein. Und ich, ich strample mich hier ab. Wenn Josette auch mal was täte, und nicht nur diesen Popelkram, dieses bisschen Haushalt und Kind, dann, ja, dann könnte man ganz anders planen. Dann könnte Josette die Galerie hüten und ich hätte Zeit zum Malen. Bisher hatte ich Josette da rausgehalten, wegen der Cohn-Geschichte, aber wenn ich die Sache jetzt weiterdenke, dann ... Ich trete auf die Bremse. Ein bisschen zu abrupt, fast komme ich ins Schleudern. Aber die Idee, die mir jetzt durch den Kopf schwirrt, die ist grandios. Ich fahre rechts ran, um nachzudenken.

Wenn Nicolas schon auf diesem religiösen Trip ist, dann muss ich ihm das doch nicht ausreden. Nein, im Gegenteil, ich muss ihn unterstützen. Der soll den Jakobsweg machen. Das wird ihm guttun. Und wenn er dann zurückkommt, so geläutert, dann soll er doch ruhig ins Kloster. Nicht nur für ein paar Wochen. Ich kann mich ja schon mal umschauen für ihn, was da am besten passt. Und vielleicht kommt Cohn ja mit, so wie die beiden jetzt zueinander stehen. Und wenn er erst mal im Kloster ist, so für immer, in so einem Bettelorden zum Beispiel, da braucht er doch nichts mehr. Dann braucht er auch die Galerie nicht mehr, er interessiert sich ja sowieso nicht mehr dafür. Die Galerie kann er mir überschreiben, dann gehört sie mir und ich bin nicht mehr bloß seine Handlangerin. Und dann setze ich Josette rein. Die soll auch mal was tun, nach all der Zeit. Das mit Coco kriegen wir schon hin. Und Nicolas sage ich, dass ich mich um Cohn kümmere. Falls der nicht mit ins Kloster geht. Und ob ich's dann tue oder nicht, das wird sich zeigen. Wenn er sie mir dann überschrieben hat, die Galerie. Mein Gott, ja, das wär's doch. Das wäre ein schönes Geburtstagsgeschenk.

KAPITEL 24: ALLES NEU MACHT DER MAI

Ich hab mir die Haare abschneiden lassen. Raspelkurz. Josette ist hell entsetzt, sie sagt, das sieht schrecklich aus. So unweiblich, peu féminine. Aber Jean-Paul findet es chic, très chic sogar. Eigentlich dachte ich auch an Färben, aber das hat mir Herr Hübchen ausgeredet. Das wäre eine Sünde, bei diesem Naturrot. Und zu meinem Teint würde sowieso nichts anderes passen. Also gut, hab ich gesagt, dann lassen wir's beim Schneiden, Herr Hübchen.

Aber nicht nur die Frisur ist neu. Nein. Da ist noch was anderes. Ja. Die Galerie. Die gehört jetzt nämlich mir. Ich hab lange überlegt, ob ich sie umtaufen soll, in ›Galerie Liebengast‹, aber dann habe ich mich doch dagegen entschieden. Erstens hat die ›Galerie Fabergé‹ ihre Stammkundschaft und das soll auch so bleiben. Es wäre doch dumm, wenn ich das nicht ausnutzen würde. Und zweitens möchte ich nicht, dass die Leute bei meinem Namen nur an die Galerie denken. Die sollen zuallererst an meine Bilder denken. Schließlich bin ich Malerin und keine Galeristin. Und für eine Malerin ist es eben nicht ganz einfach, mit so einer Galerie. Wenn du anderer Leute Sachen verkaufen sollst, wenn du den Kunden Bilder von der Konkurrenz andrehen sollst, dann ist das, na ja, als ob du dir ins eigene Fleisch schneidest. Das fand ich schon in den letzten Monaten problematisch. Tja, und deshalb muss jetzt Josette ran. ›Galerie Josette‹ wäre natürlich auch eine Möglichkeit, oder ›Galerie Josie‹. Aber das klingt nicht so seriös wie ›Galerie Fabergé‹.

Das Schwierigste an der Geschichte war, Josette auf die Autobahn zu kriegen. Sie drückte sich so lange, wirklich ewig, bis es mir schließlich zu bunt wurde. Da habe ich ihr dann die Pistole auf die Brust gesetzt. Jetzt hast du zehn teure Fahrstunden genommen, hab ich gesagt, jetzt reicht's. Jetzt wird's Zeit. Im Kaiserstuhl war sie natürlich schon eine ganze Weile rumgegurkt. Von Oberrotweil nach Kiechlinsbergen, über den kleinen Pass mit den Serpentinen, und von Bickensohl nach Achkarren, durch den Hohlweg. Und der ist wirklich haarig, so schmal, wie der ist. Das fand Josette natürlich gemein, aber schließlich musste sie sich doch an den Citroën gewöhnen. Und dann war endlich die Autobahn dran, da half alles nichts mehr. Am Anfang fuhr ich mit. Mein lieber Schwan, das hatte Nerven gekostet.

Tja, und dann kam die Neueröffnung der Galerie. ›Galerie Fabergé‹, und klein darunter ›E. Liebengast, successeur‹. Ein Riesen-Event. Dank Jean-Paul. Ohne ihn hätte ich das nie geschafft. Jean-Paul hat nämlich Kontakte, wichtige Kontakte. Nicht nur seine Sportheinis, nein, natürlich nicht. Er hat Kollegen aus anderen Sparten, und die kennen einen, der kennt einen und so weiter. Wie das eben so ist. Also, wie gesagt, das Ganze war fantastisch. Alles klappte wie am Schnürchen. Bis auf eine Kleinigkeit, aber das war eher witzig. Ihr Auftritt, Al Mundy. Mein ›déjà vu‹. Wie ich da mit meinem Orangensaft in der Hand durch den Raum schwebte und plötzlich mit dem Absatz hängen blieb, das hatte schon was. Bloß diesmal war da kein Hendrik Hendriksen mit Designerkrawatte, sondern ein kleiner Pekinese, der sofort aufheulte und dessentwegen Wölfchen dann im Hinterzimmer aufheulte. Die Besitzerin nahm's zum Glück mit Humor, wir hatten ihn schnell in trockenen Tüchern. Aber genau das hatte Jean-Pauls Kumpel von der ›Revue Lumineuse‹ natürlich vor die Linse bekommen. Das Foto ist nicht unbedingt schmeichelhaft, der Pekinese ist besser getroffen als ich, aber dafür echt komisch. Auch sonst war die Reportage wirklich toll, zwei Seiten mit den ganzen Promis und Möchte-Gern-Promis, die da aufgekreuzt waren. Den Text dazu machte Kollegin Lili, die freche Göre mit dem Nasenring und dem Spinnentattoo am Oberarm. Sie lästerte sachkundig über die ganze Bagage, über die Klamotten und den Schmuck und die Frisuren und wer mit wem und seit wann und überhaupt. In der Tageszeitung war auch ein kurzer Artikel, aber ohne Bild. ›Strasbourg Aujourd'hui‹ ist eben ein seriöses Blatt.

Ganz einfach wird das für Josette natürlich nicht. Manchmal habe ich schon meine Zweifel, ob sie das auch packt. Schließlich ist sie nicht vom Fach. Mit den Kunden wird sie schon klarkommen, da mache ich mir weniger Sorgen, denn so, wie sie aussieht, schafft sie das, auf jeden Fall bei den Männern. Aber was die Akquise anbelangt, da reicht ihr Gespür vielleicht doch nicht aus. Da muss ich dann ran, ob mir's passt oder nicht. Und die Vernissagen werden sowieso meine Aufgabe sein. Trotzdem, ich halte mich da so weit wie möglich raus, schließlich setze ich sie ja rein, um genug Zeit zum Malen zu haben. Aber das Geschäftliche ist bei ihr in besten Händen, da bin ich mir sicher. Wenn ihr Stéphane damals nicht so spießig gewesen wäre, so von wegen Heimchen am Herd und so, dann wäre sie bestimmt eine tolle Geschäftsfrau geworden. Dann wäre er auch bestimmt nicht pleitegegangen.

Im Moment ist die Galerie nur montags, mittwochs, freitags offen, also so wie in den vergangenen Monaten. Dabei wird's erst mal bleiben, zumindest so lange, bis Coco aus dem Gröbsten raus ist. Ich habe nämlich keine Lust, jeden Tag für den Schreihals den Babysitter zu spielen. Ich dachte ja, dass das mit dem Schreien nun vorbei sei, aber Pustekuchen. Jetzt schreit Coco, weil sie zahnt und weil der Po dauernd wund ist. Anscheinend verändert sich beim Zahnen auch die Verdauung. Sagt Josette. Ich hab da ja keine Erfahrung. Außerdem stillt Josette jetzt nur noch morgens und abends, sonst gibt's Breichen, pürierte Möhren oder pürierte Kartoffeln oder zermanschte Bananen, eine ziemlich schmierige Sache. Besonders schön ist's, wenn dann alles in der Gegend herumspritzt. Die Kleine spuckt nämlich alles, was neu ist, zuerst mal wieder aus. Bon appétit, kann ich da nur sagen. Wenn ich bloß dran denke, wie sich Josette damals hatte, wegen des Hundefutters. Wie widerlich das riechen würde. Und wie widerlich das aussehen würde, wie schon mal gegessen.

Ich bin froh, wenn das mit dem Stillen endlich vorbei ist. Dann ist Josette wieder flexibler. Sie wollte ja schon vor einem Monat abstillen, aber das ging nicht, weil sie so eine üble Brustentzündung bekam, und da kann man nicht einfach aufhören, nicht so mir nichts, dir nichts, wie ich dachte. Nein, im Gegenteil, da muss die Milch erst recht abgenuckelt werden, sonst wird alles noch schlimmer. Mein Gott, was man da nicht alles lernt, im Lauf der Zeit.

Nicolas ist jetzt schon über drei Wochen weg. Vorgestern kam eine Karte aus Burgos, die muss aber schon eine ganze Weile unterwegs gewesen sein. Burgos ist ja noch nicht mal ein Viertel von der Grenze aus, eher weniger, so langsam kann man doch gar nicht pilgern. Aber wenn er wirklich so ein Schneckentempo draufhat, dann braucht er bis Juni bis Santiago de Compostella. Na, mir kann's egal sein. Und wenn der denkt, ich schau in der Zwischenzeit nach Cohn, dann hat er sich getäuscht. Ich marschiere doch nicht in die Psychiatrische. Das eine Mal hat mir gereicht, vor Nicolas' Abreise. Als er mich mitnahm und mich dort vorführte, als seine

Vertretung sozusagen. Emily Liebengast, eine gute Freundin, und das ist ihre Nummer, wenn was sein sollte mit Gilbert Cohn.

Aber das mit der Psychiatrischen erübrigt sich schnell. Als nämlich Josette eines schönen Freitagabends mit der Hiobsbotschaft heimkommt, dass einer einziehen würde, in Nicolas' Wohnung. Über der Galerie würde gerumpelt und gebohrt, dass es kaum auszuhalten sei. Auch ein Möbelwagen sei vorgefahren.

»Hast du denn gesehen, wer da einzieht?«

»Ja, ein Mann. So um die vierzig. Vielleicht auch jünger. Er geht ein bisschen komisch.«

»Zieht er das linke Bein nach?«

»Ja, kann sein. Ja, ich glaube schon.«

Ach du liebes bisschen. Cohn, wer sonst. Josette kann das natürlich nicht wissen, denn sie kennt ihn ja nicht. Cohn zieht ein. Also deshalb hat mir Nicolas nicht das ganze Haus überschrieben, sondern nur die Galerie. Ich hatte mich schon grün- und schwarzgeärgert, denn ich hatte ihm doch alles so mundgerecht serviert. Bis ins Kleinste vorbereitet. So ein Stadthaus in Straßburg, das hätte doch echt gepasst. Das wär's gewesen. Aber nein, Nicolas wusste doch noch nicht, wie's weitergehen soll, nach dem Jakobsweg, er war sich da noch nicht ganz sicher, von wegen Kloster und so. Schließlich musste so ein Schritt gründlich überlegt werden. Dabei hatte ich mir solche Mühe gegeben, es war gar nicht einfach gewesen, einen Orden zu finden, der ihn aufnimmt. Ich hatte die ganze Gegend abgegrast, von Ottrot bis hinter Mulhouse. Und jetzt das.

»Emily, was ist? Weißt du, wer das ist?«

Ich nicke und greife zu meinem Adressbüchlein. Ja, da ist die Nummer. »Warte, ich muss mal telefonieren.« Und dann höre ich, dass Cohn entlassen ist, mais oui, entlassen, als geheilt entlassen. Das sei doch schön, n'est-ce pas? Ja, das sei schön, sehr schön sogar, aber warum sie mir denn nicht Bescheid gegeben hätten, sie hätten doch meine Nummer gehabt? Ach? Sie hätten's versucht? Aber sie hätten mich nie erreicht? Komisch. Na dann, au revoir.

Josette schaut mich fragend an, und ich sage ihr, dass es Cohn ist. Der Maler, von dem ich ihr erzählt hatte. Der Freund von Nicolas, der so krank war. Der mit dem Schlaganfall. Der in der Psychiatrie. Der, den Nicolas immer besucht hatte. Dessentwegen ich in der Galerie sitzen musste.

»Mon Dieu.«

Ja, das kann man wohl sagen. Denn mit Cohn unter einem Dach, das wird was werden. Das ist doch das reinste Pulverfass. Weiß der Himmel, was da alles passieren kann. Also schiebe ich vorsichtshalber gleich nach, dass Cohn schwere Wahnvorstellungen hatte. Ganz abstruse Wahnvorstellungen sogar. Dass man nur hoffen kann, dass die ein für alle Mal vorbei sind.

Und vorsichtshalber fahre ich auch mit nach Straßburg, am Montagmorgen. Für den Fall des Falles. Coco und Wölfchen müssen zu Hause bleiben, ich habe einen Babysitter für die beiden organisiert. Die Sabrina Rossner, die Tochter von der ›Rebhalde‹ drüben. Das Mädel ist siebzehn und macht einen sehr vernünftigen Eindruck. Hilft sogar schon im Service mit.

»Bonjour, Mesdames.« Da spaziert er doch einfach herein, in meine schöne Galerie, einfach so, als ob nie was gewesen wär. Ja, das ist Gilbert Cohn, stelle ich vor, und das ist Josette Fleurion, meine Geschäftspartnerin. Die Schwester von Jean-Paul. Cohn schaut mich kurz an, das heißt, er schaut eher an mir vorbei, etwas scheel, wahrscheinlich ist er nachtragend. Dann schaut er Josette an. Tja, und dann passiert natürlich wieder das Übliche. Das, was ich immer wieder erlebe mit Josette. Aber diesmal bin ich rechtschaffen froh, ja, sogar richtig erleichtert. Ich war mir nämlich nicht ganz sicher gewesen, ob es wirklich klug ist, mitzukommen. Es hätte ja durchaus sein können, dass Cohn ausrastet, wenn er mich sieht. Aber jetzt sieht er Josette und das lenkt ihn offensichtlich ab.

»Ich wohne jetzt oben. Nicolas hat mir seine Wohnung überlassen«, berichtet er.

»Ja, das dachten wir uns schon.«

»Ich hoffe, wir kommen gut miteinander aus.«

»Warum nicht?«, sage ich. »An uns soll's nicht liegen.«

Josette nickt und schiebt ihm den Sessel hin. »Setzen Sie sich doch, setzen Sie sich doch bitte.«

Er tut ihr natürlich gleich leid, mit seinem lahmen Bein. Und seinem lahmen Arm. Und weil er ihr leidtut, der arme Kerl, deshalb bietet sie ihm auch gleich einen Kaffee an. Schade, dass sie keinen Champagner da hat, ja, das ist jetzt wirklich schade, da könnte man doch auf gute Nachbarschaft trinken.

Na, das fehlte noch. Dass ich mit Cohn Champagner trinke. Aber man kann doch auch mit Kaffee auf gute Nachbarschaft trinken, meint Cohn. Er soll sowieso keinen Alkohol trinken, wegen der Medikamente. Dazu sag ich besser nichts, und Josette hoffentlich auch nicht. Tut sie nicht. Sie prostet ihm mit der Kaffeetasse zu und erkundigt sich, ob er denn inzwischen ganz eingerichtet sei. Ob sie womöglich helfen könne.

Also, nein. Ich verdrehe die Augen, aber sie merkt es nicht. Cohn zum Glück auch nicht. Der ist nämlich in Josettes Augen vertieft. Oh je. Nach dem, was ich hier sehe, bin ich absolut überflüssig. Da mach ich mich besser aus dem Staub. Da fahre ich besser heim. Allerdings, wenn ich jetzt verschwinde, quatscht der Kerl womöglich. Aber ich kann ja nicht die ganze Zeit hier rumsitzen. Bloß um ihn in Schach zu halten. Und so, wie der Josette anhimmelt, wird der öfter in der Galerie auftauchen. Wahrscheinlich jeden Tag. Und so, wie Josette schaut, wird sie's mögen. Wenn ich das bloß sehe, diesen Ich-helf-dir-gerne-wenn-ich-kann-Blick. Aber was bleibt mir übrig. Ich muss es riskieren. Und wenn nötig, dagegenhalten. Schließlich sind da ja noch diese Wahnvorstellungen.

»Also, ich verschwinde dann mal. Ich hab noch was zu erledigen.«

Abgang Emily. Aber die beiden sind schon so sehr am Palavern, dass sie mich kaum mehr beachten. Das kann ja heiter werden.

KAPITEL 25: ZARTE BANDE

Die Sommermonate plätschern so dahin, ohne dass was Spektakuläres passiert. Na ja, abgesehen davon, dass Nicolas nicht zurückkommt. Ich hab mir ganz umsonst die Hacken abgelaufen. Der gute Nicolas ist jetzt in einem Kloster nahe Leon, im Kloster San Jacobus del Sol, bei den Trappisten. Das trifft sich gut, denn da muss er nicht viel reden. ›Mein Spanisch ist zwar deutlich besser geworden‹, schreibt er, ›aber noch lange nicht perfekt.‹ Weiter schreibt er, dass er hofft, dass wir miteinander auskommen, Cohn und ich. ›Bestimmt findest du es nicht gut, dass ich dir vorher nicht Bescheid gesagt habe. Aber ich dachte, so ist es besser. Ich wollte dich vor vollendete Tatsachen stellen.‹ Typisch. Der hatte Angst, dass ich ihm einen Strich durch die Rechnung mache. ›Und wenn du ihm jetzt hilfst, kannst du viel wiedergutmachen.‹ Also, ich wüsste wirklich nicht, was ich da wiedergutmachen sollte. Ich hab ihm ja schließlich nichts getan. Zumindest hab ich ihm nicht geschadet. Im Gegenteil. Und das mit dem Helfen, das überlasse ich Josette. Ja, ohne mich hätte er Josette nie kennengelernt. Da kann er mir doch dankbar sein.

Cohn betet Josette nämlich buchstäblich an. Und sie scheint ihn auch zu mögen. Dauernd erzählt sie mir von ihm, wie toll er seine Wohnung hergerichtet hat, in was für herrlichen Farben er sie gestrichen hat, in Sand und in Ocker und in Braun, trotz der lahmen Hand. Dass er sogar noch einen kleinen Durchbruch machen will, zwischen Esszimmer und Küche. Ja, und was für Ideen er sonst noch hat, so von wegen Renovierung. Nämlich, dass wir die Galerie renovieren sollten. Er würde auch gerne helfen.

Also jetzt reicht's, sag ich ihr, das kommt überhaupt nicht infrage, auf keinen Fall. Wir haben doch erst zur Neueröffnung umgeräumt und frisch tapeziert. Ja, und dann sagt Josette, Cohn findet, wir sollten uns um andere Maler kümmern. Eine neue Linie reinbringen. Eine neue Linie reinbringen? Mit anderen Malern? So weit kommt's. Ich setze mir doch keine Laus in den Pelz. Das fehlte noch, dass der sich in meine Geschäftspolitik einmischt. So soll also das gute Miteinander aussehen. Ja, plappert Josette weiter, und das Beste ist, dass er versucht, selbst wieder zu malen. Selbst zu malen? Mit links? Ach, mit rechts? Seit wann das denn?

Also, ich denke, Josette hat ein Helfersyndrom. Das Gefühl hatte ich schon bei Jonathan, zumindest in den letzten Monaten. Aber sie darf sich da nicht zu sehr reinhängen. Sonst macht sie auf einmal mehr für Cohn als für mich. Oder womöglich versuchen die beiden, die Galerie gemeinsam zu schmeißen. Gemeinsam, ohne mich. So geht's natürlich nicht, auf gar keinen Fall. Dass sie mich austricksen. Dass sie sich womöglich gegen mich verschwören.

Überhaupt, so ganz geheuer ist mir die Sache nicht. Wer sagt mir denn, dass Cohn den Mund hält? Schließlich hat *er* ja keinen Grund. Aber mir kann's eigentlich auch egal sein. Ich hab ja nichts Schlimmes gemacht. Nichts wirklich Schlimmes. Obwohl Josette das wahrscheinlich anders sehen würde. Und dann gäbe es Knatsch. Also, egal, wie begeistert Josette ist, der Cohn muss auf Abstand gehalten werden. Und das denke nicht nur ich. Jean-Paul ist nämlich auch nicht davon erbaut, wie Cohn seine Schwester anbaggert.

Der gute Jean-Paul. Mein treuer Lover. Am 13. September feiert er seinen dreißigsten. Er ist Jungfrau, astrologisch gesehen. Endlich dreißig, meint er, endlich. Werd du erst mal vierzig, sag ich, dann freust du dich nicht mehr. Eigentlich sollte er sich ja was Jüngeres suchen, das wäre bestimmt besser für ihn. Aber natürlich hab ich nichts dagegen, natürlich schmeichelt es mir, es schmeichelt mir sogar kolossal, denn er ist wirklich ein ganz lieber Kerl. Und so pfiffig. Aber trotzdem. Manchmal komme ich mir vor wie Ingrid Bergman in ›Aimez-vous Brahms‹. Wie sie versucht, sich des rührenden Anthony Perkins zu erwehren, der da so nass im Regen steht wie ein junger Hund.

Aber mit Brahms haben wir's derzeit nicht. Derzeit haben wir's mit Chopin. Chopin ist nämlich der Papagei, den Jean-Paul seit ein paar Wochen in Pflege hat. Ein Molukkenkakadu, um genau zu sein. Ich wusste gar nicht, dass es auf den Molukken Kakadus gibt. Chopin gehört einem Kollegen, Thierry, einem Ex-Fremdenlegionär, der jetzt als freier Journalist arbeitet und im Moment in China ist. Thierry wiederum hat Chopin von einem abgebrannten Musiker, der ihn in einem Hinterzimmer beim Poker verzockt hatte. Chopin ist ein beachtlicher Vogel, wirklich, mit seinen fast 50 Zentimetern, und er kann auch sprechen. Zum Beispiel ›Bravo, bravissimo‹. Tja, so verschafft man sich seinen Applaus.

Jean-Pauls Geburtstag wird natürlich groß gefeiert. Zum Glück fällt er auf einen Samstag, sodass wir eine richtige Sause machen können, Jean-Paul und Josette und ich. Josette wollte auch Cohn dabeihaben, weil er doch so arm dran ist, aber da hab ich einen Riegel vorgeschoben. Jean-

Paul auch, und das zählt, denn schließlich ist es *sein* Geburtstag. Und da war Josette dann still gewesen, Gott sei Dank.

Während wir feiern, spielt Wölfchen den Babysitter. Seit ich mal zu ihm gesagt habe, pass ja gut auf Coco auf, lässt er kaum mehr jemanden an die Kleine ran. Das ist beim Spazierengehen sogar richtig peinlich, weil er jeden anknurrt, der sich über das Wägelchen beugt und das Kindelchen süüüß findet und Killekille machen will. Er zieht jedes Mal die Lefzen hoch, und das sieht so brandgefährlich aus, dass denen dann vor Schreck das Süße im Hals stecken bleibt. Die denken jetzt natürlich, Wölfchen sei so eine Art Kampfhund, aber das ist ausgemachter Quatsch bei einem Husky. Er warnt ja nur. Auch Chopin schaut er misstrauisch an. Er duldet ihn zwar, aber ich merke genau, dass sich der Papagei keine falsche Bewegung leisten darf. Wobei ich nicht genau weiß, wer dann den Kürzeren ziehen würde. Ich hab mal gelesen, dass die Kakadus ganz schön rabiat werden können.

Wir feiern also und der Champagner fließt in Strömen. Und wie immer endet die Feier in meinem 1,60er-Bett mit der Hoffnung auf eine Menge Lust. Hat da nicht mal einer gesagt, durch Lachen geht die Lust flöten? Mit Lachen macht man die Erotik kaputt? Ich hab das nicht geglaubt, weil wir immer ganz munter dabei sind. Weil wir immer kichern und uns königlich amüsieren. Und da geht nichts flöten bei uns, gar nichts.

Normalerweise. Aber in dieser Nacht schon. Jean-Paul hat nämlich Chopin mit ins Schlafzimmer gebracht, obwohl wir mal vereinbart hatten, bitte ohne Tiere. Aber da war's um Wölfchen gegangen und der ist seitdem von seinem Bettvorleger verbannt, wenn Jean-Paul zu Besuch kommt. Aber nun ist Chopin der Dritte im Bunde. Er sitzt zwar in seinem Käfig, aber das hindert ihn natürlich nicht am Sprechen. Und wie wir gerade so richtig dabei sind und mir die kleinen Töne entweichen und Jean-Paul die großen, da schmettert Chopin aus geschmierter Kehle sein ›Bravo, bravissimo‹. Und dann ›Da capo, da capo‹. Das ist das andere Wort, das ihm sein Musiker beigebracht hat. Cellist war er gewesen, erinnert sich Jean-Paul, er spielte in einem renommierten Sinfonieorchester, ich glaube, es war das Lyoner, aber dann haben sie ihn wegen Alkoholproblemen rausgeschmissen.

Tja, und nun müssen Jean-Paul und ich so lachen, so schrecklich lachen, dass gewisse Dinge auf ein Minimum zusammenschrumpfen. Und je mehr wir lachen, desto lauter schreit Chopin sein ›Da capo‹ heraus. Aber ›Da capo‹ hilft nichts, wir kriegen die Kurve nicht mehr, beim besten Willen nicht. Und dann kreischt das Biest doch ›Gewehr bei Fuß‹ und ›Présentez arme‹. Verblüfft starren wir uns an, Jean-Paul und ich. Das kann nicht von dem Cellisten sein. Da war der Ex-Fremdenlegionär am Werk. Also, ich lache, ich lache lauthals, aber später sage ich dann doch klipp und klar, dass wir das nie mehr so machen, mit Vögeln. Nicht mit Vögeln und nicht mit Hunden, überhaupt nicht mit Tieren.

»Wie lange musst du ihn denn noch hüten?«

»Na, so zwei, drei Wochen, denke ich. Bis Thierry aus China zurück ist.«

»Aber die Olympiade ist doch schon vorbei.«

»Ja, schon, aber er macht da noch eine Recherche, wegen der Tibet-Affäre.«

»Na, hoffentlich kommt er heil wieder.«

Aber er kommt nicht heil wieder. Sie haben ihn inhaftiert, wegen anti-chinesischer Umtriebe. Für wie lange, erfährt Jean-Paul nicht. Aber es scheint nicht gut auszusehen, nach allem, was man hört. Also muss es Jean-Paul noch eine Weile mit Chopin aushalten. Mir passt das gar nicht, denn ich sehe schon kommen, wo der Vogel geparkt wird, wenn Jean-Paul mal nicht kann. Und dann sitze ich da, mit Wölfchen und Coco und Chopin. Prost Mahlzeit.

Das Beste wäre doch, den Kakadu in einen Zoo zu bringen, sage ich, nach Basel zum Beispiel, da wäre er doch prima aufgehoben. Ich bin sowieso dagegen, dass man sich so ein Vieh hält. Das ist nicht artgerecht, und ich hab schon schlimme Dinge gehört, was mit denen so alles passieren kann. Aber Jean-Paul ist ein verlässlicher Mensch, er kann den Vogel nicht weggeben, schließlich ist es nicht seiner, und Thierry wäre bitterböse, wenn er plötzlich zurückkommt und Chopin ist weg. *Wenn* er zurückkommt, sage ich düster, wenn er überhaupt noch mal zurückkommt.

Josette berührt die Sache mit dem Papagei natürlich nicht. Sie mag ihn genauso wenig wie Wölfchen. Und schließlich hat *sie* ja nichts mit ihm zu tun, nicht, solange ich es bin, die die Vogelscheiße vom Küchentisch kratzt.

»Sag mal, Emily, könntest du mir einen Gefallen tun?«

»Was denn?«

»Es geht um Coco.«

»Ja, und? Was ist mit Coco?«

»Könntest du Coco hüten?«

Ich starre Josette an. Ich hüte Coco doch schon die ganze Zeit, ich hüte sie jeden Montag, Mittwoch, Freitag, den Gott gegeben hat.

»Was willst du denn? Das tu ich doch andauernd.«

Ja, schon, aber diesmal geht es ums Wochenende. Wieso ums Wochenende? Josette druckst herum, was sonst gar nicht ihre Art ist. Ja, was denn, dränge ich, jetzt red schon. Na, sie ist eingeladen, eingeladen zur Kilb. Kilb ist Kirchweih auf Elsässisch. Kirchweih, Kirbe, Kirwe, Chilbi. Die Norddeutschen nennen das Kirmes. Ein Riesenfest, ein Mordsumtrieb, mit Corso und Schaustellern und Musik und Spektakel.

»Hat dich Bernard eingeladen?«

»Nein.«

»Ja, wer denn dann?«

Josette wird rot und murmelt, na, Gilbert, Gilbert Cohn, und dass sie schon zugesagt habe.

»Mensch, du bist gut.« Ich bin sauer. Ich will doch mit Wölfchen zum Katharinenberg. Endlich mal eine richtig schöne Wanderung machen, nicht bloß spazieren gehen. Nicht bloß Kinderwagen rumkarren. Die Wettervorhersage ist nämlich prima, es soll ein ganz tolles Herbstwochenende werden. Da wäre es ein Verbrechen, hier rumzusitzen. Besonders, wo es doch das letzte schöne Wochenende sein soll.

»Also, das passt mir eigentlich gar nicht«, murre ich.

»Mon Dieu, Emily. Wann will ich schon mal was von dir? Jetzt will ich *einmal* weg. *Einmal* was alleine machen.«

Was heißt hier alleine machen? Ohne mich? Das ist ja reizend. Binde ich sie vielleicht an? Und von wegen alleine. Alleine mit Cohn. Ausgerechnet mit Cohn.

»Sag bloß, du willst was mit ihm anfangen.«

»So ein Quatsch.«

»Wo übernachtet ihr denn?«

»In Andlau, im ›Cheval Blanc‹. Gilbert hat schon Zimmer bestellt.«

Da werde ich ja vor vollendete Tatsachen gestellt. Das ist ziemlich dreist. Und das sag ich jetzt auch.

»Du bist ja bloß sauer, weil ich mit Gilbert weg will. Weil du Gilbert nicht leiden kannst. Dabei ist er so ein netter Kerl. Ein ganz tapferer Mensch.«

Stimmt, ich kann ihn nicht leiden. Und von mir

aus kann er so tapfer sein, wie er will. Und von mir aus können die beiden miteinander machen, was sie wollen. Also, von mir aus.

»Merci, Emily, das vergesse ich dir nicht. Merci. Du bist so lieb.« Und sie umarmt mich und drückt mich und schmatzt mir einen Kuss auf die Wange. »Du hast was bei mir gut.«

»Ich werde dich dran erinnern.«

KAPITEL 26: EIN RABENSCHWARZER TAG

Es fängt schon damit an, dass Coco mir den CD-Turm umstößt, der seit Neuestem neben unserer Super-Multifunktionsanlage von Media Markt steht. Ich hatte die Nase so voll von dem Rumkramen, von Lydie Auvrays Akkordeon zwischen Bachs Fugen und Rolando Villazón mittenmang in einem Pulk aus Daliah Lavi, Daniel Barenboim, Bruce Springsteen und Chris de Burgh. Natürlich ist das auch in geordnetem Zustand ein eigenartiges

Sammelsurium, aber was kann man schon anderes erwarten, in einer WG. Also, das kleine Biest stößt den Turm um, den ich so mühselig aufgebaut hatte. Nein, nein, nicht das Aufbauen war das Problem, sondern das Sortieren. Ob nach Musikrichtungen, nach Chanson, Jazz, Klassik, Pop, ob nach Komponist oder Interpret, ob nach vokal oder instrumental, et cetera pp. Die Sache wurde so komplex, dass ich schließlich entnervt die schlichte alphabetische Variante wählte. Damit kommt auch Josette klar.

»Herrje, kannst du nicht aufpassen?« Ich weiß, dass man Babys nicht anschreien soll, dass das womöglich zu frühkindlichen Schädigungen führt, aber jetzt geht mir doch der Hut hoch. Umsonst. Coco strahlt mich blauäugig an, die Augen hat sie vom Vater, sie strahlt, als ob nichts wäre und robbt über den Teppich zu Wölfchen hin. Der legt sich gleich demonstrativ neben sie, genauso blauäugig. Lass bloß meine Coco in Ruhe. Das nehme ich ihm krumm, dass er gegen mich Partei ergreift. Na, wartet nur, ihr beiden.

Ich knie mich hin und versuche, die CDs wieder in Reih und Glied zu bringen, aber mir fehlt jetzt die Geduld. Ich bin so hibbelig, dass es noch nicht mal mit dem Alphabet klappt. Wo bleibt bloß die Sabrina? Ich schaue auf die Uhr. Schon kurz vor zehn. Wir hatten doch halb zehn ausgemacht, damit ich früher zum Malen komme. Wegen der Zeitumstellung muss ich mir's jetzt nämlich anders einteilen.

Wegen des Lichtes. Während ich die Disks wahllos in den Turm schiebe, klingelt das Telefon.

»Sabrina? Was ist denn?« Oh je. Grippe. Das heißt, keine richtige Grippe, sondern so eine fiebrige Erkältung. Mit Husten, Schnupfen, Heiserkeit, das volle Programm. Ja, das höre ich. Nein, da kann sie natürlich nicht kommen. Das wäre viel zu gefährlich für die Kleine. Natürlich kann sie nichts dafür, das weiß ich doch. Das geht gerade rum. Klar, weiß ich auch. Sie meldet sich, sobald sie wieder auf dem Damm ist.

Selbstverständlich kann sie nichts dafür, aber es ist trotzdem ärgerlich. Das mit dem Malen kann ich vergessen. Ich beiße in den sauren Apfel und verpacke Coco wind- und windelfest und mache mich mit Kinderwagen und Wölfchen auf den Weg, durch raschelndes Laub. Wenigstens regnet es gerade nicht. Aber für heute Nachmittag haben sie Niederschlag angesagt, ergiebigen Niederschlag, wie das so schön heißt. Ich rackere mich den Berg hinauf und am Waldrand entlang, denn ich habe keine Lust, die Kinderkarre durch den Ort zu schieben. Das ist ganz schön anstrengend, bei dem unebenen Boden. Für den Rundweg brauche ich eine knappe Stunde. Alleine mache ich das bequem in einer halben.

Wie ich schnaufend die letzte Biegung vor unserem Haus nehme, kommt mir der Ziefle Eugen entgegen, unser Briefträger. »Schteht Ihne aber guat, die Kloine«, grinst er anzüglich und verdirbt mir damit den Tag noch mehr. Aber dass das noch nicht die Spitze des Eisbergs ist, merke ich schnell. Als ich nämlich die Post durchsehe, die der Eugen mit roher Gewalt in den Briefkasten gestopft hatte. Vielleicht sollte ich doch mal eine Zeitungsröhre anschaffen.

Also, zuerst ist's noch harmlos. Die Rechnung von der Telekom, ein Bettelbrief der Welthungerhilfe, die neue ›Hör zu‹, ein Angebot für Seniorenprodukte. Wie zum Teufel bin ich in diesen Verteiler gekommen? Eine Postkarte für Josette aus Colmar, von einer Céline, von der ich noch nie gehört habe. Aber dann. Auf dem Umschlag prangt es dick und fett, fettfeist, für alle zu lesen, auch für den fettfeist grinsenden Ziefle Eugen. Staatsanwaltschaft Freiburg. Das gibt's doch nicht. Jetzt hat mich dieser Kerl doch angezeigt. Dieses miese Schwein. Die ganze Zeit dachte ich, der macht das nicht. Die ganze Zeit dachte ich, da kommt nichts nach, da wächst Gras drüber.

Und jetzt läutet auch noch das Telefon. Ausgerechnet jetzt. Das kann ich gerade noch gebrauchen. Ich versuche, drüber weg zu hören, aber es klingelt unentwegt. Ganz impertinent klingelt es. So impertinent, dass ich schließlich doch abnehme.

»Ja?«

»Emily? Was ist? Was hast du denn? Du klingst so komisch.«

Natürlich klinge ich komisch. Ich hab ja auch Ärger. Ja, Ärger bis zum Stehkragen. Ob was mit Coco ist? Nein. Nichts ist mit Coco, natürlich nicht. Mit Coco ist alles in Ordnung. Die Sache mit dem

CD-Turm habe ich längst abgehakt. Nein, anderer Ärger. Nein, ich will jetzt nicht drüber sprechen. Nicht am Telefon. Später. Heute Abend.

Ja, deshalb ruft Josette ja auch an. Sie kommt heute früher, so gegen fünf. Spätestens. Und sie bringt Cohn mit, den armen Kerl. Von wegen, der und arm, ausgerechnet der. Abendessen mit Cohn, das bringt das Fass zum Überlaufen. Also, das passt mir gar nicht, sag ich, das passt mir überhaupt nicht. Aber Josette redet unbeirrt weiter. Sie bringt auch Hummerschwänze und Pastete und Gänserillettes mit, ich muss mich um nichts kümmern. Wirklich um gar nichts. Wütend lege ich den Hörer auf.

Das gibt fünf Punkte in Flensburg. Fünf Punkte. Weil es ein Straftatbestand ist. Schreibt der Herr Staatsanwalt, der Herr Dr. Wedigo Pollack. Beziehungsweise seine Sekretärin. Ich glaub's nicht, ich kann's nicht glauben. So ein Pipifax soll ein Straftatbestand sein? Fünf Punkte. Mit wie viel Punkten ist der Lappen eigentlich weg? Das ist ungerecht, so ungerecht. Dafür kannst du fünfmal bei Rot über die Ampel. Und ich hab ihm doch nur den Vogel gezeigt. Na ja, und dann noch den Stinkefinger. Er hat mich aber auch so gemein geschnitten und dann auch noch ausgebremst. Das war richtig unverschämt. Das war sogar Nötigung. Und das ist doch auch ein Straftatbestand, oder nicht? Aber vielleicht doch nicht, der kennt sich bestimmt aus, der und seine Juristen-Kumpel. Als ich dann mit Karacho an ihm vorbei bin, hab ich gar nicht gesehen, dass er's ist. Ich hab ihn erst im Rückspiegel erkannt.

Der Fitz-List, dieser Mistkerl. Dieser Schleimer. Dass der sich das traut, das hätte ich nie gedacht. Aber ich werde es einfach abstreiten. Schließlich steht dann Wort gegen Wort. Allerdings – wenn ich mir's richtig überlege, glaube ich, war da noch jemand mit im Wagen. Wahrscheinlich seine Tilde, die blöde Kuh. Das wäre natürlich gut, denn die zählt nicht, so als Ehefrau. Oder ob der eine Geliebte hat? Aber die würde er dann ja bestimmt nicht als Zeugin benennen, der Herr Notar. Doch wenn es jemand anders war ... Na ja.

Später fängt es dann zu regnen an, wie sie's vorausgesagt hatten. Was heißt regnen, es schüttet aus Kübeln. Da jagt man keinen Hund vor die Tür. Wölfchen kann zur Not auch mal in den Garten, schließlich hatte er heute schon genügend Auslauf. Auch wenn er das todsicher anders sieht. Aber davon abgesehen, dass mir ein klitschnasser haariger Husky ein Graus ist, will auch ich nicht klitschnass werden. Ich hab schon heute Vormittag so gefroren, und wenn ich jetzt etwas nicht gebrauchen kann, dann ist das eine Erkältung. Es reicht, wenn der Babysitter krank ist. Außerdem wird es ganz schön rutschig draußen, mit den vielen Blättern auf dem Boden, da muss man höllisch aufpassen. Besonders mit dem Kinderwagen. Dass da noch keiner draufgekommen ist. Winterreifen für den Kinderwagen. Oder Spikes. Dabei fällt mir ein, die Autos müssen auch noch in die Werkstatt, alle beide, der Mini und der Citroën. Das könnten wir morgen machen, wenn Josette nicht nach Straßburg muss.

Dieser fiese Fitz-List. Vielleicht ruf ich doch mal die Bondy in ihrer Kanzlei an. Dass ich sie nicht mag, das tut jetzt nichts zur Sache. Sie soll nämlich gut sein, wirklich gut. Sie hatte damals die Frau von Dr. Hirschsprung rausgepaukt, bei der Geschichte mit dem Ladendiebstahl. Mit einem Attest vom Gynäkologen, von wegen Wechseljahre und Hormonstörungen. Der alte Hirschsprung hatte da natürlich seine Beziehungen spielen lassen. Aber trotzdem. Auch der Hiss war von ihr ganz begeistert gewesen. In den höchsten Tönen hatte er geschwärmt, im ›Ochsen‹, am Stammtisch. Weil er ihr doch seinen Führerschein verdankt, obwohl er nicht mehr ganz nüchtern gewesen war. Über den grünen Klee hatte er sie gelobt, beim dritten Viertele. Oder war's das vierte? Also, wenn sie das kann, mein Gott, dann muss doch meine Sache ein Klacks für sie sein. Böse Zungen behaupten ja, dass sie mit dem Richter schläft. Aber ich glaub das nicht, ich hatte nämlich mal den Eindruck, dass sie hinter mir her sei, und das ist auch der Grund, warum ich sie nicht mag. Vielleicht ist sie ja auch bi.

Ich rufe zuerst die Werkstatt an, das geht ganz schnell. Klar können wir morgen kommen. Obwohl Samstag ist? Ja, obwohl Samstag ist. Am Besten früh, sehr früh, denn sie rechnen mit einem großen Andrang, bei dem Wetter. Also bis morgen, sage ich.

Ja, und dann rufe ich die Bondy an und die freut sich, von mir zu hören, wirklich. Ich schildere ihr die Sache und sie sagt, das kriegen wir hin, selbst wenn der mit einem Zeugen kommt. Ob ich noch mit Josette zusammen bin? Mein pikiertes Schweigen interpretiert sie richtig, aber *ich* hab wohl was falsch interpretiert, denn sie schiebt gleich nach, dass wir Josette als Zeugin gebrauchen könnten, das wäre günstig. Ob sich das machen ließe? Nein, sage ich, definitiv nein, nicht mit Josette. Frau Bondy scheint ja mit allen Wassern gewaschen zu sein. Aber eigentlich kann mir das nur recht sein. Das Telefonat dauert länger, als mir lieb ist, weil Frau Bondy alles ganz genau wissen will und vom Ästchen aufs Stöckchen kommt.

Als ich schließlich den Hörer aus der Hand lege, ist es schon dunkel. Ich schaue auf die Uhr. Fast halb sechs. So langsam müsste Josette mit ihrem blöden Cohn auftauchen. Sie sagte doch was von fünf, spätestens fünf. Aber, na ja, bei dem Regen, da kann das schon mal dauern. Außerdem ist sie nun wirklich keine rasante Fahrerin.

Ich gehe in die Küche und richte Cocos Fläschchen und Wölfchens Futter. Nachdem beide satt sind, heißt's für Coco ab in die frischen Windeln und für Wölfchen ab in den lehmigen Garten. Als die beiden schließlich sauber und trocken im Bettchen beziehungsweise Körbchen liegen, ist es sechs. So langsam bekomme ich Hunger. Ich schau in den Kühlschrank, aber da liegt nichts, was mich reizen könnte. Nur ein angebrochenes Heringsglas, ein Ring Schwarzwurst und ein Stück Münsterkäse. Und ein Becherchen Mousse au Chocolat. Nein, das macht mich wirklich nicht an. Mir stechen die Rillettes in die Nase, von denen die Rede war. Und dazu ein schönes Bauernbrot und ein Gläschen Weißburgunder, hmmm. Ich geh schon mal in den Keller und hole zwei Flaschen und stelle sie kalt.

Gerade schalte ich den Fernseher an, um mir den Vorabendkrimi anzuschauen, ›Ein Fall für Stutz und Co‹, da klingelt das Telefon. Es ist Josette. Sie haben eine Reifenpanne und warten auf den ADAC. Weil Josette doch keinen Reifen wechseln kann. Schon gar nicht im Dunkeln und bei Regen. Und Cohn sowieso nicht, mit seiner lahmen Hand.

»Sag mal, wo seid ihr denn?«

Na, immerhin sind sie kurz vor Breisach, also kann man nur hoffen, dass es nicht mehr allzu lange dauert. Und ja, sie hat eingekauft, sie hat es doch versprochen. Baguette, Hummerschwänze, Pastete, Rillettes. Zwei Gläser hat sie dabei. Das ist die erste gute Nachricht des Tages, sag ich. Und Coco? Na, Coco ist schon gefüttert, gefüttert und gewindelt und im Bettchen. Schläft wie ein Murmeltier. Ja doch. Natürlich werde ich mich gedulden, muss ich ja, was bleibt mir anderes übrig. Trotzdem, beeilt euch gefälligst.

Als die Tagesschau vorbei ist, ist es auch mit meiner Geduld vorbei. Ich hab jetzt einen Mordskohldampf, und wer weiß, wann die beiden kommen. Systematisch mache ich mich über den dürftigen Kühlschrankinhalt her. Na, immerhin lässt sich das Ganze in Vorspeise, Hauptgang, Käsegang und Dessert gliedern. Ich bin gerade dabei, mir ein Scheibchen Schwarzwurst herunterzusäbeln, als Wölfchen anschlägt. Und in der gleichen Sekunde klingelt es an der Haustür. Na endlich. Wird auch Zeit. Es ist jetzt fast neun. Aber dass Josette auch immer die Schlüssel vergessen muss. So ein Schussel. Oder hab ich meinen stecken lassen? Oh je, ja, ich habe.

»Na, dann kommt mal rein. Aber fix.« Ich reiße die Tür auf und starre in zwei wohlbekannte Gesichter. Die Herren Schmidlin und Blitz. Inzwischen ist Blitz Polizeiobermeister, POM Blitz, oder Potz Blitz, wie er im Ort heißt, und Schmidlin ist zum Dienststellenleiter avanciert.

»Was wollen *Sie* denn?«

»Dürfen wir reinkommen, Frau Liebengast?«

Das passt mir eigentlich gar nicht, wo doch jeden Moment Josette mit Cohn auftauchen kann. Wer weiß, auf was für Ideen der Cohn dann kommt. Er ist ja nach wie vor ziemlich unberechenbar.

»Schickt Sie der Fitz-List?«

»Wieso? Wieso der Fitz-List?« Schmidlin schaut mich fragend an. Potz Blitz scheint die Antwort zu wissen, aber ich verstehe trotzdem nicht ganz. Er sagt nämlich mit bösem Blick, die Frage nach dem Testament sei doch noch gar nicht akut. Das sei doch wirklich verfrüht. Jetzt runzelt auch Schmidlin die buschigen Augenbrauen und sieht mich unfreundlich an.

»Was denn für ein Testament?«, frage ich verdutzt. »Geht's denn nicht um die Verkehrssache, mit dem Fitz-List?« Irgendwie hab ich den Eindruck, dass wir aneinander vorbei reden. Das merken die beiden jetzt auch.

»Was für eine Verkehrssache?«, fragt Potz Blitz. Neuer böser Eifer macht sich auf seinem Gesicht breit.

»Ach, nichts, gar nichts.« Wie dumm. Hoffentlich stochert der da nicht noch weiter drin rum.

»Ja dann …«, Schmidlin schaut Blitz vielsagend an, und dann mich. »Ich hatte einen Moment lang den Eindruck, Sie wüssten es schon.«

»Was soll ich wissen?«

»Tja, Frau Liebengast, wollen wir uns nicht lieber setzen?«

Auf einmal schwant mir Böses. Also setze ich mich. Und es ist böse, was da kommt. Ganz böse sogar. Josette und Cohn, alle beide. Kurz vor Burkheim, in der Kurve. Die regennasse dunkle Straße, das Laub, die Sommerreifen, vielleicht überhöhte Geschwindigkeit, wer weiß. Nein, sage ich, nein, nein, das kann nicht sein, nicht Josette. Josette fährt nie zu schnell, schon gar nicht in der Dunkelheit und erst recht nicht bei Regen. Tja, und dann war da natürlich der Baum. Der große alte Apfelbaum, ich kenne ihn nur zu gut, denn ich hab in meiner Jugend dort immer die Äpfel geklaut. Goldparmänen, diese schönen gelben, die gibt's heute gar nicht mehr. Das war noch vor der Flurbereinigung, als die alten Schätzles noch kriegerisch Haus und Hof verteidigten und keinen Quadratzentimeter abtreten wollten. Der Schätzle hatte sogar eine Zeit lang mit dem Gewehr patrouilliert, er war nämlich Jäger, aber nicht wegen der Apfeldiebe, sondern wegen der Landvermesser. Also, der Baum. Der Baum war im Weg. Komisch nur, dass sich das linke Vorderrad gelöst hat, das können sich Schmidlin und Blitz nicht erklären.

Da ist der ADAC schuld, sage ich und erzähle ihnen das von der Reifenpanne. Doch später stellt sich heraus, dass der ADAC nicht schuld war. Die beiden hatten anscheinend doch nicht so lange warten wollen, denn als der ADAC kam, war weit und breit kein Citroën zu sehen. Das war ganz ärgerlich für den Mann vom ADAC. Er muss sich ziemlich aufgeregt haben, denn schließlich hatten sie Notrufe am laufenden Band, an diesem Freitagabend. Tja, wahrscheinlich hatten die beiden den Reifen dann doch selbst gewechselt und was dabei herauskommt, das kann man sich leicht vorstellen. Beziehungsweise sehen.

Als Schmidlin und Blitz endlich aus dem Haus sind, geht mir die Tragweite des Ganzen erst richtig auf. Mein Gott. Was für eine Tragödie. Das ist ja furchtbar. Das ist ja eine Katastrophe. Ich fange an, hemmungslos zu weinen. Und wie ich da so sitze und schluchze und mich ein wahnsinniger Schüttelfrost packt, drückt Wölfchen seine weiche Schnauze an mich und leckt mir die Hände.

Und im Nebenzimmer wimmert es auf einmal leise. O Gottogott. Coco. Jetzt hab ich Coco am Hals.

KAPITEL 27: MIT EINEM FUSS IM GRAB

Jean-Paul will eine Beisetzung im Familiengrab, da ist er sich mit Bernard einig. Gott sei Dank nicht bei Stéphane, denn das wäre fatal gewesen. Da wär was los gewesen, wenn die gemerkt hätten, dass die Urne weg ist. Aber was mache ich jetzt bloß mit Stéphane? Bei aller Pietät, auf meiner Kommode kann er nicht bleiben, da will ich ihn wirklich nicht mehr rumstehen haben. Meine Güte, hatte sich Josette angestellt, als ich ihn vor einem Jahr in den Keller tun wollte. Ich hatte nämlich einen so hübschen lachenden Buddha erstanden, einen richtig vollbäuchigen, ganz ähnlich wie dieser Hoetger-

Buddha in Worpswede. Damals war ich so begeistert gewesen, dass Hendrik ihn mir als Miniatur geschenkt hatte. Da hast du deinen Glücksbringer. Aber das war dann ja ein Schuss in den Ofen gewesen. Er hat noch nicht mal den Umzug überlebt. Also, mein neuer jadegrüner Dicker hätte so toll auf die Kommode gepasst, aber nein, Stéphane musste bleiben, um jeden Preis, er durfte keinen Zentimeter verrückt werden. Doch damit ist jetzt endgültig Schluss. Das Gefäß kann man ja vielleicht noch gebrauchen, aber die Asche kommt jetzt weg. Beim nächsten Glatteis.

Ich bin froh, dass sich Bernard und Jean-Paul um alles kümmern, denn ich hab mit Coco genug zu tun. Die Galerie bleibt vorerst zu, bis ich weiß, wie's weitergeht. Es wird natürlich eine Erdbestattung, wie bei den Eltern, denn sonst müsste Josette aufs Urnenfeld. Wenn ich ehrlich sein soll, ist mir der Gedanke nicht sympathisch, denn das mit der Asche ist eine sauberere Sache. Besonders nach einem so schrecklichen Unfall. Höchstens bei einem Scheintoten wäre eine Erdbestattung besser, da hätte der vielleicht noch eine Chance. Ganz früher gab's ja diese Glöckchen auf dem Friedhof, diese Glöckchen an den langen Stöckchen mit den Fädchen, die bis in den Sarg reingingen, und wenn einer noch atmete, fingen die Glöckchen an zu bimmeln.

Tja, und dann war da noch die Sache mit Cohn. Die Polizei fragte mich natürlich aus, und auch Jean-

Paul, weil wir ihn doch identifiziert hatten. Ich hatte Jean-Paul darum gebeten, denn allein hätte ich das nicht durchgestanden.

Ich sage ihnen, dass er keine Verwandten hat, nein, meines Wissens nicht, und da kommen die doch damit an, ob wir uns nicht um die Beerdigung kümmern könnten. Also, alles, was recht ist, protestiere ich. Das kommt ja nun wirklich nicht infrage. Aber Jean-Paul ist zögerlich, weil Josette den Cohn so mochte. Du warst doch auch sauer, dass er sie so angebaggert hat, trete ich ihm ans Schienbein, aber Jean-Paul ist ein guter Kerl. Aber dann so billig wie möglich, sage ich, allenfalls zwei Monatszahlungen von Jonathan. Und beauftrage ein Bestattungsunternehmen in Straßburg. ›Paix Éternelle‹, das ist das günstigste, zumindest, was das Preis-Leistungsverhältnis angeht. Die beiden Discounter wären natürlich noch billiger gewesen, aber ›Paix Éternelle‹ hat da ein Pauschalangebot, das Rundum-Sorglos-Paket, bei dem uns alles abgenommen wird, absolut alles, und das ist bestechend. Allerdings sind es zweieinhalb Monatszahlungen, die dabei draufgehen, aber was soll's. Immerhin hab ich jetzt Cohns Wohnung dafür. Das heißt, das ganze Haus. Das ganze Haus für 5.000 Euro.

»Also, die Trauerfeier ist am Donnerstag, Emily. Um elf. Am besten treffen wir uns um halb elf im ›Colombier‹.« Das ›Colombier‹ ist ein kleiner ›Salon de thé‹ in Kaysersberg, in dem ich mich öfter mit Jean-Paul verabrede. Ich bin enttäuscht.

Eigentlich dachte ich, er kommt am Tag vorher rüber und wir fahren zusammen, aber nein, das geht nicht, weil er noch ein paar Dinge klären muss, mit Bernard und Schwägerin Marie. Eine Familienangelegenheit.

Am Mittwoch erfahre ich, dass Sabrina immer noch krank ist. Das ist schlimm, denn wo kriege ich jetzt auf die Schnelle einen Babysitter her? Ich telefoniere überall herum, ich wähle mir die Finger wund, aber ohne Erfolg. Das Einzige, was ich erreiche, ist, dass Wölfchen bei Hugo Rudel unterkommt, bis ich zurück bin. Coco kann natürlich nicht mit in die Tierarztpraxis, das geht nicht, weil gerade so viel los ist, und dummerweise ist Hugo zurzeit unbeweibt, hahaha. Regine besucht nämlich wieder mal ihre Schwester in Aschaffenburg. Wie immer, wenn Hugo im Stress ist. Hahaha. Das tut mir leid und das tut ihm leid. Aber nichts für ungut. Also muss Coco mit, da hilft alles nichts. Hoffentlich ist sie einigermaßen ruhig. Na ja, sie weiß ja nicht, dass da ihre Mutter beerdigt wird.

Schon unterwegs ist mir mulmig. Kopfschmerzen und Schwindel, dazu noch eine leichte Übelkeit, aber das ist ja schließlich kein Wunder. In so einer Verfassung sollte man eigentlich nicht ans Steuer. Ich muss mich schwer zusammenreißen. Oh, Jean-Paul, dass du mir das zumutest. Bloß wegen deiner läppischen Familienangelegenheit. Ums Erben kann es wohl kaum gehen, denn Josette hat ja nichts. Schließlich läuft unser Konto auf mich. Puh, ist mir komisch. Jean-Paul hätte mir gut und gerne das Fahren abnehmen können. Jetzt ist das nämlich das reinste Vabanquespiel. Ich schüttele mich. So weit kommt's, dass ich auch noch einen Unfall baue. ›Auf dem Weg zur Beerdigung tödlich verunglückt.‹ Eine nette Schlagzeile.

Aber wir schaffen's bis zum ›Colombier‹, Coco und ich, und auch bis zum Friedhof. Jean-Paul ist nicht begeistert, dass ich die Kleine dabei habe, aber was hätte ich denn machen sollen, bitte schön? Auch Bernard und Marie sehen mich missbilligend an. Ein Kinderwagen in der Kirche, ein Kinderwagen im Trauerzug, ein Kinderwagen am Grab, mon Dieu. Das schickt sich doch nicht. Auch der Pfarrer macht ein betretenes Gesicht, er schaut richtig hasenfüßig drein, denn er hat natürlich Angst, dass seine schöne Trauerrede torpediert wird. ›Fürchtet euch nicht.‹ Aber er muss sich nicht fürchten. Coco benimmt sich nämlich vorbildlich. Ganz andächtig sitzt sie in ihrem Wägelchen und lauscht, erst dem ›Largo‹, dann den klerikalen Worten und schließlich der Orgelmusik, die die Sargträger auf den Plan orgelt. Sechs kräftige junge Kerle, Gott sei Dank, nicht so mickrige alte Männlein wie bei Mama damals, wo wir jeden Augenblick Angst haben mussten, dass sie den Sarg fallen lassen.

Also, die Prozession setzt sich in Gang, an der Spitze der erleichterte Pfarrer, dann, noch nicht so erleichtert, die Burschen mit dem Sarg, dann Jean-

Paul und Bernard und Marie, ihre drei Jungs haben sie vorsorglich zu Hause gelassen, denn das kann man den Kindern doch nicht zumuten, und schließlich ich mit Coco, der ich das einfach zumuten muss. Hinter mir Münstertäler unterschiedlicher Generationen, jüngere und mittelalterliche und ganz alte, so an die 30 Leute. Mit so vielen hab ich nicht gerechnet, wirklich nicht, aber auf dem Land hält man eben zusammen. Besonders bei so einem tragischen Unfall.

Wir schieben uns aus der Kapelle heraus in einen leichten Nieselregen, der den Boden rutschig und die Stimmung noch trüber macht. Vorsichtig pflüge ich mich mit dem Kinderwagen durch das nasse Laub, vorbei an monumentalen Grabsteinen und schmiedeeisernen Kreuzen, vorbei an Unseren Gefallenen neunzehnachtzehn und neunzehnvierundvierzig, vorbei am Geschätzten Sohn unserer Stadt, Julien Fuchs, 1934 bis 2001, und an Odile Haegelin, Veuve, 1900 bis 1998.

Schließlich halten wir an und scharen uns um das geöffnete Familiengrab der Faerbers, Josette war eine geborene Faerber, und blicken erwartungsvoll zum Pfarrer, der sich zum letzten Abschied räuspert. Der Herr hat's gegeben, der Herr hat's genommen, Amen. Dann blickt er bedeutungsvoll zu den Sargträgern, und die senken nun langsam die Totenlade in die frisch ausgehobene Grube. Ich starre ein paar Handbreit über den Sarg, ich mag gar nicht so genau hinschauen, wie da mit Stangen und Seilen hantiert wird. Josette, meine gute Josette wird da versenkt. Meine beste Freundin.

Wie tief doch so ein Grab ist.

Bernard und Jean-Paul stehen versteinert an dem glitschig-feuchten Erdhügel, Marie fängt laut an zu schluchzen, und das ist der Auftakt. Das Zeichen zum Einsatz. Wie ein antiker Chor beginnt die Trauergemeinde jetzt zu ertönen, die Leidtragenden murmeln, raunen, wimmern, weinen, sie jammern und wehklagen im Sopran und im Alt, im Tenor und im Bariton und im Bass, die einen piano, die anderen forte. Kein Wunder, dass das auch das Zeichen für Coco ist. Coco fängt jetzt an zu heulen, urplötzlich und lauthals, fängt erst an zu heulen und dann zu brüllen, was das Zeug hält, sie brüllt den ganzen Chor in Grund und Boden. Mir bleibt nichts anderes übrig, als Coco aus ihrem Wägelchen zu nehmen und sie an mich zu drücken. Psst, psst, Coco, psst, psst. Ich klopfe ihr leicht auf den Rücken, um sie zu besänftigen, ich wiege sie in meinen Armen hin und her, bis sie ruhiger wird. Aber sie klammert sich immer noch so fest an mich, dass ich mich nicht getraue, sie wieder in ihr Wägelchen zu setzen.

Bernard ergreift jetzt die Schaufel und wirft ein Häufchen Erde in die Grube, dann reicht er die Schaufel weiter an Marie, und die wiederum an Jean-Paul. Schließlich bin ich dran. Kannst du mal, frage ich Jean-Paul und reiche ihm Coco. Er nimmt Coco und stellt sich mit ihr schräg gegenüber, auf die andere Seite der Grube, während ich mich mit der nassen schweren Erde abmühe. Bei den andern sah das so leicht aus, und ich kriege kaum die Schaufel hoch. Dunkel erinnere ich mich, wie sehr wir uns geplagt hatten, Josette und ich, als wir Stéphanes Urne ausgebuddelt hatten, damals. Vier Jahre ist das jetzt her, fast vier Jahre. Na ja, da war ich auch noch vier Jahre jünger. Außerdem geht's mir heute wirklich nicht so gut. Der Schwindel und die Kopfschmerzen sind immer noch nicht weg. Ich beiße die Zähne zusammen. Ich muss das schaffen, das wäre doch gelacht. Und schließlich schaffe ich es auch, aber mit Hängen und Würgen und zittrigen Knien. Erleichtert reiche ich die Schaufel an einen hageren Gesellen mit Borsalino weiter.

Gib mir Coco wieder, sag ich zu Jean-Paul, und der ist fix. Seinem Gesicht nach hat Coco wohl in die Hosen gemacht. Und wie ich nach Coco greifen will, rutsche ich ein bisschen, hier am Rand des frisch aufgeschütteten Erdwalls. Oh, Emily, sei bloß vorsichtig. Jean-Paul mit seinen 1,90 streckt mir Coco hin und lässt sie los.

Es ist ein ›déjà vu‹. Letzte Woche, als ich mit Josette die Spülmaschine einräumte. Ich knie vor dem ausgezogenen Wagen, der fast schon voll beladen ist, da reicht mir Josette noch einen Teller. Was heißt ›reicht‹, sie lässt ihn los und glaubt, dass ich ihn fange. Aber ich fange ihn nicht. Ich bin nicht so furchtbar schnell, mein Reaktionsvermögen ist nicht das beste. Der Teller fällt runter, runter und rein und drauf, dass es nur so scheppert und klirrt. Der Schaden ist groß. Vier Tassen, drei Untertassen, ein Glas, und natürlich der Teller. Hab ich geflucht. Das Geschirr ist nämlich ein Auslaufmodell, Mason's ›Madrigal‹, englisches Steingut.

Aber das ist natürlich nichts gegen jetzt. Jetzt strecke ich die Arme aus, ich strecke sie aus, so weit ich kann, ich mache sie lang und länger und wünsche inständig, ich wäre eine Schimpansenmutter. Verzweifelt versuche ich, Coco zu schnappen, die kleine Coco, wie sie da im freien Fall ankommt, so wie der Teller, und in diesem Moment wird mir schwindelig und ich rutsche auf diesem schmierigen Lehmhügel aus. Ich rutsche und liege plötzlich im Dreck, haarscharf an der Grabkante, die jetzt nachgibt. Ein Aufschrei ertönt über den Friedhof, ich glaube, es ist Jean-Paul oder Bernard oder Marie oder alle drei, vielleicht auch ich selbst, obwohl ich die eigene Stimme nicht erkenne, und im Stürzen recke ich mich noch ein paar Zentimeter und erwische Coco am Mäntelchen, über der Grube, im allerletzten Moment. Und im allerletzten Moment, bevor ich mit Coco über die Kante kippe, zieht mich jemand an den Beinen zurück, zurück durch die lehmige Erde ins feuchte Gras. Es ist der Mensch mit dem Borsalino, der so geistesgegenwärtig zupackt und uns zwei vor dem Sturz ins Grab bewahrt.

Coco weint jetzt kläglich, und mir ist auch zum Heulen. Wir sind alle beide von oben bis unten schmutzig und nass. Und total derangiert. Cocos

Mäntelchen hat einen Riss, und mein Hütchen ist auf den Sarg hinunter gesegelt, als letzte Gabe, sozusagen. Einen Fingernagel hab ich mir eingerissen und beide Knie aufgeschürft, an dem großen Stein vor dem Erdhügel, und Laufmaschen sausen mir an den Beinen runter. Oh quel malheur, Madame, oh quel malheur.

Das einzig Gute daran ist, dass mir das Malheur den Leichenschmaus erspart. Jetzt kann Jean-Paul nämlich nicht mehr anders, jetzt muss er uns zurückfahren, Familie hin oder her.

KAPITEL 28: DAS TRIANGEL ODER EIN UNGLÜCK KOMMT SELTEN ALLEIN

Morgen ist ein besonderer Tag. Morgen ist der 2. November. Nein, nicht wegen Allerseelen. Allerseelen ist ja noch nicht mal ein richtiger Feiertag. Nur ein Gedenktag, und nur bei den Katholiken.

Nein. Der 2. November ist Cocos Geburtstag. Mein Gott, dass Josette das nicht mehr erleben darf. Dass die Kleine ein Jahr alt wird. Mir kommt es vor, als ob's gestern gewesen wäre. Als ich in panischer Angst den Krankenwagen gerufen hatte. Als ich in panischer Angst den Notarzt hereingezerrt und ihm dabei ein Stück aus seinem billigen Jackett gerissen hatte. Meine Haftpflicht musste ihm den Schaden natürlich ersetzen. Wahrscheinlich hat er angegeben, dass es ein Burberry-Jackett sei und einen Reibach damit gemacht.

Cocos Geburtstag. Logisch, dass uns nicht zum Feiern ist. Zwar versuchen Jean-Paul und ich, es der Kleinen so schön wie möglich zu machen, aber, wie gesagt, die Stimmung ist auf dem Nullpunkt. Jean-Paul bleibt für zwei Wochen hier, er hat Urlaub genommen und sich bei mir einquartiert. Mit Chopin. Ja, zum Glück. Nicht wegen Chopin natürlich.

Ach, ich bin ja so froh, dass ich jemanden zum Reden habe. Und zum Trösten. Ich kann zwar auch mit Wölfchen reden und der kann mich auch trösten, aber natürlich nicht so wie Jean-Paul.

Jean-Paul ist heute noch schnell nach Colmar gefahren, um für Coco ein Geschenk zu besorgen. Ein Xylophon will er kaufen, in der Musikalienhandlung hinter der Dominikanerkirche. Für eine Einjährige, das muss man sich mal vorstellen. Na ja, wenn ich da an die Autorennbahn von letztem Jahr denke …

Das ist doch die reinste Schnapsidee, sag ich, aber nein, sagt Jean-Paul, man kann nicht früh genug damit anfangen, und wer weiß, vielleicht ist die Kleine ja ein musikalisches Genie. Also von mir aus, sag ich, tu, was du nicht lassen kannst. Aber ich kann mir schon lebhaft vorstellen, was dann hier abgeht. Na ja, wenn's zu schlimm wird, nehme ich's ihr einfach wieder weg. Jean-Paul bleibt ja nicht ewig.

In der Zwischenzeit quäle ich mich mit dem Kuchen ab, der natürlich genauso daneben ist wie das Xylophon, denn Coco wird ihn nicht essen. Aber ein Kuchen mit Kerzen gehört eben einfach dazu, egal, wie groß oder klein das Geburtstagskind ist. Irgendwie müssen wir ja in Geburtstagsstimmung kommen, Josette hätte das bestimmt auch so gemacht. Nur mit dem Unterschied, dass Josette hervorragend backen kann. Konnte, meine ich. Mein erster Versuch verbrennt und landet im Müll. Also, so gut und gerne ich koche, das mit dem Backen geht mir einfach nicht von der Hand. Als der zweite Versuch endlich aus dem Ofen kommt, ist es fast fünf. Diesmal sieht er wirklich schön goldbraun aus, und ich kann nur hoffen, dass er innen nicht glitschig ist. Aber wahrscheinlich ist er glitschig.

»Mmm, hier riecht es mal gut.« Jean-Paul steht in der Tür, mit einem Päckchen unterm Arm.

»Na, warst du erfolgreich?«

»Wie man's nimmt.« Jean-Paul schaut nicht wirklich zufrieden drein. »Sie hatten kein Xylophon da, ich musste was anderes nehmen.«

»Was hast du denn genommen?«

»Ein Triangel.«

»Ein Triangel? Das kann Coco doch nicht mal richtig halten.«

»Tja, da hab ich auch schon dran gedacht.«

»Warum hast du's dann genommen, um Himmels willen?«

»Die Verkäuferin meinte, das wäre was für Kinder.«

»Hast du ihr denn gesagt, wie alt die Kleine ist?«

»Ähm, nein. Nicht direkt.«

Also so was. Der Kerl ist doch sonst so clever. »Was machen wir jetzt mit dem Triangel?«

Wir einigen uns darauf, dass wir es für Coco halten und sie ein paarmal draufschlagen lassen, damit sie ihren Spaß hat, und das war's dann. Dann kommt es weg. Für später.

Also, sagt Jean-Paul, also dann fahre ich morgen früh noch mal los und besorge noch ein Plüschtier. Und macht den Fernseher an, weil jetzt doch die Vorrundenspiele der Eishockey-WM laufen. Das ist okay, sage ich, mit einem Plüschtier kannst du nichts falsch machen. Und zünde eine Kerze an und plumpse neben ihn auf die Couch, um mit anzugucken, wie die Polen die Deutschen abschmieren. Beim drei zu eins bin ich so frustriert, dass ich mir Wölfchen schnappe und an die frische Luft gehe.

Als ich mit dem Hund zurückkomme, scheint

Jean-Paul eingenickt zu sein. Es ist dunkel im Wohnzimmer, bis auf die Kerze. Und bis auf den Fernseher, der ohne Ton vor sich hin flimmert. Aber jetzt scheint es kein Puck mehr zu sein, der über den Bildschirm flitzt. Was da flitzt, sieht nach Makaken aus, zumindest den roten Ärschen nach. Sie flitzen über einen Felsen, wahrscheinlich auf Gibraltar. Oh ja, das ist was für mich. Ich schau mir nämlich gerne Tiersendungen an, mich interessieren Tiere sehr. Eigentlich alle Tiere, oder fast alle. Nur Schlangen und Krokodile nicht. Also tappe ich Richtung Couch, um zu sehen, ob das wirklich diese Berberaffen sind. Und ob das wirklich Gibraltar ist oder aber das Atlasgebirge, wobei ich nicht weiß, ob es dort auch so felsig ist.

Mit einem Mal stoße ich mit der Stirn an etwas Kaltes, Metallenes und sofort fängt ein Geklingel an, dingding, und ich stolpere vor Schreck. Ja, fast wäre ich der Länge nach hingefallen, so sehr erschrecke ich mich. Natürlich nicht bloß wegen diesem Dingding, das wäre ja noch harmlos gewesen, aber das Dingding artet sofort zu einem Wahnsinnsgetöse aus, aufgrund des rabiaten Kreischens, das in Chopins Käfig losgeht, gefolgt von einem zuerst großmäuligen und dann fast überkippenden Gebell und klirrendem Vogelkäfig und anschwellendem Kindergeplärr. Wie Dominosteine, die einer nach dem anderen umfallen, reiht sich Gekreische an Gebelle und Klirren an Plärren und bauscht sich zu einer Katastrophensinfonie auf.

»Lieber Himmel, was ist denn das?« Ich taste mich zum Lichtschalter und sehe das Triangel, das an einem Faden von der Decke herunterhängt und sich als Mobile im Kreise dreht. In Kopfhöhe. Jean-Paul ist jetzt natürlich auch wach, kein Mensch kann bei dem Höllenlärm weiterpennen, und murmelt was wie ›Dachte, das sei eine gute Idee‹ oder so. Dass das keine gute Idee war, ist sonnenklar. Mach das Ding sofort weg, sage ich mit fester Stimme, mach das sofort weg. Das Ding kommt weg. Aber wie er mich dann so anguckt, mit seinem Anthony-Perkins-Blick, da tut er mir doch leid, und ich sage, nein, du musst es nicht wegwerfen, aber tu es halt woanders hin, wo es nicht im Weg ist.

Tja, und dann hängt es auf einmal in Chopins Käfig. Ob das nun besser ist, das bezweifle ich sehr. Der Vogel muss ja kirre werden, wenn er immer wieder dran stößt, und das ist unausweichlich, und wahrscheinlich werden wir dann auch kirre, das ist ja wohl genauso unausweichlich. Aber ich sag erst mal nichts. Warten wir's ab.

Der Geburtstagsmorgen lässt sich gut an. Alles ist ruhig und friedlich. Während Jean-Paul noch rasch nach Breisach fährt, um das Plüschtier zu besorgen, staffiere ich Coco so richtig geburtstagsmäßig aus. Ich ziehe ihr das neue rosa Kittelchen an und binde ihr zwei rosa Schleifen ins blonde Haar, und nun sieht sie wie ein Engelchen aus. Sie robbt jetzt schon recht geschickt durchs Wohnzimmer und zieht sich auch immer wieder an den Möbeln hoch und versucht dann den einen oder anderen tapsigen Schritt zu machen, was natürlich immer auf dem Boden endet. Aber sie fällt ja nicht tief und nicht hart, und außerdem ist ja auch noch Wölfchen da, der nicht von ihrer Seite weicht. Die beiden sind ein Herz und eine Seele. Ich lasse die zwei gern miteinander spielen, ich finde es gut, so vom Pädagogischen her.

Aber ich muss mich noch um das andere Tier kümmern, bevor wir mit Feiern anfangen. Ich muss noch rasch Chopins Käfig sauber machen. Das ist gar nicht so einfach, denn oft will er nicht raus, besonders, wenn er's mit mir zu tun hat. Ich glaub, er mag mich nicht besonders. Na ja, um ehrlich zu sein, ich ihn auch nicht, allein schon, weil er Wölfchen so aufregt. Also mache ich die Käfigtür auf und gluckse in den zartesten Tönen, na komm, na komm, na wo ist denn das gute Tier, na wo ist denn das gute Tier, aber alles, was passiert, ist ein starrer Blick aus starren Kakaduaugen. Hallo, auf geht's, schlage ich einen ruppigeren Ton an, schließlich hab ich ja nicht alle Zeit der Welt. Raus jetzt, aber dalli. ›Marie-salope, marie-salope‹. Oh nein, ist das ein widerliches Vieh. ›Marie-salope, marie-salope‹, als ob das Krächzen in einer Schallplattenrille festgehakt sei. Selber Schlampe, schreie ich jetzt wütend, selber Schlampe, obwohl Chopin doch ein Männchen ist. Aber das ist mir egal. Mistvieh, du. Wer hat dir das bloß beigebracht? Doch hoffentlich nicht Jean-Paul.

Und jetzt klingelt auch noch das Telefon. Das Telefon steckt mal wieder nicht dort, wo es sein sollte, das ist der Nachteil bei den Schnurlosen. Ich versuche, das Klingeln zu orten und irre durchs Wohnzimmer und die Küche und die Diele, um schließlich in der Garderobe fündig zu werden. Auf der Hutablage. Na ja. Dümmer geht's nimmer. War ich das gewesen? Muss wohl, denn Jean-Paul hat seine Pudelmütze immer in der Jackentasche.

»Ja?« Oh nein, es ist die Bondy. An die hab ich gar nicht mehr gedacht. Tue ihr ja so leid, das mit Josette, das sei ja ganz furchtbar, das müsse ein herber Schlag gewesen sein, kein Wunder, dass sie nichts von mir gehört habe. Das verstehe sie vollkommen, und sie habe auch schon alles vorbereitet, ja, von sich aus. Wahrscheinlich ziehe Fitz-List sogar die Anzeige zurück, ja, wegen des Trauerfalls, er sei doch kein Unmensch. Aber wir müssten uns trotzdem treffen, bei ihr in der Kanzlei, am besten in den nächsten Tagen, vielleicht könnten wir schon mal einen Termin ausmachen. Ja, gut, sage ich, natürlich können wir einen Termin ins Auge fassen, vielleicht Anfang nächster Woche. Na ja, Freitag wäre besser, ob ich nicht schon Freitag könnte. Ehrlich gesagt passt mir Freitag nicht so recht, Freitag wollte ich eigentlich nach Straßburg, nach der Galerie schauen, aber auf einmal geht im Wohnzimmer ein Heidenlärm los, sodass ich kaum mehr mein eigenes Wort verstehe, geschweige denn ihres. Ja, ja, Freitag also, Freitag um … Wie bitte?

Ich versteh nicht. Wie? Um zehn? Okay, okay, ich komme, ja, ich komme, aber jetzt muss ich Schluss machen.

Ich drücke auf den Aus-Knopf, stopfe das Telefon in die Hosentasche und spurte los, Richtung Plärren, Klirren, Kreischen, Bellen. Dabei stolpere ich über meine Plüschschlappen, meine warmen weichen Plüschschlappen mit den Löwenköpfen vorne drauf. Jean-Paul hat sich halb totgelacht, als er die das erste Mal gesehen hat. Also, ich stolpere und bleib auch noch am Teppich hängen und der Teppich fängt an, auf dem glatten Parkett wegzurutschen und ich knalle der Länge nach hin. Auaaa. Das tut weh. Mühsam versuche ich mich wieder hochzurappeln, aber das ist schwierig, denn irgendwie habe ich mir den Fuß verdreht. Doch ich muss hochkommen, ich muss, denn jetzt höre ich ein grauenhaftes Winseln und Heulen, das viel schlimmer klingt als alles zuvor. Wenigstens das Kreischen hat aufgehört, und auch das Plärren. O Wölfchen, mein Wölfchen.

Endlich rappele ich mich hoch und humple ins Wohnzimmer. Ich starre entsetzt auf den Boden. Was ich da sehe, ist ein Schlachtfeld, ein richtiges Schlachtfeld. Couchtisch und Sessel sind umgestoßen, und in diesem Tohuwabohu liegt Wölfchen und ist am Verbluten. Der arme Kerl winselt, dass es mir fast das Herz bricht. Daneben eine Blutlache und eine Blutspur, die sich bis zum Sofa hinzieht. Im leeren Käfig dreht sich das Triangel wie verrückt. Oh nein. Dieser Scheißvogel. Der hat ja Wölfchen halb tot gepickt. Diese Bestie. Hab ich's nicht immer gewusst? Ich knie mich zu Wölfchen nieder und da sehe ich auf einmal weiter hinten den Kakadu liegen. Aber das Riesenvieh rührt sich nicht mehr, nein, kein bisschen.

Recht so. Wenigstens hast du dich gewehrt. Tapferes Wölfchen.

»Hugo? Hugo, du musst ganz schnell kommen. Wölfchen ist verletzt … Er blutet aus der Nase und am Hals. Der Kakadu hat ihn zusammengehackt … Der Kakadu? Der ist tot, Gott sei Dank … Nein, das schaff ich nicht, ich kann ihn nicht bringen, der ist zu schwer für mich allein. Du musst schon kommen … Ja, bitte. Und mach schnell.«

Hugo Rudel ist schnell, sehr schnell sogar. Er schaut mich kaum an, er hat nur Augen für Wölfchen. Ich weiß, dass der Hund ihm während meiner Kreuzfahrt sehr ans Herz gewachsen ist. Nachdem er die Wunden provisorisch versorgt hat, packen wir Wölfchen vorsichtig in sein Auto und bringen ihn in die Praxis, wo Regine die Stellung hält.

»Also, das sieht schlimmer aus, als es ist.« Hugo tätschelt mir beruhigend den Arm und Wölfchen die Flanke. »Die Nase ist natürlich sehr empfindlich, weil da so viele Gefäße verlaufen, und da blutet es immer besonders stark. Aber wie gesagt, das sieht schlimmer aus, als es ist. Ich kann da auch gar nichts nähen, das muss von selber heilen. Aber keine Sorge, das wird es auch. Auf jeden

Fall kriegt er gleich ein Antibiotikum. Und ein Schmerzmittel. Gibst du mir mal eine Ampulle rüber, Regine?«

»Ja, und was ist mit der Wunde am Hals?« Ich bin immer noch leicht panisch.

»Das ist unproblematisch. Da muss ich nur zwei, drei Stiche machen.«

»Aber bitte keine Vollnarkose. Bloß das nicht.«

»Nein, nein, keine Angst. Das schaffen wir auch so. Wölfchen kriegt eine örtliche Betäubung.«

»Kann er denn noch riechen, mit der kaputten Nase?«

»Das denke ich doch. Da bin ich mir ziemlich sicher.«

Ich habe Vertrauen zu Hugo, schließlich hat er Wölfchen schon mal gerettet.

»Sag mal, und der Papagei ist wirklich tot?«

Ja, sag ich, da bin ich mir jetzt ganz sicher, denn schließlich hab ich ihn mit eigenen Augen da liegen sehen und er hat sich nicht mehr gerührt, nein, wirklich nicht.

Regine schiebt mich aus dem Behandlungszimmer raus. »Warte mal so lange hier draußen, bis Hugo fertig ist. Ich denke, du kannst Wölfchen dann gleich wieder mitnehmen.«

»Könntest du uns dann fahren? Ich bin doch ohne Auto da.«

Ja, klar, sagt Regine, kein Problem, sie ist erstaunlich verständnisvoll. Aber dann kommen doch die Vorhaltungen. Dass es ein Wahnsinn sei, so einen

Papagei zu halten, einen Molukkenkakadu, also wirklich, der gehöre doch in den Zoo. Das hab ich doch auch immer gesagt, wende ich ein, aber Regine hört mir gar nicht zu. Also, nein, ausgerechnet ein Molukkenkakadu, der gehört doch wirklich nicht in eine Wohnung. Das ist doch kein Haustier. Und dass der nicht ungefährlich ist, das weiß man doch. Besonders, wenn ein Hund im Haus ist. Und auch noch ein Kleinkind.

Ein Kleinkind. Um Himmels willen. Coco. Die hab ich ja total vergessen. An die hab ich ja gar nicht mehr gedacht, in dem ganzen Trubel. Wo ist Coco bloß geblieben? Wo? Ich kann mich beim besten Willen nicht erinnern, sie gesehen zu haben.

Ich drehe mich auf dem Absatz um und stürme zur Tür. Bin gleich wieder da, rufe ich noch und renne hinaus. Ich renne, was das Zeug hält, ich renne über Stock und Stein, ich renne den Berg hinauf, ich renne und renne, bis ich unser Hausdach sehe. Ich nehme die letzte Kurve im Spurt und außer Atem. Und außer Atem bleibe ich stehen. Geschafft. Geschafft. Und da steht ja auch schon Jean-Pauls Auto. Gott sei Dank.

Aber dann sehe ich daneben ein zweites Auto und erstarre. Das zweite Auto ist der Rettungswagen.

KAPITEL 29: CARLOTTA

Die nächsten beiden Monate sind bitter. Jetzt sitze ich wirklich ganz gottverlassen da. Natürlich war ich nicht auf was Festes aus mit Jean-Paul, aber dass es so zu Ende gehen musste, das war bitter. Aber jetzt ist's eben, wie es ist, und ich muss das Beste draus machen. Weihnachten ist natürlich eine einzige Katastrophe, und Silvester erst recht. Ich heule viel, und Wölfchen versucht verzweifelt, mich zu trösten, aber es hilft nicht wirklich. Der arme Kerl. Meistens zieht er dann den Schwanz ein und verkriecht sich hinter der Couch.

Die Einzige, die regelmäßig anruft, ist die Bondy. Natürlich nicht wegen der Sache mit Fitz-List, die hat sich erledigt, das heißt, die hat *sie* erledigt. Bestens sogar. Nein, sie sorgt sich um mich, sagt sie, sie fragt die ganze Zeit, ob ich was brauche, sie könne jederzeit vorbeikommen, sie könne mir alles besorgen, was ich wolle, sie habe gerade sowieso die Kanzlei zu, bis nach Dreikönig, vorher lohne sich das ja doch nicht. Na ja, das stimmt, zwischen Weihnachten und Dreikönig arbeitet niemand bei uns, da sind alle beim Skilaufen. Also, sie könne wirklich jederzeit, und es sei doch bloß ein Katzensprung, von Freiburg herüber.

Zuerst finde ich das ja ziemlich aufdringlich. Zuerst bin ich richtig sauer, und manchmal nehme ich den

Hörer auch gar nicht ab. Ich lasse es klingeln und klingeln, obwohl das nervig ist, nicht nur für mich, sondern auch für Wölfchen. Aber wie sie dann plötzlich vor meiner Tür auftaucht, beladen mit Einkaufstüten und Blumen, da kann ich sie ja schlecht draußen stehen lassen, in der Kälte. Also mache ich ihr auf und lass sie rein mit ihrem ganzen Kram. Und der Kram ist nicht übel. Kaviar und Wildlachs, ein teurer Stilton, frische Feigen, eine Flasche Pommery, eine Wahnsinnsorchidee. Und dann noch was zu lesen, ein kleines Büchlein von Tomi Ungerer, ›Meine Kindheit im Elsass‹, das wollte ich mir schon lange kaufen, und dann noch die neueste CD von Netrebko / Villazón. Es ist schon fast gespenstisch, dass sie so hundertprozentig meinen Geschmack trifft. Als ob sie ein Dossier über mich hätte.

Eigentlich ist es rührend. Und eigentlich ist sie gar nicht so übel. Vielleicht war das ja bloß ein albernes Vorurteil von mir. Und vielleicht ist sie ja auch gar keine Lesbe, sondern einfach nur nett. Ich hab ja auch Josette auf Anhieb gemocht, ohne deshalb andersrum zu sein. Das gibt's doch, das gibt's doch wirklich, so eine echte Frauenfreundschaft. Ohne dass da mehr ist.

Tja, und jetzt kommt Carlotta öfter. Nein, sie war nie Charlotte genannt worden, obwohl das ihr Taufname ist. Aber Charlotte, das war zu brav für sie, viel zu brav. Sie ist übrigens Schweizerin, das hätte ich nie gedacht, denn sie spricht praktisch ohne Akzent. Eigentlich ist das für eine Schweizerin unmöglich, das heißt, zumindest hab *ich* so was noch nie erlebt, aber Carlotta ist eben eine Ausnahme. Sie hat anscheinend während des Studiums eine Stimmschulung mitgemacht, so von wegen Rhetorik im Gerichtssaal. Finde ich eigentlich schade, denn das ist doch gerade das Charmante hier im Dreiländereck, das Elsässische und das Badische und das Schwyzerdütsch. Aber nein, sagt sie, nicht in Freiburg. Nicht in Freiburg im Gerichtssaal. Warum sie überhaupt hier und nicht in Basel arbeite, dort sei's doch bestimmt viel lukrativer, frage ich, und sie zuckt die Schultern. Sie habe nun mal in Freiburg studiert und sei da eben hängen geblieben. Warum, sagt sie nicht, und das geht mich natürlich auch nichts an.

Also, inzwischen freue ich mich sogar, wenn sie kommt. So allein mit Wölfchen in dem großen Haus, das ist schon ungewohnt, nach all den Jahren mit Josette. Nach vier total turbulenten Jahren. Das heißt, nach vier Jahren und einem Monat. Wenn ich nur an all die Männer denke in dieser Zeit, an Stéphane beziehungsweise seine Asche, an Felix-Jonathan, an Carlos, an Tobias, an Nicolas, an Cohn, an Jean-Paul – ja, da war wirklich was los. Deshalb ist es jetzt umso öder hier, und deshalb bin ich um Carlotta recht froh. Notabene sie doch ganz amüsant ist.

»Und stell dir vor, da will doch mein Mandant mit einem Karabiner in den Gerichtssaal, mit einem Karabiner Kaliber 33, so ein riesiges altes Ding aus dem Weltkrieg, und das, obwohl er wegen unerlaubten Waffenbesitzes dran ist. Er stürmt die Treppe rauf, und da kommt der Staatsanwalt um die Ecke und rempelt ihn an und fällt hin und schreit wie am Spieß, als er das Ding sieht, aber mein Mandant rennt weiter, bis an die Tür des Gerichtssaals, und da geht das Ding plötzlich los und trifft …«

»Um Himmels willen, wen hat's denn getroffen?«

»Der Idiot hat sich selbst in den Fuß geschossen, exakt in den großen Zeh. Er hat noch schlimmer gebrüllt als der Staatsanwalt. Er hatte nämlich nur Sandalen an und noch nicht mal Socken. War ja auch irrsinnig heiß im August.«

Wir sitzen auf der Couch und lachen uns halb tot. In den großen Zeh, das war ja Maßarbeit, das war ja ein Schuss ins Schwarze gewesen, sozusagen. Wenn er den hätte treffen müssen, sag ich, dann hätt er's bestimmt nicht geschafft. Also, Carlotta hat schon Storys drauf, wirklich. Aber bei manchen Geschichten wundere ich mich dann doch, da denke ich dann doch, dass das mit der anwaltlichen Schweigepflicht nicht so ganz ihr Ding ist. Aber vielleicht macht sie das ja nur bei mir. Ja, wahrscheinlich, ich glaube nämlich, dass sie mich beeindrucken will. Sie erzählt mir dauernd von ihren Finten und wie brillant sie ihre Prozesse gewonnen hat. Von den verlorenen erzählt sie so gut wie nichts. Wahrscheinlich sind's auch nicht viele, denn dass sie gut ist, das weiß ich.

Sonst hätte ich sie gar nicht genommen, in der Sache mit Fitz-List.

»Also, du kannst dir gar nicht vorstellen, wie dummdreist manche sind. Manchmal ist es wirklich schwer, die rauszupauken. Einmal musste ich so einen Kleinkriminellen verteidigen, einen üblen Burschen, der war so dämlich, dass ich dachte, ich schaffe das nicht. Es ging um Dokumentenfälschung, genauer gesagt um Pässe. War eine haarige Sache. Ich habe ewig gebraucht, um dem einzubläuen, was er sagen soll. Aber ich hab's dann doch geschafft, mit viel Mühe.« Sie schaut mich von der Seite an. »Eigentlich müsstest du ihn kennen.«

»Wieso? Wie heißt er denn?«

»Feselmeier. Karl Feselmeier.«

Einen Moment lang glaube ich, mir bleibt das Herz stehen. »Wie kommst du denn darauf? Wie kommst du drauf, dass ich den kennen könnte?«

»Na, er sagte, er sei eigentlich Maler, er sei hier auf der Kunsthochschule gewesen, er kenne alle einschlägigen Leute. Den Windisch-Klein, diesen Porträtmaler aus der Salzgasse, und die Inka Sommer, die jetzt diese große Ausstellung in Basel hat. Und dann auch dich. Inka Sommer und du hätten sogar Modell für ihn gestanden.«

Bei mir schrillen jetzt alle Alarmglocken. Ist das eine Falle? Lockt mich das Luder in eine Falle? Was will die von mir? Ich stehe auf und greife wahllos nach einer der Kekstüten auf dem Fernseher und schütte sie in die Silberschale, bis es Krümel rieselt.

Aber was Carlotta sagt, stimmt ja. Es stimmt, bis auf die Sache mit dem Modellstehen. Das war nur Inka gewesen, nicht ich. Zumindest nicht bei Carlos, soweit ich mich erinnern kann.

»Also, ich kann mich an keinen Feselmeier erinnern, beim besten Willen nicht. Aber das ist ja auch schon ewig her, das mit der Kunsthochschule, und da war ein dauerndes Kommen und Gehen. Da haben's viele versucht, lauter kleine Picassos, und dann haben sie abgebrochen.« Ich schüttele den Kopf. »Also nein. An einen Feselmeier kann ich mich nicht erinnern. Wahrscheinlich wollte der sich nur wichtigmachen.« Ich versuche, nicht mit der Wimper zu zucken. »Wann war denn das?«

»Na, so vor zwei, drei Jahren vielleicht, irgendwann im Sommer. Wieso?«

»Ach, nur so.« Vorsicht. Hakt die immer gleich nach? »Willst du noch Kaffee?«

Aber wenn es im Sommer war, dann muss das ja noch vor der Jonathan-Geschichte gewesen sein. Der blöde Hund, der hat ja Nerven gehabt. Ein Verfahren am Hals und dann noch weitermachen, immer weiter, munter drauflos. Das hätte wirklich ins Auge gehen können. Ich schenke Carlotta nach und schiebe ihr die Schale mit den Cantuccini rüber.

»Sag mal, ist das eigentlich nicht langweilig, mit so kleinkarierten Fällen? Bei deiner Begabung? Hast du denn nie Lust gehabt, aus der Provinz rauszukommen? Irgendwas ganz Tolles zu machen? In so einer angesagten Sozietät zum Beispiel, in Berlin oder London oder Paris?«

»Also, wenn überhaupt, dann in Brüssel oder Den Haag. Mein Schwerpunkt ist nämlich eigentlich Internationales Recht.« Sie lächelt. »Aber so kleinkariert sind die Fälle wirklich nicht, und im Moment gefällt mir's, wie es ist. Meine Kanzlei läuft gut, sehr gut sogar. Und privat läuft es auch bestens.« Jetzt strahlt sie richtig. »Ach, sag mal, hättest du vielleicht einen Cognac für mich? Oder ist das unverschämt?«

»Nein, nein, ganz und gar nicht, natürlich kannst du einen Cognac haben. Ich trink einen mit.« Ja, ein Cognac ist jetzt wirklich eine gute Idee. »Ich hab einen Rémy-Martin da und einen Hennessy. Ich mag eigentlich den Rémy lieber, aber der Hennessy ist älter. Vielleicht sollten wir den Hennessy nehmen.« Ich bin froh, jetzt über Cognac reden zu können und nicht über Carlos. Und weil ich so froh bin, gieße ich uns großzügig ein. Zu großzügig, wie sich bald herausstellt, denn nach dem zweiten Doppelten kommt das dicke Ende nach.

»Ach du Schreck, Emily, ich habe ja ganz vergessen, dass ich noch fahren muss.« Carlotta schaut mich jetzt entsetzt an. »Und das kann ich mir doch nicht leisten, Alkohol am Steuer. Das mache ich eigentlich nie.« Sie rutscht auf der Couch hin und her. »Sag mal, ob ich wohl bei dir übernachten könnte?«

Oh nein. Darauf hat sie's also angelegt, dieses raffinierte Biest. Und genau *das* will ich nicht. Dass sie sich hier einnistet. Aber was kann ich schon machen? Ich kann sie doch nicht einfach vor die Tür setzen und sagen, sieh zu, wie du nach Freiburg kommst.

»Musst du morgen früh nicht im Gericht sein?«

»Nein, morgen habe ich keine Termine. Ich habe mir den Tag freigeschaufelt.«

Das wird ja immer schöner. Wenn die glaubt, sie kann hier einziehen, dann hat sie sich aber geschnitten. Hier kommt mir keine mehr rein. Nicht nach Josette. Mit Josette, das war was anderes. Was ganz anderes.

Morgen früh werfe ich Carlotta raus und fahre nach Straßburg. Ich muss sowieso mal wieder nach der Galerie gucken. Ich hab mich immer noch nicht entschieden, was damit wird. Ob ich das Ganze verkaufen oder verpachten soll oder nur die Galerie verpachte und die Stadtwohnung behalte. Auf jeden Fall muss irgendwie Geld rein. Nicht dass ich klamm wäre. Von Josettes Dreißigtausend ist zwar nicht mehr allzu viel da, doch die Cohn-Bilder haben echt was gebracht. Von Jonathans Alimenten mal ganz abgesehen. Aber ich kann das Ganze doch nicht einfach so vor sich hin tümpeln lassen, wenn da was rauszuschlagen ist. Also, ich fahre morgen hin, und zwar allein. Und setze Carlotta vor die Tür.

In dieser Nacht schließe ich meine Schlafzimmertür ab.

Vielleicht bin ich ja auch zu misstrauisch, denke ich am nächsten Morgen, wie sie mir da so braun bezopft am Küchentisch gegenübersitzt, so harmlos frisch und rosig und wie aus dem Ei gepellt. Sie ist nämlich wirklich attraktiv, und das weiß sie auch.

»Kann ich noch eine Runde mit dir und Wölfchen gehen, bevor ich starte? Meine Sachen habe ich schon zusammengepackt.«

Na ja, klar kann sie das, wenn sie mich dann in Ruhe lässt. Also ziehe ich mich an, Stiefel, Anorak, Mütze, Schal, Handschuhe, und nehme die Leine. Wölfchen tanzt schon wie wild um mich rum. Ob sie da auch die richtigen Schuhe anhabe, frage ich und schaue bedenklich auf ihre Stiefeletten. In der Nacht hat es nämlich kräftig geschneit. Aber sie meint, ja, ja, die sind Ordnung, die sind ganz okay.

Wir nehmen den Rundweg. Der Rundweg, das ist die kleine Tour, eigentlich viel zu kurz für Wölfchen, aber ich habe wirklich keine Lust, noch lange mit Carlotta rumzumachen. Wölfchen kommt später sowieso noch mal raus. Wir müssen vorsichtig gehen, denn an manchen Stellen ist noch gar nicht richtig gespurt, dafür ist es an anderen umso rutschiger. Pass bloß auf, sage ich, pass bloß auf, dass du nicht hinfällst. Und marschiere los.

»Wow, ist das herrlich hier, so eine schöne Schneelandschaft. Das ist doch was ganz anderes als in der Stadt. In der Stadt ist es im Winter nur schmuddelig.« Sie formt einen Schneeball und wirft ihn nach mir. »Weißt du eigentlich, wie gut du's hast? Du wohnst hier wirklich ganz fantastisch. Hier könnte ich auch leben.«

Das könnte dir so passen, denke ich. »Na ja, manchmal ersticken wir auch im Schnee. Manchmal kommst du hier überhaupt nicht raus. Bei mir hier den Berg hoch, da gab's schon öfter Schwierigkeiten, besonders auf dem letzten Stück. Es gab Jahre, da war es so schlimm, dass noch nicht mal das Räumfahrzeug raufkam.«

»Hm. Das würde mich nicht schrecken. Ich finde so was romantisch. Das sind echte Winter, so wie sie früher waren.« Sie kugelt den nächsten Schneeball durch die Luft. »Sag mal, stimmt das eigentlich, dass hier mal einer erfroren ist, so quasi vor deiner Haustür? So ein Penner?«

Ach du Schande. Woher hat sie denn das? Woher sie das hat? Na ja, das stand doch mal im ›Breisgauer Boten‹, im Lokalteil. Groß und breit sogar. Ja, ja, da stand das, das weiß ich, da stand das schon. Aber nicht, dass es quasi vor meiner Haustür war. Also?

»Also was?«

»Woher du das weißt?«

»Sag ich doch.«

»Hör mal, da stand nicht drin, wo das genau war. Da stand nur, Vogtsburg im Kaiserstuhl. Und Vogtsburg, das kann vieles sein, Achkarren, Bickensohl, Bischoffingen, Burkheim, oder Oberbergen oder Oberrotweil oder Schelingen. Also, das musst du schon woanders herhaben.«

Na ja, es würde eben getrascht. So von Revierleiter zu Revierleiter, und manchmal säßen da eben auch Anwälte rum, wie das eben so sei. Ja, und was haben die da getrascht, ganz konkret, frage ich und bin schon ziemlich in Rage.

»Nichts weiter, nur dass es hier war, in der Nähe deines Ateliers. Warum regst du dich denn so auf?«

»Warum ich mich so aufrege? Na, du bist gut. Das Ganze war schlimm genug. Besonders, dass da auch noch die Polizei erschienen ist und mich ausgefragt hat, als ob ich eine Kriminelle wäre. Aber das weißt du ja.«

Weiß ich nicht, weißt du doch, geht es dann weiter und wir geraten fast in Streit. Ich gehe jetzt schneller, Wölfchen ist sowieso schon weit voraus. Carlotta stakst hinter mir her, jetzt renn doch nicht so, ich komm ja gar nicht mehr mit, aber ich lasse mich nicht bremsen. Ich hab jetzt wirklich genug. Ich hab jetzt die Nase gestrichen voll von dieser Person.

Und auf den letzten Metern, kurz vor meiner Haustür, genau da passiert's. Carlotta rutscht mit ihren dämlichen Stiefeletten aus und fällt hin. Huuuuuuuuuh, pfeift es in meinen Ohren, huuuuuuuuuh. Und da liegt sie, da liegt sie der Länge nach im Schnee und rührt sich nicht. Wenigstens zuerst nicht, denn sie hat einen Schock. Den hab ich auch. Aber dann versucht sie, sich zu drehen und hochzukommen. Dass das so nicht geht, das sehe ich gleich. »Warte, ich helfe dir.« Und versuche, sie unterm Arm zu fassen und hochzuziehen. Allerdings wird das schwieriger, als ich dachte. Schlank wie sie ist, aber 55, 56 Kilo können tonnenschwer sein, in so einer Situation. Wölfchen kreiselt jetzt auch noch bellend um uns rum, er ist aufgeregt, weil Carlotta leise vor sich hin wimmert und ich leise vor mich hin fluche. Aber es hilft nichts, wir müssen es schaffen, schließlich haben wir ja nur noch ein paar Meter. Und wir schaffen's auch.

»Also, gebrochen ist nichts, Gott sei Dank.« Dr. Zibold betastet Carlottas Knöchel, der so dick ist wie ein Elefantenfuß. Na ja, Elefantenfuß ist vielleicht ein bisschen übertrieben, aber er ist dick genug. Zumindest so dick, dass wir die schicke Stiefelette mit der Gartenschere aufschneiden mussten. »Aber der Knöchel ist verstaucht, ziemlich stark verstaucht«, er tastet vorsichtig weiter, »und die Bänder sind überdehnt. Das ist fast noch schmerzhafter. Und langwierig, sehr langwierig. Da müssen Sie sich eine ganze Weile schonen.« Dr. Zibold hantiert in seinem Arztköfferchen herum. Er hat vor einem halben Jahr die Praxis von Dr. Hirschsprung übernommen, der sich altershalber zurückgezogen hat. War ja auch Zeit. »Ich gebe Ihnen jetzt erst mal eine Spritze, gegen die Schmerzen, und dann bandagiere ich Ihnen den Fuß. Und hier ist eine Salbe, zum Abschwellen.« Er kramt wieder in seinem Köfferchen. »Ich stelle Ihnen noch ein Rezept aus, für ein Schmerzmittel. Ansonsten Ruhe, Ruhe, Ruhe. Und zwischendurch immer wieder kühlen, kühlen, kühlen.« Er lächelt aufmunternd. »Aber das wird wieder, das wird wieder. Sie sind ja zum Glück in guten Händen.«

Ja, das ist sie, die liebe Carlotta. Und genau das hat sie doch gewollt. Genau darauf hat sie's angelegt. Wenn ich könnte, würde ich ihr den Hals umdrehen.

KAPITEL 30: IM BERMUDADREIECK

Und nun sitze ich hier rum, mit Carlotta, schon seit einer Woche. Fatima und ihre Sklavin. Emily hier, Emily da, könntest du mir mal die Fernsehzeitung rübergeben, und die Fernbedienung auch, ach ja, und die für den CD-Player, und hast du für mich noch ein Schlückchen Kaffee, ja, mit Milch und Zucker, und vielleicht noch einen Keks. Ich bin kurz vorm Durchdrehen, und sie, sie rollt sich schnurrend auf der Couch zusammen. Ihre Termine hat sie alle abgesagt, anscheinend kann sie sich das leisten.

Dr. Zibold war noch zweimal hier, ich weiß eigentlich nicht, warum, denn an sich gibt's da nichts mehr zu behandeln. Das braucht einfach seine Zeit. Das sagt er auch, aber vorsichtshalber, ja, vorsichtshalber wolle er doch noch mal nachschauen. Dr. Zibold ist ein Großer, Kräftiger mit einer wilden Mähne und Bart, so in meinem Alter. Unverheiratet, heißt es. Anscheinend gefällt ihm Carlotta, warum sollte er sonst vorbeikommen, und zumindest vom Optischen her kann ich das verstehen. Aber Carlotta scheint nicht beeindruckt zu sein, wahrscheinlich reizt ihn das umso mehr.

»Ich glaube, Sie brauchen sich nicht mehr zu bemühen«, sage ich an der Haustür, »nächste Woche wird Frau Bondy nicht mehr hier sein. Sie muss wieder nach Freiburg zurück.« Das gehe aber nur, wenn sich keine Komplikationen ergäben, sagt er mit hoffnungsvollen Augen, und ich versichere ihm, dass ich alles tun werde, damit sich keine Komplikationen ergeben. Und darauf kann er Gift nehmen.

Am Samstag fängt Carlotta an, Gehübungen zu machen. Endlich. Das hatte sie sich nämlich bisher verkniffen. Bisher hatte sie sich nur mit meiner Hilfe vom Bett zum Bad und vom Bad zur Couch gehangelt und mich dabei eng umschlungen. So eng, dass ich sie einmal weggestoßen habe und dabei wäre sie fast wieder gestürzt. Natürlich war das dumm gewesen, in jeder Hinsicht, denn danach hatte sie angeblich wahnsinnige Schmerzen, aber das war erstunken und erlogen. Also, sie fängt endlich mit ihren Gehübungen an, allerdings unter Jammern und Stöhnen. Das tue ja noch verdammt weh, jault sie herum, vielleicht sollte sie doch erst ein paar Behandlungen bekommen. Das hatte nämlich Dr. Zibold vorgeschlagen und auch gleich ein Rezept dagelassen. Sechsmal Krankengymnastik, bei Bedarf mehr.

Die kannst du doch auch in Freiburg kriegen, viel besser sogar, sage ich, und sie sagt, du willst mich doch nicht etwa los werden. In Freiburg, da habe sie doch gar keine Zeit, wenn sie erst einen Fuß in die Kanzlei gesetzt habe, dann sei es mit der Ruhe doch sofort vorbei. Wieso sie überhaupt so ruhig hier sitzen könne, frage ich, mit ihren ganzen Terminen und den ganzen Mandanten und so. Du willst mich also doch loswerden. Der Ton wird jetzt giftig und ich verschwinde ins Atelier und schmeiße wütend blaue Farbe auf die Leinwand. Ich habe sowieso viel zu wenig gemalt in letzter Zeit.

Plötzlich geht unten ein Mordsgebell los. Ich höre einen Motor brummen und verstummen und dann klingelt's. Normalerweise klingelt es am Wochenende nie, zumindest, seit Jean-Paul weg ist. Samstagnachmittags, da kommt doch keiner. Noch nicht mal Dr. Zibold. Wobei, bei dem kann man nie wissen, so wie der gebalzt hat.

Als ich die Haustür aufmache, trifft mich fast

der Schlag. Da steht kein Dr. Zibold, da steht Jonathan.

»Meine Güte, Jonathan. Was machst *du* denn hier? Wo kommst *du* denn her?«

Jonathan drängt sich an mir vorbei. »Ich will zu Josette. Ich will meine Tochter sehen.« Sein Haar ist irgendwie anders, anscheinend hat er das mit dem Färben nicht so richtig hingekriegt. Es ist scheckig, und das Silbergrau dominiert. Und das mit der Dauerwelle hat er wohl gar nicht erst probiert.

»Wo ist Coco? Wo ist Josette?«

Ich stolpere hinter ihm her und bete zu Gott, dass Carlotta nicht gerade auf der Wohnzimmercouch herumlungert. Aber das tut sie, und Jonathan gafft jetzt natürlich blöd.

»Wer ist denn das?«

»Das ist, ähm, das ist Frau Bondy, eine Bekannte.« Ich schau Jonathan an. »Meine Anwältin.« Ich sag's mit meinem Pass-bloß-auf-Blick. »Und das, Carlotta, das ist … das ist Jonathan Brix.« Ich habe auf einmal einen Frosch im Hals. »Der Vater von Coco. Von Josettes Tochter.«

Carlotta kneift die Augen zusammen und mustert ihn. Jonathan starrt zurück. Ich glaube, er ist misstrauisch. Na ja, so wie sich Carlotta hier breitmacht, in meinem ausgeleierten Trainingsanzug und mit bandagiertem Fuß, sie hat ja keine eigenen Sachen mit, da sieht das nicht so professionell anwaltlich aus.

»Sag endlich, wo sind die beiden?«

»Einen Moment, Jonathan. Bitte, Carlotta, könntest du mal …«

»Ja, ich gehe ja schon.« Schwerfällig hievt sich Carlotta hoch, dabei war sie vorhin noch recht fix gewesen, und schwerfällig humpelt sie hinaus.

Komm, setz dich, sage ich zu Jonathan, setz dich erst mal, ich muss dir was sagen. Was denn, was müsse ich ihm sagen, er wolle die beiden sofort sehen, Josette und das Kind, ich könne mir die Herumrederei sparen. Er sei schließlich nur wegen Coco da.

»Also hör, Jonathan, das, was ich dir jetzt sagen muss, das ist nicht sehr, na ja, das ist eher, wie soll ich sagen …«

Ja, und dann sag ich's ihm. Das von dem Autounfall. Wie, wo, wann, warum, fragt er, und es laufen ihm die Tränen übers Gesicht. Ich weine mit, und zwischendurch erzähle ich. Und je mehr ich rede, desto mehr weint Jonathan. Er habe Josette doch so geliebt. Er habe sie doch so sehr geliebt. Er ist fix und fertig.

»Da, da hast du einen Schnaps.« Ich drücke ihm einen Obstler in die Hand, der wird ihm jetzt guttun. Er kippt ihn runter und bekommt langsam wieder Farbe. Mein Gott, Josette, jammert er, mein Gott, Josette, und schlägt immer wieder die Hände vors Gesicht. Doch dann erinnert er sich, warum er gekommen ist.

»Aber wo ist Coco? Wo ist Coco?«

Ich sage, Coco ist gerade nicht hier. Ja, was das heiße? Warum sei Coco nicht hier? Na, und dann sag ich ihm, dass Coco gerade bei Verwandten ist, bei Josettes Bruder. Was? Bei Josettes Bruder? Bei diesem unsäglichen Jean-Paul, der nichts Besseres zu tun hat, als …

»Jetzt sei aber vorsichtig. Sei bloß vorsichtig, was du da sagst.« Ich bin sofort sauer. »Aber keine Angst, sie ist bei ihrem anderen Bruder, dem, der selbst Familie hat, der eine Frau hat und drei kleine Jungs und einen Bauernhof. Coco macht, ähm, Coco macht Ferien auf dem Bauernhof.«

Ach. Ach, bei diesem Bruder im Elsass drüben, diesem Bertrand oder Bernard oder wie der heißt, da, wo er mal mit Josette war, damals, im Winter. Da kann Jonathan ja rüberfahren, das ist ja kein Problem. Aber dann braucht er die Adresse, denn das war gar nicht so leicht zu finden. Besser nicht, die sind nämlich nicht so gut auf ihn zu sprechen, drehe ich den Spieß um, schließlich hat er ja Josette im Stich gelassen. Mit dem Kind. Nein, die sind gar nicht gut auf ihn zu sprechen. Die sind nämlich stockkonservativ dort drüben, besonders auf dem Dorf. Das scheint Jonathan einzuleuchten.

»Aber ich muss Coco sehen, jetzt erst recht, jetzt, wo Josette nicht mehr …« Und wieder schwindet seine Stimme. »Wann kommt Coco denn wieder?«

Jetzt wird's kritisch. Ich weiß nicht, was ich antworten soll. Ich will ja nicht, dass der hier bis in die Puppen rumsitzt und wartet. Also, sage ich zögernd, also, erst im Frühjahr. Erst im Frühjahr, rede ich mich raus.

»Im Frühjahr? Wieso erst im Frühjahr?« Jonathan guckt mich jetzt komisch an. Sein Blick ist nicht sehr nett. Gar nicht nett. »Emily. Emily, da stimmt doch was nicht. Das spüre ich. Ich kenne dich. Du lügst mich an.« Auf einmal wird er zornig. »Du gibst mir jetzt auf der Stelle die Adresse und ich fahre rüber, und zwar sofort.«

Oh nein, was mache ich jetzt? Was sag ich bloß? Ich schlucke zweimal. »Die haben mir Coco weggenommen. Die fanden das nicht gut bei mir. Nicht, ähm, nicht kindgerecht.« Ich mache eine Pause. »Ja, nicht kindgerecht. Das Umfeld würde nicht stimmen, haben sie gesagt.«

»Wer sind *die*? Emily! Wer sind *die*? Doch nicht etwa das Jugendamt?

»Nein, nein, nicht das Jugendamt.« Obwohl – so ein Quatsch, Jugendamt ist natürlich viel besser, sehr viel besser sogar, denn da traut er sich nie hin. »Okay, wenn du's wirklich wissen willst, ja, das Jugendamt. Die haben gesagt, dass das Umfeld nicht optimal sei.«

»Natürlich. Natürlich. Das Umfeld. Nicht optimal.« Jonathan nickt vor sich hin. »Da haben sie ja auch recht, da haben sie vollkommen recht. Du und ein Kleinkind. Wie sollte das auch gehen.« Er kommt jetzt richtig in Rage. Er rennt im Wohnzimmer hin und her. Aber mit einem Mal bleibt er stehen und klatscht sich mit der Hand vor die Stirn. »Ja, klar. Die Alimente. Die Alimente. Du gibst Coco weg und streichst die Alimente ein. Du mieses Stück.« Er schüttelt mich. »Du mieses, mieses Stück.« Er schüttelt mich immer heftiger. »Du gibst meine Tochter her, für Geld. Für *mein* Geld! Aber damit ist Schluss, ein für alle Mal Schluss.«

»Lass mich los, lass mich sofort los.« Ich kreische jetzt, denn nun geht er wirklich zu weit. Ich kreische ziemlich laut.

»Ich werde Coco finden, da kannst du Gift drauf nehmen. Ich werde sie finden. Und dann nehme ich sie zu mir.«

»Hach. Wie willst du *das* denn machen? Jonathan Brix geht zum Jugendamt. Da lachen doch die Hühner.«

»Nein, Jonathan Brix geht nicht zum Jugendamt.« Carlotta steht in der Tür, Carlotta, mein rettender Engel. Mein Anwaltsengel. Sie lächelt uns an. »Nein. Das tut er nicht. *Der* bestimmt nicht.« Auf einmal strahlt sie richtig. »Höchstens Felix Fraunfelder.« Jetzt weidet sie sich an unseren entsetzten Blicken.

Woher, fängt Jonathan an, woher wissen Sie, und ich sag, halt die Klappe, halt bloß die Klappe. Aber es ist eh zu spät. Und dann geht's Schlag auf Schlag. Felix-Jonathan Fraunfelder-Brix sucht das Weite. Er stößt mich weg und rennt zur Tür hinaus, so schnell kannst du gar nicht gucken. Rennt zur Tür hinaus, schwingt sich ins Auto und startet durch, dass der Motor nur so aufheult und die Räder fast durchdrehen. Rast mit Karacho den Berg runter, und das bei Schneeglätte. Vor der Kurve sehe ich noch kurz die

Bremslichter aufleuchten, und dann ist er fort. Aber bestimmt nicht auf dem Weg zum Jugendamt.

»Den sind wir los«, meint Carlotta. »Den sind wir los, endgültig.« Und nimmt mich in den Arm. »Jetzt können wir's uns wieder gemütlich machen.«

Jetzt hat sie, was sie will. Zumindest glaubt sie das. Aber da täuschst du dich, meine Liebe, da täuschst du dich ganz gewaltig. Auch wenn du dich mit Sack und Pack eingenistet hast. Auch wenn ich mich hab knutschen lassen. Ich hatte schließlich keine Wahl, absolut keine, in dem Moment. Sie hatte mich dermaßen überrumpelt, da konnte ich gar nichts machen, beim besten Willen nicht. Aber das nächste Mal bin ich drauf vorbereitet. Wenn sie es noch mal versucht, dann wird sie ihr blaues Wunder erleben. Ja, das wird sie.

Genüsslich lasse ich das heiße Wasser über mich rieseln. Das tut gut, nach dem großen Spaziergang. Über drei Stunden waren wir unterwegs gewesen, Wölfchen und ich, und das war herrlich. Das war herrlich, so ohne Carlotta und ihren blöden Knöchel. Wölfchen liegt jetzt fix und fertig auf seinem Berber und schnarcht. Es ist wieder richtig kalt geworden, fast minus zehn Grad. Aber wir haben ja auch gerade mal Anfang Februar. Ach, ist das schön, so eine heiße Dusche.

»Brauchst du noch lange?«

Oh je, jetzt hab ich doch schon wieder vergessen, abzuschließen. Aber das ist ja auch total bescheuert, dass man sich in seinen eigenen vier Wänden einschließen muss. Rasch stelle ich die Brause ab und angele nach dem Handtuch. Aber da greifen auch schon Finger nach mir, lange, schlanke Finger, und ich schreie auf.

»Jetzt hab dich nicht so.« Carlotta fasst mir mit einer Hand an den Busen und mit der anderen zwischen die Beine. Ich versuche mich zu wehren, aber Carlotta weiß, wo sie hinfassen muss, sie weiß es ganz genau, und ich bin hilflos. Ich will das nicht, presse ich unter Stöhnen hervor, ich will das nicht. Doch, du willst's, natürlich willst du's, das spüre ich doch. Und irgendwann höre ich auf, mich zu wehren. Aber eigentlich sollte ich sie dafür hassen.

Tja, und nun habe ich die Bescherung. Und es dauert gar nicht lange, da spitzt sich die Geschichte noch mehr zu. Als nämlich Carlotta eines Abends aus der Kanzlei zurückkommt und sagt, sie müsse mich was fragen. Was ganz Wichtiges. Ja, dann frag doch, sage ich, frag doch, und sie sagt, nachher, nach dem Essen. Bei einem Glas Wein. Bei Kerzenschein.

Und dann sitzt sie auf der Couch, bei einem Glas Wein und Kerzenschein. »Emily.« Sie schnäuzt sich. Sie hat sich nämlich schwer erkältet. Sie schnäuzt sich noch einmal und schaut mich dann lange an. »Emily, ich habe mir was überlegt.«

»Na, was denn?«

»Was hältst du von einer eingetragenen Partnerschaft, jetzt, wo wir ein Paar sind?«

»Was? Eine eingetragene Partnerschaft?« Ich glaub, ich höre nicht recht. »Eine Lesbenehe? Spinnst du?«

»Wieso soll ich spinnen? Das liegt doch auf der Hand.«

»Hör mal, ich bin keine Lesbe. Und wir sind kein Paar.« Meine Stimme wird schrill. »Das ist doch absoluter Quatsch. Wir sind kein Paar. Nur weil wir ab und zu ... weil *du* ab und zu ...«

»Aber selbstverständlich sind wir ein Paar, was denn sonst?«

»Hör zu, ich sag's noch mal. Ich bin keine Lesbe. Ich steh auf Männer.«

»Das glaubst *du*. *Ich* weiß das besser. Du bist nicht wirklich hetero, du gestehst es dir nur nicht ein. Du hast es verdrängt, weil du dich dafür schämst. Weil du ...«

»So ein Quatsch. So ein Psychoscheiß. Ich bin hetero ...«

Aber mein Einspruch verpufft. Sie lässt sich nicht beeindrucken, die Frau Anwältin, nicht im Geringsten. Sie sitzt dermaßen selbstgefällig da, dass ich sie erwürgen könnte. Sie sitzt da und lächelt impertinent und verkündet, sie habe schon alles vorbereitet, in der Kanzlei. Sie habe alles vorbereitet, sie kenne sich ja gut aus, mit dem Lebenspartnerschaftsgesetz. Sie müsse die Personenstandsänderung nur noch beurkunden lassen.

Sie, sie, sie. Zu so was gehören immer noch zwei. Aber davon abgesehen, ob sie oder wir, das kommt überhaupt nicht infrage. Eingetragene Partnerschaft. Nie im Leben. Nein, meutere ich, nie im Leben, da mache ich nicht mit, das kannst du dir abschminken. Ich soll nicht pampig werden, rügt sie mich mit hochgezogenen Brauen, außerdem … Außerdem, falle ich ihr ins Wort, was für einen Vorteil sollte das haben. Wo sollte da der Vorteil sein? Für mich, zum Beispiel?

»Für dich? Na, das weißt du doch, mein Schatz. Das weißt du doch ganz genau.« Jetzt strahlt sie wieder ihren Strahlekranz. »Oder etwa nicht?«

Dieses hinterhältige Miststück. Erpressung, das ist doch das Allerletzte. Ich stehe auf und geh raus und knalle die Tür fast aus den Angeln. Was Carlotta da plant, das ist Zwangsehe, Zwangsehe wie im hintersten Anatolien. Ja, darauf läuft's doch raus. Was mach ich jetzt bloß? Wie komme ich aus dieser Nummer raus? Ich muss sie loswerden, das ist klar, ich muss sie irgendwie loswerden.

›Du musst Carlotta loswerden‹, mit diesem Mantra im Kopf gehe ich dann ins Bett. Und wälze mich schlaflos herum, Stunde um Stunde, und grübele und grübele. Starre schwarze Löcher in die schwarze Nacht, während Wölfchen auf meinem Bettvorleger träumt. Wenigstens dort scheint es bunt zuzugehen. Ich wollte, ich wäre mein Hund.

Es muss eine Lösung geben. Es hat noch immer eine Lösung gegeben. Ich muss sie nur finden.

Die nächsten Tage sind voller Worte und Widerworte und Streit und Groll. Und schließlich voller

Schweigen. Aber sogar unser Schweigen hat böse Untertöne. Es sind ungemütliche Tage, die ungemütlichsten in diesem Haus. Drei Tage, vier Tage, fünf Tage. Am sechsten bin ich schließlich so weit. Schließlich sage ich mir, tu's. Erst mal. Tu so, als ob. Dann sehen wir weiter. Und zu Carlotta sage ich, okay, mach einen Termin. Wenn du morgen nach Freiburg fährst, mach einen Termin. Ja, prima, warum nicht gleich so, schnurrt sie und nimmt mich in den Arm und versucht mich zu küssen. Lass das, sage ich, du steckst mich an. Bleib mir bloß mit deinen Bazillen vom Hals. Ach was, sie sei nicht ansteckend, meint sie und schiebt mir ihre Zunge in den Mund. Und hinterher leckt sie sich auch noch die Lippen. Das ist prima, das ist ganz prima, säuselt sie.

Aber dann wird's doch nicht so prima. Zumindest nicht für Carlotta. Jetzt schnurre zur Abwechslung mal ich. Jetzt sitze *ich* am Sahnetopf. Tja, denke ich, tja, so kommt's.

Carlotta kann nämlich nicht nach Freiburg, weder am nächsten Tag noch am übernächsten. Sie ist nämlich gestürzt. Schon wieder. Sie scheint's mit dem Fallen zu haben. Und jetzt sitzt sie im Rollstuhl, Dr. Zibold musste ihr Bein eingipsen, und den rechten Arm. Und eine Halskrause hat sie auch. Er macht mir bittere Vorwürfe, weil ich nicht besser auf sie aufgepasst habe. Aber ich kann ja nicht dauernd hinter ihr her sein. Wie das überhaupt passiert sei, fragt er, ja, wie konnte das bloß passieren?

Was, die Kellertreppe hinunter? Wieso sie überhaupt auf der Kellertreppe war, ein Wahnsinn sei das ja, da hätte sie sich leicht das Genick brechen können. Ja, nicke ich, das hätte sie. Da hat sie aber noch Glück gehabt, Glück im Unglück. Ja, nicke ich. Doch Sorgen macht er sich trotzdem, wegen der Amnesie. Normalerweise vergeht so was nach ein paar Tagen. Aber so eine Gehirnerschütterung darf man eben nicht unterschätzen, auf gar keinen Fall. Das finde ich auch.

Dumm ist nur, dass ich sie jetzt schieben muss. Dass sie nichts alleine machen kann, überhaupt nichts. Dass jetzt alles an mir hängen bleibt. So hab ich mir das eigentlich nicht vorgestellt. Aber das lässt sich ja schnell ändern. Auf jeden Fall ist die Sache mit der eingetragenen Partnerschaft erst mal vom Tisch. Verlassen sollte ich mich allerdings nicht darauf. Und das tue ich auch nicht.

»Willst du nicht mal raus, an die frische Luft?«

Eigentlich nein, meint Carlotta, nicht mit ihrer Erkältung, überhaupt, sie habe wahrscheinlich sogar Fieber. Ich fühle ihr die Stirn und die Hände. Ja, sie ist heiß, glühend heiß sogar. Trotzdem meine ich, dass ihr die frische Luft guttun wird, da bin ich mir sicher, das weiß ich wirklich besser.

Ich schiebe sie ins Freie, hinaus auf die Terrasse, dorthin, wo Jonathan beziehungsweise Felix sich damals seinen Sonnenstich geholt hatte. Die Gefahr besteht jetzt natürlich nicht, denn die Februarsonne ist noch sehr dünn und Carlotta fängt auch sofort zu bibbern an. Sie mault, dass es ihr zu kalt sei, viel zu kalt, und dass sie wieder zurück ins Haus wolle. Na ja, es ist wirklich ziemlich kalt, aber ich finde, frische Luft tut immer gut. Immer.

EPILOG

Der April ist dieses Jahr ganz besonders schön. Ich kann mich nicht entsinnen, dass wir schon mal so herrliches Wetter hatten, und das die ganze Zeit über. Kein bisschen wechselhaft, so gar nicht ›April, April, macht, was er will‹. Faul rekele ich mich im Liegestuhl und nippe an meinem Campari. Die Vogesen zeichnen sich schwach im Hitzedunst ab, und das bedeutet, dass das Wetter so bleibt. Wölfchen liegt lang ausgestreckt neben mir, seine Flanke hebt und senkt sich regelmäßig. Vorsichtig streichle ich über sein sonnenwarmes Fell. Jetzt fängt er sogar an, leise zu schnarchen. Tja, er schläft den Schlaf des Gerechten, der Gute. Mein treuester Freund.

Wir sind rundherum zufrieden, wir zwei. Keine Sorgen mehr, absolut keine. Ich habe nämlich das Stadthaus in Straßburg zu einem Superpreis verkauft. Nie und nimmer hätte ich gedacht, dass ich da so viel rausschlagen kann. Aber nachdem ich den Immobilienmarkt gründlich studiert hatte, war mir schnell klargeworden, dass es ganz einfach war. Ich musste nur hoch genug pokern. Günstig war natürlich, dass ich es mitsamt der Galerie an den Mann bringen konnte, dadurch bekam ich auch noch für den Namen und den Kundenstamm was. Ein Galerist aus Arles hat es gekauft, ein gewisser Philippe

Thévenon. Ich hatte ihn natürlich gegoogelt und dabei festgestellt, dass er millionenschwer ist. Die Verhandlungen liefen wie am Schnürchen, denn er war total scharf auf das Haus. So scharf, dass ich auch noch eine andere Bedingung durchsetzen konnte. Nämlich, dass er meine Bilder vermarktet. Alles zusammengenommen, kann ich jetzt bequem von den Zinsen leben.

Nur eines wurmt mich. Ich hätte der eingetragenen Partnerschaft doch zustimmen sollen. Carlotta war nämlich steinreich gewesen. Jetzt geht alles an ›Ärzte ohne Grenzen‹. Das ist ein kleiner Wermutstropfen in meinem Glück. Aber wirklich der einzige.

DANKSAGUNG

Dass dieses Buch in seiner vorliegenden Form zustande gekommen ist, verdanke ich in erster Linie zwei Menschen. Zum einen ist dies meine Lektorin Claudia Senghaas, die mich ohne zu zögern tatkräftig unterstützt und mit großem Engagement bis zur Veröffentlichung begleitet hat. Zum anderen ist dies mein Schriftstellerkollege und langjähriger Freund Ian Watson, durch den ich allererst zum Schreiben kam. Er war mir Mentor und erster Leser zugleich, kritisch und inspirierend. Er hat mir stets Rückhalt und Mut zum Weitermachen gegeben. Ihnen beiden gilt mein ganz besonderer Dank.

Weitere Krimis finden Sie auf den folgenden Seiten und im Internet: www.gmeiner-verlag.de

MANFRED BOMM

Mundtot

558 Seiten, Paperback.
ISBN 978-3-8392-1247-9.

LIEBLING DER MASSEN Eine allgemeine Unzufriedenheit greift um sich. In der deutschen Politik fehlen visionäre und charismatische Köpfe, als ein Mann auftaucht, der durch Ausstrahlung und Optimismus sehr schnell die Herzen der Menschen gewinnt. Die Schar seiner Anhänger wächst explosionsartig. Doch mit zunehmendem Erfolg sieht sich der gebürtige Hohenstaufer Attacken und Verleumdungen der Medien ausgesetzt. Der Politiker soll zum Schweigen gebracht werden, sogar sein Leben gerät in Gefahr. Als dann noch seine engste Mitarbeiterin verschwindet, nimmt Kommissar August Häberle die Ermittlungen auf …

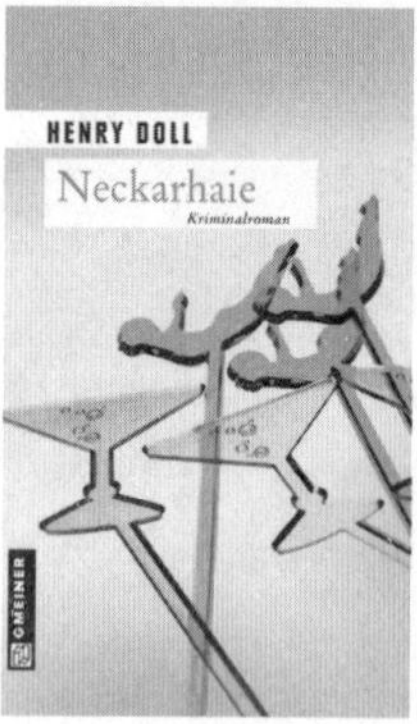

HENRY DOLL

Neckarhaie

321 Seiten, Paperback.
ISBN 978-3-8392-1233-2.

GROSSE HAIE, KLEINE FISCHE Longimanus, ein gewiefter Betrüger mit ausgeprägtem Hang zum Müßiggang, hat eine Idee. Er macht sich auf in die württembergisch-fränkische Metropole Heilbronn, denn die Stadt ist reich und das Umfeld ist wie geschaffen für einen Betrüger wie ihn. Tatsächlich bewegt sich Longimanus im Rathaus der Stadt bald wie der sprichwörtliche Fisch im Wasser. Er schlägt dem Oberbürgermeister vor, das Stiftungsvermögen der Stadt besonders gewinnbringend anzulegen. Doch er ahnt nicht, dass er nicht der einzige ist, der krumme Geschäfte treibt …

GMEINER

Wir machen's spannend

Alle Gmeiner-Autoren und ihre Romane auf einen Blick

Alle Gmeiner-Autoren und ihre Romane auf einen Blick

GARDENER, EVA B.: Lebenshunger **GEISLER, KURT**: Friesenschnee • Bädersterben **GERWIEN, MICHAEL**: Isarbrodeln • Alpengrollen **GIBERT, MATTHIAS P.**: Menschenopfer • Zeitbombe • Rechtsdruck • Schmuddelkinder • Bullenhitze • Eiszeit • Zirkusluft • Kammerflimmern • Nervenflattern **GOLDAMMER, FRANK**: Abstauber **GÖRLICH,HARALD**: Kellerkind und Kaiserkrone **GORA, AXEL**: Die Versuchung des Elias • Das Duell der Astronomen **GRAF, EDI**: Bombenspiel • Leopardenjagd • Elefantengold • Löwenriss • Nashornfieber **GUDE, CHRISTIAN**: Kontrollverlust • Homunculus • Binärcode • Mosquito **HÄHNER, MARGIT**: Spielball der Götter **HAENNI, STEFAN**: Scherbenhaufen • Brahmsrösi • Narrentod **HAUG, GUNTER**: Gössenjagd • Hüttenzauber • Tauberschwarz • Höllenfahrt • Sturmwarnung • Riffhaie • Tiefenrausch **HEIM, UTA-MARIA**: Feierabend • Totenkuss • Wespennest • Das Rattenprinzip • Totschweigen • Dreckskind **HENSCHEL, REGINE C.**: Fünf sind keiner zu viel **HERELD, PETER**: Die Braut des Silberfinders • Das Geheimnis des Goldmachers **HOHLFELD, KERSTIN**: Glückskekssommer **HUNOLD-REIME, SIGRID**: Die Pension am Deich • Janssenhaus • Schattenmorellen • Frühstückspension **IMBSWEILER, MARCUS**: Schlossblick • Die Erstürmung des Himmels • Butenschön • Altstadtfest • Schlussakt • Bergfriedhof **JOSWIG, VOLKMAR / MELLE, HENNING VON**: Stahlhart **KARNANI, FRITJOF**: Notlandung • Turnaround • Takeover **KAST-RIEDLINGER, ANNETTE**: Liebling, ich kann auch anders **KEISER, GABRIELE**: Engelskraut • Gartenschläfer • Apollofalter **KEISER, GABRIELE / POLIFKA, WOLFGANG**: Puppenjäger **KELLER, STEFAN**: Totenkarneval • Kölner Kreuzigung **KINSKOFER, LOTTE / BAHR, ANKE**: Hermann für Frau Mann **KLAUSNER, UWE**: Engel der Rache •Kennedy-Syndrom • Bernstein-Connection • Die Bräute des Satans • Odessa-Komplott • Pilger des Zorns • Walhalla-Code • Die Kiliansverschwörung • Die Pforten der Hölle **KLEWE, SABINE**: Die schwarzseidene Dame • Blutsonne • Wintermärchen • Kinderspiel • Schattenriss **KLIKOVITS, PETRA M.**: Vollmondstrand **KLUGMANN, NORBERT**: Die Adler von Lübeck • Die Tochter des Salzhändlers • Schlüsselgewalt • Rebenblut **KOBJOLKE, JULIANE**: Tausche Brautschuh gegen Flossen **KÖSTERING, BERND**: Goetheglut • Goetheruh **KOHL, ERWIN**: Flatline • Grabtanz • Zugzwang **KOPPITZ, RAINER C.**: Machtrausch **KRAMER, VERONIKA**: Todesgeheimnis • Rachesommer **KREUZER, FRANZ**: Waldsterben **KRONECK, ULRIKE**: Das Frauenkomplott **KRONENBERG, SUSANNE**: Kunstgriff • Rheingrund • Weinrache • Kultopfer • Flammenpferd **KRUG, MICHAEL**: Bahnhofsmission **KRUSE, MARGIT**: Eisaugen **KURELLA, FRANK**: Der Kodex des Bösen • Das Pergament des Todes **LADNAR, ULRIKE**: Wiener Herzblut **LASCAUX, PAUL**: Mordswein • Gnadenbrot • Feuerwasser • Wursthimmel • Salztränen **LEBEK, HANS**: Todesschläger **LEHMKUHL, KURT**: Kardinalspoker • Dreiländermord • Nürburghölle • Raffgier **LEIMBACH, ALIDA**: Wintergruft **LEIX, BERND**: Fächergrün • Fächertraum • Waldstadt • Hackschnitzel • Zuckerblut • Bucheckern **LETSCHE, JULIAN**: Auf der Walz **LICHT, EMILIA**: Hotel Blaues Wunder **LIEBSCH, SONJA / MESTROVIC, NIVES**: Muttertier @n Rabenmutter **LIFKA, RICHARD**: Sonnenkönig **LOIBELSBERGER, GERHARD**: Mord und Brand • Reigen des Todes • Die